丰子恺集

第四卷 艺术评论

人民文学出版社

作者像

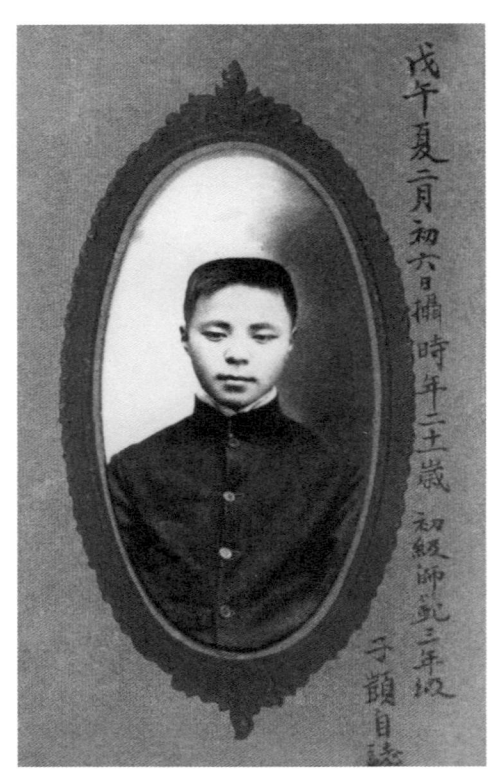

1918年3月18日在杭州浙一师读书时

1926年在立达学园教绘画（左二为丰子恺）

在日月楼作画

艺术评论卷说明

此五卷,收录作者关于美术、音乐等艺术评论作品。第一卷,收录《西洋美术史》《西洋画派十二讲》《近世十大音乐家故事》;第二卷,收录《西洋名画巡礼》《绘画与文学》《艺术趣味》《绘画概说》《西洋建筑讲话》;第三卷,收录《艺术漫谈》《音乐故事》《少年美术故事》《艺术修养基础》;第四卷,收录《漫画的描法》及散篇。第五卷,散篇。

目录

/西洋美术史

古代美术 ___ 3
一　原始时代的美术 ___ 5
二　古代埃及（Ancient Egypt）___ 10
三　Mesopotamia〔美索不达米亚〕与 Minoan〔米诺亚〕___ 20
四　古代希腊（Greece）___ 24
五　古代罗马（Roman Age）___ 38
六　基督教艺术的发端 ___ 44
七　中世纪的美术 ___ 49

近代美术 ___ 57
八　文艺复兴初期 ___ 59
九　文艺复兴盛期 ___ 70
十　北欧的文艺复兴 ___ 82
十一　Baroque〔巴罗克〕时代 ___ 88
十二　十九世纪前半的美术 ___ 101

现代美术 ___ 111
十三　现实派与自然派 ___ 113
十四　新理想派 ___ 123

十五　印象派及其后___128

十六　德意志的现代美术___137

十七　北欧南欧的美术___143

十八　现代的建筑、雕刻及工艺___157

十九　新兴美术___165

/ 西洋画派十二讲

书卷首___177

序讲　现代画派及其先驱

　　——古典派，浪漫派___179

第一讲　现实主义的绘画

　　——写实派___196

第二讲　近世理想主义的绘画

　　——拉费尔〔拉斐尔〕前派，新浪漫派___207

第三讲　艺术的科学主义化

　　——印象派___216

第四讲　外光描写的群画家

　　——印象派画风与画家___227

第五讲　外光描写的科学的实证

　　——点彩派即新印象派___244

第六讲　主观主义化的艺术

　　——后期印象派___256

第七讲　新时代四大画家

——后期印象派四大家___271

第八讲　西洋画的东洋画化
　　　——野兽派___285

第九讲　形体革命的艺术
　　　——立体派___295

第十讲　感情爆发的艺术
　　　——未来派与抽象派___306

第十一讲　意力表现的艺术
　　　——表现派___317

第十二讲　虚无主义的艺术
　　　——DADA派___329

/ 近世西洋十大音乐家故事

序言___343

近世西洋乐坛之盛况
　　　——十大家在近世乐坛上的位置___345

罕顿〔海顿〕___378

莫扎特___395

贝多芬___414

舒柏特___444

裴辽士〔柏辽兹〕___458

肖　邦___478

修芒〔舒曼〕___492

李斯德〔李斯特〕 ___ 510
华葛纳〔瓦格纳〕 ___ 529
柴科夫斯基 ___ 544

西洋美术史[1]

([上海]开明书店一九二八年四月初版)

---

[1] 本书根据1931年4月第3版,删除部分图例。

子愷

古代美术

一 原始时代的美术

A 古石器时代 (Paleolithic Age)

距今约五十年前，西班牙有一贵族，到其国的北部的Altamira〔阿尔塔米拉〕山地的洞穴里去探索古物，发现了许多原始时代的石器与骨器。正在收拾的时候，同来的他的少女忽然指着洞穴的暗的天井叫道："牝牛！牝牛！"父亲向她指着的地方一看，果然有一匹野牛活现地描在石壁上。于是再向里面搜索，又发现了大小数百的兽类的画，大小皆等身，有野牛、野马、赤鹿、野猪等。画法都用木炭作轮廓，而躯体上涂以赭土或黄土。画风很像现代的新倾向的作品，趣味都极清新。

这发见引起了世界考古学者的注意。四方的考古学者群集到这地方来研究，议论。结果确定了这是世界最古而最优秀的壁画。年代虽不能判定，然其为数万年前的原始人的制作无疑。这是本世纪初叶的研究结果。于是"Altamira洞穴画"就闻名于世界。

这类的原始时代的遗物，其后又在世界各处被发现了许多。尤以欧洲中西部地方为多。在自西班牙至法国南部的山间，发见六十以上的洞穴，其中有许多与前同样的壁画。又有许多骨，角，牙，或石上的小雕刻品。其人工的程度虽很有差别，然大体是距今二万年至五万年以前欧洲的先住人种的制作。那时约当地球上的第四回（末回）冰河时代的终叶，北半球大半冰封，阿尔卑斯连山〔山脉〕自顶至麓完全冻结的时候。这等原始人狩猎巨大的野兽，食其肉，穿其皮，闲居在洞穴中，试拿骨头，石头来雕刻，或画壁画。起初在器具上面刻一种动物的形状，渐进而为浮雕，后来就有大规模的精巧壁画与雕刻。其题材多野兽，尤多野牛，mammoth〔猛犸〕就是记述当时的生活状态的。然而表现人的形象还极少。只有在mammoth的牙上雕出少女的头，或无头无手的女体。例如下图，后人称为："石Venus〔维纳斯〕"的全身女体，像芋艿的肥胖的立体雕刻，便是人间表现的最初。然大部分是野兽的雕刻。这等表现，大都是狩猎上的关于动物的迷信，并不置重审美的意义。

　　这种原始人来自何处？与后世的文化的关系是否仅限于此？我们的祖先的亚当，夏娃，科学地探究起来究竟是何时何地的人？这都是不可知的谜了。所可想象的，在辽远的太古，地球上某部分已有可称为人类的发端的存在，是确实的事实。最原始的人的遗骨，从十万年以上的太古的地层中被发掘出来。故人们用两手来制造石的器具，也可确信为十万年前后的事实。我们据这等石器为标准，推测"原始人类"与"原始文化"，而假定其前期为"古石器时代"，后期为"新石器时代"。前述的壁画，便是前期的末叶的人类的制作。

古石器时代的雕刻妇人像　石维纳斯

第三回的冰河期的末叶,人类已经能直立了。他们立刻从树上的生活下降而为地上的生活。于是向来用以步行的前肢,就改做握物的机关。他们就晓得割取可握的木片,或石头。用石敲石,使之尖锐,或扁平,以御野兽,或当作器具。世所认为最初的器具的,便是"打石"("coup de poing"),是一条棱角尖锐的石片。从此渐进步,有石棒,石斧。到这时候人方才成为能握器具的动物,作自然界的不羁者,而凌驾一切的野兽。

第四回冰河期又来袭地球了。北半球充满了冰雪。于是有一部分人移居南方,在法兰西及西班牙地方作穴居的生活。现在我们所发见的,就是当时的遗迹。这时候人智更进一步,知于打石面用硬骨片削凿,作锋利的器具。又知在骨,角,牙上施细工,在石上装木柄,造出石刀,石镞,木弓,发明缝毛皮用的精巧象牙针。又知在器具上施薄肉雕〔浅浮雕〕,在洞壁上描画。这等制作中的某几件,偶然留存到今日,惹起今日的考古学者的钻研与议论。

B 新石器时代 (Neolithic Age)

我们又看出比古石器时代更进一步的文化状态中的人种的遗迹,就名之为新石器时代,大约是一万年以前的太古。新石器时代的石器,比古石器时代的形状更整,更光滑。石面知用砥石磨平,又作出锐刃。这时候有用燧石片做成的斧,小刀,锯,凿。又有木造家屋,舟,桥。其最代表的,是现今还遗存着的瑞士地方的"木筏屋"("pile dwelling"),即为防敌而建的水上的家屋。这时候木器也渐发达。他们又知伐取巨石来作建筑材料，但石造家屋还不能出现。

　　石器，木器以外，陶器的初步在这时候也有了。现在我们常常发掘当时的用火烧过的陶制的食器。牧畜，农耕，网，钓，纺绩，织物，编物，次第发达，社会生活随之而进步起来，政治组织，阶级制度等也出现了。这时期的终了的一特色，便是"巨石建设"。即在西班牙东方沿海地方，英法地方，自非洲至埃及地方，西亚细亚地方，曾发见当时的巨大的石材的建造物。那是极简单的玩具的积木似的石的排列或构成。在英法地方，曾发见环状排列的巨石柱，大概是部落的酋长的墓，或神圣的纪念地，行祭祀的地方。或者，也许是跳舞，音乐，竞技的地方。

　　这文化程度的民族的雕刻与绘画如何呢？现在可考的只有陶器上的极幼稚的原始的纹样。因为这时代是雕刻绘画的人种的传统绝灭，而偏于石器发达的时代。然他们渐次发明铜器，金银器，渐入历史的时代。在文化的黎明期，欧罗巴的大部分人还在新石器时代的梦中。发源于中央亚细亚的人种南降至印度，东流至中国，已有很可观的社会组织，建筑器具，以及雕刻，绘画，诗歌，音乐的发达。由此更进，就成为巴比伦，埃及。尤其是埃及，在五六千年前已有压倒世界的造型的文化。据最近的学说，竟谓中国，印度文化未开时的墨西哥的太古文化，以及以巨石建筑为主的新石器时代后期的文化，都是埃及的先进文化的余映。所以我们研究古代美术，非先去访问太古的宝库的尼罗河流域不可。

二 古代埃及（Ancient Egypt）

A 金字塔时代（Pyramid Age）——古王朝期

现在我们要来访问石器时代以后的人类最初的文化地金字塔与史芬克斯〔斯芬克司〕的国了。

在大沙漠的烈日之下眺望这三座摩天的怪异的大金字塔的人，谁也要立刻想起：什么人，在什么时候，为什么缘故，而筑出这奇怪的东西？这是四千年前这地方的王者生前自己建造的墓。然这不是一人的一时的事；有长久的历史与文化的成熟为其背景。

原来埃及的三角洲（Delta）地方，至少是七八千年前已有人类居住，经过古新两石器时代的生活的。埃及统一，建都于这金字塔所在的 Gizeh〔吉萨〕的附近地方，即历史家所谓第一王朝，这大约是五千数百年前（B.C.3400）的事。这时候文化已非常发达。其最代表的，是第一王朝的初期的牙雕，Abydos〔阿拜多斯〕的古坟中所发掘的"某国王肖像"（这像现藏大英博物馆〔不列颠博物馆〕）。这是三寸高的小品牙雕。颜面的写生程度已非常进步，可称为最古的 realism〔现实主义〕的表现。

然埃及艺术的跃进的真相，在于金字塔的构筑。埃及人夙有葬死人于穴中的习惯。起初只是埋在土中，后来宗教思想发达，为祈愿死者的复活与永生，他们把死者的生前的爱物，奴仆，或代用的偶像一并附葬，于是坟墓的构造扩大起来。渐渐在内面筑暗道，棺室，在上面筑坛状的隆起物，这便是金字塔的出发点。其作梯形的，就是 Sakkarah〔萨卡拉〕的梯形金字塔，其作斜面的，就是 Medom〔美杜姆〕的金字塔：为最古的金字塔。后来渐渐造出上述的三大金字塔。

金字塔与斯芬克司

现在的三大金字塔，是第四王朝的王者的墓。埃及艺术最盛的第四王朝的诸王，建都于 Menphis〔孟斐斯〕，生前各在其地自建坟墓。三塔中最大的是 Khufu〔胡夫〕王的大金字塔。高四八六呎，一边长七七五呎，为自来世界最高大的建筑物。用二吨半的平均重量的石头二百三十万条，由十万人在二十年间作成。构造非常精密，分寸不差，其技术与知识凌驾五千年后的今日。王的棺，置在这塔内部中央的小暗室中。邻近稍较小的二塔，是其承继者 Khafre〔哈夫拉〕王（高四五〇呎）与 Menkaura〔门卡乌拉〕王（高二一五呎）的墓。塔旁各有群臣的墓，及供王像的寺院。第二三两塔旁有奇形的巨像，抬起了头而蹲着的，便是"史芬克斯"（Sphinx）。这是石雕的男头狮身，前脚长五十呎，体长一五〇呎，高至七〇呎。不明何人何时所作。有一说是 Khafre 王造的太阳神像。又说金字塔为王者的墓，同时也为太阳神的象征。

埃及当时贵族的生活，我们不难由此想象。他们对于死后的事都如此顾全，其生前的求生活的快美，可想而知了。据说当时的住宅，器具，非常讲究。小匙上也必施装饰，他们最欢喜的图是莲花。家具的脚，雕成狮子，牝牛的肢体形。天花板上描写美丽的鸠，蝶。他们使用纯金地上嵌玻璃的酒瓶，注酒于七宝灿烂的玻璃杯中；在紫檀象牙的雕箱上，施以通明的宝玉，与香气猛烈的香水，香油。

壁画是对君主（死者）的供献物，又生活的说明图。画法比较后世甚为幼稚，其平面表现的不惯，与远近法的错误，使观者发生奇异之感。唯动物的表现非常写实的，极有生气。尤以前述的 Medom 金字塔中发见的《家鸭图》为最有名。这画轮廓明快，色调鲜美，使人联想东洋画，为最古的最优的绘画。

埃及最古的绘画　家鸭图

然当时的代表的技巧的发挥,是肖像雕刻。在石刻或木刻上施彩色,嵌宝玉以为眼,神气生动。其最著的,是金字塔旁的寺院中的诸王的像。颜面的写实的功夫,竟与后世写实派相去不远。第二金字塔的建设者 Khafre 王的像,为背着张翼的猛鹰的闪绿岩的造像,最为雄伟。此外还有现今保藏在美术馆中的,有村长像,书记像,合奏,步兵,船夫等。书记像写实功夫极深,现藏在巴黎的罗佛尔〔卢佛尔〕(Louvre)美术馆中。

古王朝时代的石雕　书记像

要之，金字塔时代（古王朝期）的埃及艺术，以金字塔及其附属的群臣的坟墓的艺术为主。三大塔的规模与技术，永为人类的初步的纪念物。其附属的雕刻及一切小美术品，均实证着人间的可惊的表现力。然埃及到了第六王朝（B.C.2500）终，掩没于混沌的浓雾中，国家解体，小雄割据，外敌侵入，变成无政府的状态。到了第十一王朝（B.C.2200），国又安靖，自此至新王朝，称为"中王朝"（B.C.2200—1600）。其间对于古王朝的文化传统，有根本的改革，尤其是艺术面目一新。然只有第十二王朝有遗物，且没有像金字塔时代的雄伟的风姿。第十二王朝的诸王，自Menphis迁都于尼罗河沿岸的Thebes〔底比斯〕，就以这地方为中心，起造许多的大建筑。以后不仅筑坟墓，又在郊外建巨大的石像，高者达四五十呎。但今日差不多悉已崩坏破灭，只留巨头，胴体（torso）或浮雕遗留在各博物馆中，这等雕工很精巧，为新王朝技术的先驱。到了第十三王朝，东方的异民族Hyksos〔喜克索〕侵入，变成所谓"牧王时代"（"Pastoral Kings Age"），埃及的传统一时陷入于混乱状态。

B 帝国时代

做了金字塔史芬克斯的古王朝的梦之后，我们现在要从开洛〔开罗〕（Cairo）溯尼罗河五百哩，来看Thebes东岸的新王朝的遗迹的Karnak神殿〔卡纳克神庙〕了。

一根柱头顶可容一百个人！这样的大柱并列百数十根，支住高的殿堂的屋梁！

四千数百年前，这国的王法老（Pharaoh）把其帝国的富强凝结在这建筑中。现今虽已梁折，壁倒，非复故态，然追想昔日的盛观，尚可使人茫然自失。

Hyksos 民族受牧王的支配，在约四百年后的第十八王朝（B.C.1580），埃及再兴的时代来了。尤其是 Thotomes〔吐特摩斯〕三世的攻略国外，埃及忽一跃而为世界最强的大帝国。版图扩张，国力富强，因之文化也达于高调的极点。法老专制地支配国土人民，力谋他自己的现实与死后的生的充足，故王宫，神殿，与坟墓，为当代生活的结晶。Karnak 神殿便是这等大帝的经营之一。这是建筑史上最壮大的盛观。这不是一代的帝王的专业，Thotomes 大帝把古来的圣殿扩大规模，历经后代帝王的数百年间的修补而完成。现在我们试想象 Thotomes 大帝的参拜的光景：

卡纳克神庙的巨柱

埃及的晴天，朝阳闪闪地流动的时候，大帝盛装出宫，从映着阳光的尼罗河乘舟赴神殿。殿门外的两侧，有象征门卫的数百只巨大的羊身史芬克斯俨然地对蹲着。棕榈的绿荫落在它们上面。忽然有高数十丈的如山的石门（pyron）当面突立。上面画着驱马追逐西利亚军的勇武的大帝的功业，金彩银泥，又施青赤，灿然眩目。门上有高的旗杆，杆尖飘着旌旗。门前左右分立两座摩天的大方尖塔（obelisk），和一对大帝的肖像，一对巨大的史芬克斯。方尖塔上用象形文字刻着大帝一代的伟迹，施以色彩，且尖端装有白金，使映射太阳的光。

埃及神殿想象图

大帝禹步而入。门内左右分列数重武装的将军。周围是无数巨石的柱廊，中央供着贵族们的贡献物，最高贵的大瓶的香油，盛金堆的象牙箱，伟大的牺牛，美装的骏马。含着满足的微笑的大帝又徐徐地走进第二重门。内庭柱廊与第一石门内全同，唯雕着极华美的浮雕，表明大神赞美的光景。其次是以巨柱林支住屋梁的幽暗的大 hall〔大厅〕。这真是可以夸耀当代建筑的伟观！直长约三百呎的长方形中，一百三十六根柱作十六排分列着。特别是中央二排的十二根柱，高约一百二十呎，其莲花柱头的面积，可容一百个人。柱都用最硬的花岗石积成，上面横着的桁，水平的屋梁，都用巨石构成。这等上面完全涂金，刻出细致的浮雕，施以鲜美的色彩。其庄严壮大，实在言语不足以形容了。大帝由许多僧侣引导，走进里面的殿内。这全是暗室，大帝与僧正以外，任何人不得入内。大帝被大僧正导入此室，忽然神秘之感袭其全身。这里面有黑的闪绿岩雕刻的三体的神秘神在朦胧的灯光中立着。大帝向神鞠躬，隐隐地陈说他的祈祷的言词。

　　这里的古代大建筑，不止这神殿。广大的平野中，还有许多高大的方尖塔，记载着四千年前的埃及的历史；无数的史芬克斯与石壁，Karnak 向南绵亘数里，直至 Luxor〔卢克索〕神殿。这神殿是第十二王朝的遗迹，亚美诺斐斯三世（Amenophis III）所建。从 Karnak 至此的大史芬克斯的行列的连续，是世界无比的壮观。

　　不要只管在这种大神殿的迷路里低回惊叹了！我们还要渡过尼罗河，到西岸去访问死者的世界——"王墓的谷"（"Valley of King"）。

　　渡河后再向西步行一二哩，途中有高八十呎的巨像，——Amenophis 三世的肖像一对，左右对立。据传说，这一对石像在月夜会交谈的。石像的近旁，有亘数里的起伏的山谷，就是"王墓的谷"。在这些削壁与深渊之间，新王朝前后历代的诸帝及后妃正沉酣于万古的长梦中。这等墓的发掘，是埃及研究的最大的兴味。就中 Tutank-Amen〔吐当阿门〕帝的墓的发掘，便是最近的二十世纪的大事件之一。

Tutank-Amen 是第十八朝最后的王帝。自提倡一神教的革命帝亚美诺斐斯四世以来，埃及势力衰颓，努力挽回这颓绪的，便是这 Tutank-Amen 帝。久无新奇的发见了的"王墓的谷"中，于一九二二年之秋忽被英人找出了 Tutank-Amen 的墓门，认出了"Tutank-Amen"的象形文字。立刻飞传电报于世界各地，研究者麇集，新闻杂志上充满了这记事。这墓门为长方形坑口。由石级下降，为广廊，左右石壁上描着色彩鲜美的，帝的死后的世界的生活。廊底为用水门汀〔水泥〕固封的壁，盖着严重的帝室的印章。发掘者仔细将壁掘破，里面一室，陈列着惊人的贵品：发达到极度的埃及的工艺品，诸外国的贡品，帝生前的爱用品，玉座，贵重的杖，箱，衣装，装金与大琥珀的靴……大小重品无数。又有一对木雕的王的肖像，风貌如生。更内面一室，也充满金银宝玉，中央安置着王的石棺。此室内面周围涂金，描着神圣的壁画，又放着所谓"死者的书"的贵重的书卷。石棺极大，四周施华丽的彩色，盖上有隆起的王的肖像的浮雕。石棺中又有一人形轮廓的木制小棺，全部涂金，施彩，描着鲜美的肖像。开木棺，有王的死体施了木乃伊工程，包裹了数百呎的长白布而躺着。

这等宝贵的遗物，今已分运到开洛及世界各大博物馆中去保藏了。这不过当时埃及文化艺术的一端而已，然而其极高调的生活表现，已足使后人惊叹了。

要之，新王朝时代的形成表现，比古中两时代大为发达，其在本质上，对于古王朝并未有新的发展，不过在 mannerism（守旧主义）外形上加了些可惊的壮大，华丽，复杂与洗练罢了。故后期的制作，都缺乏独创的生气与魅力，且时有非必然的无意义的表现。然而在这埃及美术中，含有西洋美术的本流的主要分子最多，美术经过了埃及而繁荣于希腊。被称为"艺术的母胎"的巴尔推浓〔帕提侬（神庙）〕（Parthenon）的建筑，斐提亚斯（Phidias）的雕刻，要不外乎是埃及艺术的传统所养成的。故埃及对于后世的文化艺术，有最重大的意义。

三 Mesopotamia〔美索不达米亚〕与 Minoan〔米诺亚〕

A 自古 Babylonia〔巴比伦尼亚〕至 Chaldea〔迦勒底〕

游伦敦大英博物馆〔不列颠博物馆〕或巴黎罗佛尔〔卢佛尔〕博物馆的人，走进其巴比伦亚细里亚〔亚述〕室的时候，一定吃惊于其中的奇怪的巨像。大英博物馆中的人面大牡牛，尤为奇观：背有长翼，腿有五条，高一丈余，狞恶地俯视游客。旁边还有生翼的裸体巨人作同样狞恶的相貌而立着。这是什么东西呢？这是距今约二千六七百年前亚细里亚（Assyria）王 Sargon〔萨尔贡〕宫殿门口两侧的守护神。其所以有五条腿者，是要前方与侧方均好看而特设的。这里面还有许多巴比伦亚细里亚的发掘品。其中石浮雕《大王的狮子狩》，描写最为活跃，为最有名的古雕刻。还有极豪壮的大狮子像，皇帝像，记录着当时的生活状态与军事的威力。

美索不达米亚地方，与埃及同样，在七千年前的极古时代已有住人。当时有 Sumer〔苏美尔〕民族，不知从何处来移住于此，用烧砖建简朴的家屋，又造象形文字。这便是美索不达米亚文化传统的源流。当时的遗迹中发现的银瓶，为世界最古的银器，瓶上刻着狮子头的鹫。这图为当时的王者的象征。后世欧洲用猛鹫和狮子象征帝王的强勇，实本于此。后来俄，德，英，美诸国，就用这图为军国的帝国的徽章。其次有沙漠附近的 Akkad〔阿卡德〕游牧民族与 Sumer 民族合并，就建设继承这文化的古巴比伦国。当时的

亚述王宫的人头五足牡牛的神

雕刻的代表作，有 Naramsin〔纳拉姆辛〕王的石标（存罗佛尔博物馆），巧妙地描写着征服敌人的王的肖像，为现今世界的杰作之一。

　　古巴比伦势力与文化迟滞不进的时候，在美索不达米亚的中流 Nineve〔尼尼微〕附近又有一种族崛起，于三千二百年前征服巴比伦，威振于地中海畔及亚洲西部。纪元前六〇〇—八〇〇年间，又征服埃及帝国，独霸当时，这就是亚细里亚帝国。他们是精悍的征服主义者，故其生活与表现都属军事，猛兽，宗教事项，及勇敢强健的性格。然其文化的内容，概出于古巴比伦，异于埃及的华丽洗练，而有简素刚健的特色。当时的首都 Nineve，有广数里的美庭园，与壮丽的宫殿，宏壮的寺院，用二重的厚壁围绕着，《旧约》圣书中赞美其伟大，有"费三天的旅程"的话。总之，亚细里亚的雕刻，题材与手法均极

简素刚健，这点在历史上可谓无双。

然这大帝国的最后也来到了。新兴的沙漠民族，于纪元前六〇六年崩坏尼耐凡〔尼尼微〕的帝都，建立 Chaldea 帝国。其王虐待旧约民族，攻陷耶鲁撒冷，实为当时的雄主。这王扩充巴比伦的都，施以极华丽的装饰，又筑世界的谜的 Babel〔巴别〕塔，供奉王的守护神于这极高的塔上。这等遗物，最近被发掘，皆可证其真实。然这个帝国，不久也亡了。于是美索不达米亚的文化传统，复活于波斯，更渡爱琴海而流入希腊，复再入 Byzantium〔拜占庭〕帝国，而注入近代欧罗巴文化的主潮中。但我们在赴希腊以前，先须到埃及与希腊中间的 Crete〔克里特〕岛去一访。

B 自 Crete 至 Mycenae〔迈锡尼〕

最近在希腊南部土中发掘一只黄金杯，上刻精妙的野牛图，充满于现代的优美与洗练。现藏雅典博物馆中。

这是在三千数百年前的文化中心地 Crete 岛上制造的，输入于希腊，长埋在希腊南部的土中，至今才被发掘的。Crete 在爱琴海中，为希腊与埃及间的桥梁，在现在是一无名的孤岛，何以当时有这样发达的文化与艺术呢？真使人惊奇不置！

距今五十年前，德国 Schulimann〔谢里曼〕博士，说荷马（Homer）诗《伊利亚特》（《Illiad》）中所歌的三千年前的 Troy〔特洛伊〕都不仅是传说，必有实在的古迹。就费许多金钱与时间，去发掘传说的 Troy。果然不仅发现 Troy 战争的遗迹，又发现新石器时代以后数千年间九次兴废的重要都市的遗迹。在大的壁与门之间发掘出一万六千个金玉的指环，以及许多金银七宝的装饰物与武器。这不但是埋没了的文化的再生，又是向希腊文化的先驱者。他又发掘攻 Troy 的希腊王所葬的南方希腊的 Mycenae 附近，又得许多贵重的装饰品，武器。他死后，许多考古家继其遗志，又在附近的 Tillins〔泰林斯〕地方发掘出许多古迹。

这黄金杯就是在附近的 Vaphio〔巴菲沃〕地方发见的二杯之一，世称为珍物中的珍物。这文化果自何而来？据英人爱文斯考究，连结 Troy 与 Mycenae 的爱琴海的文化渊源，确在于 Crete 岛，自一八九四年以来，他常在这岛上探索，发掘。这不是徒劳，他终于在那里探得了希腊神话中有名的"怪牛"（"Minotaur"）的居城"迷宫"（"Labyrinth"）的实迹，解释了五千年来的谜。那地方就是旧都 Knossus〔诺萨斯〕。许多鲜丽的壁画，巨大的"怪牛"的图就在其中掘得。又在室中发见许多鲜明美形的瓶，象牙雕的小女神像（现藏波士顿博物馆），蜂腰长裳，宛如现代妇人。

要之，Crete 文化的特色，是最美的装饰美术，浮雕，象牙嵌等。而 Fresco〔壁画法〕（一种胶画法）壁画，面目尤新，为绘画史的第一步。——教希腊人以感觉美的诱惑的，实在是这个 Crete 民族。倘然没有介绍埃及文化于希腊的这民族，希腊人的艺术世界恐怕不会开展的！Crete 放射其文化的光于爱琴海中与海岸，历数千年。至希腊的独利亚〔多利亚〕（Doria）民族来侵，遂于纪元前六七百年间，全都消灭于黑暗中。于是"文化之母"就移居到希腊半岛去。

四　古代希腊（Greece）

A　最古时代（Archaic Age）

四千年前，埃及，亚细里亚〔亚述〕，爱琴海文化炽盛；然欧洲尚在长夜的黑暗中，仅为新石器时代的民族的屯居地而已。其时中央亚细亚的原始民族逐羊群而西南行，流入这极乐园的希腊半岛。他们立在橄榄薰香的高丘上，眺望飘渺的地中海水，和水中的如画的大小诸岛，不堪惊喜而狂叫，他们就在这半岛上住居了。这种自高原下降的游牧民，具有泼辣的新兴的气与力。不久占有全半岛，支配 Crete〔克里特〕与爱琴海，文化开始发展。所谓 Troy〔特洛伊〕大战，便是这等民族的战争。这 Archaic Greece〔古代希腊〕的文化发展，便是欧洲的白色人种的最初的胜利（archaic 就是"开始"的意思）。

移住于希腊半岛的民族，不止一种类。最初为独利亚〔多利亚〕（Doria）种，其次为伊奥尼亚〔爱奥尼亚〕（Ionia）种，又次为其他诸种。各据一方而立国。伊奥尼亚族的雅典（Athens）人，独利亚族的斯巴达（Sparta）人，为其代表的人种。对于斯巴达人的刚健与军国的气质，雅典人的高雅而显扬文化的光辉，为永垂于后世的特色。在时代上，独利亚文化较伊奥尼亚为古，试看其建筑式样，便可察知。

在牧王时代，一般的住宅，主用晒干砖瓦简单造成，在都市中央建神殿兼王的宫城，供极粗野的木雕神像。纪元前六世纪顷，忽然进步，创宪法，殖产业，通贸易，建筑的发展尤盛。因为当时希腊全土以 Zeus〔宙斯〕神为中心的宗教思想发达，祭政一致与运动竞技非常普及，因之神殿建筑忽呈空前的隆盛。曾出现于尼罗河岸的大石造建筑，今又在这半岛上象征这新兴民族了。初用花岗石，后造出极美丽的大理石建筑。像 Delphy〔德尔菲〕的阿普洛〔阿波罗〕神殿，是其最古的遗物。这等建筑式样的特征，是神殿外侧围以美丽的石柱廊，柱上有所谓"独利亚式"柱头。

这建筑的发达引起了雕刻的大进步。原来这国有特殊的神的观念与体育竞技，故裸体的观察与表现的机会很多；又有特产的大理石，这等都是促成雕刻的发达的。附近的 Pentelicus〔彭特利库斯〕地方，产世界最优的大理石。纪元前六世纪顷，希腊雕刻长于柔软的女性的肉体的表现，所谓 Archaic Smile〔古风微笑〕的神秘的表情，——含有与埃及的史芬克斯，日本的推古[1]佛，达文起〔达·芬奇〕（Leonardo da Vinci）的《莫那理硕》〔《莫娜·丽莎》〕（《Mona Lisa》）同样的神秘——尤为其特征。其遗物现藏世界诸博物馆中者，多立像，两腿作筒形，不能分开。还有传称为当时雕刻家 Arkermos〔阿克摩斯〕所作的有翼的胜利女神《尼侃〔奈基〕像》，两腿分离作飞跃的姿态，为雕刻史上的一进步。

---

[1] 指日本推古时代（593—686）。

其后入了纪元前的六世纪，已脱出 archaic 而为独利亚式艺术成熟的时代了。这时候国运勃兴，神殿的营造最为隆盛，雕刻随之而发达，比较其次的黄金时代，还是这时代的遗品为优。在雅典发掘的许多女神像，是其初期作品。这等像色彩鲜美，颜面丰丽，archaic 的特色最著。

其他品评为最优的，是在罗马发掘的 Aphrodite[1] 祭坛的台的三块浮雕石版。中央一块为两 nymph[2] 扶着 Aphrodite，左右两块为吹笛的裸体女。其裸体表现，尤为精美。

B　黄金时代（Gold Age）

头上戴了黄金冠，右手持长枪，左手持盾的武装的女丈夫，——这神话中的雅典乃〔雅典娜〕（Athena）女神，是雅典市的守护神。在这女神的守护之下，希腊联盟国制胜了波斯军侵入的长久的苦患。当时在大政治家 Perikles〔伯里克理斯〕的治下，雅典起空前的隆兴。其第一经营的，是先年被波斯军毁坏的卫城（acropolis）的构筑，尤其是雅典乃女神的神殿营造。这时候雅典借战胜的余光，握全希腊的经济权，不但集全国之富，又极度地集中全国一致的民主的共产精神，于是复兴的气象澎湃于全都市了。Perikles 决心先把国力凝集于这卫城的完成，于是世界的心脏的，最美的圣城出现了。

---

[1] 阿芙罗狄蒂，希腊神话中爱与美的女神。
[2] 居于山林水泽的仙女。

帕提儂的雅典娜

卫城在雅典中央的丘上，四周围石垣。石门内右面为胜利的神殿。直入为广大的柱廊。柱廊内面，就有名匠 Phidias〔菲狄亚斯〕所苦心建造的雅典乃女神的铜像。像高七十呎，长枪尖端的金光，在远处的海面都可望见。再进为卫城的心脏的心脏巴尔推浓（Parthenon）神殿〔帕提侬神庙〕，这神殿的崖下，为剧场。

帕提侬神庙

巴尔推浓是雅典乃神的本尊所祀处，为当代第一雕刻家 Phidias，建筑家 Ictinos〔伊克蒂诺〕的心血的结晶。全部用大理石造，围以柱廊，前后各八支，左右各十六支。本尊雅典乃女神镇座于中央。这建筑的一切点都象征着希腊的黄金时代，由优美与力合并而完成，为美术史上空前的杰作。全体的形，具有建筑美的第一条件的 proportion〔均衡〕与安定之感，而支柱屋脊的巨柱列，正是 Hellenism〔希腊主义〕的结晶。且从各方面看，全无缺点。石的接合的技术，最为精美，不用水门汀〔水泥〕而密接在台石上，分毫不差。全体所饰的雕刻，均表示着爱琴海文化的达于顶点的完成。

可惜这卫城，后来做了土耳其兵营，大部分被毁伤；巴尔推浓被火药所炸，现今只剩柱列的一部分了。残留着的雕刻，前年为英人夺去，热情诗人拜轮〔拜伦〕（Byron）为之慷慨悲叹不置。我们如欲瞻观，可去访问大英博物馆〔不列颠博物馆〕的爱琴室。里面陈列着许多可惊叹的浮雕的 frieze〔檐壁〕。

看了这些 frieze 以后，出前室，就见《雅典乃处女》的大立像陈列着。全部为黄金与象牙，连台高约四呎。这是 Phidias 自己的苦心的制作。现在其模造品在各博物馆均有陈列。

当时第一大雕刻家 Phidias，是纯粹的雅典人。其父长于美术的技巧。他起初与弟同学绘画。后从师学雕刻。其知名于世，实由于 Perikles 的命造卫城。他的遗作传世者绝少，除雅典乃，巴尔推浓外，还有同大的铜像及奥林比亚的 Zeus 神巨像。此外还有许多同时代的优秀的雕刻家，有许多遗作保存在现今各处的美术馆中。

黄金时代的希腊文化与艺术的特色，概括而言，是以雅典为中心的民主主义的人间主义生活——不是特权阶级的特殊的我利生活，而是民众生活——的最初的表现。故这等艺术，不比埃及或亚细里亚的王者自私的王城或坟墓，是民众的共同作业为自己营造的神殿，公会堂，剧场。他们创造自己的文化与艺术。又技巧与题材，也不似以前的蹈袭东方的传统，作半兽人的神话的表现等，而渐渐变成日常生活的表现了。试看其瓶绘与雕刻等的遗物，就可明白这一点。即东方的王者的无意义的华美，现在因了希腊的 Democracy〔民主主义〕而变成简素，典雅，优丽的特质了。故称为美的极致的巴尔推浓神殿，也并不涂华丽的色彩，用复杂的构造，只是在质素的大理石的柱廊中置黄金与象牙的神像而已。清丽与高雅，是希腊盛期的一切。故希腊的艺术，要之这时候已倾向于"为技巧的技巧"，"为艺术的艺术"。

C 白银时代 (Silver Age)

雅典建设了这巴尔推浓神像以后，其富强与光荣忽然衰颓，光辉的黄金时代不再来访了。继续的是白银的时代。这时代的艺术，照例便是所谓 "mausoleum"〔"陵墓"〕的巨大的庙的建筑。这庙在波斯藩属地的 Karia〔加里亚〕地方，为 Mausolus〔毛索罗斯〕王殁后其王妃为他建造的地中海北方最大的坟墓（其后凡呼巨坟，必曰 mausoleum），为当时七不思议之一。然观今遗迹灭没，只有散乱的巨石的一部分运在大英博物馆中。我们只能欣赏其中

杀蜥蜴的阿波罗

的车马人像的石雕，想象其全部的轮奂之美而已。当时第一流的建筑家及雕刻家 Picius〔丕齐沃士〕，Scopas〔斯科帕斯〕，及其他诸家，受王妃之命，共建此庙。故这可说是巴尔推浓以后的时代的艺术的代表。

Scopas 与 Praxiteles〔普拉克西特利斯〕为 Phidias 以后的二大名匠。黄金时代的雕刻，

捉蜥蜴的阿波罗

由尊严与神圣的神的表现次第变成日常的人间性的表现；到了 Scopas 的时候，"神"就变了"人"了。Scopas 于人性的激情方面的表现上开拓新生面。但其真作不传，唯 mausoleum 的浮雕，后人推想是出于他的手的。在这种浮雕中，争斗的激动，肉体的紧张，敏捷，与烦恼苦闷的表情，活现地雕出着，为从来所未见。又王与妃的巨像，也非常写实风，穿旧常的衣冠，作日常的感情。

至于 Praxiteles，表现与 Scopas 全异。Scopas 是男性的；Praxiteles 是女性的，善作优雅的美少年与美女，现存的《杀蜥蜴的阿普洛〔阿波罗〕》就是其例。前者是激动的，后者是情趣的；前者雄伟壮烈，后者端丽艳美，实在是极好的对比。

Praxiteles 所刻的女神像，实在是以他的爱人为模特儿而写出于纯白的大理石上的。他的遗作中，有名的还有在奥林比亚发掘的 Helmes〔赫耳墨斯〕大理石像，明明刻着作者的姓名。使神 Helmes 受大神 Zeus 之命而抱着幼儿 Dionysus〔狄俄尼索斯〕，右手高举葡萄枝，在调笑这幼儿。人间味的剧的表现，最为活跃。故希腊艺术因了 Praxiteles 而由概念向实感，由写形向心理的描写更进一步。

与这等作家的作品相联络的，当时的雕刻表现中可注目的还有墓标与石棺。雅典西郊的墓地发掘的遗物上，描写着死了的少女与两亲紧握着最后的诀别的手而悲恸的光景，对死了的恋人说话的惨状，死别的母亲难辞这世间，把乳房喂在婴儿口中的光景，历历沁入观者的心中。故在纪元前四世纪末，希腊已非"神"的世界，而是"人间"的喜怒哀乐的巷了。此后直到亚历山大大帝的出现，大雕刻家 Lysippus〔莱西普斯〕的时代，再开新的时代。

D 希腊风时代 (Hellenistic Age)

一八八八年，地中海东岸发掘出极美丽的十六个大理石制的大石棺（现藏君士坦丁堡博物馆）。其中有一个全部非常优美，为从来的石棺中所未有。据年代与场所考察起来，确定其与亚历山大大帝有关系。然据史传记载，大帝的遗骸是纳于金棺而葬入 mausoleum（巨坟）的，故这大概是大帝所重用的将军的棺。全部用 Pentelicus（世界最良大理石产处）大理石制造，上面刻着大帝与波斯军奋斗之图，及大帝的狮子狩的光景，非常自由活跃，且青赤等着色的痕迹至今犹存。这是亚历山大大帝的权威、富强与文化遗留于今日的表征。

大帝崛起于 Macedonia〔马其顿〕，忽进攻希腊，埃及，更及于波斯，巴比伦，终于征服印度河畔。其伟大的勋业映出 Hellenism〔希腊文化，希腊风〕的最后的光辉，同时东方的文化浸润过来，导出 Hellenistic〔希腊风〕时代的新的现象。即如这棺，便是充分表示 Hellenism 精神的东方装饰的。然当时文化的骨子，仍是希腊发生的传统。例如在雕刻上，有最受大帝宠幸的唯一的大家 Lysippus。他不近于雅典派，而属于刚健的独利亚派，故其作风不似 Praxiteles 的优艳，而有 Scopas 的强壮。据传说，他一生作出千种以上的雕刻作品，然到现在一种遗物也没有保存。他有弟及子，也都是有名的雕刻家。

亚历山大大帝的大理石棺

Lysippus 是过渡期的人，他与亚历山大大帝同是从事于 Hellenism 的最后的活动，同时又为次时代的先驱。次时代不是黄金，也不是白银，实在是希腊本国的"Laocoon"〔"拉奥孔"〕（见本节后文）的苦闷所象征的悲剧的时代。亚历山大大帝远征所及，均有新的都市的建设。且各地均有伟大的雕刻建筑。然在其雕刻上，充分表现着当时的人的生的执着的惨苦相。这"惨苦"的表情，

自杀的高庐人

实在是悲剧的。故亚历山大大帝是当时的军国主义的象征，同时是"悲剧"时代的象征。他的政策的侵略，对于诸幕僚的残忍与嫉妒，以及他的因放逸而青春夭亡的一生，就是希腊的悲剧。在小亚细亚之北，即古昔 Troy 地方的 Pergamus〔拍加摩斯〕有一座雕刻，名曰《自杀的高庐人》，最为惨苦的表现。高庐人是当时从北方来侵的一族，为希腊人所击退，多遭惨死。这雕刻最是描写其惨状的。高庐的勇士不堪于战败的耻辱，杀死其最爱的妻，又用刀自刺其肩，正在苦闷的瞬间。这真是人间的一切惨苦的感情的极度！一个最紧张的活的 Pyramid〔金字塔〕！

其次还有"Laocoon"。传说这是罗马宫殿的装饰，一五〇六年由罗马市民在附近的葡萄园发掘。作者为纪元前一世纪顷的雕

刻家 Alecsandros〔亚历山大〕及其二子。题材见于《希腊神话》：拉奥孔为 Troy 阿普洛的司祭。其时希腊人以诡计的木马赠 Troy 人，拉奥孔警告国人勿受木马，忽然从山中游来了两条大蛇，将拉奥孔及其二子卷杀。Troy 人认为这是神意，就受了木马。是夜希腊人就将 Troy 城烧毁。这雕刻，便是描写拉奥孔父子被蛇卷杀时的苦闷状态的。原作现存罗马伐谛康〔梵蒂冈〕博物馆。肉体的苦痛的写实的表现，这实在是达于极度了。德国批评家 Lessing〔莱辛〕（1729—1781）的名著《Laocoon》就是以此群像为出发，而论述造形美术与无形美术的境界的。

拉奥孔及其二子

然当时的表现，不仅限于悲剧的，还有两个最优秀的真的代表作。即《沙莫德拉侃岛〔萨莫色雷斯岛〕的胜利神像》，与《米洛岛〔米洛斯岛〕的凡尼司〔维纳斯〕像》（均存罗佛尔〔卢佛尔〕美术馆）。前者是一八六三年法国人在爱琴海北部的沙莫德拉侃岛上发见的，大约是纪元前三世纪Scopas的作品。现在巍然立在罗佛尔美术馆的扶梯上面。可惜头与两手均已缺损。然其张翼而冒着大风立在船头上的优美的女性的力的表现，实在使人惊佩。《米洛岛的凡尼司》（《Venus dc Milos》），于一八二〇年在Crete岛与希腊岛之间的米洛岛上发见。据传说是纪元前二世纪的作品，然未考实。其中性的肉体表现，与Hellen〔海伦〕的明确的透彻的表情，均极优秀。为希腊末期的代表作之一。

米洛斯岛的维纳斯

要之，Hellenistic时代的诸雕刻，概有写生的，人间的，剧的，活动的，又悲剧的倾向。在绘画也是同样。原本的绘画制作，均已消灭，遗留着的只有壁画及建筑上的mosaic〔镶嵌工艺〕（一种嵌细工或图案）。其最有名的，是当时亚历山大利亚的画家所描的《亚历山大帝与波斯王战争的光景》。这是一八三一年在邦比〔庞贝〕发见的色玻璃 mosaic。似是本在亚历山大利亚而移供于此的。这画的华美，为从来所未有。

五　古代罗马（Roman Age）

A　自 Etruscans〔伊特拉斯坎人〕至共和时代

"光从东方来"：埃及与美索不达米亚的文化的光，过了爱琴海，到希腊经半岛，在那里开出了 Hellenism〔希腊文化〕的绝大的生活表现的花；现在再从地中海向西行，到意大利半岛，变成了自 Etruscan 人的勃兴至共和，帝政两大罗马时代的一千数百年间的无比的隆盛，又一转而为五百年的文艺复兴时代。故近代文化，可说全是从希腊半岛上放射出来的。现在就首先承受这文化的光的 Etruscan 人说起：

最先移植文化于意大利的，是 Etruscan 人，即塔斯康人。初在此半部设国，纪元前一〇〇〇年间，已渐占势力。到了纪元前六世纪，从小亚细亚移来文化，又取入埃及及希腊 archaic〔古代〕的要素，程度渐高，倡造罗马建筑的石造的一大特色。他们为祀国神周彼得〔朱庇特〕，建筑"独利亚〔多利亚〕式塔斯康"柱的特别式样的木造殿堂。又兴金工，陶工，及雕刻，绘画，有凌驾当时的希腊的绘瓶。其尤优者，为上载肖像雕刻的石棺（Sercophags），为他国所未见。纪元前六七世纪时的石棺的遗物，在现今的罗佛尔〔卢佛尔〕，大英〔不列颠〕等博物馆中均有陈列。其文化,大体可说是希腊的影响。然到了纪元前三世纪初,就全被新兴的罗马人所毁坏。

在纪元前六世时,早已有他种族在Latium〔拉丁姆〕即今罗马附近地方渐渐得势,这就是拉丁人。他们的侵略力非常进步,自纪元前五百年至纪元前二七五年间,并吞全意大利而统一,这就是罗马国。更下至纪元前一四六年,竟大扩范围,全有地中海沿岸的地方,实现从来未有的一大世界国。自此至大将凯撒（Caesar）的出现,其间为一共和的大帝国。

这样,罗马人忙于发展国力,军民等的生活不得安宁,故其特质为军国的,政策的,而专重实利实益,不像希腊人的耽心于感觉的空想的美中。可视为艺术的表现的,简直没有。其文化主由于希腊的模仿；但没有本质的理解,徒然向先进国憧憬或夺掠而已。只有"必然"与"实用",支配共和时代的罗马人,而促成了真的现实主义,强力主义,积极主义的人本的建设。试看当时的建筑,大都是forum（古罗马的公共场所）,浴场,amphitheatre（圆剧场）,凯旋门,凯旋柱,水道,城壁,桥梁,道路,便可证明这一点。总之,共和时代的遗物极少。其可录者,只有《哺两儿的牝狼》,《军人像》（现存罗马卡彼托尔博物馆）,《夫妻像》（伐谛康〔梵蒂冈〕）等,可视为共和与帝政的过渡期的作品。惟罗马艺术的特色,是其写生的手腕的熟达,这倒是可注目的一点。

《哺两儿的牝狼》,据说是记述罗马发祥祖的双生儿由牝狼喂育的故事的。一说是纪元前六世纪顷由希腊输入,且两儿是后来附加,非纯粹的罗马艺术。然精悍劲烈的张牙的狼的气势,颇可象征罗马国民的出发。

哺两儿的牝狼

B 帝政时代

胸部挂满装饰,右手指着远征的地方而立着的英姿!便是罗马帝国的第一世大帝 Augustus〔奥古斯都〕的肖像(现藏伐谛康博物馆)。这是当时一大杰作的艺术品,同时又是罗马帝国的象征。罗马帝国,实在可说是 Augustus 自己的一大创作。纪元前三十年,罗马正是所谓三头政治的乱世。大帝起而平天下,倡立亚历山大以来未有之大帝国。在其四十四年的治世中,努力于以意大利为世界中心而创造理想的新世界。故罗马恰好与耶稣纪元为界而分了新旧两时代。欧洲的真的文化生活的传统，实在是因了他的帝国政策而发生的。

大帝临政后，全国面目一新，大兴建筑，营造亚历山大时所见的大宫殿。又继凯撒的遗志，从巴拉丁丘（Palatin hill）向东北起广大的建筑的群。其中最壮观的，便是所谓 Augustus forum〔奥古斯都广场〕。建筑式样亦翻新，多用石造的环门〔拱门〕（arch），为建筑史上一大革命。

自 Augustus 帝时代至其次的隆兴时代，即 Vespacianus〔韦帕芗〕与 Titus〔第度〕两帝的时代，初期建筑为 Hellenistic〔希腊风〕与 arch 式的交混。在现存的遗迹中，例如现在法国的，当时罗马殖民地上的尼姆殿堂（Nime）及水道，都是同式的。又他们对于凯旋门最有兴味，也用此式。据说所筑甚多。现在法国境内的，征服高卢人时所建的大凯旋门，便是其一。但罗马全时代中最有名的凯旋门，为 Titus 帝所建的。Titus 帝于其父 Vespacianus 帝时代征伐耶路撒冷的犹太人的反叛大胜而归，设此凯旋门为纪念。门上有当时最高的技术的浮雕，描出罗马人获得耶鲁撒冷圣殿中的神圣的七枝

奥古斯都大帝像

烛台的光景，废除从来的线与 symmetry（对称）的无意味的美而使全体的光景如实地活跃于眼前。这是近代绘画的先驱。

然最足代表这 Titus 帝时代的遗物，便是极大的 Collosseum〔竞技场可里西〕。这不但是世界现存的最大建物之一，其并列的环门的巧妙，希腊各式柱头的应用，可容七八万人的广度，及其曾行最残忍的斗技的历史，各点都是象征罗马的绝好的纪念物。

竞技场可里西

Titus 时代还有一可纪念的事，是纪元七十一年的邦比〔庞贝〕（Pompeii）的陷落。这陷落的邦比至十九世纪始被发掘，得着许多当时的生活与艺术的遗物。尤其是壁画，文艺复兴以前的绘画，几乎尽行消灭，现在所得见者，只有在邦比发掘的壁画。这种画虽然全是希腊末期的模仿，然其室内装饰图，及写生的风俗画，颇可表出当时的画法与好尚。

其后的艺术的高调，在于第三和平时代。就中 Trayanus〔图拉真〕帝的"德拉亚奴斯〔图拉真〕纪念柱"，及 Hadrianus〔哈德良〕帝的"Pantheon〔潘提翁〕"，尤足纪念。前者，德拉亚奴斯纪念柱，是当时大帝追放高庐人，而记录其远征的功勋的。在极大的广场中竖立一支高一百四十七呎的大理石巨柱，内部雕空，有回廊可以升降，柱顶雕刻着帝的雄姿（后至中世纪改为罗马教会开祖 Petros〔彼得罗〕的立像）。柱表刻着战胜高庐人的纪念图。其艺术的壮丽实为 Titus 的凯旋门所不及。

Hadrianus 帝继前帝的征伐之后，尽力于边境的防备，巡行国内，所至修改都市，兴造建筑。"Pantheon"为其代表例。此建筑高与直径均一百四十二呎。为壁与屋脊俱全的唯一的罗马遗物。

此后罗马更无隆兴的时期。除了因 Caracallus〔伽勒加拉〕帝（纪元二世纪）的非常识的骄奢而起的浴场建筑的发达外，文化与艺术均次第衰落。到了四世纪之初，君士坦丁奴斯〔君士坦丁〕帝（Constantinus）远迁其都于爱琴海北的君士坦丁堡（Constantinople 即纪元前六六七年希腊人所建殖民市 Byzantium〔拜占庭〕地方），名义上为罗马帝国，然至四七六年即陷于崩坏的运命。其最后的装饰，是"君士坦丁奴斯帝凯旋门"，现今尚存在罗马。

六　基督教艺术的发端

A　Catacomb〔地下礼拜堂〕与 Basilica〔长方形大会堂〕

"光再从东方来！"然而这回不是肉体的，感觉的，现世的光；而是照在犹太的天空中的太阳，基督所说的"神就是爱"的，精神的，灵的，超现世的，传达永远的彼方的神的生活的福音的光明了。以前的 archaic〔古风的〕时代，犹之月夜。埃及诗、亚细里亚〔亚述〕所发生的自然人化的一种水蒸气，包掩了希腊的天地，成为神话的云与露，就有人情感与美的创造。到了罗马，云露晴了，现实的，直面的，没有梦幻与"美"的白昼来到的时候，就从东方升起一轮红日来。于是支配千数百年的基督教的文化与艺术开始发育了。自罗马帝国崩坏的前后直至最近十七八世纪的所谓艺术，实在可说完全是对于基督及其教的崇拜信奉的手段与装饰。

然基督教的黎明是阴惨的。自教主自身做了十字架上的牺牲以后，由十二使徒在当时文化中心地的希腊，埃及，及首都罗马盛传教道，于是有《希腊神话》中的从来的传说的信仰，尤其是偶像的具体的信仰，来统一国民的思想与文化，又成为强的生活力。然当时的传教，受非常的抑压与迫害。据说使徒曾被用火烧死，多数的信者，在三四年间为神而牺牲，或被虐为奴隶或流为异邦人。名帝 Hadrianus〔哈德良〕与圣帝 Antoninus〔安敦〕，尚且不辞教徒的迫害。

然而信念的力比生命还强。他们因了不得公然在地上祈神，就穿了地窖，作出所谓"catacomb"的地下礼拜堂，置牺牲者的遗骸于其中，齐集而祈神。这便是初期基督教美术的萌芽。后来这传统发展进化起来，就成为 Romanesque〔罗马式〕，Byzantime〔拜占庭式〕，Gothic〔哥特式〕诸派的美术，终于产出文艺复兴（Renaissance）。然 catacomb 是极粗陋狭窄的黑暗的地下的廊。两壁设龛室，可置住者的尸体。龛室上有绘画及浮雕等极原始的表现。其图样为草蔓，果实，花草，Cupid〔丘比特〕等，又用希腊文字写基督的名字，描小羊，舟，鸠等简单表号，以私下表白他们的基督教信仰。又把罗马风的人物及《希腊神话》中的故事附合于圣书的事迹上。故 catacomb 的艺术，不是纯粹基督教的，而是借当时的罗马人的思想风俗，以表示他们的信仰的，其作风不过是罗马希腊的颓废的传统而已。

纪元一〇〇年至四一〇年间，catacomb 的建造最盛。自三一三年 Constantinus〔君士坦丁〕帝公许基督教为与他教同等的国教以后，这等信仰者就走出这地窖，到地上来建教堂，即所谓"basilica 教会"〔"长方形大会堂"〕。

于是 basilica 就当作皇帝的公厅，历代属于最重要的 forum〔广场〕，主用为裁判的法庭及交易的市场，变成一般民众的日常的集合所。因此基督信仰就被公许，渐在民众间得到压倒一切的势力。basilica 的建筑式样也渐次革新，从其传统发生 Romanesque 建筑，Gothic 建筑，及文艺复兴期建筑诸式样。

长方形大会堂

　　basilica 的主要的遗构，为罗马的 Sta-Maria-Maggiore 寺院〔圣母堂〕与 St.Klemente〔圣克莱孟特〕寺院。前者建立于三五二年，内部的美在现存诸古代寺院中为最。后者落成于五〇〇年，后一〇八四年再建，内部以华丽的 mosaic〔镶嵌工艺〕著名世界。

　　这 basilica 建筑直接传统于 Romanesque 建筑。另一方面又跟随了 Constantinus 帝的迁都而移到 Byzantium〔拜占庭〕，发挥全新的艺术式样。

B　Byzantium 的艺术

从东方来照临罗马的"神爱"的光，又反射到当时的世界的东北隅的 Byzantium（即君士坦丁堡）。现在我们还可看到那里的摩天的 St.Sophia 大寺院〔圣索非亚教堂〕。四世纪初，Constantinus 大帝即位，借当时新兴的基督教徒之力，以殉教的象征 X 为旗号而攻敌，终于得胜。就认基督教为国教，建设许多大寺。三三〇年迁都东北方，这"光"随之而东北行，就照到了 Byzantium。于是罗马文化，希腊文化与东方诸国的传统相合流，造成数百年间极光彩的世界主义的 Byzantium 文明。

St.Sophia 寺，是 Byzantium 势力与文化达于最高顶时的 Justinianus〔查士丁尼〕帝（482—565）的虔敬的宗教感情发露而建立的。帝的业迹甚多。起造八个水道，十一所 forum，二十四个大浴场，及无数的宫殿，剧场，寺院。这大寺本来是 Constantinus 帝祀全能全智的神而建的，后遭火灾，由 Justinianus 帝重建，于五三七年落成。工事主宰者为希腊人，其样式平面作正方形，中央为大广间，圆天井高一八六呎，阔一〇〇呎，涂以纯金。外观与内饰均极美丽，有金银七彩的大理石的 mosaic。实可称为东洋的色彩的诱惑。但 Byzantium 美术的本质与内容，不是写生或写意的美，而是形式与感觉即线与色的美。其表现的特色，是 mosaic（嵌细工），tapestry（挂毛毯），miniature（小密画）。这等本来不是纯粹的 Byzantium 风，而是东方风的（oriental）美术。

mosaic 最初发达于东方。移入罗马，始用色大理石的小方形。到了 Byzantium 而更发达，用玻璃，施各种美丽色彩。当时的 mosaic 绘画，最有名的就在这 St.Sophia 寺中。

挂毛毯与小密画，均是特色的，均入其次的 Gothic 时代而更发达。然当时的雕刻，几乎全然没有。惟小形的宗教的表现的象牙雕，为当时的特技。

Byzantium 都于一四五三年被灭于土耳其人之手。然其所发生的文化与艺术，散入各地，放射其光辉于希腊，俄罗斯，及自意大利至中世的富郎克〔法兰克〕的诸国。在俄罗斯各地，遗迹最多，这是可注意的一事。

七　中世纪的美术

A　Romanesque〔罗马式〕的建筑

在朽腐了的罗马大帝国上，因了基督教与异民族高庐人的结合，而起新兴的精神，徐徐地发生绿的萌芽，这就是初期基督教美术。然当时的寺院王宫等建筑，仅以实用与坚固为目的而建造，其中全无雕刻与绘画的发达。故中世纪可说是建筑的时代。当时的建筑，由 catacomb〔地下礼拜堂〕进于 basilica〔长方形大会堂〕后，分两路展进：其一东流而为华丽的 Byzantium〔拜占庭〕样式，其二西流而为 Romanesque 建筑。故 Romanesque 建筑，是 baslica 的连续，同时又是向其次的独创的 Gothic〔哥特式〕建筑的过渡；细考起来，这是在九世纪初以意大利为中心，渐渐扩充于德，法，至十二三世纪而成最盛行的建筑式样，再从法兰西北方流入英国，成为异样的诺尔曼〔诺曼底〕（Norman）式建筑。在文化主潮上看来，这不外乎是从罗马主义向北欧主义的运动。

我们第一须要看中部意大利地方的比撒〔比萨〕（Pisa）的本寺（Cathedral）。这寺院建于一〇六三年至一〇九二年间。大体取 basilica 式，而加入几分 Byzantium 式的要素。其华丽与奇异的特色，可说是 Romanesque 建筑的初期的形式。

比撒还有二名物，即"洗礼堂〔浸礼会教堂〕"与"斜塔"。

斜塔（Campanile），一说是工事中地盘沉下，因而成倾斜形的；还有一说，是造的时候故意倾斜的。这是一一一七年[1]的建筑，全体为七层筒形，顶上有小圆塔。倾斜幅有十三呎之大。洗礼堂的美观，远胜于本寺及斜塔。建于一一五三年，圆形平面直径一二九呎。纯用大理石造成，全体有简素的特色。

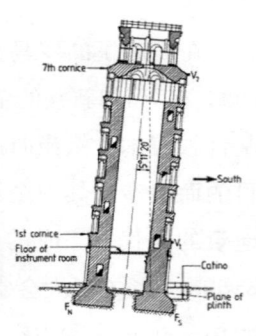

比萨浸礼会教堂、本寺、斜塔、斜塔断面

现在我们再从中部意大利移向北部意大利，去看一种由文化混淆而起的别种的 Romanesque 建筑。即 Lombardy〔伦巴第〕的 Milan〔米兰〕与 Venice〔威尼斯〕的 Ravenna〔拉温那〕地方的建筑。

Lombardy 式的建筑，沉重而无饰气，例如 Milan 的

---

[1] 应为 1174 年。

St.Ambrogio〔圣安布罗佐〕寺院，与 Pavia〔帕维亚〕的 St.Michel〔圣密舍尔〕寺院便是。前者建于一一四○年，简素强健，为后来的 Gothic 式建筑的先驱。后者建于一一八○年，也是有特色的建筑。正面极为古雅奇异。然在这地方的最美的 Romanesque 建筑，以 Verona〔维罗纳〕的 St.Zenone〔圣塞侬〕寺为代表。这寺建于一○四五——一一三九年间。意匠极为奇拔，快美而有生气。总之，环门〔拱门〕，穹窿，为这等建筑的特色。

我们再入德意志境，可看到与北部意大利相似的许多寺院。最发达的为莱因地方。其中以 Korn〔科恩〕地方的 Cathedral〔大教堂〕为最美。这寺建于一二二○——二五○年间。平面上与立体上均有特色。又 Worms〔沃尔姆斯〕与 Mainz〔美因兹〕的 Cathedral，都用赤色沙岩造成，也有复杂的立体与平面。

再向西行，法兰西境内有 Romanesque 式与此后发达的诺尔曼式的相混的建筑。就中以 Notre dame du Paul〔保罗圣母院〕寺院为最有地方色。

其次发达的，是诺尔曼式建筑。这建筑发起于法兰西的诺尔曼地〔诺曼底〕（Normandy）地方，盛行于诺尔曼人种的势力范围的土地。

B　Gothic 建筑与雕刻

访问巴黎的人，立在 Notre dame de Paris 寺〔巴黎圣母院〕前面的时候，看了其正面的纤丽的美，与屋角上的不可思议的怪物，怕谁都要惊讶的吧！这是中世纪最优秀的艺术为 Gothic 建筑的代表的遗构。仔细研究起来，很有兴味。要鉴赏这寺，我们须先把 Gothic 建筑研究一下。

古代罗马的传统，在十二世纪成为基督教寺院的样式；到了这时候，数百年来以法兰西为中心而养成的新兴民族的文化，渐渐显示其自己的表现，于是遂发生了替代 Romanesque 式的 Gothic 式。原来 Romanesque 式的建筑，不过是旧时的 basilica 的改良而已。且仿古典的石造建筑，壁厚而屋脊低，多苦重之感，又为支柱所碍，室内暗狭，有阴郁之气与钝涩的趣味。在轻快的新理想高调的民族，是不欢喜的了。而小的尖头 arch〔拱门〕的累积，组合，与并置，凌云摩天的高层的建筑法，就支配了这时代。故 Gothic 式的时代的建筑，真可谓"建筑的森林"。这样式十二世纪初萌芽于法国，十三四五世纪间流行于全欧。在古典建筑之后，为美术史上最著的式样。前述的 Romanesque 式，对于这 Gothic 式是由古到新的过渡现象。原来 Gothic 这个名称，是从蹂躏罗马帝国的 Goth〔哥特〕民族的夷狄的趣味而来的。

这式样的建筑不但是寺院，又用于城郭，裁判所，公会堂，学校，病院，及普通的邸宅。其主要的特征是不用单纯的柱或壁来支持构造，而用较小的多数的支持物，由其共动的作用而组成全体。这点可说是与当时僧院组织所行的共产主义的生活相一致的。故其建法，在普通的壁与支柱之外方又加用控壁〔扶壁〕（buttress），非常复杂而有 delicate〔纤细〕的视感。内都用多数尖头环门（arch），复杂交错，其尖头集成可惊的高的天井，然这亦因地方民族而稍有异同。

例如其发生地的北部法兰西地方，因为有须因河〔塞纳河〕的石材的自然的供给，故其装饰上与他处不同。多作直立成群的塔的形式，内外都有纤细而高的瀑布似的柱子，和密密的雕刻，圣者的画像。且入其内部，宛如亭亭的竹林，柱头的弧形的细枝，交错射出，其间隙中的无数的窗里，有薄明的光线，透过了古雅而美的 stained glass〔彩色玻璃〕，而朦胧地笼罩着这广堂。其最好的例，便是巴黎的 Notre dame de Paris 寺院。

这寺是在四世纪时的寺院的遗址上造起来的。起工于一一六三年，一一八二年行奉献式；然本堂的成立在于十三世纪。其后频加修改，直至十九世纪，未尝停工。正面除塔之外，为四层。其三个正门，充满以装饰的雕刻，在革命的乱时虽受损伤，然尚可认识初期 Gothic 时代的技巧。中央的正门的雕刻，为《最后的审判》。右面的正门是奉献于 St.Anne〔圣安妮〕

哥特式教堂内部

的，左面的正门是奉献于 Maria〔玛利亚〕的，各饰以有关系的雕刻，其浮雕尤为有名。第三层的中央，为初期 Gothic 的单纯石造花形直径四十二呎的蔷薇形窗（rose window）。第四层为对对的尖头 arch 作成的回廊，高二十六呎，用极细的圆柱支拄着。回廊的上面即蹲着种种怪物的栏杆。正面最上部有高五十四呎的、尖头形窗的两座方塔。这等塔现在还没完成。上述是从外部眺望的形。内部为圆形，周围有二重的侧堂，为初期 Gothic 风的好例。礼拜堂有百十呎的圆天井，由七十五根圆柱支撑。侧堂的门的上部的古代的 stained glass，为极珍重之物。此外近世附加的装饰甚多，然寺的本来面目大致如此。

此外 Chartre〔沙特尔〕与 Reims〔兰斯〕的寺院（cathedral）也是法兰西的 Gothic 建筑的代表物。前者为此类中最古的建物，后者尽技巧的美观，均为世界有名的建筑。

起于北部法兰西的这 Gothic 式，流入于北方，与英吉利的诺尔曼式相混合，成为 English Gothic〔英吉利哥特式〕建筑。原来英吉利国民有重实用的长处，故尽力于寺院建筑以外，学校，图书馆等别的建筑也极发达。其建筑风比起大陆的来，构造与装饰均细密。其最古的代表物，为 Salisbury Abbey（撒利斯裴理寺〔索尔兹伯里教堂〕，建造于一二二〇——一二五八）等。其最华丽的，为伦敦的 Westminster Abbey（惠斯名斯德寺〔威斯敏斯特教堂〕）。十八世纪[1] 所筑的国会议事堂〔议会大厦〕，便是 English Gothic 所产生的新的式样。

---

[1] 应为：十九世纪。

这建筑风东行至德意志，建筑材料中南部富于石材；西北部富于木材；东及东北木石皆少而多用砖，故虽同为 Gothic，而各有地方的特色。然在技术上，少有独创，但模仿法兰西而已。如 Strassburg〔斯特拉斯堡〕、维也纳等处的寺院（cathedral）皆是其例。此外意大利，西班牙亦均有 Gothic 式的寺院，如 Milan 的 cathedral，是其著者。

伦敦议会大厦

附随于上述的建筑的，为建筑装饰用雕刻。此种雕刻在 Romanesque 式中已有。在 Gothic 式中更多。大都描写非常强烈的宗教的情景，达于感情表出的最高点。实为后来浪漫主义及最近表现派的先驱。这等雕刻，在 Gothic 寺院中随处皆有。大部分是薄肉雕刻〔浅浮雕〕（basrelief）。法兰西等处，建筑物的内外全部施此种薄肉雕，至不留空地。欧美各国的博物馆，都藏有这种建筑的一部分，或雕刻。

近代美术

八 文艺复兴初期

A Giotto〔乔托〕与Fra Angelico〔弗拉·安吉利科〕

光第三次从东方来,使欧洲全土照在"文艺复兴"("Renaissance")的光华中。从Romanesque〔罗马式〕至Gothic〔哥特式〕的建筑时代,欧洲美术已有底子;一〇九六年以来的二百余年的十字军远征,又把东方的华丽与光辉输了进来。于是扫除中世纪的混沌,而在艺术中表现出真诚的爱与欢喜。——其中介于法王〔教皇〕厅的教权与神圣罗马帝国的主权之中间,而又当经济上,交通上之冲的北部意大利,就做了最茂盛的"文艺复兴"的文化的花园。就中Florence〔佛罗伦萨〕,为文化最进的富庶佳丽之地,十三世纪时建筑已发达,为当时美术的中心。

当时的美术家中最知名的人,有Giovanni Cimabue〔契马布埃〕(1240—1302)及其弟子Giotto di Pondone〔乔托〕(1267—1337)。这二人是文艺复兴的画家的先锋。但Cimabue本是作旧式的mosaic〔镶嵌工艺〕的画匠,连真作都不传世。Giotto本是一个牧羊童子,有一天他在岩石上描了一只羊,被Cimabue所赞识,因而师事之,遂成一家。其作品有

Asisi〔阿西西〕的 Francis〔弗朗西斯〕寺中的《圣弗朗西斯一代记》联作二十八幅，Padua〔巴迪阿〕的《马利亚的生涯》联作三十八幅。此等作品原是基督教义传说的解释，故陷于形式主义，手法坚苦，远近法亦不完全；但其所描人物的泼辣与纯洁，却胜于盛期的名作。Giotto 的流派之下，名匠辈出，其中最有名的 Andrea Orcagna〔奥尔卡涅〕（1308？—1368）是雕刻家，又画家，慕 Giotto 的风格，以典雅之趣拔群。他的作品，以壁画为主，如 Padua 寺的《圣灵降临》，Pisa〔比萨〕的 Camposanto〔坎波圣〕寺的《死之胜利》，为最著名。

这班画家，名曰初期 Florence 派。同时与这派雁行的，远有 Siena〔锡耶纳〕派。Siena 在北部意大利与 Florence，Pisa 成三角形而相对峙，是文化早已发达的都会。此派开祖是 Duccio〔杜契奥〕（1255—1319）。其风格古雅，质实，虽无 Florence 的华美，而有独得的明与快的好处。其面貌描写，尤为特胜，能表出一种温和的感情，为后来的 Fra Angelico〔安吉利科〕的出现的预兆。Duccio 的名作，有在本地的《圣母戴冠》及在伦敦的《圣母与天使，预言者，圣徒》等，均为世所宝。然此派的最大家，是 Fra Giovanni Angelico（1387—1455）。这人是信仰极深的宗教徒，描表祸福报应，最为有名；又笔法雄健，色彩流丽，为当时所惊叹。其所作 St.Marco〔圣马可〕寺的壁画《圣母的生涯及受难》，为至虔敬的信念的表现，例如其中一幅《天使下降》，最为著名。

Siena 派中除上述的大家以外，还有 Gentileda Fabriano〔法布利阿诺〕（1360—1440）。其作品有细部精写及色彩华丽的特色，为 Siena 派特色的代表。

安吉利柯：《天使下降》

于是我们讲到了十五世纪最荣盛的 Florence 的盛期了。现在先把当时的雕刻家说一说。在意大利，雕刻实比绘画发达得早。Frederic〔腓特烈〕二世与法王妥协而统御神圣罗马帝国的时候，在 Aporia〔阿波里亚〕地方有金雕家，在帝的保护之下制作罗马帝政时代的半月像的货币，以应国用。后来其中的巨匠 Nicolo Pisano〔尼科洛·比萨诺〕（1206—1280？）来到

Pisa,为洗礼堂〔浸礼会教堂〕的讲堂雕刻基督降诞等黄铜浮雕。其作风于 Gothic 中加以罗马石棺雕刻的手法,有新时代的趣味。这等其实已可说是文艺复兴最初的美术的遗作了。其子 Giovanni Pisano〔爵凡尼·比萨诺〕,也有同类的作品。其后直至 Donatello〔同那泰罗〕出世,始有真的文艺复兴的雕刻。但现在要先把此都的建筑及其大家 Brunelleschi〔布卢内尔雷斯基〕说一说,再续说雕刻。

B 初期 Florence 的建筑与雕刻

旅行意大利,而入 Florence 的市街的人,谁也感到其中充满着文艺复兴的遗构及气味。看了街道两旁的十四五世纪的大建筑,又入其室而观其雕刻绘画,犹如与 Leonardo〔列奥纳多〕,Michelangelo〔米开朗琪罗〕,Donatello 等促膝谈心。Florence 是从十三世纪以来急速繁昌的共和制的都市,入十五世纪,就做了世界文化的一中心,而美术最为光荣。因为这地方有许多有势力的贵族,他们建造宏壮的殿邸,组织高尚风雅的美的团体,朝夕会集诗人,文人,音乐家,美术家而谈笑享乐于其中,就成了其地的美术发达的原因。但这欢乐境,一方面又是政争的党同伐异之都,生命的安危,朝不知夕。故其建物极乐其内部,而质朴其外观。往往外观非常简素,入内便觉华丽可惊。这格式就名为"Florence 式"。当时有两位有名的大建筑家,即 Brunellesehi(1377—1446)与 Alberti〔阿尔柏提〕(1404—1472)。

Filippo Brunelleschi〔菲利波·布卢内尔雷斯基〕是本地人，游学于罗马，学习 Pantheon〔潘提翁〕的建造，后来竞技当选，遂担任了 Florence 的本寺的 dome〔圆屋顶〕的设计建造工程。这寺起工于一二七四年，完成于一四三六年，其中极大的 dome 高三百呎，为世界著名的建物，为后来一切 dome 式建筑的先驱。其旁附有钟楼，为一三五三年由 Giotto 开始建筑，历五十年而始成功，这摩天的方形建物，内外装饰均极精美，在此种建物中为世界最美的杰作。Brunelleschi 的作品，在 Florence 有许多种，现均留存。

　　Leon Battista Alberti〔雷翁·巴提萨·阿尔柏提〕是研究古典文学的人，长于装饰意匠，故其作品只是精致，而不能作大建物的设计。其名作有 Parazzo〔帕拉左〕，Ruserai〔卢切莱〕（一四六〇年造），及 St.Francesco〔圣夫朗彻斯科〕寺院（一四四七年造）等。

　　讲到这等建筑上装饰的雕刻，可举一个当时大雕刻家 Lorenzo Ghiberti〔罗伦左·吉柏提〕（1378—1455）。他与 Brunelleschi 各作一黄铜〔青铜〕浮雕《Isaac〔以撒〕的牺牲》，同为 Florence 的洗礼堂的扉的装饰。Brunelleschi 所作的颇有剧的表现，稍示形式的活动；Ghiberti 所作则表出其沉静的技巧。这是两人的竞技的制作，结果当时只二十五岁的青年雕刻家 Ghiberti 的中了选，现今正装在那洗礼堂的大门上。

　　但真能代表 Florence 的雕刻的，是 Donatello（1386—1466）。他也是本地人，曾从 Ghiberti 的父亲学铸金技，因此

布卢内尔雷斯基：《以撒的牺牲》　　吉柏提：《以撒的牺牲》

也参加洗礼堂的门扉的制作。十七岁的时候，随了 Brunelleschi 到罗马，研究希腊、罗马的古代名作。当时所流行的雕刻以装饰用的浮雕为主，是绘画的，说明的，且多硬涩之感。但到了他手里，就直追真的文艺复兴精神的古典主义的本质，同时又踏出自写生出发的，有生气的现实主义的第一步。故近代雕刻，直可说是出发于 Donatello 的。后来的 Michelangelo 等，受他的影响不小。其作品如 Florence 本寺的《合唱堂浮雕》，St.Michel〔圣密舍尔〕寺的《圣若尔治》〔《圣乔治》〕，及骑马像大作《Gattamerata〔加塔美拉塔〕》等，为代表作。后者现存于 Padua，为近代铜像的范型。其生动的马的写实，与飒爽的骑者的英姿，在后来无数骑马像中最为杰出。故雕刻实在可说是因了 Donatello 而成立的。

同那泰罗：《加塔美拉塔骑马像》

Donatello 以后的雕刻家，有 Robbia〔罗比亚〕一族出世。皆陶器工，主用 terracotta（烧黏土）发挥其技术。就中以 Luca della Robbia〔卢卡·德拉·罗比亚〕（1399—1482）为最有名。所作陶器的《圣母，基督与两天使》，最为美丽，温柔鲜美的陶器的感情可掬，为 terracotta 史上的最大杰作。

自此以后，到了十五世纪后半的 Florence 美术最盛的时期，出了许多雕刻家。其著者，以 Verrocchio〔威罗乔〕（1436—1488）为首，Bernardo〔柏那多〕、Rossellino〔罗塞里诺〕（1409—1464）、Antonio〔安东尼奥〕、Rossellino（1427—1479）兄弟，Desiderio da Settignano〔德西德略·达·塞提涅诺〕（1428—1464）等。弟 Rossellino 的 Sebastian〔塞巴斯提

安〕全身像，完全脱却当时所珍的理想主义，而用写实的手法来表出壮汉的苦涩之相。这类的作风，在当时颇盛。Verrochio 也是如此。在 Venice〔威尼斯〕有他所作骑马铜像，比前述的 Donatello 的写实更进一步，而投入精神的魄力，给后来的 Leonardo 与 Michelangelo 以多大的影响。

C　Florence 的绘画与 Botticelli〔波堤切利〕

已经说了十四五世纪的 Florence 的建筑与雕刻，现在要再说其最大特色的绘画了。

Cimabue 与 Giotto 之后，有短命天才 Tommaso Masaccio〔托马索·马萨丘〕（1401—1428）。他在世虽只二十七年，然为在十五世纪绘画界开一新纪元的人。其壁画的风格，构图，及对于自然的真实等，为后代画家所仰为模范。Raphaello〔拉斐尔〕所负于他的甚多，实可说是他的完成者。据说 Raphaello 在 Vatican〔梵蒂冈〕的壁画中所描的《亚当，夏娃》，是以 Masaccio 的《被逐出乐园的亚当，夏娃》为范本的。这画现存 Florence 的 Carmine〔卡麦因〕寺中。描出着裸体的亚当、夏娃在阴郁的空气中带着悲愁而仓皇出奔的样子。

与 Masaccio 同时，还有 Paolo Uccello〔保罗·乌彻洛〕（1397—1475），Andrea del Castagno〔安德利阿·德尔·卡斯塔玉〕（1390—1457）等画家。Uccello 为文艺复兴期的最初的战争画家，又是研究远近法的人。Castagno 也是受 Donatello 的影响的，其画最为悲壮。《最后的晚餐》为其代表作。

可推为 Masaccio 的承继者的，有 Fra Philippo Lippi〔弗拉·非利波·李比〕（1406—1469）。他是僧侣，从 Masaccio 学画。其性快活，故与师异趣，把宗教的画题改作愉快的世俗的事实而描出。所作有《马利亚〔玛利亚〕戴冠》，Madonna〔圣母像〕等。其构图，色彩，手法等，皆已暗示着 Botticelli 的出现。与 Lippi 同时，还有 Benozzo Gozzoli〔贝诺左·果左里〕（1424—1496）及 Pollajuolo〔波赖奥洛〕兄弟等画家，都是 Florence 人。Gozzoli 作出许多壁画，Camposant 的大壁画，便是其大作之一。Pollajuolo 氏兄曰 Antonio（1429—1498），弟曰 Piero〔彼埃罗〕（1443—1496）。两人都是学铸金术，而兼修绘画雕刻的。故其绘画有从铸金的影响而来的刻线的清新与精密。又开始为艺术研究的目的而解剖尸体的，就是这兄弟二人。

在以上诸人中特别显露头角，而可代表 Florence 派初期作家的，是 Sandro Botticelli〔桑德罗·波堤切利〕（1444—1510）。他也是 Florence 人。幼时从父亲为金工弟子，不久自己发心转入了画家 Philippo Lippi 的门下。其后作许多作品，都能实现 Renaissance〔文艺复兴〕的陶醉的恍惚的世界，而在近代绘画史上划分最有意义的一时期。在他以前，美术差不多还没有脱离实用的意义。到了他的手里，美术始从实生活游离而独立。代表作，便是《Venus〔维纳斯〕的诞生》。这画出发于写实，因了他的丰富的空想与美的情操而又变化为梦幻的美而表现出。他自有其特殊的感觉与感情，用最游荡的，最丰富的梦境与色与形，来创造不可名状的快美。其无可言喻的宝玉似的色，与美酒似的透明的光，金与 orange〔橙〕与 cobalt〔翠蓝〕与 blue〔蓝〕的色调，迷惑看者的心。从海中的贝壳上生出来的女神，现出着这世间最美的全裸体，而临风立着。空中两个天使飞来，右方一女人献上衣裳。全画的优美与艳丽，实可谓达人间感情的极点了。他还有杰作《春》，是象征春的情调的，在百花缭乱的园林中，像春的群少女在那里跳舞，表出其欢乐，娇艳的极致。然这两幅画的表现，虽有生彩，但非清新，隐隐中有一种世纪末的病弱与烂熟欲颓的哀愁泛溢着。这是因为 Botticelli 是颓废的（decadent）唯美主义者的原故。后来的 Raphaello，可说是从他这种感觉的陶醉的形体上出生的。

波堤切利：《维纳斯的诞生》

意匠不似 Botticelli 的诱惑，画风不若 Botticelli 的美，而却有强健的手腕的，是 Domenico Ghirlandajo〔多美尼科·基朗达约〕（1449—1494）。他是精力的作家，遗作非常多，其最著名的，是 Florence 的 Sta. Maria Novella〔圣玛利亚·诺未拉〕寺院的三面壁画。Onissantti〔奥尼桑提〕的食堂壁画《最后的晚餐》，与 Florence 的宫殿壁画《马利亚的诞生》，也是杰作。能承继他们的画风的，还有 Philippo Lippi 之子 Philippino Lippi〔非利比诺·李比〕（1457—1507）。这人完成 Masaccio 所未完成的诸作。人物姿势相貌有优雅纯洁之趣，但于画风上别无新的机轴。

此外还有前述的雕刻家 Verrocchio，一面也是画家，能取入诸家的所长，而自成简洁的画风，遗作甚稀。其弟子 Lorenzo di Credi〔罗伦左·蒂·克雷蒂〕（1457—1537），笔意与独创力虽不如师，然有温雅可怜的特色，其作品多小小的密画（miniature），以基督及其一族为题材。同时还有 Piero di Cosimo〔彼埃罗·蒂·科西摩〕（1462—1521），是研究神话与古典的画家，其所作妇人像的色彩颇有魅力，背景的山水尤为秀美。

九　文艺复兴盛期

A　各地的画派

十五世纪文艺复兴前期的绘画，以 Florence〔佛罗伦萨〕派为中心而发达。四方美术家接踵而至；希望一触其空气，恰如近世美术家的麇集于巴黎。于是此派的画风弥漫于意大利全土，其中学得最近似的，是 Umbria〔翁布里亚〕派。Florence 派是注重典雅的形式的，讲究写形与构图。Umbria 派的人们则更重古风，故有质朴而动人的可怜柔和的表情。画家中最有名的，是 Gentile da Fabriano〔贞提尔·达·法勃利阿诺〕（1370—1427），Piero della Francesca〔彼埃罗·德拉·夫朗彻斯卡〕（1420—1492），及 Filenzio di Lorenzo〔非伦齐奥·蒂·罗伦左〕（1444—1520）等。

其中 Francesca 是 Umbria 人，学习 Florence 派的技风，研究写形，远近，大气，明暗，于其地方的美术上大有贡献。其作品多壁画，画风严峻而忧郁的。其门下有 Luca Signorelli〔卢卡·西尼约雷里〕（1441—1523？），也是 Umbria 人，善描人物激烈活动的画，故称为当时最豪放的画家。后述的 Michelangelo〔米开朗琪罗〕曾为他的弟子。他的作风刚硬如雕刻，名作《世界之终》，就是 Michelangelo 的《最后的审判》的先驱。

承受了 Umbria 派的特异的感情而为之发挥的，实为 Pietro Vannucci Perugino〔彼埃特罗·凡努济·彼卢基督〕（1446—1524）。所作圣母子画（Madonna）甚多。在金赤的透明的色彩中发挥其宗教的 ecstasy〔法悦〕。他的友人 Betti Pinturicchio〔贝蒂·宾图利巧〕（1454—1513），更为一般人所喜。其画多鲜画〔壁画〕〔Fresco〕，作大壁画，如 Sta.Maria〔圣玛利亚〕寺的图书馆及天井中的壁画，是世人所共知的。又他的 Umbria 式的 Madonna，最为成功，为后来的 Raphaello〔拉斐尔〕的先驱。

其次，到了文艺复兴的初期，这 Florence 艺术的系统又另行发展而勃兴。即成了 Padua〔巴迪阿〕与 Venice〔威尼斯〕两派的艺术。这两地方自十字军以来，均特别繁盛。尤其是 Venice，直接受东方文化的影响，有"西方的 Byzantium〔拜占庭〕"之称。

就这两地的绘画论，Padua 派在十五世纪初有先驱者 Francesco Squarcione〔夫朗彻斯科·斯夸乔内〕（1394—1474），然其作品今日已无遗留。发明这派的特色的，是其次的 Andrea Mantegna〔安德里亚·曼坦那〕（1431—1506）。所作《死的基督》，最为有名。这画从尸体的脚后面描写，于素描（dessin）研究上也很有兴味。他的画风，总之是古典研究与科学知识的合并，因归重于形式，故缺乏活动与自由。然十五世纪的 Venice 派的特色，可说是由他创始的。

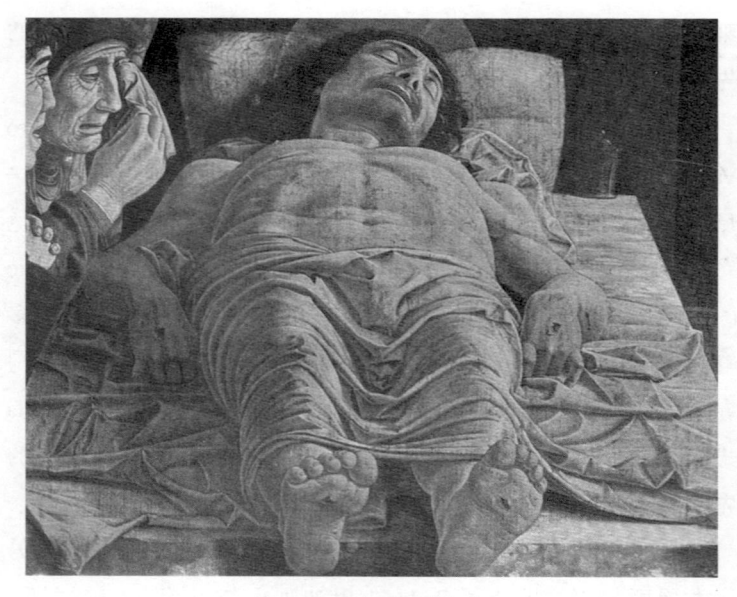

曼坦那:《死的基督》

　　Venice 派的画家，以 Vivarini〔维瓦里尼〕一族为最盛。族中有名的，如 Antonio Vivarini〔安东尼奥·维瓦里尼〕（？—1470）与 Bartromeo Vivarini〔巴特罗梅奥·维瓦里尼〕（1450—1599？），至 Arvise Vivarinl〔阿维斯·维瓦里尼〕（1466—1503）而灭。继承其画风而为此派吐气者，唯 Carlo Crivelli〔卡洛·克里维利〕（1430—1493）。其画风有描写绵密，用意周到的特色，所作 Madonna〔圣母像〕等画，于全身研究最为成功，影响于后来的画家的甚多。

　　然而 Venice 派的真的开祖，是 Bellini〔贝里尼〕的一族。这一族是与 Vivarini 同时起家，从同样的画风出发。其中

Jacopo Bellini〔雅科波·贝里尼〕(1400—1464) 是前述 Fabriano 的门人。自其子 Gentile Bellini〔贞提尔·贝里尼〕(1429—1507)，Giovanni Bellini〔乔凡尼·贝里尼〕(1427—1516) 兄弟出世，一族的声名始高。兄 Gentile 的现存的名作，有《十字架奇迹》的联作，作风有原始的坚硬而美的色彩。弟

乔凡尼·贝里尼：《圣母像》

Giovanni 起初受其义兄弟 Mantagna〔曼塔尼亚〕的感化，作严峻的素雕。后作风渐变，弃 tempera〔胶画〕而改用油画。所作《Madonna》威严丰丽，为从来的宗教画中的特色。

其名作尚有《戴冠 Madonna 与圣徒》，《十字架上的基督》(伦敦)，《死的基督与二天使》(柏林) 等，均有超出 Raphaelo 以上的称誉。

此外当时意大利各地尚有许多小流派，现在均从略。次述文艺复兴的大人物的三画杰——Leonardo〔列奥纳多〕，Michelangelo，与 Raphaelo。

B 文艺复兴三杰

一五〇三年——这一年不但于文艺复兴期,实在于全世界美术史上划一新时期。当时美术界的三杰 Leonardo, Michalangelo, Raphaelo, 都住在 Florence。五十岁的老大家 Leonardo 与二十七岁的青年 Michalangelo 共作 Florence 的大会议堂的壁画,各出其底稿,互相竞争其手腕与天才,真像龙虎相搏!这时候,Raphaelo 还是十九岁的白面少年,而作画的技能已是拔群,含着微笑而观望这新旧两雄的争斗。终于 Leonardo 的神秘,为 Raphaelo 的美所取代,又为 Michalangelo 的力的表现所压倒,而颓然崩坠,于是就以 Michalangelo 为文艺复兴的盛期的告终。

现在就这三人略说一说:三人中的老大家 Leonardo da Vinci〔列奥纳多·达·芬奇〕(1452—1519),是贵族的父亲与一农家少女 Caterina〔卡特里娜〕所生的私生子。为军事工学的技师兼建筑家,雕工,画家。文艺复兴期的艺术家,大都是多才多艺的,不仅是一个画家或雕工,而是有统一的敬虔的宗教心的一个完人。而以 Leonardo 为最显著。他有最大杰作《最后的晚餐》,是费三年的长日月而作成功,真迹现存在 Milano〔米兰〕地方的寺院中。《最后的晚餐》,在前已有许多人画过,但以他所作的为最著名。其群像的配置巧妙,性格的充分表现,手的动作皆个性的且表情的,复杂而又单纯,为别人所万不能及。但真迹已多剥落,由古来大家复写而珍藏于各大美术馆中。其肖像画中最著名者,为 Mona Lisa〔莫娜·丽萨〕。

这画实为世界最伟大的作品之一。大小仅高三尺，幅二尺，然他描这画，曾费五年的惨淡经营。为了要使模特儿装出这副表情，曾用一切乐器来引诱。其目与口上所显的神秘的微笑，后人称曰"Mona Lisa smile"〔"莫娜·丽萨微笑"〕，为此种表现的典型。故这画为世之至宝，曾于一九一一年遭盗窃，一时行方不明，但后来就发见。

达·芬奇：《最后的晚餐》

Leonardo晚年被新进作家所压倒，不得志而旅居法国，其未完成的一生遂于不遇中得病而死。他的画风的特色，在于统一化，单纯化，完成造形艺术的一模型。他虽不树派，然其后的美术家蒙其影响者甚众。Michelangelo也是在不知不觉之间追随他的。就中Bernardino Luini〔柏那提诺·卢伊厄〕（1475—1533）是他的门弟子，笔法极近似。Fra Bartolommeo〔弗拉·巴托罗美奥〕（1472—1517）是同时代的St.Marco〔圣马可〕寺的僧侣，从他学画，颇有师匠的笔意。

Michelangelo Buonarroti〔米开朗琪罗·波纳罗蒂〕(1475—1564)，是世界最伟大的诗人，建筑家，雕刻家，又画家。其奔放豪健的性格，使其艺术具有最优的总括力与形式感，为人所不能及。其父亲是 Florence 的贵族，将赴远处出仕的时候，生 Michelangelo，于是把他委托于乳母的丈夫一个石匠养育。幼时为 Ghirlandajo〔基朗达约〕的工场的徒弟，初研究绘画，但其性质终宜于立体的雕刻，不久就兼习雕刻。后赴罗马，于一四九八年刻其处女作《Pieta》[1]，得大用于法王〔教皇〕厅。遂于一五〇一年再归 Florence，作有名的《David〔大卫〕像》。后又赴罗马，为法王作 Sistina〔西斯廷〕殿堂中的大天井里的鲜画（Fresco），于一五〇八年动手，一五二二年完成，为其绝世大作。天井中央描写创世纪中的事件，《人类创造》，《伊甸的乐园》，《乐园追放》，分布三面。其次写大洪水，淋漓尽致地表出着人类的绝望，恐怖，战栗，激怒，暴勇，悲哀等一切极端的感情。又其中所描的神，为无限的自然力的具体化，达于最上的壮严。这大画成功以后，他就没头于雕刻，至二十年之后，再来 Sistina，作第二次的杰作《最后的审判》。这画费时七年，于一五四一年完工。其画中央为基督，左为玛利亚，右为使徒及殉教者，殉教者各负刑具，对基督诉冤，右上方有天使拥十字架而飞来，又有七个天使吹喇叭，使墓中的死者苏醒，大家来受最后的审判。有的得永劫的幸福，有的送入常暗的地狱。这两大画，实为文艺复兴期的艺术的精髓。雕刻中有名

---

[1] 耶稣冥像，指圣母玛利亚哀痛地抱着耶稣尸体的塑像。

的，有《奴隶像》等，然不及绘画的全成。Michelangelo 享年九十余，始终以独身的生涯，为表现而奋斗，故与后之托尔斯泰等同为英雄的范型的艺术家。

他的追随者，在雕刻方面有 Benbenuto Cellini〔本本奴托·彻利尼〕（1500—1571），这人能够保留 Michelangelo 的风格，为后来的 Baroque〔巴罗克〕时代的建筑装饰的命脉，至 Giovanni Bernini〔乔凡尼·伯尼尼〕（1598—1680）出世而入 Baroque 盛期，详见后章。绘画方面的追随者有 Fra Sebastiano del Piombo〔弗拉·塞巴斯提安·德尔·彼奥姆博〕（1485？—1547）等。

第三个是薄命画人 Raphaelo Sanzio〔拉斐尔·桑齐奥〕（1483—1520）。十一岁时丧父，独学研究。一五〇〇年，做前述的 Perugino 的助手，故其青年时代蒙 Perugino 的影响。后又受 Michelangelo 与 Leonardo 等的感化，加入感情的，理想的要素。所作以 Madonna 为最有名。后来受罗马法王之招，于一五〇八年赴罗马，为 Sistina 殿堂作许多壁画，又描许多的 Madonna。其中以《Sistina Madonna》〔《西斯廷圣母》〕与《Madonna St.Antonio》〔《圣母、圣安东尼奥》〕，为最有名。后者于一九〇二年由美国富豪出百万元购入。

Raphaelo 是最讨人欢喜的画家，他的画都是通俗的，陶醉的，如图所举，便是一例。然他是短命者，三十七岁就弃世。门弟子中最杰出者有 Giulio Romano〔久利奥·罗马诺〕（1492—1546）。

回顾上述的三圣，Leonardo 在六十余年的生涯中，仅传留少数的，思想透彻惊人的杰作；Raphaelo 反之，在短促的二三十年中作出多数的华美的业迹；Michelangelo 则以九十年的奋斗，留下雄壮的，男性的足迹在这世间。

拉斐尔：《圣母》

C 盛期与后期的绘画

文艺复兴的三大明星，在意大利艺坛上的光过于强烈，致使十五世纪后半至十六世纪初的其他的群星黯淡无光。然而入了盛期，大家仿佛百花的竞春的群起，除三杰以外，美术史上可以特笔者尚复不少。现在都要撮拾在这里。

先说蹈袭前期的传统的诸派：Siena〔锡耶纳〕派中有 Giovanni Antonio Patti〔乔凡尼·安东尼奥·巴提〕（1477—1549）。作品甚多，有 Siena 的 Raphaelo 之称。

同时在中部意大利有 Andrea del Sarto〔安德里亚·德尔·沙托〕（1487—1531），是 Florence 系统的画家。所作多宗教画，有世俗的趣味，富于生气。

在上部意大利，有 Correggio〔柯勒乔〕（1494—1534），其画颇实感的，描写现世的乐天的快乐，虽宗教神话的题材，皆曲尽娇态，色彩明醇，为当时诸家所不及。

Venice 派中，入十五世纪后有 Bellini，前已说过。此外还有 Giorgione〔乔尔乔内〕，其所画相貌均静穆而含情，与背景的明媚的风景相调和，作成梦境似的心地。然 Venice 派中最杰出的人，是 Vecellio Tiziano〔维切里奥·提香〕（1477—1576），普通称为 Titian。他从学于 Giorgione 之门，Giorgione 夭逝之后，他就独擅盛名于画坛，与 Michelangelo 并誉，享寿至百年之长。作品极多，善描快活的现世的行乐，及娇艳的妇人。有名的《Flora》〔《花神》〕便是其一例。

Venice 派到了十六世纪终而向新的方面发展，其大家即 Jacopo Robusti〔雅科波·罗布斯蒂〕，普通称为 Tintorretto〔丁托列托〕（1518—1594）。其特色是在 Michelangelo 的形与 Titian 的色的合并。名作有《最后的晚餐》、《最后的审判》等。

在此派中有名的还有 Paolo Veronese〔巴奥洛·维罗内塞〕（1528—1588），所作多巨大的装饰画，题材以飨宴祝祭等闹热的光景为多。然其关于基督的画，大都无宗教的意义，仅为当时贵人生活的描写，这不但是他一人的风格，是 Venice 派共通的倾向。因为 Venice 地方受东方的 Byzantium 的影响甚多，已成为色彩，感觉，装饰，享乐的都邑，故异于宗教的罗马与优雅的 Florence。这倾向与 Michelangelo 以来的壮大的构造一同导入法兰西，造成 Baroque 的时代。这是很可注意的一点。

从十六世纪后半到十七世纪，文艺复兴的名花渐就枯萎的时候，忽有 Carracci〔卡拉契〕一族出世，即 Lodovico Carracci〔罗多维科·卡拉契〕[1] 及其从兄弟 Agostino Carracci〔阿哥斯提诺·卡拉契〕（1557—1602）与 Annibale Carracci〔安尼巴雷·卡拉契〕（1560—1609）。二人忠实研究诸先辈大家的名作，树立一派，是为 Carracci 派。与这派对峙的，有自然的画风的 Caravaggio〔卡拉瓦乔〕（1569—1609）。其作品含悲壮的调子，有粗豪大胆的特色。但这是末期的，已失却生气，理想，梦，与情热，而只表现不伴实感的技巧，与阴惨苦涩的生活而已。自此以后意大利画坛一蹶不振。而文艺复兴的波涛，一转而澎

---

[1] 生卒年为：1555—1619。

湃于北欧之野。德意志，荷兰，法兰西，西班牙就代替了意大利而作出近代欧洲的文艺复兴的新花园。现在我们可以移向这边去眺望其烂漫的光景了。

十　北欧的文艺复兴

A　十五六世纪的 Flanders〔佛兰德斯〕画家

现今西洋画家所通用的油画，在 Michelangelo〔米开朗琪罗〕的时代尚未流行，故当时多用鲜画〔壁画〕（fresco）。油画的发明的完成者，是 van Eyck〔凡·爱克〕兄弟二人。这二人是 Flanders 的画家，现在要从他们说起。

Flanders 就是现今自法国北部至比利时荷兰的地方。国内有 Gent〔根特〕市，市中有 St.John〔圣约翰〕寺，寺里的大祭坛画，便是这兄弟二人的手笔。兄 Hubert van Eyck〔胡伯特·凡·爱克〕（1366？[1]—1426），弟 Jan van Eyck〔杨·凡·爱克〕（1380？—1440）[2]，于一四二〇年合作这北欧所从来未有的大制作。不幸兄 Hubert 在制作中死去，由弟依兄的构图而完成。祭坛外侧为神的使者降临于马利亚之图，人物描写极为绵密。里面中央描神父，马利亚，左右描天使的唱歌队，旁边描裸体立着的亚当与夏娃，以及骑士，隐者，巡

---

[1]　生年为：1370。
[2]　生卒年为：1385（一作 1390）—1441。

礼者，忏悔者，人物凡数百，皆一一描出其个性。背景，远近法，均巧妙无比。这兄弟二人的画风的特色，是从写实出发，用科学的态度，故描写非常精细，坚实逼真。这一点是与主重理想，线，色，及 fantasie〔幻想〕与陶醉的感情的表现的南方画派，截然不同，故北欧的绘画，源出于这二人，渐渐分流于荷兰，德意志，西班牙，法兰西。Gent 大祭坛画后来分离，寺中仅留中央的神父与马利亚，余者分藏于各地博物馆中。

Eyck 以后第一杰出的，是 Hans Memling〔汉斯·美姆林〕（1425？—1492？）。擅长于用新鲜的色彩描出理想的妇人，为 Flanders 派中宗教感情最深的人。作品中有名的，有《最后的审判》等。此外可记者，尚有 Quinten Massys〔昆坦·马赛斯〕，与 Lucas van Leiden〔卢卡斯·凡·来顿〕二家，皆有清新的制作。

入了十六世纪，有 Brueghel〔勃罗格尔〕一新派出世，对于以上的旧派，面目又一新。其第一家 Peter Brueghel〔彼得·勃罗格尔〕（1525—1569），取材尚属旧派，好描农民生活，有"农夫 Brueghel"之称。其最大名作，为《Bellehem〔伯利恒〕的儿童屠杀》，现藏维也纳博物馆中。作风为一般的，写实的，现代的。这等画家，是近世的壮观的 Rubens〔鲁本斯〕（详后）的先导。

B 德意志十五世纪的画家

请看下面的三幅画：右两幅同是描写以贞节的白刃自贯其

胸的 Lucretia[1] 的，但所表现的大不相同，前者作苦涩之颜，眼睛斜睨着天的一角；后者则握刃对胸，如切萝卜，坦然不变色。第三幅是穿黑衣的一贵妇人（丹麦 Klistina〔克利斯提娜〕公主），作高慢的态度而立着。

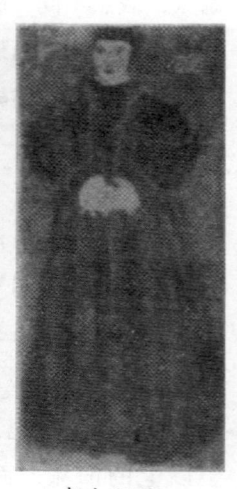

克拉纳赫：　　　　　丢勒：　　　　　贺尔拜因：
《卢克丽霞》　　　　《卢克丽霞》　　　《克利斯提娜公主》

这是自十五世纪末到十六世纪前半，揭开德意志绘画的幕的三大画家 Albrecht Dürer〔阿尔布雷希特·丢勒〕（1471—1528），Lucas Kranach〔卢卡斯·克拉纳赫〕（1472—1537），与 Hans Holbein〔汉斯·贺尔拜因〕（1497—1543）的代表作，最可表出这三大家的特色。我们现在要说这苦痛的画家，肉感

---

[1] 卢克丽霞，罗马传说中的贞妇。

的画家，与贵族主义的画家，先须把德意志绘画的出发点检点一下。

这地方本是神圣罗马帝国之地，十三世纪时各地已有 Gothic〔哥特〕式的寺院，雕刻，绘画，早已发达。又其中莱因河沿岸，在十字军时代本为特别文化之区，今受 Flanders 地方的开明的刺激，就一发而为 Flanders 风绘画的隆兴。十四世纪时，其地已有作家 Meister Wilhelm〔迈斯特尔·威廉〕，及 Stefan Rochner〔斯特凡·罗什内〕，皆善作装饰的宗教画。然可称为代表的作者，是 Martin Schongauer〔马丁·勋高厄〕（1440？—1488）。这人是德意志的先驱画家。其后在德意志各都市盛传此画派，有 Hans Pleydenwulf〔汉斯·普莱登武尔夫〕（1430—？ [1]），Michael Wolgemut〔米夏埃尔·沃尔格穆特〕（1437—1519），Friedrich Hellin〔弗里德里希·海林〕（？—1500），Bartromois Zeitblom〔巴特洛摩伊斯·蔡特勃洛姆〕（1484[2]—1518？），Richael Pahel〔理查尔·帕赫尔〕（1480—？）等画家辈出，均有作品留传。到了 Hans Holbein der Elder〔大贺尔拜因〕（1460—1524）出世，就于 Flanders 系统中加入意大利的要素及他自己的剧的趣味，而宗教画中的装饰化就转换了一个方向。其弟 Hans Holbein der Tuger〔小贺尔拜因〕出，更促进其兄的画风。

在以上诸家所造的基础上面，Dürer 第一个出现。其幼

---

[1] 卒年为：1472。

[2] 生年为：1455—1460 左右。

时曾就父亲学铸金术。后转学画，漫游各地，研究古名家的作品。归故乡后，闭门制作。其初期作品以肖像画为最多。Dresden〔德累斯顿〕的圣坛装饰《默示》，也是初期之作，一五〇二年旅居意大利的Venice〔威尼斯〕时，出其作品，大受世人欢迎。归国后，作圣坛画《马利亚升天》，惜原画烧失，今所保存者为模写品。他不但用油画作大画，又擅长etching〔蚀刻〕（铜面用化学药品腐蚀的一种画法），留下许多的名作，为etching史上第一大家。又擅长水彩画。一生作品极多，散在各地。其作风的特色，是力强的表现，阴郁，苦涩，意力的彻底。现代的表现主义，实从他发轫。

Kranach的作品，则在Dürer的苦涩与阴郁中加入意大利的圆滑与肉感，发挥一种特异相的浪漫的精神。与后来的Böcklin〔勃克林〕等有共通的浪漫主义的表现。其作品大多数为历史画与肖像画，均有实感的趣味，裸体画尤多蛊惑与怪气，为极端的乐欢的肉体描写。故Kranach，可说是在世上实现肉的天国的最代表的一人。

其次出世的，是所谓"高贵的画家"Hans Holbein，即老Holbein之子。父子合作的作品很多。他所擅长的，是肖像画，其技术称为当时唯一。虽精细的写实的笔，也不失其悠扬不迫的气品，尤为当时的特权阶级者所喜。

以上三人为德意志文艺复兴的代表的作家。自此至十八世纪，除了他们的追随者Mathias Grünewald〔马提阿斯·格留内瓦尔德〕（1500—1530[1]）与 Hans Paldoung〔汉斯·帕尔顿〕（1480—1545）作几幅奇怪的表现的画以外，德意志画坛暂时沉寂。

---

[1] 生卒年为：1455 左右—1528。

十一　Baroque〔巴罗克〕时代

A　十七世纪的 Flanders〔佛兰德斯〕画家

自 Bernini〔伯尼尼〕（见前九、B）Carracci〔卡拉契〕（见前九、C）Rubens〔鲁本斯〕使艺术的足离开了大地以后，就变出十七世纪初的 baroque 时代及十八世纪的 rococo〔洛可可〕时代来。baroque 与 rococo 的艺术的表现，约而言之，是艺术从现实的人生游离，而为真艺术，即"为艺术的艺术"——甚至可说是"为技巧的技巧"。而立在这运动的头阵的，是 Lorenzo Bernini〔罗伦索·伯尼尼〕（1598—1680），Rudovico Carracci〔罗多维科·卡拉契〕（1555—1619），Peter Paul Rubens〔彼得·保尔·鲁本斯〕（1577—1640），以及 Anthonis van Dyck〔安东尼斯·凡·戴克〕（1599—1641）等。这过渡时代的显著的事实，是其间欧罗巴文化潮流急激地从意大利向北转，流入荷兰，法兰西，德意志，更及于西班牙，英吉利。各地渐渐殷富，繁盛起来，美术也相伴而大发达起来。终于达到以法国路易王朝为中心的十八世纪的隆盛，又崩解而成为大革命，开出十九世纪的新天地。现在你们先来看一看这二百年间的 baroque 与 rococo 时代的状况。

Michelangelo〔米开朗琪罗〕所完成的意大利艺术，在他死后的数百年间，只是追随，模仿，mannerism〔独特格调，守旧主义〕，弄技巧的末节而已。当这时候显示最后的闪光的，是前述的 Carracci 与次述的 Bernini。

　　baroque 的先锋 Bernini 生于意大利，是建筑家，雕刻家，又画家，有"Michelangelo 第二"之称。其生涯的名作，是罗马的 St.Pietro 寺〔圣彼得大教堂〕的二重回廊。这寺曾经 Michelangelo 的许多的装饰，今添了 Bernini 的回廊，益增雄大。唯其雕刻，带末期的阴惨悲哀的表情，有流入 sentimentalism〔感伤主义〕之憾。然而尚为当时代表的第一人，而受路易十四世的招聘，定法兰西文艺复兴的基础。

　　然时代回转的更有力的动机，是 Rubens。这人出世，方才有近世画坛一大壮观的 Flanders 派的隆盛。又对于以人体描写为主的近代的倾向，影响极多。故现代的美术，差不多大部分发源于 Rubens。他是比利时人。赴意大利，接文艺复兴盛期诸大作，受 Carracci 及 Caravaggio〔卡拉瓦乔〕等的作品的刺激。归国后做宫廷画家，就描写嬉戏欢乐的宫廷生活，多表出游乐的情趣。后来到巴黎受皇后的嘱托，为她描写纪念生涯的一组大画，即今 Louvre〔卢佛尔〕美术馆的 Rubens 室中的许多大壁画。一六三〇年，娶第二妻后，又从事新的艺术的活动，以新妻为模特儿，描写种种宗教画，神话画。其作品现存者以千计，均保藏于欧洲到处的美术馆中。其作风有种种特色，尤其是晚年的特色，为肉感的美与描笔的疾走，色彩的透明华丽，这等均暗示着现代的画风。其门弟子甚多。就中可传衣钵者，有 Anthonis van Dyck（1599—1641）。技巧可仿佛于师，唯取材范围较狭，且缺乏空想与创造力。然其上品的温雅的肖像画，Holbein〔贺尔拜因〕以后为第一。

从以上诸人到后面的 Flanders 派大人物 Rembrandt〔伦勃朗〕，尚有数人不可以不记。上述诸人，都是一时眩目于从意大利舶来的华丽的；然条顿民族自昔一味忠实，终不失楚楚动人的自然主义的本质。今文化已定，本质自然萌芽，在 van Dyck 便已稍稍现示。到了 Adriaen Brouwer〔安德里阿恩·勃劳威尔〕（1605—1638？）与 David Teniers〔大卫·泰尼埃〕（1610—1690）等，国粹主义就明显地发挥。Brouwer 天性放逸，境遇流浪，故所作皆取材于下层生活。Teniers 境遇虽顺，但所取画材，亦皆农夫，酒店，市场，迎神赛会，田舍舞蹈等日常情景，及静物，风景，肖像画。这等画家，虽有时亦描写圣者的事迹，但已非出于信仰心。时势的变转的痕迹，于此更明显了。

B 荷兰画家

上述二家以比利时的昂德华浦〔安特卫普〕为中心而宣传风俗画，同时在荷兰也出了 Frans Hals〔弗朗斯·哈尔斯〕（1580？—1666），与 Harmensz van Lijn Rembrandt〔哈孟斯·凡·莱恩·伦勃朗〕（1606—1669）两同风画家。Hals 生活粗暴放漫，其所作画便是生活的反映。其所作半身像小品，最示特色。就中《弹曼陀铃者》一幅尤为有名愉快，轻妙，而 humor〔幽默〕的。但他的作品中的笑颜，不复是像 Mona Lisa〔莫娜·丽萨〕的神秘的笑，而全是人间情味的发露了。故此人与 Rembrandt 及后述的 Velazquez〔委拉斯开兹〕同为十七世纪趣味最深美的画家，在这样的空气中，自然会生出 Rembrandt 的大才来了。

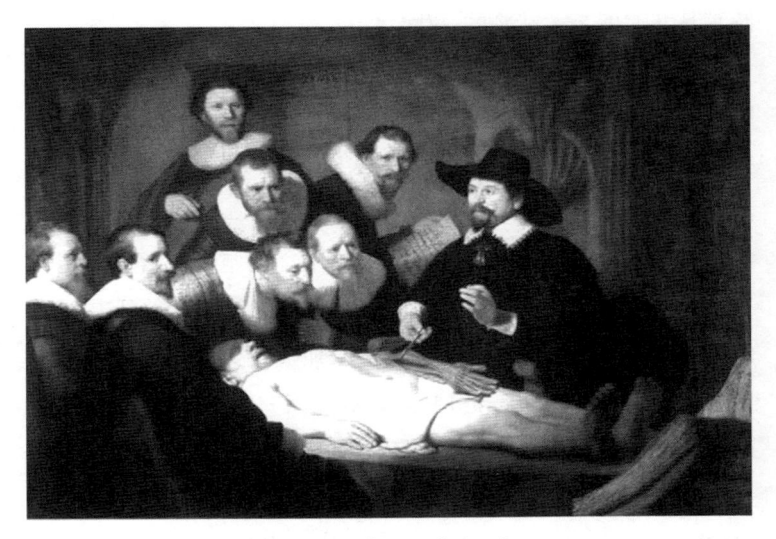

伦勃朗：《解剖学讲义》

Rembrandt 生于荷兰，其父是水车磨坊主。最初并不志望做画家，修习法律，后改学绘画。其初期的名画，为《解剖学讲义》。由此可知他一向是无神论者的态度，把物质的世界当作物质而冷酷地客观地对付，一向不曾怀抱什么理想，梦等先入见解；同时又从自然现象中抉出"新"的东西来，弄其好奇心。故其所作，多新奇的刹那的情景，忠实地深感动地表现。

画材多取风俗，肖像，下层社会，及 humor 的。宗教的题材他也取用；但他的意识，根本不是宗教的理想主义，而欢喜对于人与自然的瞬间的情绪的观照。油画之外，他又长于 etching〔蚀刻〕画。一六四二年，其爱妻 Saskia〔莎斯基阿〕病死，家政紊乱，致负巨债终于宣告破产。但在贫穷中仍努力作画，以圆满其悲惨的艺术礼赞的一生。

Rembrandt 死后，在荷兰只有 Hals 与 Rembrandt 的模仿追随者，然无一人可称优秀。聊可举者，只 Gerard Terborch〔格拉德·特鲍赫〕（1608—1681）与 Kaspal Nezzia〔卡斯帕尔·内济亚〕（1639—1694）二人。

然一方面那时候 democratic〔民主〕的空气已经荡动；故有一班描写市民，农夫的风俗的画家出来。例如写下层社会的 Adorian van Ostade〔阿多里安·凡·奥斯塔德〕（1610—1685），及风俗画家 Gerard Don〔格拉德·唐〕（1613—1675），讽刺与 humor 的 Jan Steen〔杨·斯登〕（1626—1675）等便是。其他同倾向的还有数人，即 Gabriel Metsu〔迦伯列·美兹〕（1620—1667），Jan van Meer〔杨·凡·梅尔〕（1635—1696），Ferdinand Bol〔斐迪南·菩尔〕（1611—1680），Govaert Flink〔戈瓦尔特·夫林克〕（1616—1680）等。

以上诸家的风俗画与社会画，是发挥荷兰的国民性〔民族性〕而示特色的，同时也是近代美术的一方向的指示。荷兰风景画及于现代绘画的影响，实在不小。当时风景画家辈出。如 Jacob van Ruysdael〔雅谷·凡·鲁伊斯达尔〕（1625—1682），其门弟子 Meindert Hobbema〔麦因得尔特·霍贝玛〕（1638—

1709），皆独立的风景画专家。后者的取材，构图及细部描写，尤为清新。现代人已认明其真价，以数万金竞买他们的作品了。此外还有 Philip Koninck〔菲利普·科宁克〕（1619—1688），Adriaen van de Velde〔安德里阿安·凡·德·维尔德〕（1636—1672），Albert Kuyp〔艾伯特·夸普〕（1620—1691），Paulus Potter〔保卢斯·波特〕（1625—1654）等。然皆末期画家，荷兰的绘画与其国运同时衰颓而入十八世纪了。

霍贝玛：《并树道》

C 西班牙画家

南欧半岛所培植的 Renaissance〔文艺复兴〕艺术，延长到 Flanders 及德意志地方而开出了 baroque 的花。同时在西欧的一角的 Iberian〔伊比利亚〕半岛上，也开出了香色各异的花来，即西班牙的绘画。西班牙于十世纪受回教徒的侵扰，受东方化，加入 Gothic〔哥特式〕的要素。故其特殊的文化，在其他的欧罗巴尚在黑暗中的时候已经发光。然后来又变了基督教徒与异教徒的争斗杀伐之场。十五世纪末统一国政，又因了新大陆的发见而增殖富源，入十六世纪就展出绝大的隆盛。乘这盛运而出现的，是 El Greco〔埃尔·格列柯〕的绘画。

El Greco 本名 Domenico Theotokopuli〔多明尼可·狄奥托可普利〕（1548—1625）。因为他不是西班牙产而是 Crete〔克里特〕人，故又名 Greco。其作风与 Renaissance 式不同，是特质的，主观的表现，在种种点上与近代的倾向相一致。故后来的 Cézanne〔塞尚〕与 Picasso〔毕加索〕受他的影响不少。

其次有 Jusepe Ribera〔朱塞培·里贝拉〕（1588—1656）。曾游学于 Napoli〔那波利〕，是祖述 Caravaggio〔卡拉瓦乔〕的 Napoli 画派的人。然其本质接近于意大利末期，Greco 及西班牙的国情，喜作极端的空想画，又有一种端丽的女性表现。

此后来了西班牙画坛上最有名的大家，即 Diego de Silvay Velázquez〔迭戈·德·西尔瓦·伊·委拉斯开兹〕（1599—1660）。他是在这两先驱者之后完成十七世纪西班牙的 rococo 式的 academician〔学院派〕。其初期作品的特征，为国民生活的切实的感情的描写，故含有贵族的，风俗画的分子。后来他做了宫廷画家，画风一变，而为谨严的 academician。作品中以肖像画为最佳，多世界的名作。这人可说是十七世纪中叶的，贵族主义的抬头时代的画家，与 Rubens 无大差异。

同时有 Francisco Zurbaran〔夫朗西斯科·苏巴朗〕（1598—1664），善作西班牙风的悲惨的宗教画，于构图上颇有特色。

然可与 Velázquez 相比较的，要推 Bartolomé Esteban Murillo〔巴托洛美·爱斯特邦·穆里洛〕（1618—1682）。最初多作风俗画，后专门于宗教画，

委拉斯开兹：《肖像》

有代表西班牙的资格。自此至 Goya〔戈雅〕出世，其间西班牙国运衰颓，美术亦不振。

Francisco José de Goya〔夫朗西斯科·荷塞·德·戈雅〕（1746—1828），是自十八世纪末至十九世纪初世界最大画家之一。所作多历史，肖像，风俗画。又擅长 etching 画及 sketch〔速写〕。其画风富于改革的精神。笔致豪放，有男性的，跃动的气概，多放胆的构图。

D　Baroque–Rococo〔巴罗克—洛可可〕的法兰西

游巴黎的人，必然访问法兰西过去的象征的三种遗构。即

Notre Dame 寺院〔巴黎圣母院〕，及 Louvre 与 Versailles〔凡尔赛〕的两王宫。Notre Dame 是十二三世纪的 Gothic 式的最美的建筑；三王宫则为十七八世纪的 baroque-rococo 式的有名的建筑，而尤富于历史的兴味。然这并不是同时代同式样的建筑。Louvre 宫的西部与南部，是在十六世纪时开工的，初由 Pierre Lescot〔皮埃尔·雷斯科〕（1510—1587）监工，路易十四世时又招请意大利的 Bernini 等来完成。Versailles 旧城也是于路易十四世时增筑两翼的，其后增修多次。这两宫殿艺术的价值并不何等高贵，惟规模雄大，用 Renaissance 式又兼用各种式样，内部极为华美，施 baroque-rococo 式的装饰，为当时的模范。

泛滥于意大利文艺复兴的艺术，北至 Flanders，西至 Iberian 半岛，但归结于法兰西。法兰西的受惠于艺术，在中世纪已甚多。故 Romanesque〔罗马式〕，Gothic，以及 Norman〔诺曼底〕式的建筑，像森林地群起于其地。此次又受意大利吹来的暖风，就在十六世纪末至十七世纪初之间起了一种文化的萌芽。路易十四世既统一国内，遂于宫廷大施华丽的装饰，大有移世界艺术的中心于此土的现象。这地方所发达的艺术，可称为真的 baroque-rococo 式，其大体是文艺复兴的连续，以建筑为主，而于其装饰及装饰用的雕刻，绘画，则精细纤巧，有可惊的技巧的发展。现代的法兰西艺术，便是从这里生出的。当时路易十四世所聘的作家，最大的是 Bernini，又有 Jules Hardouin Mansart〔朱尔·阿杜安·芒萨尔〕（1646—1706），Charles Le Brun〔夏尔·勒·布伦〕（1619—1690）等。即所谓发挥路易式的诸种特色的。又此时的 Gobelins[1] 织物的发达，为世界织物工艺上可特笔的一大事。

就这时代的法兰西绘画而论，在十五世纪早有 Jean Fouquet〔让·富凯〕的写实的一派。然真的法兰西绘画的发达，乃是十七世纪以后的事，即 Nicolao Poussin〔尼古拉·普桑〕（1594—1665）与 Claude Lorrain〔克洛德·洛兰〕（1600—1682）的世出。Pussin 是 Normandy〔诺曼底〕人，所得于 Raphaelo〔拉斐尔〕的构图处甚多，善于写古典的基督画题。Lorrain 有文艺复兴后期的特色，所作以古典的风景画为主。

法兰西绘画，在 rococo 艺术时代只是伴奏的，不甚光彩。故当时虽有 Philippe de Champagne〔菲利普·德·尚帕涅〕（1602—1672），Hyacinthe Rigaud〔亚森特·里戈〕（1659—1743），Pierre Mignard〔皮埃尔·米尼亚尔〕（1610—1695）诸家，然多不足传。后来 Antoine Watteau〔安托万·瓦托〕（1684—1721）出世，始转向新时代，而画面有清新的生气了。Watteau 欢喜 humor 的题材，又以装饰画著名。用清新优美而有魅力的笔致，描写传袭的牧人及舞踊者，伶人等。

Watteau 以后，有画家辈出，即 Nicolas Lancret〔尼古拉·朗克雷〕（1690—1754），Jean Baptiste Pater〔让·巴蒂斯特·帕泰尔〕（1695—1736），Jean François Detroy〔让·弗朗索瓦·德特罗瓦〕（1679—1752），Carl van Loo〔卡尔·凡·鲁〕（1700—1765），Jean Baptiste Siméon Chardin〔让·巴

---

[1] 巴黎花毯厂名，该厂以生产花毯、挂毯闻名。

蒂斯特·西密翁·夏尔丹〕（1699—1779），François Boucher〔弗朗索瓦·布歇〕（1703—1770）等。然皆无甚特色。

E 十八世纪英吉利的绘画

英吉利地方文化的萌芽，远在古昔。即自纪元前凯撒远征以后，即有罗马式的都市。后来受北方的侵入，诺尔曼〔诺曼底〕人的攻击，经过 Angro-Saxon〔盎格鲁撒克逊〕人种的结成，到了十五六世纪，始建现今的英帝国的基础，而放出文学美术的蕾来。十七世纪时，有雕刻家 Nicolas Stone〔尼古拉·斯顿〕写 Grinring Gibbons〔格林灵·吉本斯〕（木雕家）二人，造出英吉利雕刻的隆盛。在绘画方面，受 Flanders 及德意志 van Dyck〔凡·戴克〕的影响，肖像画及 Miniature〔密画〕特别发达。稍后风景画亦大盛。皆属纯粹的英吉利绘画，至今尚在发挥其特色。

风俗画的开祖，是十八世纪初的 William Hogarth〔威廉·贺加斯〕（1697—1764）。以前的英吉利绘画，与他国同样，也都是关于宗教，战争，政治上的。Hogarth 在美术中加以 democratic 的精神，始创对民众的艺术。故为真的英吉利画派的开祖。

其他还有绅士的画家，即 Joshua Reynolds〔乔舒亚·雷诺兹〕（1723—1792）与 Gainsborough〔盖恩斯巴勒〕（1727—1788）二人。Reynolds 是生活极幸福的人，性格与作品略带阴暗味，而丰采闲雅，他是最初的 Royal Academy〔皇家艺术学会〕长，为英吉利绅士的模范。他所欢喜描的，大都是名士贵族的肖像，一生所作肖像画达四千以上。其画风根据于写实，肖像画的背景，皆不由想象而用真的模特儿。这是英吉利新时代绘画的开道。Gainsborough 是田舍的贫家子，善描森林，除后述的 Corot〔柯罗〕以外，无可匹敌。其死后 Reynolds 为题墓碑，曰"后世可纪念的自然画家"。

雷诺兹：《肖像》

其后有风景画家 Richard Wilson〔理查·威尔逊〕（1714—

1782），人物画家 George Romney〔乔治·罗姆尼〕（1734—1802）。自此向自然派的中途，又有诗人画家 William Blake〔威廉·布莱克〕（1757—1827），善作奇怪的，空想的表现。

十二　十九世纪前半的美术

A　前半期的建筑与雕刻

法兰西大革命的暴风吹散中世纪封建时代的黑云，变成了十九世纪的黎明。然在革命期以后的三四十年间，即十九世纪的初叶，欧洲尚非健全的艺术时代，只是 rococo〔洛可可〕式的连续，宫廷及官厅的装饰，或贵族阶级的享乐而已。即以路易王家为本源，而加入了一点拿破仑的英雄主义，所以愈加凛然。其次的浪漫主义的花就从这里灿然地开出。

法兰西拟古典派的建筑家中，有 Pierre Fontaine〔皮埃尔·方丹〕（1767—1853）以罗马式建造巴黎的"凯旋门"，François Chalgrin〔弗朗索瓦·夏尔格兰〕（1739—1811）又为拿破仑建造同样的"Etoile〔星形（广场）〕凯旋门"。这两大建筑实为新时代所潜伏。故现代的艺术是与帝国主义，军国主义的新精神一同从古典出发的。其时在巴黎有 Vignon〔维尼翁〕（1762—1828）用希腊式的正面而建造 Madeleine〔马德兰〕的寺。在德国也有 Karl Gottfried Langhans〔卡尔·戈特弗里德·朗汉斯〕（1732—1808）于十八世纪终建筑"Brandenburg

〔勃兰登堡〕门"以对抗法国。其次又有 Karl Friedrich Schinkel〔卡尔·弗里德里希·申克尔〕（1781—1841）表现新兴德意志理想，以"柏林博物馆"划一时期。更有 Leo von Klenze〔莱奥·封·克伦采〕（1784—1864）与 Friedrich August Stüler〔弗里德里希·奥古斯特·斯蒂勒〕（1800—1865）出来装饰这时代的德意志。在英国建筑界，也是同样的气运，十八世纪初有 George Dance〔乔治·丹斯〕（1695—1768）建造希腊风的市长官邸，次有 John Soame〔约翰·索姆〕（1752—1831）建筑城郭似的"Bank of England"〔"英格兰银行"〕。其后更有 Robert Smirk〔罗伯特·斯默克〕（1780—1867）应用 Parthenon〔帕提侬〕及其他的纯希腊式来建筑"British Museum"[1]，作古典味极强的新创造。在丹麦也有纯古典的建筑的兴起。这拟古典派，对于后述的 Sezessionism〔分离派〕影响很大，不可不记忆。要之，建筑的古典化，不是生于新时代精神的，只是生于王侯贵族的享乐本位的游艺。因为没有求得坚实的古典主义的力，故徒事形式的模仿而已。

当时的雕刻也是同样。最初的古典派作家，有意大利人 Antonio Canova〔安东尼奥·坎诺瓦〕（1757—1822）与 Berthel Thorvaldsen〔伯特尔·托瓦尔岑〕（1770—1844）。前者直接研究古希腊雕刻，然亦仅止于希腊末期的 Praxiteles〔普拉克西特利斯〕的模仿而已。其作风近似于当时大画家 David〔大卫〕的裸体画，流丽典雅，然全以技巧为本位而无生气。后者较有

---

[1] 不列颠博物馆，旧称大英博物馆。

独创的意义，全生涯在罗马研究，其作品中有新时代的倾向。在德意志也有 Christian Daniel Rauch〔克里斯蒂安·丹尼尔·劳赫〕（1777—1857）与 Friedrich Tieck〔弗里德里希·蒂克〕（1776—1851）。后者有弟子 Friedrich Drake〔弗里德里希·德雷克〕（1805—1882），作风带浪漫主义的倾向，与 Goethe〔歌德〕等同为次时代的先驱。到了后来的 Evnest Riezed〔爱弗纳斯特·里采特〕（1804—1861），方才完全站在浪漫主义的立场上，而为新情主义吐气。其追随者有 Johannes Schilling〔约翰内斯·希林〕等发挥同样的特色，又有 Reinhold Begas〔赖因霍尔德·贝加斯〕（1831—1911），更带写实主义的精神。

坎诺瓦：《丘比特与普赛克》

在法兰西，自十八世纪末至十九世纪初，拟古典主义的倾向甚著。然法兰西雕刻的特色，是浪漫的，与写实的。在拿破仑时代有最知名的纹章作者 David Danzers〔大卫·当泽尔〕（1789—1859）。作各种浮雕，发挥其独得的技能。法兰西纹章特别发达，便是为了有他的缘故。其次有 Paul Dubois〔保尔·杜布瓦〕（1829—？[1]），Antoine-Louis Barye〔安托万·路易·巴里〕（1795—1875），Jean Baptiste Carpeaux〔让·巴蒂斯特·卡尔波〕（1827——1875），皆努力于法兰西艺术的现代化的人。然真能为法兰西雕刻吐气焰的人，是后述的 Rodin〔罗丹〕与 Maillol〔迈约尔〕。其间法兰西的建筑，不甚发达，无足记述。

B 古典主义的绘画

入十九世纪后的法兰西绘画，最初仍是与十八世纪后半同样的形式，唯技术较为精妙而已。后来画风渐起变化，在 David 一派的古典倾向之后，有 Gericault〔席里柯〕与 Delacroix〔德拉克洛瓦〕等的浪漫主义，及 Ingres〔安格尔〕等的拟古典主义。忽然又出了 Millet〔米勒〕，Corot〔柯罗〕，Rousseau〔卢梭〕等的田园主义的一班人，于是完成了现代艺术的第一段运动。现在先从 David 说起。

Louis David〔路易·大卫〕（1748—1825）与拿破仑同时，又是他的至交。这人是十九世纪唯一的大家。其作风中全无自来法兰西人所好尚的空想的游戏的分子，而喜巨大的构图，富于豪气，故有帝政时代的罗马的作风。其传世名作为世人所共知者甚多，如《戴冠式》〔《加冕式》〕，《勒卡米哀夫人》、《萨

---

[1] 卒年为：1905。

皮尼之女》《拿破仑》等，是其最大作。其题材大都是历史的伟大的故事的说明图，充溢着独创的力与情热。为拿破仑大帝的宫廷画家，善描大帝的庄严与威力。

大卫：《圣裴拿特岛上的拿破仑》

门弟子中知名者有二人，即 Gros〔格罗〕与 Gérard〔席拉尔〕。Antoine Jean Gros〔安托万·让·格罗〕（1771—1835）初忠于其师的形式的写实，亦喜作大画。后加入浪漫主义的分子。故为从古典主义向浪漫主义的过渡期的作家。François Gérard〔弗朗索瓦·席拉尔〕（1770—1837）也是喜作大画的人，但乏霸气，只以装饰的为主。

然近代古典主义绘画的大成者,是其次的 Jean Dominique Ingres〔让·多米尼克·安格尔〕(1780—1867)。他是法兰西人,从学于 David,后又研究希腊风,新古典的色彩甚明了。尤长于描写女性,形的整美与线的平滑温柔,古今无匹,在女性美表现上划一时期。其门弟子中有 Hippolyte Prindrin〔伊波利特·普朗德朗〕(1809—1864),也是知名的画家。

安格尔:《肖像》

C 浪漫主义的美术

与上述的古典派同时勃兴于法兰西的浪漫主义,也是十九世纪初叶的伟观。即 Prudhon〔普吕东〕，Géricault，Delacroix，Delaroche〔德拉罗什〕等便是。

Pierre Paul Prudhon〔皮埃尔·保尔·普吕东〕（1758—1823）早年时旅行到意大利，受 Leonardo〔列奥纳多〕，Raphaelo〔拉斐尔〕，Correggio〔柯勒乔〕等的感化。其绘画不似 David 的仅从写实蓦进，而又用心于色的调和与光线的交错，而描出一种情调。故其作品多在光与色之中表现寓意与象征。要之，他是立于十九世纪浪漫主义的前面，而又与冷静的十八世纪式的人们交流热血的画家。

席里柯：《梅杜萨的筏》

Théodore Géricault〔泰奥多尔·席里柯〕（1791—1824）是夭折的青年天才，故其一生事业不大。然其《Medusa〔梅杜萨〕的筏》，颇足为浪漫主义的开祖。其画风注重生动，忌避凝固，冷结，而趋于运动，疾走，活气，这真是从古典主义转向浪漫主义的最有意义的表现。

　　Prudhon长于思想，Gèricault长于生动，皆为浪漫主义着先鞭的人；到了Eugène Delacroix〔欧仁·德拉克洛瓦〕(1798—1863)，则更从色彩的效果上发挥。他的表现，竟有为了色彩而不顾线与姿态的正确的倾向。作画题材，大都从但丁，莎翁，贵推〔歌德〕等大文豪的作品中得暗示。但丁与维尔基辽斯乘小舟渡河之图，就是其一。这图的思想，技巧，色彩，均从凝固的形式主义上解放，从现实出发，而用空想来使之美化，实为浪漫精神的典型。这图中的人与波的活动的描

德拉克洛瓦：《但丁的小舟》

写，尤为新古典派的画中所未见。但丁的帽子与维尔基辽斯的衣服的红色，与河水的青色相对照，便是他所最得意的惯用手段的新着色法，他的对于色彩的新感觉从东方诸国旅行中的烈日下所见的物体的印象得来。这是浪漫派绘画上的最大的功臣。而在色彩法的点上，又为现代的印象派的先导。

还有 Paul Delaroche〔保尔·德拉罗什〕（1797—1856），与 Delacroix 同是表现浪漫主义的。所描写的多历史上的悲惨的光景。例如《被幽囚的爱特华特王的二王子》，（藏巴黎 Louvre〔卢佛尔〕美术馆中），最为有名。

追随着这班画家的流风的人很多，皆平凡无特色，然亦不可不记。现在但举其名，即 Thomas Couture〔托马斯·库蒂尔〕（1815—1879），Alexandre Decamps〔亚历山大·德康〕（1803—1860），Eugène Fromentin〔欧仁·弗罗芒坦〕（1820—1876），Théodore Chassériau〔泰奥多尔·夏斯里奥〕（1819—1856），Leon Sonis〔莱昂·索尼斯〕（1791—1880），Ernest Meissonier〔欧内斯特·梅索尼埃〕（1815—1891）等。

现代美术

十三　现实派与自然派

A　英吉利的自然派 (English Naturalism)

法兰西大革命的黑云散了，拿破仑的暴风雨止了，于是全欧罗巴始得和平。同时所谓"近代文化"的新现象就代替了封建的，英雄的时代而起。所谓现实主义，自然主义，便是其例。这现象显示在美术上，是十九世纪后半的事；但在英国，将入十九世纪时早已显著现实的特色，即用自然主义的写生，在风景画上开新面目的 Turner〔透纳〕与 Constable〔康斯太布尔〕。现代的现实派与自然派的进路，实在是这两人所开拓的。

但在先，十八世纪末，英国曾有 Norwich〔诺里奇〕派的乡土画家，及水彩画协会。其中有田舍画家曰 John Crome〔约翰·克罗姆〕(1768—1821)，于 local color〔地方色彩〕上有特别的技能。在故乡设研究所，授门弟子，渐为时人所知名。此人虽非大家，然其对于英国画风影响甚巨。水彩画当作独立的绘画而发展，实自十八九世纪间的英国开始。英国是多水蒸气的国。空气，日光，刻刻变化，须用种种画具以描表之，故在油画，素描之外，又流行一种水彩画，这也是自然的要求。因为如此，英国画风有注重光线与空气的特色。英国现代画家的急先锋为 Paul Sandby〔保尔·桑德比〕（1725—1809）与 John Robert Cogens〔约翰·罗伯特·科金斯〕（1752—1800）等。后者尤为水彩风景画的天才。其次有开水彩颜料用法的新机轴的 Thomas Gartin〔托马斯·加廷〕（1775—1802）与描写 caricature〔漫画〕的 Thomas Rowlandson〔托马斯·罗兰森〕（1756—1827）。又前面曾经提及的，以作奇怪画知名的 William Blake〔威廉·布莱克〕（1757—1827）也在这个时候出现。继起者还有 John Cotman〔约翰·科特曼〕（1782—1842），Samuel Prout〔塞缪尔·普劳特〕（1782—1852），Davis Cox〔戴维斯·考克斯〕（1783—1859），Copley Fielding〔科普利·菲尔丁〕（1787—1855）等大家。自一八〇五年建设"国立水彩画家协会"以来，到这时候始保有英国水彩画的特独的地位。

然而主要的水彩画大家，要推 John Constable〔约翰·康斯太布尔〕（1776—1837）。他常居伦敦，全生涯研究风景画。其画风在英国并不流行，倒受法兰西人的欢迎。现代以情调胜的风景画，可说是从他创始的。其作风注重光线作用的色彩的表现，轮廓常因光线而朦胧，但见明亮的光与清新的色。他又不事个物的精细的描写，而注重情调的写出。题材多取溪，野，城，荒僻的农家，树木，风车，云，虹等。因为西洋画从来以人物为主体，故这等题材在当时不受人欢迎。但到了今日，人们称崇他为"现代印象的绘画之父"。他自己曾经说："我为未来的人们作画"，这句话正是预言。他的作品，大部分保存在伦敦的维多利亚博物馆与帝国画堂中。

但真能代表十九世纪的英国画家的，是 William Turner〔威廉·透纳〕（1775—1851）。他是有名的 Ruskin〔罗斯金〕所崇拜的人，最长于光线，色彩，情调的表现，在现今称为世界的大风景画家。他的一生很奇特：父亲是剃头司务，他幼时入 Royal Academy〔皇家艺术学会〕学画，十五岁的时候即有水彩画出品于皇家展览会。一八一九年旅行意大利之后，陆续作出传世的名画，名声甚高。然他的性格奇特，独身不娶，与别的画家也不相来往，唯一的朋友是批评家 John Ruskin。生活极简陋，租住人家屋脊里一室，饮食也极粗劣。据说展览会出品所用的画额，是他的父亲自己做的。但他死后，却有三百六十二幅油画，一万九千张素描，与许多储金的遗产。这真是很奇特的一生！依遗言，其画寄赠政府，财产捐与 Royal Academy。杰作有《老舰推美利尔〔特梅雷尔（号）〕》，《难船》，《列车》，《凡奴司〔威尼斯〕港》等。其中水蒸气与光与空气的描表，最为 Turner 的特色。这只要看《老舰推美利尔》就可知道。这画不作精细的写生，而由自己的梦想的兴味，印象地描出模糊的含水蒸气的英吉利的空气，及刻刻变化似的日光。在这点上，他是英国自然派的先驱者，同时又是后来的印象派的远祖。

Turner 之后有 Richard Parkes Conington〔理查·帕克斯·科宁通〕（1801—1828），久留法国与 Delacroix〔德拉克洛瓦〕等交好，具多方面的才能，亦为当时名家。自此至拉费尔〔拉斐尔〕前派（Pro-Raphaelites）的过渡期中，还有专心研究意大

柯罗:《风景》

利绘画——Raphaelo 的绘画——的 William Dyce〔威廉·戴斯〕(1806—1864)，与十九世纪后半的英吉利美术有重大的关系。（参照第十四章。）

B 罢皮仲〔巴比松〕派 (Barbizon school)

在巴黎的附近，有一个不满数百户居民的小罢皮仲村。它的四周围尽是丰登勃罗〔枫丹白露〕(Fontainebleau) 森林，有绿阴芳草，以及啼鸟之音，是一处富于自然美的，离现世的桃源。千八百三十年左右，小春之日，有五个小小的青年，散步于这林间的河岸上，有时静听树间的风声，相与谈话，有时默坐画架前，描写就地的景色。他们都是美少年，养长头发，一望而知为画学生。然他们嫌恶当时的贵族趣味的新古典派的 Ingres〔安格尔〕，隶属于文学宗教的浪漫派的 Delacroix，及巴黎的 bourgeoisie〔资产阶级〕的都会空气，而故意避居在这自然的怀里，与别的画学生全然不同。他们就是立在现代自然派绘画的前阵的田园风景画家 Millet〔米勒〕，Corot〔柯罗〕，Rousseau〔卢梭〕，Dupré〔裘普雷〕，Daubigny〔道皮尼〕等，即所谓罢皮仲派。

此派中代表的人物是后述的 Millet，但最初为其团体的中心的，要推 Théodore Rousseau〔泰奥多尔·卢梭〕（1812—1867）。他是巴黎的一个裁缝司务的儿子，初习 Academy〔学院〕派，但其性情欢喜富于诗情的写生风的风景画，故常在郊外描写树林。他曾经投稿于 *Salon*[1] 落选。于是渐渐厌弃世间，厌弃都会，而没头于自己的感兴中。结局就退避到这丰登勃罗的森林中，而在其中专心研究大树等林间的景色。他能用爱与热情来凝视自然，而作正确力强的表现。白昼似的明快的光彩，与强烈的阴影的流动，是其最巧妙的表现。对于树林的一片叶，也必捉住其个性，故其所写树木，都具有神秘的人格，都是有力的生命的发现，实为他画家所不可企及。在画风上，他是立在罢皮仲派的先头，打破 Academy 的形式与技巧的因袭，而开拓十九世纪后半的新艺术的进路的人。惜其生涯不幸，中年妻罹神经病，晚年自己半身不遂，闷闷而终。

---

[1] 沙龙，指一年一度在巴黎举行的当代画家作品展览会。

对于 Rousseau 的画风，在当时也有几个共鸣者。因为当时的青年，已经听到著《哀米尔》〔《爱弥儿》〕的 Rousseau（Jean Jacques Rousseau〔让·雅克·卢梭〕的"归自然"的警钟之声，又见过 Constable 的自然描写，热情的血沸腾起来，高呼"归自然"，"归田园"，"归树木"，就脱出 *Salon* 而奔向郊外，群集于丰登勃罗的林中，Rousseau 的周围了。其中第一人要推 Camile Corot〔卡米耶·柯罗〕（1796—1875）。他用柔润的调子的笔触，来描出田园风景，尤擅长于森林与大树。朝，夕，云，雾，树木，枝叶，均有轻快柔软的感觉，全体如梦，如影，分明是印象派的先驱。这是通古今的一大风景画家。唯其早年曾就学于 Academy 的画家，又游学罗马，受古典的影响，故其一生的画风，稍带涩味的个人的气味，以致生前终不受世间的赏识。

与 Corot 最亲近，又得 Rousseau 的树木描写的手法的，是 Jules Dupré〔朱尔·裘普雷〕（1812—1898）。这人喜写自然界的剧的景色，画面甚为活动。其次有 Constantin Troyon〔康斯坦丁·德洛亚容〕（1810—1865）。以描风景中的家畜著名。例如其《赴耕的牡牛》，为最有力又最华丽的作品。他在家畜画上是近代的一个先驱者。此外同倾向的作家尚有许多人。就中以 Narsiss Dias〔纳西斯·提阿斯〕（1808—1879），Charles F.Daubigny〔夏尔·弗朗索瓦·道皮尼〕（1817—1878）较为著名，皆有作品传世。

C 三个民众画家

时代向着民众而开放,于是在十九世纪的中叶,有代替贵族的浪漫主义的艺术而"为民众表现"的三个画家出世。这三人就是 Jean F.Millet〔让·弗朗索瓦·米勒〕(1814—1875),Gustave Courbet〔居斯塔夫·库尔贝〕(1819—1877),与 Honoré Daumier〔奥诺雷·杜米埃〕(1808—1879)。现代绘画的 democracy〔民主主义〕的倾向,实开始于这三人。

Millet(通读如米勒,正读为米哀)。在中国也有许多知道他的人。他的名作《晚钟》(《Angélus》),常常被悬挂在中国人的房室中。他是精神极伟大的一个艺术家,与贫苦奋斗,与眼疾奋斗,坎坷一生,死后方受人理解与尊崇。故评家(如 Romain Rolland〔罗曼·罗兰〕)谓近世纪初叶有两大艺术上的英雄,即音乐上的 Beethoven〔贝多芬〕与绘画上的 Millet。Millet 生于农家,少时习耕种。然其对于美的天才不能抑制,终于出巴黎为画家。初模仿 rococo〔洛可可〕式作小画,后天才猝发,尽去初期的妥协生活,而用力表现其幼时所经验农民与田园的 local poem〔乡土诗〕的表现。然他的农民画,不是描写愚民贱民的法兰西风俗画,也不是贵族式的古法兰西的浮世风俗画(genre),乃是真实的劳动者满足于辛苦的劳动,与田园同化,赞美田园和自己的情形。其作品中最动人的是《拾穗》(《The Gleaners》)。他的画大都在当时不受人理解,投 *Salon* 也落选;到了他死后十数年而忽然受人崇拜,画价亦大增。即如《晚钟》,初价只一千法郎;后被美国人出五十五万三千法郎买去；更由法兰西人出七十五万法郎买回本国。《拾穗》一幅，据说他生前因贫困而卖去，价极低微；死后数年，即被美国人出数千百倍的高价买入。其他名作有《春季》、《虹》、《倚锄的男子》、《母》、《洗濯女》、《死神与拾薪者》等。就中《倚锄的男子》最能明示其民主主义，劳动赞美主义的色彩。美国老诗人 Markham〔马卡姆〕曾为此画作有名的长诗，用诗写出 Millet 作画时的精神与感想。Millet 的画素描居多，大部分都在美国。

米勒：《倚锄的男子》

Courbet 与罢皮仲派的人们全然异途，然不外乎是 Millet 的现实主义的彻底者。唯其范围不限于农民生活，凡人物，风景，风俗，动物，他都描写。又受 Delacroix 的影响，用如燃的色彩来描写自然实景。其对于现代的 realism〔现实主义〕的建设之功，实在是不可遗忘的。Courbet 有壮健的体格，容貌，与顽强的精神，自负而又明敏。其生活放恣，不让人，不屈服。又为当时有力的社会主义者，主张民权的革命的一人。所以他在艺术上也用唯物主义的态度而提倡 realism。其画全体鲜明爽快。所异于 Millet 者：Millet 因思想的要求而描写农夫与耕野；Courbet 则从外部描写下层社会与职工的生活。Millet 描写祈祷的人，休息的人，感谢的人，含着忧郁的泪而劳动的人；Courbet 所表现的则是汗与力，与自然的挑战的苦愤，不平与要求。前者是静稳的，宗教的；后者是奋斗的，努力的，物质

杜米埃：《三等车厢》

的。但二人的出发点，同在于 democracy，同是 Humanity〔人性〕。Courbet 曾一时尊荣，作 Academy 的首长；但晚年极为潦倒，终于客死。其代表作有《石工》《葬仪》《小川》《波》等。

第三人 Daumier 比前二人为变风的画家。Millet 赞美民众生活，把民众宗教化；Courbet 现实地描写民众生活；Daumier 则专作民众生活的讽刺的滑稽的表现，是一个严峻的 humorist〔幽默家〕。他幼时为书籍商店学徒，研究书物的插画，这是他成画家的出发点。后曾为石版工，又在报纸上发表其漫画（caricature），始为世人所知。题材都取自下层的都会生活中。皆滑稽的，讽刺的，有轻妙的特色。所作新闻插画，更为世人所常见。

十四　新理想派

A　拉费尔〔拉斐尔〕前派 (Pre-Raphaelitism)

约在十九世纪后半，意大利 Pisa〔比萨〕市的 Camposanto〔坎波圣〕寺院的祭坛上有名的浮雕板前面，忽然不约而同地来了三个青年，都是伦敦 Royal Academy〔皇家艺术学会〕的研究生，为研究而旅行到这艺术国来的，其人即 Dante Gabriel Rossetti〔但丁·迦伯列·罗赛蒂〕（1828—1882），John Everett Millais〔约翰·埃弗雷特·米莱〕（1829—1896），与 Holman Hunt〔霍尔曼·亨特〕（1827—1910）。三人都不满于当时画家的因循无精彩，在这文艺复兴的发祥的古代雕刻前，三人同样地受了憧憬的启示，同声惊叹。他们的意见全同，他们以为："真的艺术灭亡于十五世纪的最后。至少，与 Rapbaelo〔拉斐尔〕为描罗马 Vatican〔梵蒂冈〕宫殿的壁画而去 Florence〔佛罗伦萨〕同时堕落。今日的艺术家，只知模仿十六世纪的画家，全不知以前的直接取诸自然的艺术。"他们就想协力改革这弊害，于一八四九年在伦敦提倡"拉费尔前派"的运动，发表宣言书，连开三次同人展览会。然均受当时批评家的唾骂。他们发行一种杂志，叫做《萌芽》（《The Germs》），以对抗时评,并吐露其抱负,又惹起世间的反感。但当时也有个力强的保护者,即批评家 Ruskin〔罗斯金〕。他称扬他们为能脱向来的模仿的绘画的旧套,而忠实于自然,倡全新的画风。Ruskin 是当时的大批评家,三人因此得不受磨折,而演进其运动。

此派的中心人物是 Rossetti,他是文学史上有名的英诗人,又在近代绘画史上占重要的地位。与中国的王摩诘为遥遥相对的两大诗人画家。Rossetti 是但丁(Dante)研究者,其作画也多取材于但丁的文学中。例如《Beatrice》〔《比亚特丽丝》〕,《但丁的梦》等,皆为其名作。他的画风,不趋向当时的写实主义,而深入浪漫的梦境,用沸腾的昂奋来作出色彩的诗。他与一善病而温良美丽的装饰店的女子结婚,那女子供他作模特儿,因得展开他的幸福的诗美的生活。不幸二年之后妻死,他受极大的打击,精神特别昂奋,热中于描写爱妻的回忆。最大的杰作《Beatrice》,就是这时候的产物。所描写的为因思念青年诗圣但丁而痛苦的少女 Beatrice,半闭着无力的眼,手上置着白鸠衔来的罂粟花;夕暮的和光的背景中,仿佛有但丁与恋神的仓皇驰至的影迹,全体有一种幽艳凄哀,如梦,如影的光景。Rossetti 的作风,大概为女性的。

Millais 与 Rossetti 正相反对,他有现实的,男性的特色。此人四岁即入伦敦绘画学校,为特殊的神童。十一岁入 Royal Academy,十五岁即投入画家之列,十七岁 Royal Academy 入选。他后来离开拉费尔前派而达于独得的新境地,作许多风景画,风俗画,都有坚实的构图,宽大的风格。

Hunt 为三人中之年长者,又最后死者。他始终为拉费尔前派的信徒。对于自然始终取忠实描表的态度；然与大陆的写实主义不同，喜取圣书中事件，作现实的描写。其名作中《世界之光》，最为世人所赞美。描着基督披金色刺绣的上衣，左手提灯，右手在扣铁扉。这是表示他的信仰生活的。

至于景从他们的画风的，在牛津的学生中有 Edward Burne-Jones〔爱德华·彭-琼士〕（1833—1898），Walter Crane（沃尔特·克兰）（1845—？[1]）与 George F. Watts〔乔治·弗雷德里克·华芝〕（1817—1904）等。皆有名作传世。此后自十九世纪末至二十世纪的英吉利绘画状况，容在后面再提。

B 法兰西的新理想派 (Neo-idealism)

法兰西到了十九世纪后半，现实主义的倾向渐渐退转，在前述的 Millet〔米勒〕，Courbet〔库尔贝〕，Daumier〔杜米埃〕等之后，就有印象主义的勃兴。但在另一方面，又有崇奉理想的一派，与英国同样。然其理想主义，当然与 Delacroix〔德拉克洛瓦〕的不同，为美的，人间的，感觉的，芳醇的，陶醉的心地，又可说是非实际的，装饰。他们没有像拉费尔前派的团体，不过有二三人作特殊的表现而已。就中 Puvis de Chavannes〔皮维斯·德·沙畹〕（1824—1898）与 Gustave Moreau〔居斯塔夫·莫禄〕（1826—1896）为其代表。

Chavannes 为十九世纪法兰西最大画家中之一人。其作风

---

[1] 卒年为：1915。

优丽，有极洗练高雅的特色，同时又有全然超越现代的，象征的，装饰的表现。题材多取自太古的神话与基督教的传说中。但其所描决不是像古代希腊人的欢乐的世界，而都是病的，近代人所憧憬的和平安静的境地。因此他的画决不作干燥无味的外界的写实，也不出于思想的宗教的内容，而只有柔和的，音乐的，诗的，静的世界的精神。看了他的画，容易使人陷入甘美的儿时心情的梦的世界，灵魂脱离现世，而逍遥在乌托邦（Utopia）中。他所描的人物，都没有爱欲，而只有纯正。色彩与调子也决不作鲜艳的表现。试看其《贫渔夫》，即可感知。最有名的大作为巴黎 Panthéon〔潘提翁〕的大壁画。

Moreau 的表现，与 Chavannes 同是非现实的，但旨趣不同。

沙畹：《贫渔夫》

Chavannes 是禁欲的，Moreau 是甚为奢侈的，技巧与色彩也极绚烂。他的画风，受 Leonardo〔列奥纳多〕等古大家的影响，又从印度，波斯，中国的美术上受不少的感化。其画中全是独倡的分子，明白表出着所谓世纪末的颓废的思想，肉欲与热爱的感情。故缺乏像 Chavannes 的上品纯洁，而有华美的，挑拨的分子。据说他非常爱惜自己的作品，决不肯卖。死后家藏画幅甚多。其名作有《Salome》〔《莎乐美》〕，《幻影》等。

此外知名者，尚有 Raphael Coran〔拉斐尔·科朗〕(1850—1917)，A. Cabanel〔卡巴内尔〕（1823—1889)，Gérôme〔热罗姆〕（1824—1904)，Bouguereau〔布格罗〕（1825—1905)，Paul Baudry〔保尔·博德里〕（1828—1886)，Henner〔埃内尔〕（1829—1905)，Élie Delaunay〔埃利·德洛内〕（1828—1891)，A. Legros〔勒格罗〕（1837—1911)，J. -P. Laurens〔洛朗斯〕（1838—1921)，Bonnat〔博纳〕（1833—1922)，J. Lefébure〔勒费比尔〕（1836—1912）等。同时在德国也有 Böcklin〔伯克林〕[1]等的理想派，容在后面再说。

---

[1] 生卒年为：1827—1901。

十五　印象派及其后

A　印象派与新印象派

一八六三年，有一幅题为《草上的中食》〔《草地上的午餐》〕的很大的画出品于 *Salon*。作者就是印象派的主将，当时的新倾向的青年作家 Manet〔马奈〕。保守派的 Academy〔学院〕的 *Salon*，对于这画当然不欢迎，他们看见描着二男子和一裸体女子的、这露骨的写生画，立刻给它落选。后来总算蒙政府的恩典，给这类的画开一"落选画展览会"，然亦大受一般新闻杂志的恶评，被指为不道德。拿破仑三世及其后入落选画室，见了这画，不悦而去。但这幅画在今日，却是划时代的，使艺术转换方向的，印象派的最初的代表作了。

千八百六十年间，在巴黎的美术学生街的 Bastignole〔罢斯谛尧尔〕咖啡店里，有一班青年组织一个 group〔小组〕，共同研新派绘画，即为印象派的基础。其先，这 group 以 Henry Fantin–Latour〔亨利·方坦–拉图〕（1836—1904）为中心。这人也是一个画家，有许多名作留传于世。然其作风尚不脱浪漫与写实的气味，故不能完全代表印象派。到这时候，同志伴侣有 Manet，Monet〔莫奈〕，Renoir〔雷诺阿〕，Pissarro〔毕沙罗〕，Cézanne〔塞尚〕，Sisley〔西斯莱〕，Degas〔德加〕等，皆有力分子〔即本章所要述的诸主人翁〕。至一八七〇年，大开展览会，渐渐以 Manet 为中心。其次年，遂有"印象派"（"impressionist"）的名称，或称"罢斯谛尧尔派"（"Bastignole"）。给此画派以刺激与暗示的，是 Delacroix〔德拉克洛瓦〕，Courbet〔库尔贝〕，Velazquez〔委拉斯开兹〕的画，以及东洋画；而尤以东洋画的暗示为多。原来东洋画（中国画，日本画）家对于事物的观察，都是印象的；其描法是简洁而含蓄的，大胆的，不规则的，破格的；色彩鲜明；又极爱好自然；题材多取山水花草，所描的都是事物的第一印象。Monet,

马奈：《草地上的午餐》

Manet等避普法之战，旅居荷兰时，偶然看见了荷兰人所收藏的东洋画，日本广重，北斋的版画，叹为西洋所不能见，遂大觉悟。高呼："走出人工的画室！舍去室内的褐色！如实描写充分的日光及其所照的事物！"于是作画的动机上，题材上，手法上，色彩上，——绘画的观念上，就起了一大变化。向来重细部描写，现在以描写大体印象为主；向来注重题材内容，现在注重色彩与光线的技巧。这是全部美术史上的大转机，为古代艺术与近代艺术之间的不可越的鸿沟。

印象派的始祖，要推 Edward Manet〔爱德华·马奈〕（1832—1883）。其幼时从事海军，十六岁时航海到南美，在海途中见了鲜明的海的色彩，不能忘却，归来就改做画家。其代表作除《草上的中食》以外，又有《Olympia》〔《奥林匹亚》〕，描一全裸体的女子横在床上，其旁立一捧花的黑奴。这画在当时曾大受众人的嘲笑。然其技巧甚是可惊，脱却从前的作风的传统，而在色彩与形体上着力，明暗的对照，全体的情调，均表出着新的意义。他的题材，都取巴黎式的人间生活。其他名作有《庭园》，《野游》，《温室》，《春》，《Opera Dance》〔《歌剧舞蹈》〕以及描写 Zola〔左拉〕小说制作的《女优 Nana〔娜娜〕》等。

与 Manet 并称的，为去年逝世的八十老翁 Claude Monet〔克劳德·莫奈〕（1840—1926）。他是拿 Manet 的印象主义试行于风景写生上的第一人。其所作多风景画，尤喜描水上的睡莲，有许多画只有一片水和数丛睡莲，无地平线，也无他物；又喜描稻草的堆，也不配以他物，盖其目的主在于色与光的美的表现，故不论题材的内容意义了。然其所描的自然风景，决不是如实的固定的存在，而常为刹那间的印象，印象主义的意义，在他比 Manet 更为透彻。他早年作一画，描写日出的天空的色彩，题曰《印象：日之出》，出品于同人作品展览会。他这画中看不出物象，而只有像日出时的天空的色彩。次日，就有人在报纸上笑骂，说他们的画是"印象派"。那时候他们的团体还没有定名，就逆来顺受，袭用这别人笑骂而起的"印象派"为名号。这是很有名的话。Monet 的代表作有《地中海》，《凡尼斯〔威尼斯〕风景》，《太姆士河〔泰晤士河〕》，《须因河〔塞纳河〕》等。稻草堆与水上的睡莲尤为其特色的名作。

田园画家 Camille Pissarro〔卡米耶·毕沙罗〕（1830—1903），可说是此派中的 Millet〔米勒〕。他与 Millet 同是 Normandy〔诺曼底〕人，性情朴素，极似 Millet；唯不像 Millet 的为敬虔的抒情诗的人物，而为细致的分析家。其所描农夫有活跃的生命，少女有野花似的清新的神情，声名早驰于画界，一八六四年以后，每年出品于 *Salon*。又不但擅作油画，而兼擅版画等小品。

Alfred Sisley〔阿尔弗雷德·西斯莱〕（1839—1899）也是有名的印象派画家，有男性的，力强的制作。生于巴黎，与 Monet，Renoir 等相交好，追从他们的倾向。题材多取温和的自然，碧绿的河畔的森林，万花缭乱的春日的田舍，尤为其得意的题材。其色彩比 Monet 更强。

Edgar Degas〔埃德加·德加〕（1834—1917）比 Manet 更为年长。这人并不直接加入印象派，但步调与 Manet 等相一致。生于巴黎，入官立美术学校，早年就出品于 *Salon*。然其画风得力于 Manet 的柔软流畅的描法，又从日本画学得奇拔的构图，遂为印象派中最有教养而最洗练的画家。其题材大半是女性的，优美而轻快，且有可爱的姿态。巴黎的舞女，尤为他的独得的题材，姿态千变万化，表现的巧妙达于极点，为他画家所不能企及。其画风重省略的色彩的对比，为要给观者以强烈刺激，他往往描舞台的下部与管弦乐团的上部，画的上方见舞女的脚，下方见乐人的上体，作奇异的构图。

　　Auguste Renoir〔奥古斯特·雷诺阿〕（1841—1919）是最近的大家。他把别人用于风景写生的方法来适用人物上。这一点与 Degas 相似，但内容不同，即他的取光纤细，柔软，温和，而不像 Degas 的富于活动之态。他是女性描写的大家，又长于风景。其画风初期色彩强明而为细写的；中年温雅，于裸体女的颜面描写上最明示其特色；晚年达于圆熟的顶点，有偏重形式美而疏忽内容的倾向。评家说他是富于感觉的"光的诗人"。

　　以上所叙，为前期印象派的六大家。此外同派中还有许多作家，兹不详述。印象派的主旨在于光与色的美的表现，故像 Monet 所作，只描一堆稻草，或一片水，而在其光与色的表现上用功夫，使成为名作。他们用色时不在调色板上调匀而涂抹，是直接用原色的条纹排列在画面上，例如把红的条纹与蓝的条纹相间，在远望的观者的网膜中自然拼成鲜明的紫色。故印象派的画，近看都粗乱不辨物体，但见错杂的色条（故印象派的绘画不宜制单色板）。这办法更彻底一步，不用条纹而用圆的色点来集成物体，即所谓"点画派"（"pointillist"），又名"新印象派"（"Neo-impressionist"）。新印象派倡于一八八〇年，有两大家，即 Signac〔西涅克〕与 Seurat〔修拉〕。

Paul Signac〔保尔·西涅克〕（1863—？[1]）现正为法兰西画坛的长老。点画的方法，在 Monet 已经用过，到 Signac 而更彻底，其画面全是各种的色点的组织，形似 mozaic〔镶嵌工艺〕或织物，但其落笔大胆而错乱，有美的趣味。Georges Seurat〔乔治·修拉〕（1859—1891）画风较为细致，其所作大幅《星期日的海岸》，全由各种色点集成，有 delicate〔纤细〕的长处。惜早年夭逝，所留作品不多。

要之，印象派是光与色的革命，故又名外光派。注重光色的结果，对于自然愈加亲切，自然的描写愈加深刻，同时对于画的内容意义渐渐轻忽起来，故一堆稻草，一片水，皆可为杰作的题材。这是绘画进于视觉艺术的纯粹绘画的初步，是绘画的独立革命的先声。自此经过次节的后期印象派，而变出后章的新兴艺术来，为一贯的路径。

B　后期印象派（post-impressionism）

现代新倾向的人们所崇奉的有四大画家，即 Cézanne, Gogh〔凡·高〕, Gauguin〔高更〕, 与 Henri Rouseau〔亨利·卢梭〕。他们所树立的名为"后期印象派"，或称"表现派"

---

[1]　卒年为：1935。

（"expressionism"）。其中 Cézanne 曾经与 Manet 等印象派画家为侣。然他的后期印象派与印象无直接交涉，并不像新印象派地为前期印象派的彻底的。习惯上称为后期印象派，其实不如称为表现派为妥。因为后期印象派的要旨，与前期印象派及新印象派完全不同，在画法上另辟一新天地。其特征为"力"与"动"。即以前的绘画，只知表出事物静止时的形，光，与色，偏重客观，故其画面均是静止的。到了后期印象派，始发见"线"，用线为手段，来描出画家的主观的心的跃动。故其画面有力，生动。这种绘画最合于现代精神。故后期印象派为现代画的中坚。后面的新兴艺术，统以此派为出发点，为基础。其实，这也是参仿东洋画的。即前期印象派取了东洋画中的色调，后期印象派取了东洋画中的线。线条本来是东方绘画的特色。

Paul Cézanne〔保尔·塞尚〕（1839—1906）生于法国南方，为银行家之子。初出巴黎，习法律，一八六三年改做画家，受 Courbet，Delacroix 等的影响；又反对当时的 Academy，与印象派的人们交游，受 Manet 等的感化也不小。但后来渐渐独抱意见，与现代远离，与印象派也渐不相容。遂于一八七七年归故乡，埋头作画凡二十年。直到晚年，其画终不为人所完全承认，卖价也极低廉。然当时值百法郎的，现在出数万法郎也不可得了。这是什么原故呢？就为了他是"新兴美术之母"，给现代的影响比无论何人还多大；又为了他对于画的态度实在非常严肃，画与自己浑然融合。因为他能穿透对象，洞察其底奥，撷其精髓，而力强地表现。故他的画，不似 Manet 等地仅写事物的客观的形相,能把自己的感情没入在里面,使成了自己的感情的块而再现。这是其异于从来的艺术的要点。其代表作有《自画像》、《赌牌》、《夫人像》,及静物画。据说他作画皆乘兴而动,兴到时一气作成,无论画成或画坏,放笔后永不再看;坏者立刻塞入火炉里烧焚。这态度很有意义:在他,作画就是生活,生活就是作画,生活与艺术互相融合,不可分离。

其次有热狂的画家 Vincent van Gogh〔樊尚·凡·高〕(1853—1890)。这人生于荷兰,三十岁以前在巴黎等处做美术商店店员,又曾在英国做说教师,在比利时做牧师。三十岁后发心自己表现,就随便描写周围的事物,其制作有非常的特色,就成立为画家。他的生活极放浪,喜描野人的素朴的颜面。一八八六年到巴黎时,与 Gauguin 等交游,又蒙印象派新印象派的影响。其后即去巴黎,到法兰西南方,在其地的强烈的日光之下描写农民生活,这时候进步自由且急速,立刻展开了他的奇才。即在千八百八十七年至九年的两年间,描画数百幅,相当于其全生涯的作品的五分之三,一生的精华尽在这二年间吐露。后来忽然发狂,入疯人院,终于自杀,生涯实甚可悲!作风似其性格,奔放,泼辣,尽是血与热,力的旋涡。

Paul Gauguin〔保尔·高更〕(1848—1903)是 Gogh 的友人,也是一个奇怪的人。生于巴黎,幼时甚贫苦,十四岁为远洋航海的小船员,青年时代为巴黎的商店店员,有妻子,生计渐裕。然自学画以后,又穷起来了,到了一八八二年,终于妻子和财产尽行亡失,成了穷汉,与生活苦斗而作画。曾与 Gogh

同居，又在法兰西的Pont-Aen[1]乡村间组织一会，名曰"Pont-Aven派"〔"阿望桥村画派"〕。后来他对于蛮人的生活非常羡慕，终于飘流到南太平洋的中央的Tahiti〔塔希提〕岛上。后来曾经一度返巴黎，但他是反文明主义者，不堪久居，不久仍归岛上，娶土人女为妻。自己也蓄发，养须，一如土人，终于死在这岛上。爱好原始生活的他，作品也极原始的，用简单幼稚的色彩，表现强明而又静寂的题材。其在Pont-Aven时代与在Tahiti时代，作风稍异，后者更为佳胜。

还有一位"世间的珍客"Henri Rouseau（1844—1910）。他生于离巴黎的田舍，少年时曾投身军队，参加普法之战。后为巴黎市税关的雇员，于暇时习画，后终于辞职而做画家。一生在贫穷中度过，而在和平安逸的心情中死去。其画的特色是幻象的表现，所描表自然人物皆平面的，静止的，纸细工似的幻象。虽非real〔真实的〕，但亦颇为写实的。其单纯的naive〔朴实〕的情调，有极美好的趣味，为别人所不可企及。

这四人可说是新兴美术的始祖四圣。倘不理解他们，不能踏出到二十世纪的新美术界中。从他们的影响中产出一大群的人物，即所谓"野兽群"（"Les Fauves"）。美术的现代化，就由他们的手来实行。容在后面第十七章中续说。

---

[1] 即阿望桥村，在法国西北部布列塔尼地方。

十六　德意志的现代美术

A　写实派的人们 (realism)

近代美术上，因法兰西的光焰太强，以致其邻近的德意志的美术不甚惹目。实则新兴国的德意志的美术亦颇发达，未便轻忽。现在请略记之。

关于十九世纪初期的德国的建筑和雕刻，前面已经说过了。在其绘画上，与法国的 David〔大卫〕同时，有大家 Asmus Jakob Carstens〔阿斯穆斯·雅谷·卡斯藤斯〕（1754—1798），最初踏进古典主义的一步。继续又起浪漫主义，与古典主义相交流。其浪漫主义中最著的一派为 Nazareners 派〔拿撒勒画派〕，实为英国的拉费尔〔拉斐尔〕前派的先行。其作家有 J. Friedrich Overbeck〔约翰·弗里德里希·奥韦尔贝克〕（1789—1869），Wilhelm Schadow〔威廉·沙多〕（1789—1862），Peter Cornelius〔彼得·科内利乌斯〕（1783—1867）等。从 Schadow 支生出描理想的中古时代的 Carl Lessing〔卡尔·莱辛〕（1808—1880）与后述的 Böcklin〔勃克林〕来。从 Cornelius 又开后述的 Lenbach〔伦巴赫〕等的一派。Carstens 以后，在柏林发生 Menzel〔门采尔〕以下的诸大家。德意志美术虽大致可分为写实派与理想派的两途，然而不能像法兰西地截然分为两派。要之，只有 Böcklin 的理想主义与 Menzel 的写实主义作显著的对照。现在仅就这两派中的代表者数人说一说。

先说写实派。第一人是 Adolf Menzel〔阿道夫·门采尔〕（1815—1905）。他是十九世纪的独创的天才之一人。他当时的 Academy〔学院（派）〕及其他画派与时代倾向，全无关系，独行自己的道路，且进取不止。其大作为《铁工场》。最能代表现代的德意志精神。光焰，烟雾，日光，及各种金属的光，错杂混乱，红热达于极度的铁针从熔矿炉中流出，正是积极的德意志人的生活的象征，也是现代的象征。后来的彻底的表现派艺术，在这幅画中早已预示着。

其次为写实派吐气焰的，是 Franz von Lenbach〔弗兰茨·冯·伦巴赫〕（1836—1904）。他是德国第一流肖像画家。其技术上多变化，色调明快，为常人所喜。作品甚富，肖像居多。尤屡描稗士麦〔俾斯麦〕像。

然真像写实派的人，要推 Wilhelm Leibl〔威廉·莱布尔〕（1844—1900）。他于一八六九年在 München〔慕尼黑〕看见了 Courbet〔库尔贝〕的《石工》，大受刺激，就奔赴巴黎，欲追从这伟大的画家。旋以普法战起，不久即归国。然巴黎的短期的滞在，已为其一生制作的基础。他的作品曾经在 *Salon* 得金牌奖。其画风以如实表现为旨，色彩精妙，轻快，大胆而又周到，正是德意志写实主义的头目。

同是写实派，而走于极端的空想的，有 Gabriel Max〔迦伯列·马克斯〕(1840—〔1915〕)。他是同情心深的社会主义者。又研究催眠术与心灵学，有发狂的倾向。故其后年的作品也伴着病的幻影。例如其名作《猿》，据说 Max 自己曾与猿对话，故作此画。其实他不是写实派，而是德意志浪漫派又神秘派的人。

B　理想派的人们 (idealism)

德意志理想派，其实可称为德意志浪漫派。严密地说，不能与写实派区分，只是用想象的分子来描写历史事实，在现实中加一点空想的表现而已。其代表者，就是谁也会立刻想起的名作《死之岛》，《波之戏》的作者 Arnold Böcklin〔阿诺尔德·勃克林〕(1827—1901)。其画以风景中配人物者为主。风景全是写实的，其中的人物则是象征的，且多极神秘的，恶气味的表现。描写海中妖魔扑美丽的人鱼的《波之戏》，便是其例；《死之岛》更示其极端。还有《森的沉默》，也是如此。然这不是为神话而作的；伴着四季的变化的自然生活，在他眼中都是这样"人化"的。他这种画，在文学者及一般人最欢喜看。

同风的画家，尚有 Anselm Feuerbach〔安瑟伦·费尔巴哈〕(1829—1880)，有法兰西作风，为浪漫主义与现代主义的交流的旋涡。又有 Hans von Marées〔汉斯·封·马雷斯〕(1837—1887)，长于加裸体人物的风景画，然多断片；少完成品。Hans

Thoma〔汉斯·托马〕（1839—？[1]）善用朴素单一的手法来描出情调，所作多其故乡的山家的风景。

现代理想画中的最大家之一，是 Max Klinger〔马克斯·克林格尔〕（1857—〔1920〕）。这人是单纯的理想主义画家，曾到各地学种种画风，受种种影响。其作风一面为古典的，一面又最为现代的。除素描与彩画以外，他又长于 etching〔蚀刻〕画。评家谓其油绘远不及其 etching 之佳。可以匹敌他的，有 Franz Stuck〔弗兰茨·斯图克〕（1863—〔1928〕），也是私淑 Böcklin 的人。所描象征画最为著名。

在这浪漫的倾向的画派中，还有 Ludwig von Hofmann〔路德维希·封·霍夫曼〕（1861—），Gustav Klimt〔古斯塔夫·克利姆特〕（1862—1918），Ferdinand Hodler〔费迪南德·霍德勒尔〕（1853—1918）三作家。Hofmann 长于描写裸体的少女及做梦的青年。Klimt 为 Sezessionism 派〔分离派〕的代表者，容在次节说述。Hodler 特长装饰的绘画；又其意力的表现，与 Cézanne〔塞尚〕同为表现派的先驱者。

C 自然派与分离派 (Naturalism, Sezessionism)

德意志自十八世纪以来，理想派与写实派交错流转，到了十九世纪末，就起了"分离派"的新运动。这运动扩充起来，到二十世纪初就发生表现派。

---

[1] 卒年为：1924。

分离派可说是条顿民族的印象派，自 Manet〔马奈〕，Monet〔莫奈〕的印象派流入德国以后，有一部分人受其煽动，脱离其 Academy 而独倡画风，就是"分离"（"Sezession"）的运动所由起。一八九三年，在 München 开分离派独立展览会以后，势力渐渐强固，遂成立为一派。

分离派的首领，是 Max Liebermann〔马克斯·利贝曼〕（1847—〔1935〕）。他起初以描写历史画有名。后来又对于法兰西的印象派发生兴味，就抛弃历史画而描写实生活的题材。曾出品于巴黎的 *Salon*，又赴巴黎，与印象派的人们相交游。滞居巴黎六年，充满了印象派的头脑而归国，就为分离派的中心人物。初描感情的绘画有《寡妇》、《母子》等作品。纯熟之后，专描下层社会与劳动者，《养老院》是其后期的名作。

还有一位分离派的名人，即 Fritz von Uhde〔弗里茨·封·乌德〕（1848—1911）。他学习法兰西当时的新倾向的绘画，打破德意志古来宗教画的旧风，建设新艺术。故其所描宗教画，非出自信仰，乃当作风俗而描写的。他能用同情与理解来表现事象，故其画颇能感动观者。然当时的人们指他为社会主义者，非教会者，而排斥他。

此外较为知名者，在 Dresden〔德累斯顿〕还有 Franz Skarbina〔弗兰茨·斯卡比纳〕（1849—1910），Gotthard Kuehl〔哥塔德·库赫〕（1850—1915）二人；在柏林还有 Lesser Ury〔莱塞·乌里〕（1862—），Max Slevogt〔马克斯·斯勒福格特〕（1868—〔1932〕），Lovis Corinth〔洛维斯·科林特〕（1858—〔1925〕）三人，皆是介绍印象派入德国的人。在维也纳又有分

离派的代表者 Gustav Klimt（见前节）。这人汲一切流派的源泉，印象派的日光，日本画的锐利，东方的强烈的色彩及装饰趣味，都被他吸取，而作出一种理想画，与 Klinger 等同为现代德意志神秘主义的代表者。

从上述的写实的，空想的，现实的，理想的混乱中，生出清新的表现派来。但现在让我们先向欧洲美术的全野眺望一下再说。

十七　北欧南欧的美术

A　意大利，西班牙，比利时

法兰西自 David〔大卫〕至印象派出现，这五六十年间，像一所烂漫的美术的花园。其余芳散布于欧洲全土。以同文国的南欧，西欧诸国——意大利，西班牙，比利时，受其余香最浓。

文艺复兴国的意大利，自十六七世纪以后，国情久已沉滞。入了十九世纪，也开朗起来，美术随了民族独立运动与产业勃兴，又见复活的机运。先驱者为 Domenico Morelli〔多梅尼科·摩雷里〕（1826—1901），继之者有 Guiseppede Nittis〔吉塞佩德·尼蒂斯〕（1846—1884），Francisco Paolo Michetti〔夫朗西斯科·巴奥洛·米开提〕（1851— ），Antonio Mancini〔安东尼奥·曼契尼〕（1852— ）等画家。到了十九世纪后半，又有 Venice〔威尼斯〕派，Florence〔佛罗伦萨〕派等有特色的画家辈出。前者如 Ettore Tito〔埃托雷·提托〕（1859— ），Pietro Fragiacomo〔彼特罗·弗拉加科穆〕（1856— ）等，后者如 Giovanni Boldini〔乔凡尼·波尔蒂尼〕（1853— ）等是。然不入此等派中，而最有力的画家，是

Antonio Fontanesi〔安东尼奥·封坦内西〕（1818—1882）。他是罢皮仲派〔巴比松派〕的共鸣者，晚年又带印象派色彩，于田舍风景画上独开一新生面。曾经到日本来宣扬西洋画，其于东方的洋画的发达上，贡献甚多。

然现代意大利画人中最代表的，要推山岳田园大家 Giovanni Segantini〔乔凡尼·塞冈第尼〕（1858—1899）。他幼时很孤苦，备尝人生的艰难。后入绘画夜校，因性情狷介，为学校除名。于是奉自然为师而独自制作。性喜居高原，故画材亦多取高山，为世界第一高山画家。其色彩法与新印象派（点画派）有共通点，亦用色点。

次就西班牙看。西班牙于十八九世纪之交有名画家 Francisco De Goya〔夫朗西斯科·德·戈雅〕（1746—1828）出现，留传许多名作。这是 Delacroix〔德拉克洛瓦〕的时代，画风也与 Delacroix 相似。其后西班牙画坛非常沉寂。近来国民性发挥，又有热烈的绘画出现。其中最有名的是 Mariano Fortuny〔马里阿诺·福图尼〕（1838—1874）。其作品五彩灿烂，如金银宝石的光，富于刺激。这是现代西班牙的代表者。

在他之后有 Ignacio Zuloaga Zabaleta〔伊格纳西奥·苏洛阿加·萨巴莱塔〕（1870—　），为西班牙有名的复古画家。他研究本国大画家 Velasquez〔委拉斯开兹〕，Goya，Greco〔格雷科〕等作品，与当时全盛的法兰西不同，而别立温柔，鲜丽的有魅力的画法，其自画像等作品为全欧所共知。

再向法兰西东北去看比利时。这国于一八三〇年与荷兰分立后，国力增进，美术也勃兴。因为有世界的势力的 David 曾死于此地，故其美术当然不出其影响之下。然到了十九世纪后半，不但印象派与新印象派的倾向最为显著，且又有象征画家，大显其美术上的特色。

从十九世纪初说起，第一人是 Henry Leys〔亨利·莱斯〕(1815—1869)，长于壁画。其次有 Charles de Groux〔查理·德·格卢〕(1825—1870)，为比利时最初的唯一的平民画家。其同时又有 Leys 的门人 Henride Braekeleer〔亨利德·布拉克拉〕(1830—1888)，也是深刻的写实画家。

一八六八年，比利时一班青年美术家组织"自由美术社"，以对抗 academy〔学院〕派。社中最有名的是 Hippolyte Boulanger〔伊波利特·布朗热〕(1837—1874)。他是与印象派共通的光的画家，然不幸早死。其后有 Léon Frédéric〔莱昂·弗雷德里克〕(1856—〔1911〕)，也是印象派倾向的先导者。又有 Eugène Laermans〔欧仁·拉尔曼〕(1864—   )，则接触于社会的，道德的问题，为真的现代精神的画家。他的作风受 Daumier〔杜米埃〕的影响甚著。

在神秘的方面，象征画家有 Fernand Khnopff〔斐南德·克诺普夫〕(1858—   )。这人受巴黎的 Moreau〔莫禄〕，伦敦的 Burne-Jones（彭-琼士）及 Rossetti〔罗赛蒂〕的影响甚深。作品有梦幻的特色。他是现代比利时画坛的长老。与他对照的，有 Felicien Rops〔斐利兴·罗普斯〕(1833—1898)。这人表现 Baudelaire〔波德莱尔〕式的恶魔主义。其所描的女性非纯洁的裸体，而都是挑拨肉感的，一种吸血鬼。还有 Constantin Meunier〔君士坦丁·默尼埃〕(1831—1905)为描写劳动者的民众画家,亦有独得的表现。

B　荷兰与斯干的纳维亚〔斯堪的纳维亚〕半岛

从此向北行,我们到了 David 的谪戍地,Gogh〔凡·高〕的生国荷兰地方。

严密地说,荷兰美术的勃兴始于十九世纪后半。出现三个画家,即 Willem Roelofs〔维雷姆·卢洛夫斯〕(1822—1897),Jan-Hendrik Weissenbruch〔扬-亨德里克·威森布卢赫〕(1824—1903),Paul-Joseph-Constantin Gabriel〔保尔-约瑟-君士坦丁·迦伯列〕(1828—1903)。他们三人皆有自然描写的特色,地平线皆低,风物单调,情趣楚楚,发挥与他国人的表现全异的特色。还有与之大同小异的一派,即 Johannes Bosboom〔约翰内斯·菩斯布姆〕(1817—1897),与 Johan Barthold Jonkind〔约翰·巴托尔德·云金特〕(1819—1891)。前者研究建筑构造,于大建筑的内部、外部的描写上抽发新机轴,占独倡的地位。后者在法国更为有名的大家,用印象派的手法,描出风车,运河,帆船等本国的风景。于水彩画尤为擅长。

继他们之后,代表现代荷兰的,是 Joseph Israels〔约瑟·以色列〕(1824—1911)。他是荷兰有国际的名誉的画家,早年驰名于世,有"荷兰的 Millet〔米勒〕"之称。其处女作《母之墓》,描一渔夫抱一儿,携一儿,诣其亡母的墓前。其神秘与哀愁,颇惹世人的注意。

在这等人的影响之下，产出许多自然描者。例如三 Maris，即 Jacob Maris〔雅各·马里斯〕（1837—1899），Matthys Maris〔马提斯·马里斯〕（1839—〔1917〕），Willem Maris〔维雷姆·马里斯〕（1844—〔1910〕）三兄弟，皆以风景画示其特色。最近又有 Jan Toorop〔杨·托罗普〕（1858—〔1928〕），以奇特的表现为世所知。

再向东行，到丹麦。此地设 Academy，在于十八世纪。入十九世纪，在法兰西的影响之下日渐展进。到了十九世纪后半而有代表者 Severin Kröyer〔克卢耶尔〕（1851—　）出现，以写实主义革新丹麦的画风。有所谓"丹麦画派"的建设。然丹麦美术，一般不甚振足。由此渡海，到对岸的瑞典，倒可看见二三个优秀的作家。

瑞典的美术的历史也不甚古，十七世纪稍有端绪，至十九世纪后半而昌盛，也是由于法兰西的影响的。先有 Hugo Salmson〔雨果·萨姆松〕（1843—1908），其作品《逮捕》为罗森蒲尔〔卢森堡〕美术馆中的最初的瑞典画。又有 Auguste Hagborg〔奥古斯特·哈博〕（1852—　），为描写海滨的住民及渔夫的画家。此后有三大家出现。即 Bruno Liljefors〔布鲁诺·利列福斯〕（1860—〔1939〕），Karl Larsson〔卡尔·拉松〕（1853—〔1919〕），与 Anders Zorn〔安德斯·索恩〕（1860—〔1920〕）。Liljefors 研究印象派的色彩与东洋画的自由性，为动物画大家。Larsson 长于风俗与风景画，又以多彩而明快的装饰的壁画成功。Zorn 为三人中最知名者，善于描裸体洗濯女及浴女等。其版画亦有名。

再到其邻国挪威，所见情形又大异：这是 democracy〔民主主义〕的国。思想家，诗人，剧作家等辈出，为其特色的是般生〔比昂逊〕（Björnson）与易卜生（Ibson）。其美术在十九世纪前受德意志影响最著，仿佛是德意志的一分派。近来游巴黎者渐多，印象派的影响也渐著。最近的倾向有二：一是写农夫，渔村等粗朴的自然的人物的；一是主描风景的。现代最知名的画家，有 Johannes Grimlund〔约翰内斯·格里姆伦德〕（1843—　），Erick Werenskiold〔埃里克·维伦肖尔〕（1855—〔1938〕），Halfdan Ström〔哈尔夫丹·斯特龙〕（1863—　），Fritz Thaulow〔夫里兹·道罗〕（1847—1906）等。就中 Werenskiold 受印象派影响，描写诗的情调最深的风景，风俗，肖像。般生、易卜生的肖像，皆其杰作。

此地还有一位不可遗忘的画家，即 Edvard Munch〔爱德华·蒙克〕（1863—〔1944〕），他对于德意志的柏林分离派的成立颇有一些助力，而是新时代的画家，可与 Gogh，Cézanne〔塞尚〕他们并称。其作风偏入奇矫之途，用粗放，省略，大胆的手法，全然蔑视形的约束。主观的精神脱离一切对象，而直接迫向眼前来。这画风对于德意志表现派有强大的影响。在后章当再说述。

C　俄罗斯及其附近

俄罗斯在三百年前是烟雾弥漫的东方的专制国。然国运急激勃兴，文化，美术也随之而发达。又与法国有密切的关系；

受德意志的影响亦属不小。一七五三年女皇爱理硕佩史〔伊丽莎白〕仿法国，建设 academy，有名匠 Dmitri Levitzky〔德米特里·莱维茨基〕（1735—1822）与 Vladimir Borovikovsky〔符拉基米尔·鲍罗维科夫斯基〕（1757—1825）出现，皆肖像画家。入十九世纪，也随伴欧洲的一般的运动，而革新艺术。近代现实派的先驱者 Alexei Venetzianov〔阿列克塞·维尼恰诺夫〕（1780—1847），开始取日常事象为画材。其后有 Paul Fédotov〔保尔·费多托夫〕（1817—1858），善作国民风俗画。同时又有 Alexander lvanov〔亚历山大·伊凡诺夫〕（1807—1858），作新倾向的宗教画。

真的俄罗斯美术的黎明期，在于一八六〇年以后。即一八六三年，有青年画家脱离 academy，而创设"巡回展览会"，标榜写实主义。其第一人是 Vasily Vasilievitch Vereshtchagin〔瓦西里·瓦西里耶维奇·委列夏庚〕（1842—1904）。作风极为深刻。当拿破仑战争之际，这画家咒诅战争的苦恼与恐怖，作种种表现。有名作《战的权化》（又名《髑髅的金字塔》），描写髑髅积成的山上有大乌群啄食腐肉，极为凄惨，实为反对现代军国主义的猛烈的呼号。一九〇四年亲赴日俄之役，战死于旅顺海中。

与 Vereshtchagin 齐名的画家，有 Ilya Yefimovich Repin〔伊里亚·叶菲莫维奇·列宾〕（1844—〔1930〕）。他与 Vereshtchagin 相反，是纯艺术的画家。起初曾为托尔斯泰的作品描插画。后专长于历史画及肖像画。有《耕作的托尔斯泰》，《书斋中的托尔斯泰》等名作。

Repin 开拓了写实的路,青年画家群起从之。如 Valentin Serov〔瓦伦丁·谢罗夫〕(1865—〔1911〕),Constantin Korovin〔君士坦丁·科罗文〕(1861—   ),Isaac Levitan〔以撒·列维坦〕(1861—1900)等,皆受印象派影响。又有女流作家 Marie Bashkirtseff〔玛丽·巴什克采夫〕(1860—〔1884〕),为夭折的天才。

在他方面,又有纯粹的理想派。装饰的倾向的画家中有 Mikhail Vrubeli〔米哈伊尔·符鲁别利〕(1856—〔1910〕)。他后来是盲人,又神经病者,但曾创造新宗教画。自十九世纪终至二十世纪,有 Constantin Somof〔君士坦丁·索莫夫〕(1869—   ),为新俄美术派的首领。在此期间世界大势一变,俄国又因日俄之战,国本动摇,不久大战勃发,大革命骤起,帝室灭亡;美术上也招致了根本的革命。于是有在国外的 Kandinsky〔康定斯基〕,Archipenko〔亚基本可〕,Chagall〔夏加尔〕等张设新兴美术的第一线。同时国内也有彻底的运动,Tatorin〔塔托林〕与 Kasak〔卡萨克〕等的构成派(见后章)勃兴。俄罗斯在现在正是新的造型运动的源泉。

现在我们可以顺便一看久为俄罗斯的一部的芬兰与波兰。他们都有独立的民族性与美术的表现。芬兰最有名的画家为 Albest Edelfelt〔阿尔贝斯特·埃德尔菲尔特〕(1854—1905)。作历史画,风俗画,农民画。其他尚有诸人,皆以祖国的感情与丰艳的色彩来描写小丘,森林,海景,又作时代风的芬兰勇士故事画。波兰有 Jan Matico〔扬·马提科〕(1838—1893),有轻快的画风,表现特异的性格。又有 Joseph Bland

〔约瑟·布兰德〕（1841—　），善描战争，兵士，骑者等。

D　英吉利与亚美利加

十九世纪的英国的美术界，非常闹热，足与德法相颉颃。早有 William Hogarth〔威廉·贺加斯〕（1697—1764），与 Sir Joshua Reynolds〔乔舒亚·雷诺兹〕（1723—1792）；到了 Turner〔透纳〕（1775—1851）与 Constable〔康斯太布尔〕（1776—1837），而倡立自然派；又经过筑成"英吉利浪漫主义"的拉费尔〔拉斐尔〕前派，即 Rossetti〔罗赛蒂〕（1828—1882），Hunt〔亨特〕（1827—1910），Millais〔米莱〕（1829—1896），Burne Jones（1833—1898）等，而织成灿烂的英吉利美术。Watts〔瓦茨〕（1817—1904），Morris〔莫里斯〕（1834—1896）更承受其传统，为世纪末的点缀，这是在上面已经叙述过的。今世纪英国的画坛更添光彩，其主要的人物为从外国来的，移植特殊的情调与色彩的二人，即 Laurence Alma Tadema〔劳伦斯·阿尔马·塔德马〕（1836—1913）与 Hubert von Herkomer〔休伯特·封·赫科默〕（1849—1914）。

Tadema 原是荷兰人，三十余岁时在英国娶后妻，归化英国。他在历史画上为近代的第一人。所描的女性，用纯粹的英国的模特儿。其技巧给当时英国画界以多大的影响。Herkomer 原是德国人，幼时为职工，随父母渡北美洲，后常住英国。初在伦敦为杂志作画，后以肖像画家知名。

除二人以外，还有与 Watts 齐名的 Lord Frederick Leighton

〔洛德·弗雷德里克·莱顿〕（1830—1896），为保守的古典主义者，用沉静的色彩与高贵的形式，作历史的装饰画。风俗画家中最知名的有 Frederic Walker〔弗雷德里克·沃克〕（1840—1875）。

除英伦以外，苏格兰与爱尔兰也各有地方的画风。例如爱丁堡的 William Quiller Orchardson〔威廉·奎勒·奥查德桑〕（1835—〔1910〕）作温暖、明快的历史画。然英国究竟是 academy 的国，拘于形式，缺乏创造的生气与自然，在现代美术上保有特异的地位。

次看同是盎格罗萨克逊的亚美利加合众国。建国未久的新大陆，还没有传统的美术的建设，然也有二三人可记述。

James Abbott Whistler〔詹姆斯·艾博特·惠司勒〕（1834—1903）习画于巴黎，其画中撷取近代各种绘画的要素，从日本画得到很多的影响。要之，他的画是调子画，立在雕刻与音乐的境界上的，单化的画。《母之像》，以形状，明暗的巧妙的配合著名。

其次可代表亚美利加的，是 John Singer Sargent〔约翰·辛格·萨金特〕（1856—〔1925〕），以善描贵妇人著名世界。

此外的美国画家中知名者，尚有 George Innes〔乔治·英尼斯〕（1825—1894），以善写秋景著名。Homer Martin〔霍默·马丁〕（1836—1897）有神秘的，力强的特色。John La Fargo〔约翰·拉·法戈〕（1835—　）为装饰画家，装饰各地大建筑。

E　法兰西绘画的现状

看了各地的美术之后，请再回顾法兰西的美术现状：法兰西自十七世纪以来为美术中心地，入十九世纪，产生古典派，浪漫派，写实派，印象派，新印象派，后期印象派，至于现在，常为美术的运动与展开的原动地。虽然入二十世纪后并不如此，但法国终是世家，故英才济济，不可胜计。

自十九世纪后半新理想派，浪漫派全盛，又写实派，印象派勃兴，然也有不趋附大势而独抱宗旨，自成一家的，如 Jule Bastian-Lepage〔朱尔·巴斯蒂安-勒帕热〕（1848—1884），Alfred Philippe Roll〔阿尔弗雷德·菲利普·罗尔〕（1847—　），Paul Albert Besnard〔保尔·阿尔贝·贝纳尔〕（1849—　），Eugène Carrière〔欧仁·卡利安尔〕（1849—1906），Jean-François Raffaelli〔让·弗朗索瓦·拉法埃利〕（1850—〔1924〕）等皆是。Lepage 善描"枯草"，为外光描写的大家，然不入于印象派，始终于稳健诚实的写生。Roll 是他的承继者，为 democratic〔民主〕的画家，善描农夫，牧妇，市井情景。Besnard 也是元老，于大建筑的壁画有独得的手腕，又长于描写妇人裸体，有 charming〔媚人〕的作风。Carrière 为有名的调子特异的画家。自一八七〇年在与德意志的战役中被虏以后，画风变成极深远的，梦幻的，只用浓淡明暗而色彩几乎没有。而熟视之后，情味与色调皆跃然如生，真可谓一种特异的技巧。其所描题材，皆有一种道德的情绪，如《母之爱》、《家族》，为其代表作。Raffaelli 为彻底的民众画家。他是"色 etching

〔蚀刻〕"与"Raffaelli 画法"（即色粉笔与油画混用）的发明者，有名于西洋画界。Besnard 等在人工的光线下研究物象，名曰"照晖派"；Carrière 等用淡的灰色调子，如蒙雾障，名曰"雾派"。

与上述的诸人为伍的，还有一班装饰画的倾向的人们，如 Henri Martin〔亨利·马丁〕（1860—〔1943〕），Maurice Doenis〔莫里斯·多尼斯〕（1817—　），Edmond Aman-Jean〔爱德蒙·阿曼-让〕（1860—〔1936〕）等。Martin 出发于 Roll 与 Chavannes〔沙畹〕，善于农夫与市民的剧的描写。Doenis 受 Moreau〔莫禄〕等的影响，于象征主义开新生面。Aman-Jean 主描少女肖像及装饰画，有优美之姿，与温雅的灰色。

以上大概可以说是后期印象派以前的人。后期印象派之后，与立体派，未来派，表现派之前的，过渡时期的画家，在二十世纪的法国也很多，即所谓"野兽群"（"Fauves"）的一团，其先锋为 Henri Matisse〔亨利·马蒂斯〕（1869—〔1954〕），要人有 André Derain〔安德烈·特郎〕（1880—〔1954〕），Maurice de Vlamink〔莫里斯·德·符拉芒克〕（1876—〔1958〕），Kees Van Dongen〔凡·童根〕（1877—〔1968〕），Marie Lourencin〔玛丽·洛朗赏〕（1880—　），Odilon Redon〔奥迪隆·雷东〕（1840—〔1916〕），Georges Rouault〔乔治·路奥〕[1]，Otton Friez〔奥东·弗里兹〕[2]，Raoul Dufy〔拉奥·杜

---

[1] 生卒年为：1871—1958。
[2] 生卒年为：1879—1949。

马蒂斯:《舞蹈》

飞〕[1]等。总称为"野兽派"("Fauvism")。因为他的画风,将后期印象派的"动"与"力"更推进一步,粗暴而富于野兽性,故名。Matisse 为年长者,有特殊的色彩与线,于感觉方面有新的发展。Derain 为 Cézanne 主义的解释者,又带一点立体派倾向,然不失其古典的坚实。Vlamink 有野性似 Gogh,其父亲是 Gogh 的同乡荷兰人。Dongen 也是荷兰人,善描女性,用简朴而有魅力的笔触,于线有独得的表现。Laurencin 为现代有名的女画家,其 sentimental〔感伤〕的表现颇足以牵惹多感人的心目。Redon 是一浪漫主义者,有神秘的,蛊惑的,离现实的作风,稍异于他人。Rouault 粗暴而富于野兽性,最适宜

---

[1] 生卒年为:1877—1953。

于 Fauve 的名称。Friez 略带立体派。Dufy 为其乡友，画风亦相同。

除上述的"野兽群"之外，法兰西现代的画家尚多不胜收。其最知名的，可以略举数人如下：Ottman〔奥德芒〕，Marquet〔马盖〕，Lhote〔洛德〕，Bonnard〔博纳尔〕，Le Sidaner〔勒·西达内〕，Lebasque〔勒巴斯克〕，Guérin〔盖兰〕，Frandrin〔弗朗德兰〕，D'Espagnat〔德斯巴尼亚〕，Latiron〔拉蒂隆〕，Segonzac〔塞贡扎克〕，Marchand〔马尚〕，Camoin〔卡曼〕，Puy〔皮伊〕，Luc–Albert Moreau〔吕克–阿尔贝·莫禄〕，Valoton〔瓦洛通〕等。其画风要皆不出 Cézanne 以上，且不免有滥作之讥，然亦不乏新鲜的佳作。今揭 Othman，Marquet，Lhote 三例于此。在 Marquet 中显见东洋画的手法，Lhote 则微露立体派的痕迹，此二画在美术史研究上颇有兴味。

十八　现代的建筑、雕刻及工艺

A　现代的建筑

关于建筑，雕刻等，前面只讲到十九世纪前半。现在再就其后的现代建筑，雕刻，及其他应用美术说一说。

划分时代的前半与后半的，有三大建物，即"伦敦的国会议事堂〔议会大厦〕"，"比利时 Brussels〔布鲁塞尔〕的大法衙"，与"巴黎的 Grand Opera 歌剧场〔大歌剧院〕"。三者大体都可说是有坚强之感的，反抗古典形式而显示新时代的，浪漫主义的表现。国会议事堂是 Charles Barry〔查理·巴里〕（1795—1860）悬赏当选，在一八四〇年至五七年[1]间建成的，临太晤士河〔泰晤士河〕，纵横分多数小部分，二大塔与二小尖塔左右矗立，全体平广，美雅，稳坐地面，实为现代杰作中的杰作。大法衙为比利时人 Joseph Poelaert〔约瑟·波雷尔特〕（1816—1879）所作，于一八六八年起工，历十七年竣工，工费四千四百万法郎，有浪漫风的，delicate〔纤丽〕的多样，不负"凝固的音乐"的名称。歌剧场为 Jean Louis Charles Garnier〔让·

---

[1] 五七年，应为（一八）六七年。

路易·查理·加尼埃〕（1825—1898）所作，亦出于新时代精神，形式婉美，材料珍奇，金碧灿烂，实为人世间一大惊异。

当这种浪漫主义的建筑大成的时候，一方面在德意志有本于别种精神的新兴国的建筑物。即在前述的古典作家之后有浪漫的作家，Gottfried Semper〔哥特弗里德·塞姆柏〕（1803—1879），在 Dresden〔德累斯顿〕作博物馆与剧场，又建维也纳帝室博物馆等。同时有许多同倾向的作家，如 Friedrich von Threesch〔弗里德里希·封·特里施〕（1832—　）；Paul Wallot〔保尔·瓦洛特〕（1841—1912），Hugo Light〔雨果·莱特〕（1842—　）等，在各地建设许多宏壮复杂的大建筑。例如莱府〔指莱比锡〕（Leipzig）的新市厅（Light 作），实已宣示着新德意志的国运。

然打破传统而给新时代"样式"的改革的，是 Theodor Fischer〔特奥多·菲舍尔〕（1862—〔1938〕）。所建 Ulm〔乌尔姆〕的"陆军卫戍地教会"，背面的并列尖头作炮弹形，象征军国，为其时代的建筑。同时在 Müchen〔慕尼黑〕有 Gabriel von Seidel〔迦伯列·封·赛德尔〕（1848—1913），及其弟 Emanael〔埃马努埃尔〕（1856—1920），有异趣的创筑。首都柏林也由 Ludwig Hoffmann〔路德维希·霍夫曼〕（1852—　）等自由驱使种种材料，种种式样，实行建筑的现代化。更有 Alfred Messel〔阿尔弗雷德·梅塞尔〕（1853—〔1909〕）出世，创造下述的，用铁骨的高层建筑。

铁材的自由使用，在现代人生活上实为一种革命。向来用石材或砖瓦的堆积，现今改用长短粗细自由，而富于挠曲性，耐强力的铁材为骨干，于是在建筑的各方面起一大革命。最初以铁材作纯构造的，是 Alexandre Gustave Eiffel〔亚历山大·居斯塔夫·艾菲尔〕（1832—〔1909〕）。他解决从来所认为困难的，铁石构造的大问题，遂于一八八九年世界大博览会之际，在巴黎的须因河〔塞纳河〕畔筑一仅用铁骨的高层塔，高一千余呎，名曰"Eiffel 塔〔艾菲尔铁塔〕"，这是"铁时代"的建筑的模范，对于近今的高层建筑及铁桥有很大的影响。

艾菲尔：《艾菲尔铁塔》

利用这方法起高层大建筑的，即上述的 Messel。在其前已有 Franz Schwechton〔弗兰茨·希维希顿〕（1841—　）试行铁骨构造大建筑，在柏林建造车站。但 Messel 又用铁骨石壁，在柏林筑唯一的 Veltheim Department Store〔费尔泰姆百货商店〕，发挥一种特殊的美。

于是铁骨的大建筑随伴了现代的资本主义而风靡了世界，或为 building〔房屋〕，或为 department store〔百货商店〕，或为各种大工场。在财力与国力丰厚的北亚美利加，尤为盛行，竟有四十层至八十层的高层建筑耸立空中，为全建筑界的革命。

最近又有 concrete（混凝土）的利用，与铁筋的驱使协力而把各大都市的建筑高山化。在平面上，立体上均极自由，可以表现彻底的艺术化，单纯化，为建筑上的更新的革命。例如 Erich Mendelssohn〔埃里希·门德尔松〕所考案的"恩斯坦塔"，Bruno Taut〔布鲁诺·陶特〕所作的 Korn〔科恩〕共进会的"色玻璃屋"，即是其例。

个人的住宅的建筑的意匠也同时发达。德人 Josef Olbrich〔约瑟·奥尔布里希〕（1867—1908）等，创作新的样式。建日本"帝国 Hotel"〔"帝国饭店"〕的美国人 Frank Lloyd wright〔弗兰克·劳埃德·赖特〕，为现代化的别趣的新古典主义的一个代表。入二十世纪后建筑的惊异，为各国竞投巨资，实现海上浮城的大军舰。这也应该当作新建筑考察。

B 现代的雕刻

雕刻的真的现代化,始于罗丹,即 Auguste Rodin〔奥古斯特·罗丹〕(1840—1917)。称为"近代的 Michaelangelo〔米开朗琪罗〕"的罗丹,可与绘画上的印象派以后的运动合并步调。他深究希腊等的古典的杰作,一面又潜心于活的人体的 pose〔姿势〕,终于从思想的、主观的深处表现出他的不妥协的自己。其作品多思想的,内容的,主观的。有名的《思索的人》,《接吻》等,是他的好例。代表作有《卡莱市民》群像,《黄铜

罗丹:《接吻》

时代》〔《青铜时代》〕,《接吻》,《Balzac〔巴尔扎克〕之首》,《Hugo〔雨果〕像》等。他又擅长于 dry point（铁笔描）与 dessin（素描）等，活写女性的各种奇拔的 pose。Rodin 的后辈有两位住在巴黎的外国雕刻家。即意大利人 Medardo Rosso〔美达多·罗索〕（？[1]）与俄罗斯人 Paul Troubetzkoy〔保尔·特鲁别茨科伊〕（1866—　）公爵。前者为雕刻上的彻底的印象主义者，后者亦属印象派，但稍倾于写实的。又有 Albert Bartholomé〔阿尔贝·巴托洛梅〕（1848—〔1928〕），为巴黎墓地的"死之门"的纪念碑的作者，善于表现悲哀的人的姿态。

然 Rodin 以后的第一人，要推 Aristide Maillol〔阿里斯蒂德·迈约尔〕（1861—〔1944〕）。这人与 Rodin 适相反对，温雅而纯朴，有古典的长处，又受东洋的影响，表现简单化，现代化，与浑然的完成。其作品不多，且无大作。

现代与 Maillol 并称的，有比利时的 Constantin Meunier〔君士坦丁·默尼埃〕（1831—1905）。这人比 Rodin 古旧，有"雕刻的 Millet〔米勒〕"之称，为雕刻的现代化，民众化的第一人。在他之后，比利时有雕刻家辈出。

更转向到东北方，挪威有 Stephan Sinding〔斯蒂芬·辛丁〕（1846—〔1922〕），俄罗斯有 Mark Antokolisky〔马克·安托科利斯基〕（1843—1902），德意志有 Adolf von Hildebrand〔阿道夫·封·希尔德布兰特〕（1847—〔1921〕）。其外又有作稗士麦〔俾斯麦〕像的 Hugo Lederer〔雨果·雷德勒〕（1871—

---

[1] 生卒年为：1858—1925。

〔1940〕），含新兴艺术的要素的 Franz Metzler〔弗兰茨·梅茨勒〕（1870—1919）。德意志是现在新兴雕刻的主人，在后章当再续说。

C 现代的工艺美术

讲到现代工艺美术，必然首先想起英吉利的 Pre-Raphaelites（拉费尔〔拉斐尔〕前派）。前已说过，此派的作品是倾向于理想的，装饰的。尤其是成熟以后，以批评家 Ruskin〔罗斯金〕为背景，William Morris〔威廉·莫里斯〕（1834—1896）为中心，而改革工艺美术上的意匠与图案，为一显著的事业。Morris 有浪漫的轻快，华美的好尚，嫌当时的室内装饰及家具钝重无趣味，或一味模仿法国旧式，全无现代感，遂联合诸画家同志，建筑家，技师，组织团体，从事工艺美术的实际的革新事业。共制绘玻璃，染织品等，皆有新颖的意匠。其作风受中世及东洋的影响甚多。Morris 的追随者中，特别有名的是工艺图案家 Water Grane〔沃特·格雷恩〕（1848—　）。后来这一派不限于英国而广行于全世界，为一切工艺制作大加革新。现代工艺的新样式，自此开始。

这新工艺的潮流最初流到的地方是比利时。比国有室内装饰家 Gustave Serurier〔居斯塔夫·塞律里埃〕，及其继承者 Henry van de Velde〔亨利·凡·德·费尔德〕（1864—　）。其支流入于法兰西，同时又入德意志为"英吉利，比利时式"，更由青年画家 Otto Eckmann〔奥托·埃克曼〕（1865—1902），

Richard Riemerochmid〔理查·里默罗希米德〕（1868— ），Bemhard Pankok〔贝姆哈尔德·潘科克〕（1872— ），Bruno Paul〔布鲁诺·保尔〕（1874— ）等组织"工艺制作联盟会"，开展览会，广为宣传，遂普及于全德意志。对于织物，陶器，家具，室内装饰等，颇有显著的改革。更传播于维也纳，有Josef Olbrich（1867—1908），Josef Hoffmann〔约瑟·霍夫曼〕（1870—〔1956〕），Josef Urban〔约瑟·乌尔班〕（1872— ），Koloman Moser〔科洛曼·莫泽尔〕（1868— ）等作团体的运动。

　　陶器的时代化，始于法国Sèvres〔塞夫勒〕的国立制陶所，其后欧洲各国竞尚革新，丹麦的Arnold Krog〔阿诺德·克罗格〕，德国的Maisen〔迈森〕，为努力于陶器改革的名人。

十九　新兴美术

A　立体派与未来派

自十九世纪末叶，时代的新空气郁结。入二十世纪，爆发而为后期印象派，为野兽群的运动。到了一九一〇年前后，就演出新奇的"美术上的革命"，即立体派与未来派，及其后的表现派。从来的美术，到这时候根本地一变其面目。

在立体派，未来派，表现派等之先，尚有二十世纪初的代表者二人，为新兴艺术的急先锋，现在非先认识不可。这二人就是瑞士人 Ferdinand Hodler〔费迪南德·霍德勒〕（1853—1918）与挪威人 Edvard Munch〔爱德华·蒙

蒙克：《叫》

克〕(1863—〔1944〕)。前者为写实的,装饰的。后者画风尤为特异,用粗笔,涩色,描所欲描,绝不似法兰西的华丽。他的版画最足以表出他的画风。经过了这两人的阶段,就有立体派发现。

"立体派"("cubism")是要在平面的绘画上试行立体的表现,因而把物体分解,解体,使成为断片,又重把解体了的东西组成新的式样,全然离了对象物的既成的形式,而在主观的意识内表现的一种技巧。这动机在 Cézanne〔塞尚〕等已经具有,故 Cézanne,Gogh〔凡·高〕,Gaugin〔高更〕,Matisse〔马蒂斯〕,实在可说是新兴美术的祖先。惟西班牙人 Pablo Picasso〔毕加索〕(1881—〔1973〕)在这表现技巧上最为有力,故为立体派的首领。然此人长于各种画,立体派仅为其一面。本来加入野兽群,一九〇七年起画风渐变,试行分解物象。一九一七以后,又把分解者重新组合,作成浑然的构成,表现更加坚实。Picasso 发表此种绘画,非常郑重,经过许久的踌躇与试验,且有切实的理论,故他是现代的建设的表现的第一人。立体派的大旨,无非是谋绘画的表现的强调。从来的画法,虽用远近法,明暗法以表出物体的立体的位置,然这只是暗示而已,且决不能表出立体物的正,反,侧,各面。Cézanne 已曾使物体还原为圆,圆锥,方体。Picasso 要区别各面,要使各面独立,于是用强烈的对比色,或只画其面,使画中只见面的相交处。例如画立方体,把看见的面与不看见的面一并描入画面。即视点轮流换置于前后左右各面,而把各面一并描在平面上。或一并描出各种动作或 pose〔姿势〕。这样办法的结果,画面上就看不出普通所见的事物的形状。然这主旨，是有必然性的。因为我们看物，原是多方面的，又动作原是连续的。从前的画法，是仅用一面来暗示多方面，仅用动作的一部分的 pose 来暗示全动作，故所画皆只见一面，或固定不动。其实这是很贫乏的表现法。要强调表现，非取立体派的方法不可。故立体派实在是必然的，当然的。后述的未来派，表现派，皆袭取立体派的手法。故立体派是普遍于新兴艺术的全体的一种表现法。

与 Picasso 同为立体派元老的，有 George Braque〔乔治·布拉克〕（1882—〔1963〕）。Picasso 的立体派主张，最初由 Braque 试验作画。此外立体派的人们，知名者尚有五人，即 Jean Mezanger〔让·梅桑热〕（1883—   ），Auguste Herbin〔奥古斯特·爱尔庞〕（1882—   ），Albert Gleizes〔阿尔贝·格莱兹〕（1881—   ），Fernand Reger〔费尔南德·雷格〕，(1881—   ) 及 Juan Gris〔胡安·格里斯〕（1887—〔1927〕）。就中 Reger 的表现更进一步，称为"后期立体派"。

与法兰西的立体派同一时光，在意大利有未来派（futurism）。一九〇九年 Phillip Marinetti〔菲利普·马里内蒂〕（1876—〔1944〕）首倡未来主义。这人本是法学博士，又能作诗，作剧，富于热情。反抗既成艺术的过去派，而标榜未来派，又不限于美术，而普及于一切艺术，为思想上的一种叛逆运动。一九一〇年在 Milan〔米兰〕开第一次展览会时，有同志五人，即 Umberto Boccioni〔哈姆柏特·波菊尼〕（1882—1916)，Carlo di Carrà〔卡洛·蒂·卡拉，1883—1966〕，Ruigi

Russolo〔鲁伊吉·鲁索洛，1885——　〕，Giacomo Balla〔贾科莫·巴拉，1871—1958〕，与 Gino Severini〔吉诺·塞维里尼，1883—1966〕。不久由这五人做了主动者，而倡一种变风的表现。即单把作者的情感直接写出，作艺术上的直接行动。故未来派的人们，大都作爆发的，暴力的，急激的，无余裕的表现。立体派是把物像的形体用主观来变为理论化，原理化之后而表现的；未来派则是作者的郁积的感情的爆发。立体派是空间方面的解决，未来派是时间方面的解决。这两派，于现今的青年人的美术的表现上有很大的影响。

B　表现派与抽象派

法兰西有立体派，意大利有未来派，同时德意志也有美术上的革新运动，即"表现派"（"expressionism"）。这不是狭义的一个流派，实在可说是现代德国青年全体共通的一种新倾向的总称。一九〇六年，Dresden〔德累斯顿〕与 Müchen〔慕尼黑〕的青年美术家发起这运动。至一九一〇年而风靡全国。其中心人物在 Dresden 有 Max Pechstein〔马克斯·彼希斯坦〕（1881—〔1955〕），Erich Heckel〔埃里希·黑克尔〕（1883—〔1970〕），Karl Schmidt-Rottluff〔卡尔·希米特-罗特卢夫〕（1884—〔1930〕）等。Pechstein 曾旅行东洋，作 Gaugin 一类的画，为表现派的稳健的代表者。这数人都称为"Dresden 派"。同时在南方的 Müchen，Vienna〔维也纳〕等处，有"南德意志派"，其人为 Oskar Kokoschka〔奥斯卡·考考施卡〕（1886—

〔1980〕)，Wilhelm Molgner〔威廉·穆尔格纳〕(1891—1917)，Ludwig Meidner〔路德维希·迈德纳〕(1884—　)，Franz Mark〔弗兰茨·马克〕(1880—1916)等。表现派的主旨，大约是：一、主观化，二、意力表出，三、现的强调。他们以为"真实"不在客观，乃在主观。表出意力，即行动化。如此，表现始得强调。故他们的画，都是认真的，严烈的，绝不像法兰西向来的绘画的甘美而陶醉的。即向来艺术是拉丁语系的民族的产物；现在则转向斯拉夫族与条顿族，表现的性质根本不同了。

近五六年来，又有所谓后期表现派。其人物即已死的女画家 Maria Uhden〔玛利亚·乌屯〕(1892—1918)，及其夫 Georg Schrimpf〔格奥尔格·施林普夫〕(1889—〔1938〕)，从俄国来的 Marc Chagall〔马克·夏加尔〕(1887—〔1985〕)，有儿童画似的作风的 Heinrich Kampendonk〔海因里希·康本同克〕(1889—　)，极单纯的 Paul Klee〔保尔·克雷〕(1879—〔1940〕)，Erich Waske〔埃里希·瓦斯克〕(1889—　)，作辛辣的讽刺画的 George Grosz〔乔治·格洛茨，1893—1959〕。到现在，表现派不限于绘画，而普及于雕刻，剧，诗，图案各方面。在德意志已变成前时代的东西，消化在一般人的常识中了。

以表现派画家知名的人，还有 Emir Nolde〔埃米尔·诺尔德〕，Moriz Merezer〔莫里兹·梅雷泽〕，Oskar Moll〔奥斯卡·莫尔〕，Otto Müller〔奥托·牟勒〕，Ernst Rudwig Kirchner〔恩斯特·路德维希·基尔希那〕，Alexander Kanoldt〔亚历

山大·卡诺尔德〕,Max Unold〔马克斯·乌诺尔德〕,Franz Hekendorf〔弗兰茨·黑肯多夫〕,Josef Eberz〔约瑟·埃贝茨〕,Willy Jeckel〔维利·耶开尔〕,Hugo Krayn〔雨果·克赖恩〕,Rudolf Groszmann〔鲁多夫·格罗斯曼〕,Cesar Kein〔塞扎尔·开恩〕,Paul Modersohn〔保尔·莫德索恩〕等。最近有Otto Geichmann〔奥托·盖希曼〕与Magnus Zeller〔马格努斯·策勒〕,正在活动。

除立体派,未来派,表现派等革新运动以外,二十世纪尚有几种艺术的主张。其中最显著的,是俄国Kandinsky〔康定斯基〕的"抽象派",瑞士Picabia〔皮卡比亚〕的"达达派"("Dadaism")及以劳农俄罗斯为根据的Tatorin〔塔托林〕等的"构成派"。

Wassily Kandinsky〔瓦西里·康定斯基〕(1866—〔1944〕)是莫斯科人。初习纯粹的写实画。后次第舍具体而入抽象的世界。到了一九一〇年,其画面就全不见物体的形。他的主张,以为"只有色彩的阶调传响于人的心灵,且这是内的必须性的主要原理之一"。故专研究形体与色彩。其作品都像几何学的万花镜。

"达达派"为极新的虚无主义的,其能否成为美术上的一倾向,尚未可卜。一九一七年,瑞士有逃脱战地的七个人,落魄之余,作一种自暴自弃的表现。或描画,或作诗,或在纸上乱涂,或击着洋铁罐,啸号歌哭,度沉沦的生涯。其人为Picabia, Delaunay〔德洛内〕, Tristan Tzara〔德理斯当·查拉〕, Oskar Schlemmer〔奥斯卡·施勒默尔〕, Man Ray

〔曼·雷〕,Rudolf Bauer〔鲁道夫·鲍尔〕,Kurt Schwitters〔库尔特·施维特斯〕,Iwan Puni〔伊万·普内〕等。"dada"〔"达达"〕一语，法语是玩具木马之意。据说是偶然取用的，并无用意。

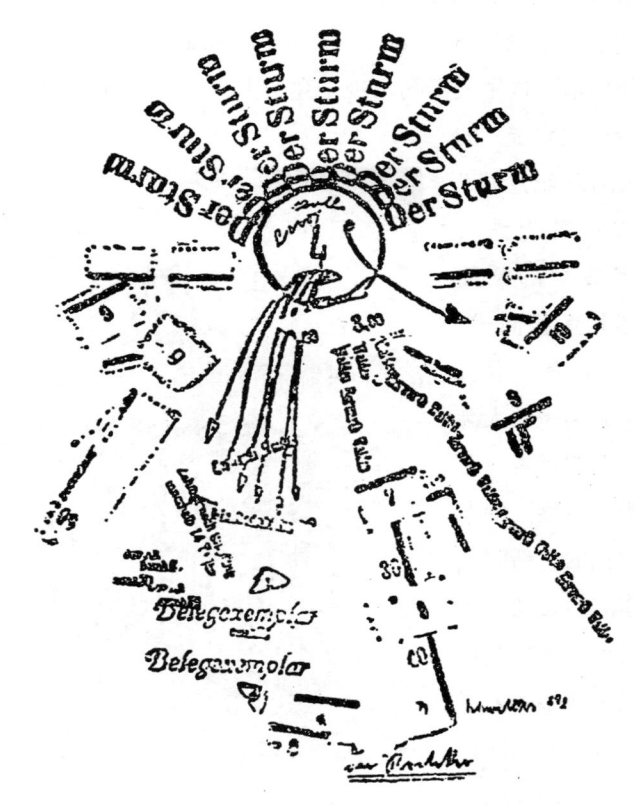

施维特斯：《批评家》（达达派）

一方面在大战前后的虚无的思想的弥漫中，出现了社会主义的革命思想，其积极的行动就是俄罗斯的苏维埃共和国的出现。这是社会主义国家在历史上初次的成功。于是俄罗斯的艺术就根本地革命，实行生活的积极化，原素化。这表现就是"构成派"。其主张为用科学征服世界，及积极的构造化的新创造。"从构图（composition）到构成（construction）！"可说是他们的标语。这主义最初出现于建筑上，其实例就是一九〇二年 Tatorin 所造的"第三国际纪念塔"的模型。塔为铁骨的，张玻璃的圆筒形，螺状重积而成。高四百米突〔米〕，实为世界第一的大高塔。这是明示着"艺术"为"造型"的本义所取代的、新时代的制作。但这还是模型，尚未实现。在俄罗斯还有 Kasak〔卡萨克〕等，亦从同种意识作构成的表现。

塔托林：《第三国际纪念塔》

C 新 雕 刻

雕刻经过 Radin〔雷丁〕与 Maillol〔迈约尔〕之后，也有特殊的变动。其主动者为德人与俄人。德意志自表现派勃兴之后，雕刻上亦大革新。最努力的作家是 Wilhelm Lehmbruck〔勒姆布鲁克〕（1881—1919），与 Ernst Barlach〔巴拉赫〕（1870—〔1938〕）。Lehmbruck 出发于 Gothic〔哥特式〕艺术，而加以希腊技法，主观地驱使题材与材料。其代表作有《跪》、《思考》等，皆作瘦长形。Barlach 与之相反，作肥矮的形。前者表出外部的美，后者重内部的力。

德意志还有比这二人更深进的，积极表现主观的作者。仅记其名：即 Herbart Garbe〔赫巴特·加贝尔〕，Bernhard Hoetger〔伯恩哈德·霍格〕，Emy Roeder〔埃米·罗德〕，Edwin Scharff〔埃德温·沙尔夫〕，William Wawer〔威廉·瓦韦〕，Oswald Herzog〔奥斯瓦尔德·赫尔措格〕等。

实行撤废雕刻与绘画的分界线，仅当作造型而表现的，造型化的最成功的人，是俄国的 Arexander Archipenko〔亚历山大·亚基本可〕（1887—〔1964〕）。他更进而追求表现的纯粹，达于构造原理与作用的根本的原则化，纯粹直感的"造型"化，作出一种可称为"绘画的雕刻"或"雕刻的绘画"的彻底的表现。用平面的金属，木，与纸，或描，或雕出凹凸，作真的"造型"。一方面更有试行雕刻的抽象化的人，例如：Herman Obrist〔埃尔曼·奥布里斯特〕，Rudolf Belling〔鲁道夫·贝林〕，Constantin Brancusi〔君士坦丁·布朗库齐〕，

Osip Zatskin〔奥西普·扎茨金〕，皆有名的新雕刻家。还有两位意大利人而住在德意志的新雕刻家，即 Ernesto de Fiori〔欧内斯托·德·菲奥里〕（1884— ）与 Giorgio de Chirico〔乔尔乔·德·基里科，1888— 〕。后者在平面上作立体的，构造的"雕刻的绘画"，意识与技巧均与 Archipenko 相似。

以上已把西洋美术解说了一遍。凡历史，没有始端与结末，一切皆在时间中从无限流向无限。昨日的新在今日是旧；今日的真又可为明日的伪。从凿削原始的石器出发的人类的"表现"现象，经过数万年而成了可惊的堆积与展开。尤其是加速度地经过埃及时代，希腊时代，Gothic 时代，文艺复兴时代的阶梯，而登上了近代的"文化"社会之后，白人的团集生活的西洋诸国的美术，在近代与现代，放出灿烂无比的光华！关于其本质与将来的意义，现在不敢涉及；唯此三四百年来盛开的"艺术"的花，不堪其繁重，而变成新兴艺术而显示分裂，颓废，革命，自灭的状态，似乎对于我们暗示着某种意义。

戊辰〔1928年〕立春，编译完了

西洋画派十二讲 [1]

（〔上海〕开明书店一九三〇年三月初版）

---

[1] 本书根据1931年2月再版本，删除个别图例。

子愷

书 卷 首

我觉得现今的西洋画界，画风非常复杂歧异。有的画家描得十分细致，有的画家描得十分简略。有的画很逼真，同照相一般，有的画很奇特，连物象都不能辨别。式样之复杂，往往使一般鉴赏者看了胸中立不起标准的尺度，终于莫名其妙，莫知所从。我自己曾经感到这苦患。后来看了几册解说画派的书籍，摸着了一个线索。觉得眼前的洋画世界就不复如前之混沌，自己私下庆慰。推想世间必有怀着与我同样的苦患的美术爱好者。就不揣浅陋，选了现代各种流派的插画二十四幅，又为各派作说明文，连载在一九二八年的《一般》杂志上。得了几个朋友的鼓励，就把那些文字编纂改订一下，又加了十八幅插图，出版为这一册书。

编纂完了之后，觉得还有几句概要的话要奉告读者：绘画的流派的展进，好比春夏秋冬四季的递变，又好比婴孩，儿童，青年，壮者的人生的递变，其间的变化往往没有明显的界限。我们不能断然地指定今天是春，明天是夏；不能断然地分别这人今天是儿童，明天是青年。同样，我们也不能断然判定一切画的派别，而说这画归属于什么派，那画归属于什么派。因为画家不是先归附了哪一派，或打算作什么派的画，然后动笔的。画家当初并不想树立或归附什么派，时代的精神与个性的倾向自然造成他的画风。现代西洋画派中，除了未来派，DADA 派之外，其余一切画派都不是画家自己的定名，都是评论者所代定的。评论者为欲区别各群画家的画风，给他们加上几个概括的名称，就是"画派"。犹之人们为欲区别一年中的日子的气候，就假设春夏秋冬的四季的名称。所以我们不能断然判别一切西洋画所属的流派。我们只要晓得了画风递变的原因与顺序，就可以在多样的洋画界中看出系统，不会有莫名其妙莫知所从的苦患了。本书的插图下方注明其派者，因为所举的是其代表的作品，犹之把很热的一天指定为夏，很冷的一天指定为冬。但并非一切西洋画都可如此。这一点希望读者谅解。

本书所用的参考书，为森口多里著《近代美术十二讲》，一氏义良著《近代艺术十六讲》，中井宗太郎著《现代艺术概论》，板垣鹰穗著《表现与背景》，Richard Muther〔理查·谟推尔〕著《十九世纪法兰西绘画史》（太田正雄日译本）。关于插画的搜集与制版，得友人黄涵秋及钱君匋二君的助力甚多。又蒙开明书店允为制三色版十余幅，共附插图四十余幅，印行本书。私心感激，一并志谢。

一九二九年暮春子恺记于江湾缘缘堂

序讲　现代画派及其先驱 [1]
——古典派，浪漫派

一　现代精神与现代画派

往往有人指着一幅西洋画，质问这是什么派的画？然而我对于这等疑问，都不能圆满地解答。因为画派一事，不是很浅近的、表面的问题，而是伏在画的内面的一种较深的意义。绘画是以时代精神与文化为背景的，是一时代的人的人生观、自然观、世界观的表现，是画家的思想、人格的表现。故各画派的分别，不仅是表面的差异，不能用一两句话来说明，不是向来不留意于画的人所能一望而知的。所以要获得鉴别画派的能力，必先具有一点绘画鉴赏的素养。这素养越多，对于绘画的理解越深。研究绘画的流派，是兴味深长的一事。在画面的题材的选择、用色、用笔的技巧上，可历历看出画家的精神、人格，及其时代的思想、文化。岂不是最有兴味的事么？

要说画派，可以先举一个比方。我们往往在轻巧的东洋货

---

[1] 本《序讲》原载 1928 年 2 月《一般》杂志第 4 卷第 2 号。题作《现代西洋画诸流派》。

中，可以看出单薄轻佻的日本人的气质。在沉重之西洋货中，也可看出深固坚实的德国人的气质。又在人的服装、态度、举止中，也可看出北方人的厚，与南方人的秀。可知凡表现必有背景。艺术为人的心的表现，当然更加与背景有深切的关系。世界是自然与人的对峙。艺术的历史可说就是吾人的世界观的历史。世界观不同，表现也不同，于是在绘画上就有所谓"画派"。所以要说画派，必须从时代文化说起。

现在请把绘画暂置不提，先回想一想近世纪中的世界变迁的情形：

近世纪世界的大变迁的主因，不外乎三端，即十五六世纪的文艺复兴，十八世纪末的法兰西大革命，与十九世纪的科学昌明。这是谁都晓得的大事，无须我来报告。但在这里也有概括地说一说的必要。

第一：文艺复兴（renaissance），是近代文化的第一步。在文艺复兴之前的中世纪，人们都沉酣在薄暗的、混沌的生活中。什么都停滞，无生气。到了文艺复兴，忽然觉醒。经济的，社会的，精神的，一齐发达。尤以精神文化方面的自觉为最显著的进步。自此开始，人类向了近世文化的光明之路而一步一步地觉醒起来。希腊罗马的古典的复活，宗教感情与古典趣味相交混的似梦的美，陶醉的，理想的，自由，平等等要素，在文艺复兴的时期均强调起来。这精神的跃进，为近代文化的第一步。

第二：但人类的真的解放，不能单从上层建筑的"精神"方面着手，故近代文化的第二步就变出十八世纪末的法兰西大革命来。法兰西革命是政治的解放的初步。生活的机关的政治的组织解放之后，就促进生活的解放，即经济的方面的解放。经济的革命的第一段，为以前的资本主义社会的发达，其第二段，为现今的社会主义社会的实现。要之，这个人解放与社会解放，为文艺复兴以后的、近代人类精神上的二大潮流。

第三：最近的是十九世纪的科学昌明。科学的发达，及于人类精神上、物质上的影响，非常深大。在物质方面，机械与交通发达造成物质文明，揭开了激烈的生存竞争的幕。故十九世纪名曰"经济的时代"。在精神上，科学的研究，养成了近代人的分析的、观察的、实验的、理智的头脑，使对于什么都要用科学研究的态度来研究，观察，分析，批评。把一切的因袭都看破，打倒。故十九世纪又名曰"批评的时代"。"科学万能！"什么事都拿科学来解决。然而拿科学来批评解决人生一切事物，究竟是不可能的。于是终于有"科学破产！"的叹声。因为科学的分析、观察的态度，把以前的因袭、迷信、美丽的梦，一切打破，而人生世界的现实完全暴露，结果在人心中引起了一种危惧、悲哀、不安定的状态。即应用科学的态度于人生一切事物上，结果造成了"定命论"、"决定论"，否定自由意志，一切唯物。这就惹起现代人的厌世观，与破坏的思想，于是一切都不安定，一切都动摇起来，混乱起来。故现代又称为"思想混乱的时代"，或"动的时代"。这正是我们目前的状态。

近世纪世界大变迁的三大原因，大约如上述。现在试考察以这等时代精神为背景而表现的艺术，情形如何。

第一：文艺复兴之后，个人、社会均解放了，自觉了。故在艺术上，专重精神的急烈的活动，竞尚理想的、陶醉的、享乐的主义，于是产生 baroque〔巴罗克〕与 rococo〔洛可可〕（参考拙著《西洋美术史》——开明书店出版）的艺术。然而这是幼稚的艺术时代，全不具备现代艺术的条件。只因其为后来的现代艺术的萌芽，故一并叙述于此，以为线索的端绪。何谓现代艺术的条件？请读下项：

第二：法兰西革命以后，方有真的现代艺术的急先锋出现。现代最浓烈的色彩，是个人的自觉，社会的要求，现实的精神的觉醒。对于文艺复兴的"情绪的"、"文艺的"特色，现代为"理智的"、"科学的"；对于文艺复兴的"宗教的"、"陶醉的"特色，现代为"实际的"、"功利的"。要之，现代是"现实"、"个人"、"社会"三者的觉醒。法兰西大革命，便是这三要素的强调的第一段。中世纪的酣眠，至文艺复兴而觉醒，情知渐渐开明；然其后数百年间，还受王权教权的束缚，到了法兰西大革命，始得自由活动，于是个人的自由解放，自我的主张，主观的强调，社会组织的改变，民众政治的实现，经济机关的劳动者独裁等重大问题，相继而起。当这社会现象的一大转机的关头，艺术上立刻显出现实化、个人化、社会化等现象来，一直衔接于其次的科学昌明的时代。然在革命初期，还是过渡的时代，那时候所起的承上启下的画派，便是所谓"古典派"、"浪漫派"，总称为"理想主义"。这二派，严格地论来，也不能划入现代绘画的范围内，只能说是"现代绘画的先驱"。

第三：入科学昌明的现代以后，前述的现代的色彩愈加浓重起来。所谓艺术的现实化、个人化、社会化，便是"自然主义"。"理想主义"是主观的，只有自己心中的火，心以外的自然都是冷冰冰的客观，只有热情、空想，而不顾实际的世界。到了自然主义，始有艺术的客观化、现实化。在绘画上就有"写实派"、"印象派"。这就是息止心中的热情的火，而冷静地张开眼来观察现实的客观的自然。这是科学的态度。然而如前所述，科学是已经破产了的，科学是引起"动"与"乱"的。到了科学破产，思想混乱的时代，绘画也在画面上"动"起来了。最初用线条来搅乱画面的，是"后期印象派"，这是从自然主义的纯客观复归于主观。然这与以前的理想主义的意趣大不相同，有未熟与过熟的分别。从此再进一步，就把形体解散为形的单位，拿这等单位来再造新形，就是"立体派"。拿时间来同空间相乘，相错综，把感觉的经过表现出来，就是"未来派"。终至于不用形，而用"图式"，"符号"，就是极端的"抽象派"、"达达派"。

概观时代精神的变迁，可知科学昌明是现代最大的转机。以现代精神为背景而表现的绘画，也以"自然主义"为本干。先驱于自然主义前面的"理想主义"，为其根柢；发展于自然主义后面的"表现主义"，为其枝叶花果。今列表如下。

（先驱）理想主义 { 古典派⋯⋯⋯⋯⋯ 浪漫派⋯⋯⋯⋯⋯ } 理想主义

```
                    ┌ 写实派·············· 现实主义
         ┌ 自然主义 ┤ 印象派············ ┐
         │          └ 新印象派（即点彩派）┘ 客观主义
         │
         │          ┌ 后期印象派········ ┐
现代画派 ┤          │ 野兽派············ ┘ 主观主义
         │          │ 立体派············ 形体革命
         └ 表现主义 ┤ 未来派············ ┐
                    │ 抽象派············ ┘ 感觉表现
                    │ 表现派············ 意力表现
                    └ 达达派············ 虚无主义
```

二　现代画派概说

如前所述，世界不外乎"自然"与"人"的对峙，即"客观"与"主观"的对峙。十九世纪以前的艺术，都是偏重人的方面，主观方面的；十九世纪的艺术，反之，是偏重自然的方面，客观的方面的，这就是所谓"自然主义"（naturalism）。不必就别的说，但看绘画的题材，这一点已可了然：即西洋的绘画，在十九世纪以前，是以"人物"为主题而"自然"（风景）为背景的。这点恰好与中国画的以山水为主体而人物为点景成正反对。这恐怕是东西洋的文化的根本的异点，不但表现于绘画上而已。故在西洋，十九世纪以前，风景仅作绘画的背景，不能独立为一幅画。入了十九世纪的自然主义时代，始有独立的风景画。这是画派变迁的最显著的痕迹。

在自然主义的系统之下，约有三画派，即：

（1）写实派（realists）。这是米叶〔米勒〕（Millet），柯裴〔库尔贝〕（Courbet）所倡立的。其主旨在于客观的忠实的描表。即在画家的头脑中，一扫从前的古典主义的壮丽的型范与浪漫主义的甘美的殉情，而用冷静的态度来观察眼前的现实。技巧上务求形状、色彩的逼真。题材上不似从前的专于选择贵的、美的东西，而近取之日常的人生自然。帝王、英雄、美人、名士，与劳农、劳工、乞丐、病夫，等无差别，同样是客观的题材。这点在米叶与柯裴的画中，明显地表出着。他们差不多完全是劳动生活、农民生活的写实。

（2）印象派（impressionists）。写实派是注重"形"的，对于色与光全然不曾顾到。印象派的莫南〔莫奈〕（Monet），马南〔马奈〕（Manet）惊悟了这一点，移向其注意于"色"与"光"的写实上去，就倡造印象派。印象派的主旨，以为自然全是色与光的凑合，绘画是眼的艺术，应该以描出刺激眼睛的色与光的印象为正格。于是他们用科学的方法，把色分析。例如要画紫色，不像从前地取红蓝二色在调色板上调匀而涂抹，而直接用红的条与蓝的条并列在画布上，观者自远处望去，这二色就在网膜上合成鲜明的紫色。又他们由冷静的科学的观察，发现自然物的色并非固定，皆随光而变化。例如立在青草地上，日光之下的人，其脸的阴面有绿色、紫色、青色，故脸色决不像从前地规定为赭色。又如在强烈的日光下面，物的影子都成鲜美的紫色、蓝色，决不像从前地规定为褐色。对于画材，就全不成为问题，全不加以取舍选择的意见。凡"光"与"色"美好的，都是美好的画材，花瓶也好，杯子也好，水果也好，旧报纸也好，充其极致，不必追求画的是什么东西，画面上只是模糊的印象，只见光与色的合奏。这种忠实的客观的描写，完全是科学的研究态度。这真是科学时代的画风。

（3）新印象派（neo-impressionists）。这是前面的印象派的更彻底的画派。首领为修拉（Seurat）与西涅克（Signac）。以前的印象派，用一条一条的色彩来组成物体。新印象派则要求光与色的表现的彻底，改用圆点，画面上犹似五色的散砂。故新印象派又有"点彩派"（"pointillists"）之称。

以上三派，（1）重形的写实，（2）与（3）重光与色的写实。故画面的表现形式虽大不相同，然其中心的态度，即对于自然的观察法，是同一的"写实"。这写实终于使人疲厌了。因为这态度，是主观的否定，是主观做客观的奴隶。人似乎只有眼而没有头脑，只有感觉而没有热情了。于是回复主观的表现主义的画派，就应了自然要求而起。

（4）后期印象派（post-impressionists）。这派的主旨是以人格征服自然。然并非像从前的蔑视自然，而是把自然融化于主观中。不像前派的为客观的再现，是把客观翻译为主观而表现。故其最重要的特征，是画面的动摇。即用"线条"来表出对于客观的主观的心状。故其画面，不事形状色彩的忠实的写实，而加以主观化。主观化的最浅近的例，如"特色扩张"便是。例如大的眼睛，画得过于大一点；瘦的颜面，画得过于瘦一点。不必顾到实际的尺寸。然这原不过是最浅显的说明，其实并非这样简单。总之以前各派，画面共通是"固定的"，"死的"；到了后期印象派，而开始"动"起来，"活"起来。故这是划时代而开新纪元的画派。这"动"为后来一切新兴艺术的初步。这派的画家，在当代最为有名，差不多全世界的人都晓得，即塞尚痕〔塞尚〕（Cézanne），谷诃〔凡·高〕（Gogh），果刚〔高更〕（Gauguin）三大家。

（5）野兽派（fauvists）。此派与后期印象派的关系与新印象派与印象派的关系同样，是同一主张而更进步更彻底。其大作家为马谛斯〔马蒂斯〕（Matisse）。他的画风，比前更忽视形似，而注重内心的运动。他反抗物质主义，崇奉唯心主义。这明明是科学破产后的艺术时代的产物。

（6）立体派（cubists）。以前诸派的首领都是法国人，立体派的首领则是西班牙人比卡索〔毕加索〕（Picasso）。他的主张，"自然都是形体与形体的相映合，犹如颜色的调合。"又说"甲形体接近于乙形体时，两者必互相受影响而变化。"故他的画面上，极不重形似，竟有全无自然物的形似，而只有四角形方形等形体的凑合。这就是用调色的方法来调形。把形解散，重新组织起来。印象派是"色的音乐"，立体派是"形的音乐"。

（7）未来派（futurists）。未来派是一九一〇年倡生的，其主将为意大利诗人马利内谛〔马里内蒂〕（Marinetti）。他的画，马有二十余个足，弹琴的人有四五只手。其主张以为凡物动的时候，其形常常变动，故绘画必表出动力自身的感觉。即在绘画中描出时间的感觉。又他的画中，常常在墙内描出墙外的事物，在衣服外面描出乳房，仿佛事物都是透明的玻璃。因为他的主张，以为空间不是独立存在的，必关系于其周围，故要描一物，必描其周围的他物，又表出其前后的动作与变化。这是主观主义的极度的展进。原来意大利是古代艺术过于兴盛的国，遗产过于丰富的国。故现代的意大利青年，极端地反对"古代赞美"，以古代赞美为侮辱现代，就创造出像未来派的全新的艺术来。然而这画派究竟基础未立，只能视为现代新兴艺术的一现象，尚不足以代表现代。

（8）抽象派（absolutists）。又称构图派（compositionists）。是俄国人康定斯基（Kandinsky）所倡立的。他的画只有构图，也不讲究事物描写。他的主张，以为绘画应是对于自然的精神的反应的、造形的表现。自然的外观，须得还原为全抽象的线与色。这意思大致与立体派相近，但程度不同。

（9）表现派（expressionists）。是二十年来德国最流行的一种新兴画派，其主导者为彼希斯坦（Pechstein）。其画注重内容，以意力表现为第一要义。其画面与后期印象派及野兽派有相似点，而动的程度比他们更高。有时为意力的表出，不顾物象的形式，这一点又近似乎立体派与未来派。德国现在各种装饰图案，例如商店的样子窗的装饰，舞台上的装饰等，受表现派画风的影响甚著。

（10）达达派（Dadaists）。这是最近的，最新奇的画派。这画派创于九年之前，即一九二〇年二月五日在巴黎开大会，发表宣言。其主导者是札拉〔查拉〕（Tristan Tzara），有大家披卡皮亚〔皮卡比亚〕（Francis Picabia）。他们的画，全是图式的。例如一条直线，一个圈，一条曲线，注许多文字，即成一画，其画题曰"某君肖像"。他们的主张，是全不顾传统，但把所要表示的心传遍于同派人的对手，故用记号的、图式的表现。所以这等作品只有其同派人能理解。这仿佛一种宗教，或一种国语，实在已经不像艺术了。达达派运动与未来派同样，不限于绘画，又及于文学。故有"达达诗"，为任何国语所不能翻译。这不过是最近艺坛的一种现象，其能否成立为艺术，尚未可卜。

以上所述，是现代西洋画诸流派的概观。欲知各派各作家的详细的情形，请读以下各讲。

三 现代画派的先驱
——古典派，浪漫派

现在先把现代画派的先驱的古典派与浪漫派的绘画在这序讲的末了附说一说。从第一讲起，再说现代画派。

法兰西大革命以前的绘画，即中世的绘画，文艺复兴前后的绘画，大部分是实用的装饰的东西，或为宗教宣传的工具，或为宫殿的装饰，故多壁画，装饰画，以纤巧华丽为主，全无人生的热情的表现。差不多可说尚未成为独立的绘画艺术，尚未具有绘画自己的生命。现代绘画的最根本的特点，是赋绘画以"独立的生命"。即绘画脱离宗教政治的奴隶的生涯，而还复其独立自主之权。这就是专为"绘画美"而描绘画，不复作宗教政治等他物的手段。这绘画上的大革命的起义者，不可不推古典派的首领，即拿破仑的美术总监达微特〔大卫〕（David）。最初响应于这大革命而献捷者，不可不推其承继者，即浪漫派的首领特拉克洛亚〔德拉克洛瓦〕（Delacroix）。在他们二人所筑成的基础上面，写实派、印象派等现代画派的殿堂稳固地建立起来，表现派、未来派、构成派等新兴画派的层楼巍然地加筑上去。故达微特与特拉克洛亚所倡的古典派与浪漫派，虽然尚未脱却中古的传统，去新时代的绘画尚远，然在其"赋绘画以独立的生命"的一点上不可不推为现代一切画派的先驱。

古典主义（classicism）与浪漫主义（romanticism），可总称之为理想主义（idealism）。这是对待其次的现实主义（realism）而称呼的。又其主张，对于现实不照样描写，而必加以主观的理想。故总称之为理想主义，亦无不可。又古典主义与浪漫主义，虽然并称，其实十八世纪的古典主义，在质量上，价值上，均远不及十九世纪的浪漫主义。今分述于下。

（甲）达微特与古典派绘画

Louis David〔路易·大卫〕（1748—1825）是与拿破仑同时代的人，且是拿破仑崇拜者。生于巴黎。法兰西革命的时候，曾经失足下狱。然他在当时画界上的势力，可与拿破仑在政界上的势力相匹敌。故后来拿破仑得势，他就被提拔，做了宫廷画家的首领，用绘画赞颂皇帝的庄严与威力，而终其一生。

他常自称为"入希腊而超越希腊"的画家。在这点上他可称为古典主义者。然而其实他并不真能理解希腊，只是模仿而已。他的画面极广大，题材极复杂，杂然排列，没有精神的统一，只是技巧的叙事剧的一面而已。有的非常华丽，有的非常周详，大都像"全景"的照相，借以博拿破仑的欢心。故达微特的艺术，实在少有古典的艺术的庄重与写实，只是一种说明画，一种 panorama（回转画，全景），徒以满足拿破仑的浅薄的虚荣心而已。不过因为他亲自遭遇英雄的时代，故其对于古代历史的题材，能用与现代的题材同样的心情来描写。在这点上，其画风略有现代的意义，虽然微薄，终为现代画界的曙光。

当拿破仑的时代，民心正憧憬于古典。渴慕古代罗马的共和政治，因此达微特的古典主义，把拿破仑的革命神圣化；拿破仑的革命则给权力威势于达微特的古典主义。千八百年，拿破仑为首席执政官，任达微特为美术总监。二人的关系渐渐深切起来。赞美共和主义的达微特，后来终于做了独裁政治家的忠仆。他肯定了"皇帝拿破仑"，做了王家的宫廷首席画家，而要求美术界的独裁的权利。政治的意见与社会的地位的变迁，诱致了他的画风的变迁。属于这时期的他的名作之一，便是《戴冠式》〔《加冕式》〕。这大制作，无意识地告示着美术史上的新时代的来到。即中古以来的感情的古典崇拜的时代已经过去。与其空仰古昔的英雄，不如赞美现在的威武的英雄。达微特作这《戴冠式》，就是肯定拿破仑皇帝的戴冠式。他作这画，费极大的苦心。多数的人物，一一地另描习作，先试作裸体素描，再试作着衣素描，最后配入画中。其中几个重要人物，竟特意被召请到他的画室里来，描出肖像，配入画中。画中的仪式的条件，皆遵照拿破仑自己的指示与意见。

《戴冠式》画成，立即送到罗佛尔〔卢佛尔〕（Louvre）美术馆，放在大广间中，以待一八〇八年的 *Salon*[1] 展览会。画中所描的：祭坛下有比乌斯〔庇护〕（Pius）七世坐着，僧众围绕其旁。后方排列着廷臣。穿绯色的皇帝礼服的拿破仑，头戴月桂冠，正从法王手中受取王冠，将加之于跪在祭坛上的皇后的头上。皇帝对于这画十分满意，赐荣名于达微特。

然而这画与其作者，后来的运命都很不好。一八一四年拿破仑退位之后，信任拿破仑的幸运的达微特也担忧起来。路易十八世即位，又加胁迫于他的生活。于是《戴冠式》《军旗授与式》〔《授旗式》〕及其他拿破仑肖像等画，均须隐藏了。然新王的处置颇宽大，达微特虽失了时运，仍得伏在画室中作肖像画。

一八一五年，拿破仑又归法兰西国土，达微特又得片时的荣幸。其六月，即遭逢滑铁卢之败。明年，达微特被放逐于国外。《戴冠式》被切断为三部（有的画以铅粉涂掩），输送到放逐的 Brussel〔布鲁塞尔〕地方。时达微特年已六十七岁，于一八二五年客死其地，尸体不得返国。其友人及弟子等力为设法请愿，终不得许可。故达微特的灵魂，到现在还徬徨在异乡的墓地上。

达微特的古典派的承继者，有昂格尔〔安格尔〕（Jean Auguste Dominique Ingres，1780—1867）与葛洛〔格罗〕

---

[1] 沙龙，指一年一度在巴黎举行的当代画家作品展览会。

（Antoine Jean Gros，1771—1835）。皆为古典派的重要画家，有传世的作品。

古典主义的绘画以形式美为目的。其特点有四：

1. 艺术所有的美，不从自然看得，而从古代艺术中取来。
2. 完全注重形式美。
3. 为形式而牺牲个人的主观的感情。
4. 绘画的本质为素描的，轻视色彩。

综此四端，可知其特质是重形式而轻色彩。故其劣点，是拘囚于形式，排斥个性感情，而但表出"类性"。某评者谓古典派绘画的重形式，是现今的立体派等的一面的暗示。

（乙）特拉克洛亚与浪漫派绘画

达微特以后，其画派分歧为二倾向，一是昂格尔等的一派，一是特拉克洛亚等的一派。前者重线与形，后者反之，重色彩。两派经过一番争执之后，终于重色彩的胜利了。即建立浪漫派。浪漫主义运动，在各种艺术上是步调一致的。千八百三十五年五月二十五日，在文学史上是浪漫派文学家 Victor Hugo〔维克多·雨果〕的剧《Hernani》〔《欧那尼》〕在巴黎国立剧场上演而博得大喝彩的一日；同年春，浪漫派的绘画也在 *Salon* 入选，博得胜利。

特拉克洛亚（Paul Delacroix，1798—1863）也是法国人。他的绘画，所异于达微特的古典派者：在形式上，是色调的别开生面，即画面脱却以前的拘束与硬涩，而充满着活跃奔放的思想与色调。从这点可知其现代的意义更深。在内容上，浪漫派的主要的特色，是取表现热情的题材。以前的达微特所取的画材，大都是有权威的、有势力的、贵的事物，尚不脱中古宫廷艺术的习气。到了特拉克洛亚，则取卑近的人间感情为主题，注重热情的表现。这样以后，绘画与宫廷艺术就全没交涉。在这点上可知浪漫派绘画的"现代的"意义，比古典派浓重得多。浪漫派是直接唤起现代画派的先导者。

浪漫派所谓的"注重热情表现"的特色，可在特拉克洛亚的大作《一八三〇年》〔一作《自由领导人民》〕中看出。这画是描写一八三〇年的七月革命的事实的。图中自由神为一半裸体的肉感的少女，左手执枪，右手持三色旗，在导领国民。后面跟着的是一个两手持手枪的青年，和一个戴普通绢帽，持小枪的男子。这等题材，全是卑近的人间热情的表现。时代政治的变迁，在前述的《戴冠式》与这《一八三〇年》中显然可以看出。画派以时代文化为背景的一句话，在这里即可实证了。

然而浪漫主义的绘画，与浪漫主义的文学是同样的，其基础为"自我高扬"，"理想体现"，即欢喜舍现实的世界而遁入空想的世界中。故虽然脱却了古典的拘束与硬涩，然而在其对于客观的对象的态度没有定，个性不强调，游离实生活而作概念的表出，仅满足于感觉的刺激，而不求切于实生活的诸点上，依然是与古典派一样的。特拉克洛亚是空想诗人，他的日记中记着："真的画家是创造的人。"故其图都是空想的世界中的热狂的表现。到了文学界中看厌了 Hugo 而欢喜读自然主义的 Balzac〔巴尔扎克〕，Zola〔左拉〕的时候，特拉克洛亚的画也渐为世人所厌弃。于是真的现代的绘画，即自然主义的写实派

（Millet等），印象派（Monet等）的绘画，就起而代替它支配十九世纪的欧洲的画坛，又引起新兴诸画派，达于绘画表现的极致，造成庄严灿烂的现代绘画史。

浪漫派的"重色彩"，实在是新时代艺术的因缘，即印象派的暗示，先驱。故评家有奉特拉克洛亚为现代印象派的远祖的论见。这一点可说是理想主义与现代画派中间的连锁。

第一讲　现实主义的绘画 [1]
——写实派

达微特〔大卫〕（David）的《戴冠式》〔《加冕式》〕与特拉克洛亚〔德拉克洛瓦〕（Dalacroix）的《一八三〇年》〔一作《自由领导人民》〕，是近世西洋画的急先锋。那两张画在今日看来已经很是陈旧，与文艺复兴期的大壁画似乎相去不远，然而达微特的描现世的题材（拿破仑的题材），与特拉克洛亚的浪漫的精神及技巧上的色彩的革新，已有近代艺术精神的萌芽，为一切近代绘画的先导。所以不得不列这两幅在首位，以为近代绘画的线索的起点。然而这还是曙光。真的近代绘画的朝阳还在地平线下面，将要升起来。

近代绘画的朝阳是"现实主义"（"realism"）的绘画。其代表的二家，即米叶〔米勒〕（Millet）与柯裴〔库尔贝〕（Courbet）。《拾穗》是米叶的代表作之一，《石工》是柯裴的代表作之一。关于米叶与柯裴的现实主义的概要，在序讲中已经约略说过，现在再提出来详说。关于主义与派别的名称，没有一定的用语。有的称米叶为罢皮仲〔巴比松〕派（Barbyzon school），柯裴为写实派。二者合称为现实主义，以别于后来的

---

[1]　本篇原载 1928 年 3 月《一般》杂志第 4 卷第 3 号。

印象主义，即如下表：

现实主义 { 罢皮仲派——米叶
　　　　　 写实派——柯裴

印象主义——

有的包括米叶、柯裴及后来的印象派画家，总称"自然主义"。而以米叶与柯裴为自然主义属下的"写实派"，即米叶为"主观的写实派"，柯裴为"客观的写实派"。此说较为妥当。

自然主义 { 写实派 { 主观的——米叶
　　　　　　　　　　 客观的——柯裴
　　　　　 印象派

因为现实主义与后来的印象主义，其根本思想是共通的，不过表面的技法上变更而已。故合称为"自然主义"，可把这要点标明。

现在请看《拾穗》、《石工》的两幅画。

看惯在宣纸上笔飞墨舞的中国画的人，看了这两幅画之后，第一浮起的念头一定是"同照相一样！"是的！写实主义的西洋画的确有一点同照相一样。照相的构图与明暗配得好的时候，宛如一幅写实风的绘画。我近来在全国美术展览会中，看到数张美术的照相。取材是市街或乡村的实景、店头的静物、庭隅的花盆，然而构图与明暗真配得好。使我不禁想起："写实派画家可不必辛苦了！"实际，像柯裴的那张《石工》，真的实物模型很容易找到。《拾穗》也不难请托几个人扮演而照相。又如别的作品《喂食》、《牧羊女》，还有一张最流行的名画《晚钟》，暗淡的夕阳中有夫妇二人的劳动者对站着，低头做晚祷，也不难扮演出来照相。这样说来，写实派绘画同照相一样，写实派画家的头就等于一个照相镜头了！

其实并不这样简单。有一点"同照相一样"，确是写实派的劣点。然而决不若是其甚。何以故？我们现在所见的《拾穗》、《石工》、《喂食》、《牧羊女》、《晚钟》，是把原画用照相缩小而制版的，又是单色印刷的。原画有的有色彩，又大得多。又原画中有美丽、老洁的笔法，线条，谐调的色彩，这等现在都已看不见了。现在的复制品实在只能说是画的"大意"，其艺术的灵魂大半已不保留，而只残存一个躯壳，所以看去愈觉得类似照相。况且这等画的背景，还有米叶的大精神：以前没有人敢描写劳动者，农夫，乞丐。米叶倡始描写。以前的描法有一定的型，一定的套，固守旧型旧套，而不观察事物的实际的真相；米叶开始从观察实物下功夫，捕捉客观的存在的真相，始倡这写实的描法。所以他是伟大的艺术家，决不是照相镜头或画匠。我们刚才的看法，是仅从复制品的表面的技巧上着眼的。仅据表面，决不能作完全的批评，故容易发生误解。米叶的艺术的伟大之处，是其革命的精神。即反抗从来一切的绘画思想，不顾当时的人们的嘲笑，始终抱定其宗旨，实行其绘画的革命。当他那时代，绘画全是贵族的，于平民无份。故下层生活，社会的黑暗面，一向概不入画。米叶开始描写民众。在这点上他是力强的民主主义者，那时候 democracy〔民主主义〕在欧洲正是被认为异端的。所以米叶当然也不被时人所喜，生活非常辛苦，死后才受人的追崇。这革命精神便是他的伟大的主要条件。故对于他的画，不可单当作造型美术看。他的画中暗示着无穷的意义与感情。他的画材全是劳动者、农夫，甚至极丑陋的，无知无识的，野兽似的苦力（例如其名作《倚锄的男子》，见拙著《西洋美术史》插图）。他并非故意描写丑态。据他看来，这劳动者的状态中含着无限的光荣，暗示着无限的人生的情味。他以为把他眼中所见的最铭感的现象率直地描表为艺术品，是真正的、伟大艺术的创作。故当时一般人反对他，说他故意描写丑态，他曾经这样回答：

> 人们对于我的《倚锄的男子》的评语，在我觉得很奇怪。看见了命定非汗流满面不能生活的人时，把心中所起的感想最率直地描写出来，难道是不可以的么？有人说我反对乡村美，其实我在乡村中所发现的，比美更多——无限的光荣！……（罗曼·罗兰《米叶传》）

可见这等画是米叶的人格的表象，不是从事技巧的画匠所可比拟。这《倚锄的男子》在米叶的制作中，所描出的形骸最为丑陋。美国现代老诗人马克哈姆（Edwin Markham）曾经为这幅画作一首长诗，题曰：

《The Man with the Hoe》
——Written after seeing Millet's world famous painting——
《倚锄的男子》
——观米叶名画后作——

这老诗人也是社会主义者。见了这幅描写农夫的辛酸的画，他的诗想的琴弦起了共鸣。推测米叶作画时的理想，合于他自己的社会主义思想，就在诗中用言语作具体的描写。诗很长，大意是说：

> 神明依照自己的样子而创造的人类中，产生这样卑贱无智的野兽似的农夫，实在是社会的不公平与权力的压制所使然。把神明依照神明自己的样子而造的人虐待到这地步的阶级与权势，在大审判的庭前应该处何等的罪！

其最后一个 stanza〔节〕最为激烈，今揭录在下面：

> O masters, lords and rulers in all lands,
> How will the Future reckon with this Man?
> How answer his brute question in the hour
> When whirlwinds of rebellion shake the world?
> How will it be with kingdoms and with kings——
> With those who shaped him to the thing he is——
> When this dumb Terror shall reply to God,
> After the silence of the centuries?
> （大意）世间的主人、君主和支配者！
> "未来"将如何处置这男子？
> 当世界末的旋风来掀动这世界的时候，

> 教他如何回答神的诘问?
> 倘然这可怕的哑人沉默了数千万年之后,
> 到了最后的审判的庭前,
> 神明问他"谁把你造成这副样子?"
> 他老实回答了的时候,
> 那班造成他这副样子的君主们应该如何处罪?

这种看法在绘画鉴赏上是否正当,姑且不论。不过这也是对于米叶的画的一种看法,现在不妨引用一下。

这种 democracy 的精神,正是本题所说的"现实主义"的特色。现在请就"现实主义"的来源说一说。

弥漫于现代的"现实主义",最先发动于英国。英国原来是实际主义的本家。最先有 democracy 的实现,变出克洛姆惠尔〔克伦威尔〕(Cromwell)的革命、宪法的制定、议会的设置。入了十九世纪之后,尤其得势:产业的革命,石炭、制铁、纺织等业的大资本主义的勃兴,劳动组织的抬头。又有斯宾塞的经济学、达尔文的进化论,都是尽力于这实际问题的解决的。终于由劳动党起来组织内阁。现代的现实的倾向以英国为最彻底。故艺术上的现实主义,自然也发端于英国。当时英国有"自然派"两大画家,即:

1. 康斯坦勃尔〔康斯太布尔〕(Constable,1776—1837)。
2. 泰纳〔透纳〕(Turner,1775—1851)。

两人都是专作风景画的。描写岛国的海天的强光,与模糊的雾色。其外光的表现,对于十九世纪法国的印象派有多大的暗示。前者长于描光，后者长于描色，故评家谓：

> 康斯坦勃尔暗示印象派以光，泰纳暗示印象派以色。

这二人在美术史上占有重要的地位，为米叶、柯裴及后来的印象派的先驱，故在这里不可不先介绍。泰纳就是谁都晓得的英国大批评家罗斯金（Ruskin）所崇拜的人，罗斯金的名著《近代画家》便是处处赞扬泰纳的。

有一年，康斯坦勃尔及泰纳的画被拿到了法国，在法国的 *Salon* 展览会里展览了。住在大陆里的法国人从来不曾看见过这种光明的画，欢迎得很。于是有一班青年大大地受了他们的刺激，反抗本国向来的画。他们结了一个团体，逃入巴黎郊外的丰登勃罗〔枫丹白露〕（Fontainbleau）森林附近的叫做罢皮仲〔巴比松〕（Barbyzon）的小村里，静静地躲在那里，专门描写自然风景。这班青年画家就是所谓"罢皮仲派"。罢皮仲派的青年画家有七个人，即所谓"罢皮仲七星"。

一，卢骚〔卢梭〕（Theodore Rousseau，1812—1867）——主唱者。

二，可洛〔柯罗〕（Jean-Baptiste Camille Corot，1796—1875）。

三，提亚池（Diaz de la Pena，1808—1879）。

四，裴普雷（Jules Dupre，1812—1889）。

五，德洛亚容（Constantin Troyon，1810—1865）。

六，道皮尼（Charles François Daubigny，1817—1878）。

七，米叶（Jean François Millet，1814—1875）——最大家。

这七星会的主唱者是卢骚，然而最大家是米叶。即七人中其余六人都是米叶的陪客。他们的共通的主张是：从前研究美术只晓得请教罗马、希腊，又只晓得在王宫里描写贵族的生活、帝王的行动；独不知平凡的田野中尽有丰富的真实与美。所以风景画大为发达。像可洛，便是描写大树的专家。这种画风在向来以人物描写、贵族生活描写为主的大陆绘画中，开了一新生面。他们描写自然，亲近自然，赞美自然，征服自然。其对于自然的洞察，为后来的印象派的向导，现在单就七星中最主要的米叶说一说。

米叶生于农家，小的时候与姊妹等一同耕种。后来他父亲发觉了他的天才，就送他入城中的画院。学习了数年，出巴黎，始在罗佛尔〔卢佛尔〕（Louvre）美术馆中亲见大家的绘画，就用功模写。当时因为生活的贫乏，曾作过洛可可式（rococo，详见《西洋美术史》）的小画，卖钱过活。然而从小支配他的心与生活的，决不是这等贵族生活与都市，而是农民，农村，是"土"。他的一生，始终是对于"土"的爱着。然而他的真心的表现，不为当时的人们所理解，埋没在贫贱中。盛年又失却爱妻，一时心神颓丧。三十四岁再婚，勇气恢复，就完全舍弃洛可可式的画，而努力表现其自己的理想。许多农村描写的名画，就从此陆续产出，如《拾穗》、《喂食》、《牧羊女》、《晚钟》、《持锄的男子》等大作。

米叶的作品的特色，以宗教的敬虔的感情为基调。其宗教的情绪的对象，在于田园生活，农业的神圣，与农民的信仰心。故在真的意义上,他不是风景画家,也不是自然画家。他是把自己溶入于风景中,自然中,而又为之赞美、表现的抒情画家。这样说来,他不是纯粹的现实主义的画家,是在现实中发见理想的画家,即理想画家,浪漫主义者。但在另一方面,当他现实主义者看时,他又是七星中最彻底的现实主义者。他把自己的内生活的现实都如实地表现出来。

米叶能视其自己的生活为现实的;然其对于时代,对于社会,仍不是现实主义者。他对于自己的现实能看出,能表现;但对于时代与社会的现实,远没有观察与表现的能力。所以他的表现,是退省的,赞叹的,消极的,尚未开积极的道路。能用积极的态度观察时代社会的姿态,而作绘画的表现的,是唯物主义者(materialist)的柯裴。

彻底的唯物的现实主义者,是所谓写实派画家的柯裴。这人具有对于现实的唯物的精神与社会的意识。丰登勃罗七星所有的 sentimentalism〔感伤主义〕,emotionalism〔感情主义〕,憧憬,趣味,神,理想等,到了柯裴已经杳然无遗。在柯裴只有"现实"。他是不满足于"艺术",而逃入"现实"的人。

柯裴(Gustave Courbet,1819—1877)生于法国的田舍。幼时接近农民生活,又深蒙其感化。十九岁出巴黎,徘徊于罗佛尔的画廊中。又从达微特学画。然其自负心非常强,又富于反抗的意识,故终于打出了自己的路。他的路就是"现实"。关于艺术,他有这样的话:"理想都是虚伪的!像历史画,完全与时代的社会状态相矛盾,真是愚人狂人的事业!宗教画也是与时代思潮相背驰的。总之,凡空想皆伪,事实皆真。真的艺术家必须向自然而感谢，赞美。写实主义，正是理想的否定。我们必须依照所见的状态而描写。只有可由视觉与触觉感知的，可为我们的描写题材。"这段话可说是柯裴的自画像，试看他那名作《石工》，正如他自己所说，"依照所见而描写"；《拾穗》或《晚钟》中所有的诗美、憧憬与宗教感，在《石工》中已影迹全无。《石工》完全是现实的石工。

柯裴的同风画家有四人，即：

1. 独米哀〔杜米埃〕（Honoré Daumier，1808—1879），法。

2. 塞冈谛尼〔塞冈第尼〕（Giovanni Segantini，1858—1899），意。

3. 晖斯勒〔惠司勒〕（James McNeil Whistler，1834—1903），美。

4. 孟才尔〔门采尔〕（Adolf Menzel，1815—1905），德。

独米哀为柯裴的先驱。长于漫画（graphic caricature）。余三人为写实派的旁系。代表意大利现实主义的塞冈谛尼，有欢喜高原的癖性，其画也多描写高原。有名作《骄奢之报》。美国人晖斯勒为乐天主义的现代画家，描写目前的人生的美，颇有美国人式的内容。一八八四年在巴黎 *Salon* 得金奖的名作《母之肖像》，以构图的巧妙著名于世。德意志人孟才尔的现实的倾向更为深刻。其代表作《铁工场》，描写光焰、烟雾、日光及工场内的骚扰，完全是现代的一幅象征图。

现实主义的倾向，到写实派已经达于极端。以后的绘画，须得另择一条新路而展进。前述的现实主义，自卢骚、可洛、米叶，以至柯裴、孟才尔，逐步前进，已经走尽现实主义的路。然而都踏在现实的表皮上，没有侵入现实的内容。即表面上为现实的,而其基础仍在于前代意识的 romantic〔浪漫主义〕上。真能解脱一切羁绊,突入现实的内部,捉住现实的生命的,是印象派以后的运动。容在第三讲中再说。

第二讲　近世理想主义的绘画 [1]

——拉费尔〔拉斐尔〕前派，新浪漫派

暂时不说写实派以后的印象派，先来看一看浪漫派的余光——近世理想主义的绘画。

爱看《赤壁之游图》，《归去来图》一类的中国画的人，一定欢喜这近世理想主义的西洋绘画。如拉费尔前派的洛赛谛〔罗赛蒂〕（Rossetti）的《圣母受胎告知》〔《圣母领报》〕，《Beatrice》〔《比亚特丽丝》〕，《但丁的梦》，又如新浪漫派的裴克林〔勃克林〕（Böcklin）的《死之岛》，《波之戏》〔《水妖与半人马怪搏斗》〕等，都是依据文学，或描写理想的绘画。欢喜在画中探求意义、象征、含蓄、理想的人，一定欢喜这种作品。

十九世纪是现实主义的时代，在前面我已介绍现实主义的米叶〔米勒〕与柯裴〔库尔贝〕的画风，他们是十九世纪现实主义的先锋，他们以后，便是印象派等现实作风盛行的时代。这是主潮。主潮以外，还有一支旁流。虽然是暂起的，弱小的，非正统的旁流，然而也极绚焕灿烂之趣，颇有盛行一时的气象。这就是所谓近世理想主义的拉费尔前派与新浪漫派。在

---

[1]　本篇原载 1928 年 3 月《一般》杂志第 4 卷第 3 号。

时代的大势上,这时候已是由柯裴的写实主义向马南〔马奈〕(Manet)的印象主义急转直下的当口,理想主义已属过去的陈迹;今居然有这与实生活没交涉的、虚幻憧憬的理想主义暂时出现,放出其最后的火花,实在是近代艺术上的一种奇迹。故在说正统的印象派绘画之前,现在先要把这奇迹的近代理想主义的绘画说一说。

要之,这近代理想主义是与现代生活相背驰的一种精神,不是时代与生活上的必然的发现。这是前期浪漫精神的残影,是浪漫主义的回光返照。故表面上虽然绚焕灿烂,其实全不过是技巧的,做作的,虚构的现象而已。试看英国的拉费尔前派,法国的新浪漫派,皆止于 artificial〔矫揉造作〕的表现,偏于装饰的方面,神秘的方面。唯德国的新浪漫派,即裴克林(Böcklin)的浪漫的神秘主义,虽同属与实生活没交涉的虚构,然而其根源深从现实出发,又主观非常强调,表现出一种神秘的世界。对于最近支配欧洲画坛的德意志"表现派"有多大的暗示。故颇有研究的价值。

一 英国的拉费尔前派 (Pre—Raphaelitism)

十九世纪西洋画界有二大运动,一是起于英吉利的拉费尔前派,一是起于法兰西的印象派。前者虽不比后者的为世界的,其影响的范围较狭,然而也是近代美术史上一显著的革新运动或解放运动,不可以不注目。

拉费尔前派的创建者是密来〔米莱〕(John Everett Millais,

1829—1896），所以名为"拉费尔前派"者，意思是欲在文艺复兴期的大画家拉费尔（Rephaelo）以前的绘画中找出艺术的道路，汲取创作的感兴的意思。首领人物除密来以外，还有亨德〔亨特〕（William Holman Hunt，1827—1910）与洛赛谛（Dante Gabriel Rossetti，1828—1882）。洛赛谛为诗人画家，尤为有名，与东洋的王摩诘为千古遥遥相对的双璧。这派的画家，一致反对当时的画风，他们以为文艺复兴以来奉为艺术界的偶像的拉费尔的绘画，尚未完全，且有错误，后人皆盲目地崇拜他。他们主张作画须以"自然"为师，从"自然"中求灵感，集同人出版一月刊杂志，叫做《萌芽》（《The Germ》），以宣传他们的主义。然而终于因为力弱，不久同人纷散，杂志也停刊。幸有当时大批评家罗斯金（Ruskin）认识他们的精神，竭力保护，为他们向世界间说明又辩护这画派的原理。故后来仍由洛赛谛指挥，发展而为"新拉费尔前派"。

　　新拉费尔前派，是拉费尔前派的写实主义与洛赛谛的浪漫的空想主义所合成。其代表作家有七人，名曰"牛津会"（"Oxford Circle"），即：

洛赛谛（Rossetti）

彭琼士（Burne Jones，1833—1898）

莫理士〔莫里斯〕（William Morris，1834—1896）

许斯（Arthur Hughes）

史当诺泼（Spencer Stanhope）

克兰痕（Walter Crane，1845—？）

华芝（Frederic Watts，1817—1904）

⎫牛津会

但后六人不似洛赛谛的富于热情与诗趣，而渐趋向于画面的图案，倾向于后来的印象派。就中莫理士，是世界著名的工艺美术家。洛赛谛在新旧两时代均是重要人物，他的画风又有"洛赛谛主义"之称。

欢喜在绘画中找求文学的意义的人，看拉费尔前派的绘画，正配胃口。尤其是像洛赛谛的作品中，鲜明地表出着对于恋爱的恍惚的欢喜。在反抗旧道德支配的生活而感情激烈地觉醒的"夸扬时代"，这类作品最足以牵惹一班新人的心。法兰西的印象派的作品，毫不含有文学的内容，故在不能从绘画本身感得纯粹的画兴的一般人，不能感到其兴趣。又在十九世纪末，印象派的作品的复制品极稀，故一般的刊物的插画，大都取用拉费尔前派系统的浪漫的或理想主义的作品的复制品。文学者或一般人，要达到能用纯粹的绘画的兴味来看画的程度，必需相当的准备与练习。所以当时的文坛的思潮虽然已进至自然主义或象征主义，然而文坛的诸先辈仍多欢喜用文学的兴味来看造形美术。不过其文学的兴味，渐变成内面的，即从所描写的题材的性质上感得人生的深的意味。故殉情的耽美主义的拉费尔前派的风行于当时，是当然的结果。

自印象派兴，反对一切殉情的、耽美的艺术，绘画就向了纯粹的画的兴味的道上而进行了。但印象派不久也逢到穷途，因为印象派的大部分的作品的性质，变成"感觉的游戏"，而全无对于人生的情感反响于观者的心头。要开辟这穷途，引导新的文学的兴味于绘画的表现的世界中，也是一种方法。这样说来，拉费尔前派在现代的我们又有新的意义了。

二　德、法的新浪漫主义

十九世纪虽说是现实主义的时代，然其真能占有地位，在法兰西也是世纪末的事，而全十九世纪，暗中仍是受浪漫主义的支配的，唯一的，近似于现实主义的柯裴在当时只是世人的嘲笑物，不过他自己沉溺在现实中而已。至于米叶的罢皮仲〔巴比松〕派，反接近于浪漫主义。反之，浪漫主义的倾向，则在特拉克洛亚〔德拉克洛瓦〕（Delacroix，见序讲）以后愈加风靡时代，直达十九世纪后半，英国的拉费尔前派的新浪漫主义运动起而响应之，同时在法国与德国也唤起同样的运动。故偏这方面看来，浪漫主义反而好像是十九世纪的艺术的主潮。这不但是绘画界仅有的现象，又似乎波及文化全部。即如文学，对于左拉，莫泊桑等的新倾向的作家，一方面又有波独雷尔〔波德莱尔〕，凡尔哈伦〔维尔哈伦〕的诗，梅戴林克〔梅特林克〕的剧等的有力的表现，便是其著例。这大概是因为当时的法国有感于革命与拿破仑的幻灭，又感到政治外交上的困难，再舍弃帝政而取共和政，自此至后来的普法战争之间，他们对于社会的改革与现实已感到绝望，人心的颓唐（decadent）的倾向就表现于艺术上，为非实际的，同时又为外面的，装饰的，平板的，非社会的，非积极的，个人的，耽美的，陶醉的表现。其代表者可举夏凡痕〔沙畹〕（Chavannes，法）、莫禄（Moreau，法）、裴克林（Böcklin，德）三人。前二人为法国画家，后一人为德国画家。

夏凡痕（Pierre Puvis de Chavannes，1824—1898）有十九

世纪法国最大画家之称。其特色为优丽，有极美的线与澄明的色，表出如梦的幽静的境地。他受当时流行画风的影响极少，在当时是一个不同道的异端者，其意识完全超越现代，与现代没交涉。在他，世间一切都是无始无终，永劫不变的。没有运动，也没有力。没有苦，也没有悔。没有深度，也没有强度。因之其题材都取自太古的神话，及中世的基督教中。然其所描的世界，决不是像古代希腊人所描的快活的欢乐境，而都是病的近代人所憧憬的平和境，且其作品决不是无味干燥的外界的写真，也不是出自思想的宗教的内容的，而全是音乐的、诗趣的情调。故看了他的画，使人梦见甘美的儿时乐的世界，使人的灵魂脱离紧张、切迫的现代，而身心沉浸入无边的乌托邦（Utopia）中。然他不像后述的莫禄与裴克林地描写世间不能有的奇怪现象（例如《死之岛》），他是一个梦想家，然其所梦想的不是不可思议的东西，而常是从现实的世界抽出的，在这意义上他是写实主义者，现实主义者。然这所谓现实，原是说他的梦中的现实，不是说真的现实。他在画界上的功勋，是在当时法国的，完全说明的，夸张的壁画中，吹入新浪漫主义的生气，而筑成了现代壁画的基础。他在法兰西诸郡所描的大壁画，实在不少，到处有他的梦幻似的作品。其最有名的，是巴黎的邦推翁〔潘提翁〕（Pantheon）中的《圣球尼凡夫一代记》，及市厅的《夏与冬》，马尔赛友〔马赛〕的龙香宫的《希腊殖民地》等，里昂博物馆中的《艺术与自然》，美国波士顿图书馆中的《谋士〔缪斯〕（Muse）像》等。

莫禄（Gustave Moreau，1826—1896）比夏凡痕后二年生，

先二年死[1]。他与夏凡痕同一倾向，然多古典主义者的分子，同时又有一种恶魔主义的深刻与奇怪。夏凡痕是禁欲主义者，莫禄是奢侈者；在技巧上，夏凡痕是简朴的，莫禄是细致的。莫禄的特色是世纪末的思想，及强烈的肉感的表现。但他的画缺乏夏凡痕似的纯洁性，故不能使观者对之发生亲爱；同时有一种刺激人心的力。其题也不限于西洋古代，又取印度的古典的神话。他非常爱惜自己的作品，不肯出卖，这也是画家的奇癖。故他的遗作全部保存在莫禄美术馆中。要之，他是生于现代的"恶的华"的一人。他的艺术，是恐怖的世界的美化，高调。上述的威廉勃雷克〔威廉·布莱克〕[2]、洛赛谛、莫禄，及后述的裴克林等的不思议的世界，虽说与现实主义异途，与实生活没交涉，然而实际上都像妖艳的毒蛇地在诱惑现代的我们。

最后请述德国的妖魔画家裴克林。

裴克林的画，在上述数人中比较的著名于世。本书所揭的《死之岛》与《波之戏》，是他的代表作。试看《波之戏》，描一片海波，波涛中有美丽的裸体的少女，在水中游，后方有一可怕的巨大的魔鬼，下半身浸在海水中，上半身兀立，张臂向少女，作来扑的姿势。题名曰《波之戏》，就是把男波女波的相扑相逐的姿态象征化为魔鬼与美女。放过洋，看见过滔天大浪的猛烈的扑逐的光景的人，看了这画一定惊佩裴克林的象征的

---

[1] 莫禄的卒年应为1898，故此处应为"同一年死"。

[2] 前未提及，疑有误。

描写的巧妙！又如这幅《死之岛》，描出四周包着悬崖绝壁，与世隔绝，只有渡死者的一船可通。岛的内部深沉而阴暗，是不可测，不可知之境。白衣的死神直立船中，静静地移泊，把船中的新鬼带到这岛上来作永远不归之客。这画容易使人感到严肃，恐怖，又容易使人陷入沉思。

现代德意志画家中，一方面有描写铁工场的孟才尔〔门采尔〕（Menzel，见前讲。其画见拙著《西洋美术史》插图[1]）的现实主义，其反对方面有代表理想派的裴克林（Arnold Böckin，1827—1901），从表面看来真是奇怪的对照。裴克林是商人之子，入美术学校学画，又游览各地，终于成了画家。然他对于古人的作品，只是感激而已，决不想去模仿他们。他虽是德意志人，然受意大利的海岸风景的影响甚大，故其艺术上的故乡，不是德意志而是意大利。

他是理想主义者，然不像上述的数人地仅满足于外面的美与从形象上来的诗情的表现而已。这正是他的德意志人的特质。故评家说他的艺术的最主要物是内容。他作画时，必钻入对象的内面，费思索，而从其深奥处描写出来。他说："无限际地研究自然，是不必要的。"他常常旅行意大利；然而回来的时候永没有一张写生或模写的绘画带来。所以他作画不用模特儿。然而他有可惊的记忆力，描写物象比用模特儿更为精确。即十年前曾经见过的事物，也能极详细极明了地背写出来。故他的风景，都是明确的，个性的。他的风景，在表现上，技巧

---

[1] 该图因制版效果欠佳而删节。

上，都有吸引人的魔力。然而当然没有像印象派以后或罢皮仲派的桌上物的如实的描写，与有生气的自然趣味。因为他本来不是现实主义者的自然观赏者，也不是风景专门家。他只是以理想的心境为对象，不分自然与人生，现实与梦，实在与空想的差别，把一切当作实在，同时又当作理想，当作写生，当作创作而描出。故除了肖像画与宗教画以外，他的画中无不伴着美丽的风景，没有人物点景的风景画也不少。要之，他是用自然与人为题材而表现他的心境的。他的内的思想便是他的第一义。故他的画，都富于内面的情调，他所描的岩石、水、空气、树木，都能同他的心共鸣，共悲，共叫。极言之，波涛、森林、岩石，在他看来都是感觉，情念，都作人的姿态，且有人的灵魂。不朽的大作《波之戏》，便是从此产生的。在他看来，波涛都妖精化了。《森林的沉默》，在他能看见包藏秘密的女子;《死之岛》是最冷，最硬，最暗的象征的描写。他的表现，严肃，庄重，他的作品都是带神秘性的象征画。他不是像法兰西的浪漫派画家地从现象中发见奇怪与情热，他是用他的主观来直接把现象奇怪化，神秘化，理想化。这便是表示他的德意志人的自然征服——主观主义的表现。

　　近代绘画以法兰西为中心，重要的画派皆兴行于巴黎，重要的画家都是法国人。独有这理想主义的回光，由英国人与德国人反映出来，在近代绘画史上仿佛一朵偶现的昙花，真是不可思议的奇迹。

第三讲　艺术的科学主义化 [1]

——印象派

　　理想主义（古典主义与浪漫主义）是注重"意义"的绘画，写实主义是注重"形"的绘画，印象主义是注重"光与色"的绘画。从"形"到"光与色"，是程度的展进，不是性质的变革。是量的变更，不是质的变更。故写实主义与印象主义，可总称为"现实主义"，以对抗以前的"理想主义"。十九世纪的艺术的主流，是现实主义。上回所说的新理想主义，不过是暂时出现的一支旁流而已。现实主义的主流，是由柯裴〔库尔贝〕的写实精神直接引出马南〔马奈〕（Manet）的科学主义化的艺术运动。这就是印象派的所由生。

　　艺术与现实，当面向着现实主义的方向而进行的时候，就有唯物主义与科学主义发生。即把一切现象当作物质的存在而观看，又用科学的态度来观察，研究。印象派便是排斥浪漫主义，精神主义，神秘主义，唯美主义，一切唯心的，憧憬的，陶醉的旧艺术而出现。故艺术上的真的现实主义的倾向，始于一八七〇年的马南（Manet）的印象派。这便是艺术从近代到现代的转机。这样看来，印象派的创行，是现代很有意义的事

---

[1]　本篇原载 1928 年 4 月《一般》杂志第 4 卷第 4 号。

业。由这印象派开了端,方才有后来的后期印象派大家赛尚痕〔塞尚〕(Cézanne)的出现,又有未来派,立体派,表现派等的新兴艺术的创生。

一　印象派概论

千八百七十年印象派的出现,在艺术上划分一新时期。其主要的原由,是因为民众势力的勃兴。即在 bourgeois democracy〔资产阶级民主〕的时代,民众的思想与生活的状态与前大异。因之其对于艺术的态度,思想,与要求也大为变更。例如在这时代精神之下,人们都不欢喜大规模的,虚空的装饰画,而欢喜描写切身的日常生活的绘画,即现代的唯物主义的表现。不欢喜庞大的,重的,而欢喜轻快的,淡泊的,可亲近的描写。不欢喜作为技巧、人物的夸张的表现,而欢喜自然物的照样的描写。这一点,米叶〔米勒〕与柯裴早已见到,但到印象派而更彻底了。印象派的发生,有种种的近因与远因。例如日本画,及西班牙的凡拉史侃士〔委拉斯开兹〕(Velázquez)的绘画,对于印象派的创生有很大的影响。一八五七年,孟契斯泰〔曼彻斯特〕地方开展览会的时候,陈列西班牙画家凡拉史侃士的作品甚多。他的画风与当时的英吉利、法兰西的绘画大不相同,就给当时的艺术以很大的刺激。然影响更大的,是日本的绘画,尤其是版画。日本的美术,在十八世纪的路易第十四世的时代已输入法国。到了一八六七年巴黎大博览会的时候,日本出品的版画甚多。法国人看了,惊为西洋所未见的画风，极口称赞。许多青年画家叹美这东洋画的不可思议的表现，就研究北斋、广重、歌麿的作品，大受其暗示。印象派的萌芽，在这时候吸收了不少的养分。

然印象派的起源，早已发生。巴黎的青年画家的团体的运动，在一八五九年间早已有强大的力与热。后来他们举柯裴为中心，发起反对 academy〔学院〕的运动，组织急进的团体。印象派始祖马南（Manet）就是当时的团体中的一人。他们群集于巴黎的罢谛尧尔（Batignol）街的咖啡店里，常作艺术上的讨论（故印象派又称罢谛尧尔派）。马南的印象主义的第一公表的作品，便是一八六三年陈列于 *Salon* 落选画室的《草上的午食》〔《草地上的午餐》〕（一名《水浴》，见拙编《西洋美术史》）。其明年，又发表《Olympia》〔《奥林匹亚》〕。这等画虽然被政府虐待，受一般人的非难，然马南等的团体运动愈加扩大，莫南〔莫奈〕（Monet），比沙洛〔毕沙罗〕（Pissarro）等画家渐次加入。一八七〇年，他们就公布这样的宣言：

"走出人工的光线的画室！舍弃画廊的调子与褐色的颜料！到明快的日光中来描画！"

故印象派的前段，有"外光派"的名称。

然"印象派"的名称，则始见于后四年的一八七四年，且全是偶然而来的。一八七四年八月十五日，他们在那达尔（Nadal）地方[1]开自作展览会。出品的同人，有比沙洛，莫南，西斯雷〔西斯莱〕（Sisley），罗诺亚尔〔雷诺阿〕（Renoir），

---

[1] 指摄影师那达尔的工作室。

赛尚痕（Cézanne），特茄〔德加〕（Degas）等。莫南的绘画中，有一幅题名曰《印象：日之出》〔《日出印象》〕（《Impression：Soleil levant》），描写破朝雾而出的太阳的光，用轻妙的笔法，澄明的色调，充分表出"空气"的感觉，为从来未见的自然观照与表现。故最能牵惹观者的注意。因这画的题名为《印象》，人们就讹称他们的画风为"印象派"。八月二十五日有一个叫做Louis Leroy〔路易·勒鲁瓦〕的人，在报纸上作一段嘲笑的批评，题曰《印象派作家展览会》。自此以后，印象派的名称渐为世人所知，终于传诵于一切人之口。于是被呼作印象派的画家，自己也就袭用这名称。为十九世纪画界一大转机的印象派的名称，从偶然中得来，从嘲笑中产生，也是一件奇事。

然而他们的一派，不能以"印象"二字为其共通的理论。概括地论究起他们的倾向的理论来，可以这样分别：即印象派最初是外光主义（planelism）；后来是刹那的印象主义，这里面又可分为动体与静体，自然描写派与人体描写派，即马南是外光派，莫南出自外光，然所描刹那的印象居多。马南晚年也有刹那印象的倾向。把这刹那印象作动的表现的是特茄；作静的表现，而偏于人体描写方面的，是罗诺亚尔；偏于自然描写方面的，是西斯雷与比沙洛。为便宜上可这样分述，然也没有一定的界限。

二 马南的外光派
——印象派的起源

马南（Edouard Manet，1832—1883）是印象派的始祖。他

的创立印象派,在左拉的小说中曾经描写过。左拉有一篇小说名曰《制作》,这小说中的主人公青年画家克罗特(Claude),就是以马南为模特儿的。这克罗特预言新派的绘画说:"太阳,外气,与光明,新的绘画,是我们所欲求的。放太阳进来!在白昼的日光下面描写物体!"

这理想就是印象派的出发点。然在实现这理想之前,有一必须经过的阶段。就是不拿色彩当作说明某事象的手段;而为色彩自身的谐调而应用。倘为了要写某事物的意义或内容而用色彩,则色彩的谐调就变成从属的,就违背绘画艺术的存在的本意。色彩的谐调的美的表现,应该是绘画的存在的理由的全部。然而所谓色彩的谐调,又不是用色调的美来鼓吹浪漫的情绪,或使人联想诗情,使人起文学的兴味。乃是"为色调的色调",以纯粹的绘画的兴味为本位。

最早又最大胆地实行这纯粹的绘画的兴味的色彩观照的,是马南。马南的第一作品《草上的午食》于一八六三年陈列于 *Salon* 落选画室(Salon des Refuses),这画中所描写的,暗绿色的草地上有几株树木,后方有河,河中有一白衣的半裸体女子在水中游戏。前景为二男子,穿黑色的上衣,鼠色的裤,缀着淡红的领结,坐在草地上。其旁又坐一女子,全裸体,刚从水中起来,正在晒干她的身体来。旁边有女子所脱下的青的衣服与黄色的草帽放在草地上。——图的构造的大体如此。

惯于在绘画中探求事象的意义或内容,以为兴味中心的人们,看了这画都认为不道德的而攻击,嘲骂。展览会的委员当然不取,给它挂在落选画室中,还是优待的。拿破仑三世同皇后来看展览会，立在这画面前的时候，皇后皱一皱眉，背向而去。

然马南作这幅画的目的，在于色彩的谐和，至于所描的事物，全然不成问题。他描出因太阳光的微妙的作用而生的丰丽的肉体上的青叶的色的反映。为了表现这色调的魅力，故描写坐在草上的裸体女子。又为了要在绿色的主调中点缀白色，使全体的色调谐和明快，故描写一个白衣半裸体女子在水上游戏。即欲求某种色彩的谐和时，就选择某种情景来描写。惯于首先探求画的意义的当时的人们，当然要诽谤这画为猥亵了。其实这画是要用纯粹的绘画的兴味来看待裸体——或情景全体的。这里面有对于太阳的光线的美的敏感的欢喜。

一八六五年，马南的《奥林匹亚》（《Olympia》）又出现于 Salon。这画现今挂在罗森蒲尔〔卢森堡〕美术馆中。青白的神经病似的青年女子，全裸体地卧在铺白毯的床上。一个穿红衣的黑人的婢女捧着一束花立在床后面。这画与《草上的午食》同样地受人非难。甚至有人说以后 Salon 不准收纳马南的画。因为用传习的眼光看绘画的人们，不能理解这画中的明快的色彩的美——"为色调的色调"的观照。然而也有少数的人，立在《草上的午食》与《奥林匹亚》前面，看出新绘画的路径。印象派的运动，就由这等少数的人们促进了。

在这两幅画中，已经暗示着马南的第二步的倾向。他的第二步，就是外光的倾向。外光描写并非由他开始的。旧式写实主义的人们中，如罗巴球〔勒巴热〕（Lepage）等，也曾在野外描写模特儿。又英国的泰纳〔透纳〕（Turner）、康斯推勃尔

〔康斯太布尔〕（Constable），也曾描写光与空气的变化。然而马南的外光研究，比他们还要彻底，他不是描物体上的光，竟是为光而描光。故自一八七〇年以后，印象派的主要的、最初的特色，方始显现。一八七〇年，他请托友人意大利画家推尼谛斯（Te Nittis）的夫人立在白日下的草地上，描成一幅《庭园》的名作。在这画中，人物与绿草映在日光下面的复杂的色调，充分地描表着。从来的画，大都在画室中描，不注重光及因光而生的色彩的变化。即在野外，也以形为主眼，而不知描光。马南所求的，只是光，"受着光的影响的物体"（后述的莫南更进一步，描写"成为物体的光"，但马南还未到这地步）。他对于光，用冷静的科学者的态度。从光到光，一步一步地观察，描写。

要之，马南是以创行外光的描写而最初开拓印象派的道程的人。然而他对于客观的理解，对于主观或时代的感觉，还没有评论的价值。他所描的，大都是巴黎的 bourgeois〔资产阶级〕，或 petty bourgeois〔小资产阶级〕的 sketch〔速写〕，大都是"歌剧"、"公开的音乐"、"咖啡店"，又中产阶级的庭园与露台一类的题材。如评家所说："自米叶把农夫描入画中，柯裴把平民描入画中以后，马南就描潇洒的巴黎女子，……"虽说同是现代的表现，但他是富洛佩尔〔福楼拜〕式的。他不像左拉地仔细表现酒店或洗濯场的内部生活，而欢喜描写轻的、现实的、浅淡的欢乐。他还有用浪漫的情调的描写。这样看来，马南实在只是属于过渡时代的人，其业绩的大部分止于习作而已。印象派创业未成，马南于一八八三年死去，就固定了他自己对于现代的褊狭的地位。反之，莫南受世人的知名虽迟一点，然长年继续他的印象派的制作，八十老翁还努力制作，直至两年前逝世。

三　莫南的刹那的印象派
　　——印象派的完成

马南是印象派的倾向的最初一家，是"外光"表现的发见者；然而不能说是"外光"的完成者。马南是与柯裴同样地从客观的写实主义出发的，不过最初试行色彩的改革，而在光的世界中认识其本质而已。继续他的事业，在光的分解与光的时间的变化的两方面上具有科学的研究态度，而完成唯物的technique〔技术〕的，是莫南。

莫南（Claude Monet，1840—1926）是巴黎人，幼年学商，后赴兵役。从军期间，在晴空之下观察光色，悟得了机微，其一生就为色彩感觉所支配。回巴黎后，曾加入柯裴的团体。受柯裴与可洛〔柯罗〕（Corot，法国大风景画家，见前讲）的影响甚多。后来又接近英吉利的大风景画家泰纳（Turner）与康斯推勃尔（Constable）的作品，大为感激。故莫南的关于光与空气的特殊的表现，大部分根基于此。同时他从日本画所得的暗示也不少。一八七〇年他避战于荷兰。在那里看到了许多日本画。他从日本画的明暗的调子与单纯适确的表现法上得着他所最受用的教训。

除此等影响以外，他又用自然科学者的实验来完成他的绘画。他把太阳的光与空气的色用三棱镜分解,得到原色,用强烈的原色来作出绘画的效果。结果他就做了描写刹那的光的画家,而印象派道程又深进了一步。即以前马南用形来写光,现在莫南用光来表形。莫南以为形不过是光的象征而已。他只看见画图上有光的洪水作出假象的屈折与深浅。他起初并不想看出形来,只是用色来表现光的照映与闪耀。如何可以表现呢?只有拿三棱镜所分解的强烈的原色来作印象的排列,方才可能。总之,他既不想看出思想、内容的意义,也不用主观的态度,又不问对象的形体。在他只有"光"是印象,是形,是色,是存在。他所注目的只是光的研究,从莫南这种主张再深进一步,就变出后述的新印象派。

一八七〇年战争之后,莫南转徙于须因河〔塞纳河〕畔各地,又移居里昂附近的地方,专以描光为研究。人物,事件,他差不多不描。所描的只是风景。然他的描风景,并不是对于风景有兴味,只为便于研究光,故描风景。故在他的作品中全无浪漫的情绪与光景。所描写的题材皆单调,平凡,乏味。"稻草堆"、"寺院"、一片水上的"睡莲"、"太晤士河〔泰晤士河〕面"一类的题材,千遍不厌地被他描写。然而决没有重复的表现。他在一八九〇年中,"稻草堆"的画描了十五幅。大都是从同一地点描写几堆同样的稻草堆而已。假如用照相来摄影,这十五张画一定完全同样;然而他的十五张画,有朝,有昼,有晚,有夏,有冬,有秋,其光的变化,无不忠实地、微细地写出,作可惊的研究报告。如果在"艺术"上也以这样的科学的研究材料为必要,那么他的研究真是有特殊的价值的了。然而他这态度究竟是否真的唯物的科学主义？这问题可在后述的新印象派与后期印象派中解决。总之，莫南的研究，是科学的应用于"艺术"上。在他的作品中，陶醉的，憧憬的，"美"的"艺术"早已不存在了。在后述的他的同志或追随者罗诺亚尔（Renoir）、特茄（Degas）等的画中，倒可以看见这种"艺术"的面影。

如上所述，印象派二元老马南与莫南，前者发现外光，后者努力写光，甚至用唯物的科学的态度。他们都有绘画上的理论与主张，然而都不是完成的印象派的画家。即理论的、主张的印象派，以马南、莫南的努力为主。然一八七〇年的印象派的艺术上的现象，不仅由他们二人作成，还有一班成熟的画家，来作印象派的中坚。这等人就是罗诺亚尔（Renoir）、西斯雷（Sisley）等，且待下讲再说。

要之，印象派的提倡者，是马南与莫南。他们就是艺术的唯物的科学主义化的提倡者。现代艺术的重要的一特征，是唯物的科学主义化。艺术的向现实主义的彻底，其主要的一原因是科学思想的发达。以前的情绪主义，神秘主义，唯美主义等的所谓romanticism〔浪漫主义〕，是理想主义。理想主义就是精神主义，也就是非科学主义。现代勃兴的自然主义、印象主义等，恰好同以前正反对，是现实主义，是唯物主义，就是科学主义。民主主义与唯物的科学主义，为现代思想的主潮，然现实主义的二大河流，流贯着现代思想的全般。一向认为超越物质与科学，反对物质与科学，而居于至上的地位的"艺术"，现在竟变成唯物的、科学的规范内部的事象，而被用唯物的、科学的态度与约束来待遇了。柯裴的写实主义，已可视为唯物的科学主义；到了印象派，则完全从唯物的科学的态度出发，以现代科学的法则为基准而建立印象主义的理论了。在他们，传统的宗教，metaphysical〔形而上学〕的哲学，以及美，陶醉等，都已不存在了。他们只要表现"真"与"现实"。他们对于真与现实，时时处处看作唯物的，而取用科学者的态度。"艺术"而借用科学的方法，与科学的范围相交错，实在是艺术的极大的变革！这样看来，马南的最初描写裸女而受公众的诽谤，使拿破仑三世的皇后颦蹙，原是应该的事了。

在这里我们应该注意：这唯物的科学主义，正是毁坏艺术，使艺术从内部解体，使"艺术"不成为"艺术"的（现代新兴艺术中有艺术解体的倾向，详见末讲）。所以现代艺术，可说是以印象主义为基础的，即印象主义化，或唯物的科学主义化的。

第四讲　外光描写的群画家[1]
——印象派画风与画家

从前的画家，作画大都是在室内想象出来的（与中国画家的办法相似）。例如，米叶〔米勒〕常常在野外散步，得到了感触，回到家里的小画室来作画。又如古典派浪漫派的画家，所描的是复杂的群众，古代的状况，或神鬼的世界，更加非凭想象不可。自印象派起，画家始舍弃了想象而作写生画，走出了人工的光线的画室而到野外的天光下面来作画。这是印象派画家的一大创举。

一　光的诗人

印象派的画风，在西洋画坛上是一大革命。这是根本地推翻从前的作画的态度，而在全新的立脚地另创一种全新的描法。今昔的异点，极简要地说来，是 what〔什么〕与 how〔怎样〕的差异。即从前作画注重"画什么东西"，现在作画注重"怎样画"。试看中世的绘画，所描的大都是耶稣、圣母、圣徒、天使，或"晚餐"、"审判"、"磔刑"、"升天"。近世初叶

---

[1]　本篇原载1928年5月《一般》杂志第5卷第1号。题作《印象派的画风与画家》。

的达微特〔大卫〕与特拉克洛亚〔德拉克洛瓦〕（均见序讲）的大作，也都是宫廷描写，战争描写，就是最近的米叶与柯裴〔库尔贝〕（均见第一讲），也脱不出农民劳动者的描写，虽然对于自然的写实的眼已经渐开，然而并未看见真的自然，也不外乎在取劳动者、农民、田园为材料，而在绘画中宣传自己的民主的思想而已。数千年来绘画的描写都是注重 what 的，至于 how 的方面，实在大家不曾注意到。印象派画家猛然地觉悟到这一点，张开纯粹明净的眼来，吸收自然界的刹那的印象，把这印象直接描出在画布上，而不问其为什么东西。即忘却了"意义的世界"，而静观"色的世界"、"光的世界"，这结果就一反从前的注重画题与画材的绘画，而新创一种描写色与光的绘画。色是从光而生的，光是从太阳而来的。所以他们可说是"光的诗人"，是"太阳崇拜的画家"。

在绘画上，what 与 how 何者为重？从艺术的特性上想来，绘画既是空间美的表现，当然应该注重 how，即当然应该以"画法"为主而"题材"为副。所以印象派在西洋绘画上不但是从前的翻案而已，确是绘画艺术的归于正途，获得真的生命，这一点在中国画中早已见到，这我想是中国画优于从前的西洋画的地方。四君子——梅、兰、竹、菊，山，水，石，向来为中国画中的普通的题材。同是"兰"的题材，有各人各样的描法；同是"竹"的题材，也有各人各样的描法；同是一种山水，有南宗画法，北宗画法，同是一块石，有麻皴法，荷叶皴法，云头皴法……题材尽管同一，画法种种不同。这等中国画比较起宗教、政治、主义的插画似的从前的西洋画来，实在富于"绘画"的真义，近于纯正的"艺术"。有高远的识眼的人大都不欢喜西洋画而赏赞中国画。这大概也是其一种原因吧。

这样说来，印象派与中国的山水花卉画同是注重"画面"的。不过中国的山水花卉画注重画面的线、笔法、气韵；而西洋的印象派绘画则专重画面的"光"。如前期所说的印象派首领画家莫南〔莫奈〕，对于同一的稻草堆连作了十五幅画，把朝、夕、晦、明的稻草堆的受光的各种状态描出，各画面作成一种色彩与光的谐调。他是外光主义的首创者。步他的后尘的有许多画家，都热中于光的追求。他们憧憬于色彩，赞美太阳。凡是有光明的地方，不问何物，都是他们的好画材。所以他们的画面只见各种色条的并列，近看竟不易辨别其所描为何物。起初以光的效果（即印象）为第一义，以内容及形骸为第二义；终于脱却形骸而仅描印象，于是画面只是色彩光的音乐，仿佛"太阳"为指挥者而合奏的大曲。他们处处追求太阳，赞美太阳，倾向太阳。"向日葵"可说是这班画家的象征了。

莫南是最模范的向日葵派的画家。他的"稻草堆"连作十五幅，其实与"稻草堆"无甚关系。只是各种的光与色的配合的效果，不名之为稻草堆亦可。写实派的米叶也曾画过农村风景中的稻草堆。然而用意与莫南大不相同，米叶所见于稻草堆的是其农村的、劳动的意义，莫南所见于稻草堆的是其受太阳的光而发生的色的效果，所同者只是"二人皆描稻草堆"的一事而已。莫南连作稻草堆之外，又连作"水"，水的名作，有《太晤士河》〔泰晤士河〕、《凡尼司》〔《威尼斯》〕、《睡莲》等，又有一幅直名之为《水的效果》。这等作品中有几幅全画面是一片水，并不见岸，水中点缀着几朵睡莲。这种作画法，构图法，倘用从前的绘画的眼睛看来，一定要说是奇特而不成体统的了。然而莫南对于单调的一片水所有的光与色的变化，有非常的兴味。他热中于水的研究的一时期，曾以船为画室，常住在船中，一天到晚与水为友，许多水的作品便是在那时期中产生的。

稻草堆，水面，倘用旧时的眼光看来，实在是极平凡极单调的题材。印象派以前的西洋画，可说是理想主义支配的时代。作画先须用头脑来考虑，选取 noble subject（高尚的题目）为题材，然后可以产生大作。看画的人，对于画也首先追求意义，画的倘是圣母，圣徒，看者先已怀着好感。同样的笔法，同样的色调，拿来描写皇帝的《戴冠式》〔《加冕式》〕，就是伟大的作品；描写村夫稚子的日常生活，就没有价值。米叶、柯裴的时代，也不过取与前者反对的方面的题材（下层生活、劳动者、农民），作画的根本的态度实与古典主义、浪漫主义的时代无甚大差。因为向来如此，故对于描着一堆无意义的稻草，或一片无意义的水面的绘画，自然看不惯了。这是因为如前所说，根本的立脚不同的原故。即以前重视题材（内容），现在讲究描法（形式）。描法讲究的程度深起来，结果就全然忽略题材。对于这种新绘画，倘能具有对于形式美（色彩光线的美）的鉴赏眼，换言之，对于纯绘画的鉴赏眼，自然可以感到深切浓重的兴味。但在没有这较为专门的鉴赏眼，而全靠题材维持其对于画的兴味的人，对于这堆稻草或这片水就漠然无所感觉，真所谓"莫名其妙"了。这样看来，绘画的进于印象派，是绘画的技术化，专门化。除了天天在画布上吟味色调的专门技术家以外，普通一般的人少能完全领略这种绘画的好处。因为无论何种专门的技术，必须经过相当的磨练，方能完全理解其妙处，决不是素无修养的普通人所能一见就可了解的。从前的绘画，题材以外原也有技术的妙处，例如文艺复兴期的米侃朗琪洛〔米开朗琪罗〕（Michelangelo）的有力的表现，拉费尔〔拉斐尔〕（Raphaelo）的优美的表现，辽那独〔列奥纳多·达·芬奇〕（Leonardo）的神秘的表现，原是对于其技术的鉴赏的话；然而除这种专门的技术鉴赏以外，幸而在题材上米侃朗琪洛所描的是《最后的审判》，拉费尔所描的是《圣母子》（《Madonna》），辽那独所描的是《最后的晚餐》，所以在不理解其技术的"有力"，"优美"或"神秘"的一般人，也尚能因其题材而感到这等画的兴味。何以故？因为《审判》、《圣母子》，《晚餐》是普通一般人都懂得，都有兴味，都怀好感的。他们虽不能完全鉴赏这等大作，然至少能鉴赏其一面——题材的方面。然而现在的印象派，技术比前深进了，技术深进的结果是忽视题材，于是不理解技术的一般人要从其画中探求一点题材的美，而了无可得，就全部为绘画的门外汉了。

这正是因为印象派画家是"光的诗人"的原故。普通用言语为材料而做诗，他们用"光"当作言语而做诗。普通的言语人人都懂得，但"光的言语"非人人所能立刻理解。要读他们的"光的诗"，必须先识"光的言语"，"色的文字"。要识光与色的言语文字，须费相当的练习，这练习实在比普通的学童的识字造句更为困难。何以故？普通的文字在资质不慧的儿童也可以用苦功熟识，谙诵，而终于完全识得应有的文字，能读用这种文字做成的书；但光与色的文字，不能谙诵或硬记，是超乎言语之外的一种文字，故对于这方面的天资缺乏的人，实在没有方法可教他们识得。色的美与音的美是一样的。谐调的色与谐调的光只能直感地领会，不能用理论来解释其美的所以然。所以关于绘画音乐的教育，理论其实是无用的。有之，亦只是极表面的解释；倘有人不解音乐与色彩的美而质问我们 do mi sol 三个音为什么是协和的？黄色与紫色为什么是谐调的？我们完全不能用言语来解答。强之，只能回答说："听来觉得协和，故协和；看来觉得谐调，故谐调。"倘然像物理学者的拿出音的振动数比来对他说明这音的协和的理由；拿出 spectrum〔光谱〕七色轮来对他说明黄与紫的谐调的理由，则理论尽管理论，不解尽管不解，学理是一事，美感又是别一事，二者不但无从相通，且恰好相反，越是讲物理，去美的鉴赏越是远。

不必说"光的诗"的印象派绘画，就是普通言语做成的"文学"，在缺乏美的鉴赏的人也是不能完全理解的。他们看小说只看其事实，只在事实上感到兴味。这与看绘画只看题材（所描事物意义），只在题材上发生兴味了无所异。莫泊三〔莫泊桑〕的《颈环》〔《项链》〕（《Necklace》）使得多数人爱读，只是因为其中记录着遗失了借来的假宝石，误以为真宝石而费十年的辛勤来偿还的一段奇离故事的原故。英国新浪漫派的绘画（见前讲《近世理想主义的绘画》）使一般人爱看，只是因为其描写着莎翁剧中的事迹的原故。认真能味得言语的美、形、线、色调、光线的美的人，世间有几人呢？

只有音乐与书法，可以没有上述的错误的鉴赏。因为音本身是无意义的，字的笔划本身也是无意义的。文学与绘画必须描出一种"事物"，音乐没有这必要，文字——如果不误作文句、文学——也没有这必要。故二者可以少招误解。招误解固然比文学绘画少得多，然而理解者也比文学绘画少得多。可见纯粹的技术，是普通一般人所难解的，所怕的。

所以要理解"光的诗"的印象派绘画，最好取听音乐的态度，或鉴赏书法的态度。高低、久暂、强弱不同的许多音作成音乐美；刚柔、粗细、长短、大小、浓淡不同的许多线作成书法美。同样，各式各样的光与色的块或条或点作成印象派的绘画美。这绘画美就是所谓"光的言语"、"色的文字"。真正懂得音乐美的人可不问曲的标题，所以乐曲大都仅标作品号码；真正懂得书法的人可不责备字的缺损或脱落，故残碑断碣都被保存为法帖。同样，真正懂得绘画的人也可不问所描的是何物，故稻草堆与水面可连作十数幅。

"太阳崇拜的画家"，"光的诗人"，"向日葵的画家"。他们不选择事物，但追求光与色的所在。美的光与色的所在，不论其为何物，均是美的画材。因了这主张，莫南以后群画家，就分作两种倾向：一是纯粹的风景写生的画家，即西斯雷〔西斯莱〕（Sisley）与比沙洛〔毕沙罗〕（Pissarro）；二是现代生活表现的画家，即罗诺亚〔雷诺阿〕（Renoir）与特茄〔德加〕（Degas），他们都是法国人。

因为追求光与色，故自然倾向于光色最丰富的野外的风景的写生。因为不择事物，故自然不必像从前地取 noble subject

为题材,而一切日常生活,琐事细故,只要是光与色的所钟,无不可取为大作品的题材了。

二 风景写生

讲到风景画,要让中国人占优先了。平均而论,可说中国画以自然为本位,西洋画以人物为本位。中国在唐以前原也注重人物画,例如汉武帝时的凌烟阁功臣图,汉宣帝时的麒麟阁功臣图,晋代的佛像画,顾恺之的《女史箴图》,皆以人物为题材;但自刘宋开始渐渐注重山水画。至唐宋而山水画独立,且视为绘画的最正式的品位,直至今日。西洋则不然,印象派以前,即十九世纪以前,差不多全是人物的绘画。试看希腊罗马、埃及的古代雕刻或壁画,大部分是人物。中世的绘画简直没有一幅不以人物为主题。近世古典主义,浪漫主义的绘画,也是人物画占大多数的。中国人为什么赞美自然,西洋人为什么赞美人生,这我想来一定与思想文化有深切的关系,是兴味深长的一种研究。但这须得去请教文化研究的专门者。现在只能晓得中国画自千五百年以来早已优于自然风景的描写,而西洋画则一百年以前统是人物本位的描写,至印象派而始有独立的风景画。

试看文艺复兴期的绘画,米侃朗琪洛(Michelangelo)的天井画,大壁画,《最后的审判》,辽那独(Leonardo)的《最后的晚餐》,差不多满幅是人物的堆积;拉费尔(Raphaelo)的《圣母子》都是肖像画格式的装配。即使有背后一二株树,或几所房屋，或前面一点草地，然都当作人物的背景，且远近法、空气、光线均不是写生的，只是一种装饰风的配列或历史画的描写。假如这人物是在意大利的，背后就加描一点意大利建筑或风景，是在荷兰的，背后规定加描一个风车，以表示荷兰地方。全是一种装饰的、附属的点缀，毫无风景本身的生命。回头看中国画，恰与之相反，满幅的山水中，难得在桥上添描一个策杖老翁，或在屋中独坐一位读书隐士。即以风景为本位，人物为点缀，与西洋画适为正反对。几千年来忽略过的风景，一旦被印象派画家所注目，而立刻赋以生命，使之独立。这实在不可不说是印象派的大发明，对于欧洲画坛的大贡献！

西洋风景画到了印象派而独立。然滥觞于何时？进行顺序如何？考研起来是很有兴味的事。据批评家说，西洋纯粹的风景画的创始乃在文艺复兴期。辽那独的一幅风景素描是西洋的第一幅风景画。自此至印象派的风景画独立，一共经过五个阶段，即：

1. 十五世纪辽那独（Leonardo）——风景画创始。
2. 十七世纪荷兰画家雷姆勃朗特〔伦勃朗〕（Rembrandt）。
3. 十八世纪末英国风景画家泰纳〔透纳〕（Turner）与康斯坦勃尔〔康斯太布尔〕（Constable）。
4. 十九世纪中法国丰登勃罗〔枫丹白露〕（Fontainbleau）森林中的田园画家米叶（Millet）等。
5. 十九世纪末印象派画家——风景画独立。

辽那独的那幅《风景素描》，是风景画上很可贵的纪念物，然论到技法，构图散漫，远近法幼稚，与今日风景画不可同日而语，只宜于为某事件的背景之用，却没有"背景"以上的意义。然而在当时，辽那独居然能大胆地描出这幅纯粹的风景画，实在已是极可钦佩的独创了。自从这画（一四七三年）到十七八世纪的二三百年间的后期文艺复兴诸画家，只晓得拼命模仿米侃朗琪洛的《审判》、拉费尔的《圣母子》、辽那独的《晚餐》（Titian〔提香〕模仿辽那独的微笑的《Mona Lisa》〔《莫娜·丽萨》〕而作《Flora》〔《花神》〕。Tintoretto〔丁托列托〕模仿米侃朗琪洛而再作《审判》，又模仿辽那独而再作《晚餐》)，而对于辽那独所着手开辟的风景画的新领土，曾无一人来帮一臂的力，徒劳地在这二三百年中反复前人的已成之业，真是可惜的事！

直到了十七世纪，始有荷兰画家出来完成风景画。除雷姆勃朗特遗留几幅油画及素描的风景画以外，还有许多赞美其国土的荷兰风景画家。因为为海洋的水蒸气所融化的柔和美丽的荷兰风光，必然牵惹其地的画家的注意。他们的仔细的观察眼渐渐能理解复杂的自然界的现象，渐渐会得远望、俯瞰等透视法，空气远近法，因时间而起的光线的变化，云的变幻等。在后他们又发见太阳光线的不思议的作用，月光的魅力，而行主观的情绪的表现。描写辽远的地平线、暗的森林、热闹的海岸、单调的海面、市街的状况等种种风光的因了时间与季节而起的变化。

追随荷兰画家的足迹的，是自十八世纪末至十九世纪初的英国水彩风景画家。泰纳描写海景，康斯坦勃尔描写林景，鲜明活跃地表出岛国的英伦的风物。其作品至今日仍是风景画上的珍品。

承继他们之后的是隐居在丰登勃罗林中的一班法国画家。即一八三〇年成立的所谓丰登勃罗派。其人即可洛〔柯罗〕（Corot）、卢骚〔卢梭〕（Théodore Rousseau）、米叶（Millet）等，又称为"罢皮仲〔巴比松〕派"（"Barbyzon School"，参看第二讲）。那时候著《哀米尔》〔《爱弥儿》〕（《Emile》）的卢骚（Jean Jacques Rousseau，注意：卢骚知名者共有三个，两个是画家，一个就是著《哀米尔》的文学家）正在高呼"归自然"，这画家的卢骚起共鸣，也高唱"归田园"，"归木树"。可洛从之，专写大树；米叶也起来专写农民生活。还有许多自然赞美的画家（见第一讲）。这等画家的努力所得的收获，便是柯裴（Courbet）的"写实主义"。这收获由印象派的马南〔马奈〕重新补足修正，入太阳崇拜的群画家之手而达到其终极的完成。

风景画虽然不是印象派画家所始倡的，然以前的只在发达的途中，真的风景画的独立的生命，是由印象派画家赋与的，请述其理由于下。

原来以前虽早有荷兰、英国、丰登勃罗诸风景画家，然而他们的风景都不是野外的直观的写生。读《米叶传》可知米叶是常于朝晨或傍晚漫步山林中，收得其材料，储在脑中，回到自己的小小的画室中来作画的。英国的康斯坦勃尔及写实主义的柯裴等虽曾作野外写生，然据说是仅在户外摄取略稿（sketch），正式的作品仍是回到画室中后依据略稿而细写的。总之，这班画家身边带一册速写簿（sketch book），出外时记录其所见所感于这簿中,归画室制作时即以此簿为材料的储藏所,随时取用。所以在画法上,实与从前的人物画家无所差异,只是改变人物的题材为风景而已。

到了印象派,画法就全新了。他们的户外写生并非撮取画稿,乃是全部制作在外光之下描出。在印象派画家,画室已没有用,旷野是他们的大画室,户外写生是作画的必要的条件。在他们,不看见自然,不面接自然,不能下一笔。这是由于他们的作画的根本的态度而来的。他们追求太阳,他们要写光的效果、色的变化,当然非与自然当面交涉不可。现今的美术学生惯于背了画架、三脚凳、阳伞,到野外去写生,以为这是西洋画的通法,其实五六十年以前在西洋并无这回事,这是新近半世纪中才通行的办法。试按这办法推想,可知由此产生的绘画,与从前的空想画,或收集材料在速写簿上而归家去凑成的画,其结果当然大不相同了。即以前的是死板板的轮廓、大意、极外部的描写;现在则是真果捉住自然的瞬间的姿态,捆住[1]活的自然的生命。他们对自然与对人物一样看法,他们把自然的一草一木看作与人物一样的有生命的事物,而描表其个性,所以说,风景画到了印象派而始有生命。

印象派的两元老马南、莫南,是适用外光描法于人物及风景两方面的。由这二老派生后来的四大印象派画家。即:

---

[1] 疑为"抲住",作者家乡土语,"捉住"的意思。

$$\text{外光描写}\begin{cases}\text{风景方面——Monet}\\ \text{人物方面——Manet}\end{cases}\begin{cases}\text{Pissarro —— 一}\\ \text{Sisley —— 二}\\ \text{Degas —— 三}\\ \text{Renoir —— 四}\end{cases}$$

（一）比沙洛（Camille Pissarro，1830—1903）是有"印象派的米叶"的称号的田园专门画家。他与米叶是同乡，生于诺曼地〔诺曼底〕。性情朴素，也与米叶相似。不过没有米叶的宗教的敬虔的态度与叙事诗的感情。这正是他具有现代人的现实主义的透彻的意义的原故。他是犹太系统的人，起初父亲命他学商，一八五五年以后始转入艺术研究。他的犹太人的性格，在他的作品中很表出着特色。他的所以能有现实主义的彻底的冷静的理性，与明确的观察，实在是因为有这犹太人的性格的原故。所以他没有像拉丁人的憧憬与陶醉，而取细致的分析家的态度，研究农夫的紫铜色的肩上所受的光线的变化，描写投于绿色的牧场上及小山的麓上的透明的白日，而创造一种迫近自然的清新的趣味。一八六四年以后，努力作画，差不多每年入选于 *Salon*。初期的画带黄色的调子，尚未脱离可洛（Corot）的传统。后来加入印象派群中，次第改用明色。他对于印象派的贡献，是色彩的 decomposition（分解）。即照莫南的法则，把色彩条纹或点纹并列，这原是印象派共通的技法。他亦曾加入点描派即新印象派（见次讲），然表现比他们自由。其作品多稳雅的平和的趣味。晚年身体病弱，不能到野外去写生，常在室内从窗中眺望巴黎的市景，生动地描出其姿态。故他的作品，初期描农妇，中期描风景，后期描市街，描 Rouen〔鲁昂〕的桥，描车马杂遝的市街、巴黎的景物。唯物主义者的他，及于印象派的人们的影响很多。

（二）西斯雷（Alfred Sisley，1839—1899）与比沙洛同为印象派的风景专门画家。生于巴黎，其父母是意大利人，生计甚裕。他青年时就非常欢喜绘画。二十三岁时与莫南及罗诺亚同学，一致地趋向印象派的倾向。他的出全力从事制作，乃在一八七〇年以后。其画风注重光的表现，为当时多数青年所崇仰。题材多取温和的自然，而深的绿水旁边的森林，百花烂漫的春日的田舍，尤为其得意的题材。其色彩比马南强烈，印象也深，但情景中全无激烈的分子。

西斯雷后半世生涯甚贫乏，全靠卖画度日。当时有一个爱好美术的朋友，叫做谟雷，对于西斯雷有不少的帮助。谟雷是一位开糖果店的商人，而酷嗜美术。他看见西斯雷等穷得没有吃饭的地方，就特为他们开一饭店，供给这班穷画家吃饭。西斯雷与后述的罗诺亚有赖于这人最深。

三　现代生活表现

如前所述，印象派画家追求光与色，凡光与色的所钟，不拘其是什么事物，都是他们的得意的画料。用这态度来描写人物画，就是现代的日常生活的表现。

从前的人物画如浪漫派，古典派，专描优雅的贵族的生活，或浪漫的恋爱的情景。自马南作了《草上的午食》〔《草地上的午餐》〕以后，凡都市、平民、酒场、娼妇，丑恶诸题材，都可取入"色彩的谐调"的世界中而化为美的绘画了。适用这原理于人物画方面的，就是特茹与罗诺亚二人。有人说这二人不属于印象派而属于后期印象派。然在其用色彩与莫南、马南有共通点，其线与运动的表现与后述的后期印象派相近。说是前后印象派中间的桥梁，大概较为适当。

（三）特茹（Hillaire Germain Edgar Degas 1834—1917）是有名的舞女画家。生于巴黎，起初入其地的美术学校，与一般画学生同样地向罗佛尔〔卢佛尔〕美术馆练习模写。后来旅行意大利、亚美利加。其最初出品于 *Salon* 是在一八六五年，作品是题曰《中世纪的战争的光景》〔即《奥尔良城的灾难》〕的一幅色粉笔画。自此以后他非常欢喜色粉笔画（pastel）了。明年出品的是竞马图。均得好评。但这时候他还全然不是印象派的画家。一八六八年，他描剧中的一个舞女的肖像，出品于 *Salon*，这便是支配他的一生涯的舞女画的最初。他所描的舞女，态度千变万化，且常常捉住瞬间的活动的刹那的光景而表现出。他的全生涯的作品，以舞女为最有名。

特茹是描写女性的专家，他每夜出入于歌剧场、舞蹈场；然而他的性质是一非常的"厌世家"，这是很不可思议的事。因有这奇特的性情，故他的特色，是作者常常立在客观的地位，而冷静地观察对象，而其所观察的对象不是静止的事象，而是运动的、激烈动作的、一瞬间的姿态，用轻快鲜明温暖的色彩，作印象的表现。他的所以为印象派画家，就在于此。某评家谓马南、莫南、特茹是印象派三元老，而指比沙洛、西斯雷、罗诺亚为印象派盛期三大家。

（四）罗诺亚（Auguste Renoir，1814—1920）[1]比较特茄，为贵族的人物画家，他的肖像画颇使 bourgeoisie〔资产阶级〕的人们爱好，当时有大名的歌剧改革者华葛拿〔瓦格纳〕（Wagner）曾经为他做半小时的模特儿，请他画一幅肖像画。他是长于描写女性的肉体的画家，甘美而有力。他的父亲是裁缝师，他幼时在亲戚家做手工艺，后来以画瓷陶器为业。十八岁以后，为天才所驱，出巴黎从师，与莫南，西斯雷相知交。一八六三年以后，他描写浪漫派的绘画，出品于 *Salon*，然屡次落选。后受友人的影响，改变方针，试描外光，就渐渐为世所知名。中年以后特别欢喜描女性的肉体，以此成名为世界的大家。

某评家说："特茄描写华丽的舞女，而自己常常板着厌世的脸孔；罗诺亚是女性的肉体的赞美者，又是受自己所描的温软的肉感的诱惑的乐天家。"罗诺亚在印象派画家中，实在是过于接近对象，而不脱陶醉的、浪漫派的范围内的人。特茄只表现肉体的运动的瞬间；罗诺亚则对于肉体的静止低徊吟味，而心醉于其中。他的表现不是轻快而淡美，是黏润而有弹力。至于其讨好 bourgeoisie 的意识，更是不能得我们的同意的地方了。

上一讲与这一讲所述的印象派画家，概括列表如下：

---

[1] 生卒年为：1841—1919。

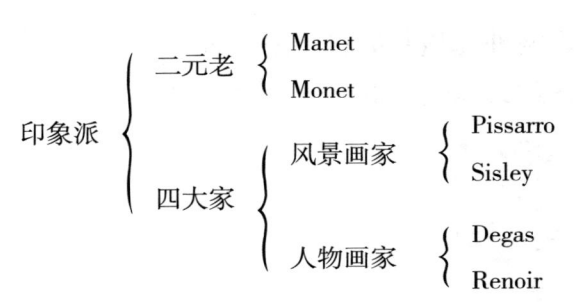

印象派 { 二元老 { Manet / Monet }, 四大家 { 风景画家 { Pissarro / Sisley }, 人物画家 { Degas / Renoir } } }

这印象派的主张的彻底，即色彩表现的彻底的科学化，是所谓"新印象派"，又名"点描派"，这一派为印象主义的穷途。起而取代它的便是"后期印象派"。待在次讲中再说。

第五讲　外光描写的科学的实证 [1]
——点彩派即新印象派

关于西洋画派的话,现在已快讲了一半。回顾前面已经说过的古典派、浪漫派、新浪漫派、写实派、印象派,以及现在要讲的新印象派(即点彩派),恰好是本书的上半部。以后预备续说的后期印象派、野兽派、立体派、未来派、抽象派、表现派、达达派,为其后半部。现在仿佛一个旅行者已经走了一半的路程,要坐在道旁的石凳上暂时歇息,回想已走的路径,在心中描出一幅简要的地图。这地图便是这样:

理想主义 {
　古典派——近代绘画的曙光
　浪漫派——理想主义的高潮
　新浪漫派——理想主义的回光
}

自然主义 {
　写实派——近代绘画的朝阳
　印象派——自然主义的极端
　新印象派——印象主义的极端
}

近代绘画,由古典派发出曙光,经过浪漫派的高潮,由新浪漫派映出回光而消歇之后,就有写实派的朝阳升起来,这朝

---

[1] 本篇原载 1928 年 6 月《一般》杂志第 5 卷第 2 号。题作《点彩派的绘画》。

阳就是米叶〔米勒〕（Millet）与柯裴〔库尔贝〕（Courbet）的写实派。写实派者，简言之，"如实描写眼前的人生自然"，不像从前地注重事物的意义或专选好的事物来描写。印象派则更彻底一层，如实描写眼前的人生自然的时候"特别注重眼的感觉而闲却头脑的思想"，于是发现"光"与"色"，即以光与色为绘图的本身，而没头于光与色的研究中，所以说这是"自然主义的极端"。

至于现在要说的新印象派（即点描派），则比印象派更为彻底，非但以光与色为绘画的本身，又更加科学地研究光的作用、色的分化。例如几分红与几分黄合成如何的感觉？几分明与几分暗作成如何的效果？作画简直同配药一样。所以说这是外光描写的科学的实证，即印象主义的极端。新印象派的画家知名者有三四人，即：

修拉（Seurat），点描法创始者。

西捏克〔西涅克〕（Signac）。

马当（Martin）。

西达纳（Sidaner）。

到这时候，自然主义的路已经走得山穷水尽，绘画非另觅别的生路不可了。这新的生路就是"后期印象派"，且待次讲再说。现在要说的是印象主义的原理与新印象派，即点描派的情形。

一　新印象派的原理

虽说印象派是艺术的科学主义化，但印象派的外光描写，决不是受科学者的实证的引导而起来的。然而奇巧得很：印象派的萌芽恰好与关于光的科学的研究的发表同一时期。

德国的海尔谟霍尔芝〔赫尔姆霍茨〕（Hermann von Helmholtz，1821—1894）研究光学，发表《色调的感觉》一书，是千八百六十三年至千八百七十年间的事。这恰好是以马南〔马奈〕（Manet）为中心的新思想的青年画家们每夜聚集在咖啡店里讨论外光描写的理论与实际的时候。千八百六十七年，海尔谟霍尔芝又出版《生理学的科学》。在先千八百六十四年，法兰西的化学者修佛罗（Michell Eugène Chevreu，1786—1889）亦发表一册《色彩及其在工艺美术上的应用》，这正是马南的作品《奥林匹亚》（《Olympia》）出现于 *Salon* 展览会的前一年。修佛罗的学说的根据，乃在太阳七原色的解剖。

但海尔谟霍尔芝与修佛罗是纯粹的科学者，故不能用他们的学说来暗示新艺术的路径。当时另有一位学者亨理〔亨利〕（Charles Henry）出世，就拿光学与色彩学来直接同美学结合了。印象派的新的彩色观照，原来从莫南〔莫奈〕及马南的艺术的本能上发生的；但用科学来证明其真理，是亨理的主张，他用光学及色彩学上的新知识来实证印象派的画法的真理。这科学的实证使向来热中于印象派的人们增加了新的元气，就使印象派的外光描写更深一层地向理论踏进，终于达到新的艺术的境地。所以他们称为新印象派（neoimpressionists）。这新的画派的萌芽，发生于千八百八十年左右。

他们用科学实证新印象派的原理，大意如下：

（一）固有色的否定——在自然界中，色彩不是独立而存在的。我们所看见的色彩,全是不定的幻影。何以故?因为色彩的显现,是为了有太阳的原故。万物本来没有所谓"色彩",太阳的光线照在其表面,方才生出色彩来。又万物本来没有色彩,故也没有"形"。我们所见而所称为形的,无非是"色的轮廓"而已。故倘无色彩,即无形。这样说来,在自然界是没有色与形的区别的。现在不过是为了便于说明而假定区别之为色与形而已。那末我们何以能看见物的"形",即"色的轮廓"呢?这是因为我们能识别"色的面"。种种的色的面集合起来,就成为映于我们的眼中的"物象的形态"。但如前所述,色是由太阳的光而生的,故太阳的光倘消灭了的时候,一切"色的轮廓",一切"色的面",即一切"物象的形态"也必然从我们的认识中消失了。距离、深度、容积等观念,也都是从色的明暗而来的,例如因了明暗的程度,而我们得辨识那物比这物远,这弄比这廊进深。故倘然没有了太阳光,色就消失,这等观念也就没有了。所以色是万象的认识所由生的母;而这所谓色,如前面屡次说过,是由太阳的光而发生的,故色必然与太阳的光由同样的要素成立,是当然的道理。把太阳的光用三棱镜分析起来,可知其由七原色成立,即赤、橙、黄、绿、青、蓝、紫,这是物理学上的定说。故可知自然界的色也必然由这七原色成立。但我们实际在自然界认识的,决不止七色,有种种杂多的色彩,是什么理由呢?这基因于光波的速度的不同,即光波达于各物体表面上的速度,种种不同,因之所现出的色也种种不同。这光线的速度又基因于斜度的大小。太阳的光线或垂直射来,或斜射来,其程度千差万别,故所生的色亦千差万别。约言之，七原色以外的色，实由七原色的互相调合而成。关于这一点在后面再当详说。总之，一切的色，由太阳之光而生，物体自身不是本来具有色彩的。因此从来所谓"固有色"（"local colour"）非否定不可。例如树叶不是本来作绿色的，干不是本来作鸢色的，无非因为光线的倾斜度的大小（投射角度的大小）而叶现出绿色，干现出鸢色而已。并非叶与干具有固定的色彩。故极言之，花有时作绿色，柳有时作红色，也未可知。

（二）阴的否定——光线分解的第二结果，即"阴"不是光的分量的缺乏，而是"性质不同的一种光"。即风景中的阴，不是缺乏光的部分，而是"光较低的部分"，即不外乎七原色的光线用了与阳部不同的速度而射走到的部分而已。以前的画家，一向对于阴与光当作相对的二物。例如描写某物体当着日光的情景，其光愈强则其阴影愈浓且暗。但在实际上，光愈强，阴的部分必与之成比例而加明。印象派的画家着眼于这实际的点。于是光与阴失却了相对的关系，阴也被当作一种光看待。即画家在阴的部分也能看出太阳的光的作用。因之描阴的部分时不用鸢色或黑色的调子及传习的配色法。在莫南的画中，阴影的部分用青、紫、绿及橙黄，比光的部分更用得多。这就是阴与光的区别不是性质的反对，仅不过是色的斑点的分量的多寡而已。阴与光失却了相对的关系，其结果画面就变成平面的，映于我们眼中的，只是渺渺茫茫的一片光在那里波动，犹如有杂多而闪烁的斑点的海面。

（三）色的照映——表现了光的分解的印象派画家，否定固有色，否定阴的绝对的存在，同时在他方面当然又夸耀其对于色的照映的敏感。现在请把"色的对比"略说一说：

欲研究色彩，最初必须承认这前提："我们所以能感知物的色相者，是因为光投射于其物上的原故。"而这光投射到物的表面的时候，必然有反射。这反射（reflection）有正则反射与不规则反射二种。前者例如投射于镜等极平滑的面上，如图AM为投射线，BM为反射线，以中央的垂直的假定线NM为规则，而AMN的角度与BMN的角度相等，且三线必在同一平面内。这样的叫做正则反射。即反射的方向是一定的。然而在我们四周围的实际的现象中，这种反射很稀有，大都是不规则的反射。所谓不规则的反射，即指说光的反射的方向多种多样的状态。物体的表面大都有无数的凹凸。就是黑板、书、纸等看似平滑的东西，其面也由微细的凹凸作成。光投射到这种有许多凹凸的面上，就与投射到平滑的镜面上的情形不同，其反射的光必向杂乱的许多方向射走，而交互错综。所以不规则反射又名乱反射。不直接当受太阳的光线的地方所以也能明亮者，便是这不规则反射的作用。又在室内，倘然光只从一小窗射入，而室内没有正反射的时候，则反射光走向某一定方向，只有这一定方向明亮，而我们只能在这

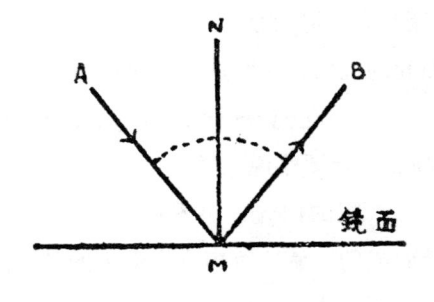

一定方向内感知物体的色相，别的地方都看不见了。然而在实际上这样的事差不多是没有的。在实际上，室内有种种的物件，桌、椅、床、壁、板，这等物件的表面上都发生乱反射。其反射光碰着别的物体的表面，又发生第二次的乱反射。因这原故，在只有一小窗的房室中，决不只在某一定方向可感知事物；必然因了这乱反射与第二次第三次……乱反射，而室内全体相当地明亮，故我们可以感知室内全体的色相。

因为大多数的物体的表面有光的乱反射出现，故二个以上的物体并存的时候，其反射光互相照映，就发生"色的照映"一事，例如把赤的物体与紫的物体放在一处，对它们注视，不久就觉得赤色物体的接近紫色物体的一边带了橙色，紫色物体在接近赤色物体的一边带了青紫色，二色互相照映，是普通常有的情形。这是因了此色（赤）的补色（青绿）投射于彼色（紫）上，同时彼色（紫）的补色（黄绿）投射于此色（赤）上而起的现象。这就是前述的修佛罗所作的实验。

关于补色（complementary colour，又称余色，即 supplementary colour）还要略说一说。

太阳的白光，可看做是长度不同的许多光波的振动相集合而成的。倘这等集合振动中的某一定振动分离或消失，则白光立刻变成一种色光，于是我们始感知"色"。故在物理学上，"色"即是"光"。

如果这白光中缺乏了相当于赤色的振动，其处就生青绿色。反之，如果白光中缺乏了相当于青绿色的振动，其处就生赤色。这时候称赤色为青绿色的补色，青绿色为赤色的补色，二色合成一对补色。

以上已把色的对比、照映的原理大略说过。意识地把这色的照映的原理直接应用在画法上的，便是新印象派。这派的画家，譬如要描出青紫色，不是在调色板上把青的颜料与紫的颜料混和了而涂于画布上，他们不欢喜这不自然的旧画法，而直接在画布上并列青的斑点与紫的斑点，因了这二色的相互照映的作用，其处自然现出青紫色的幻影。所以新印象派又名点描派。

二 理论的实化
——点描主义，分割主义

印象派的画家想用色来表现光，换言之，想把光做成色。所以这新技法被实证为科学的真理之后，他们就更加努力地、理论地想把光做成色。新印象派就是这努力的成果。他们是实际化关于原色的作用与补色的出现的理论的。其所生的结果的新技法，就是点彩描法。

如前所述，在一种场所中看见的色调，是由七原色及这等原色的照映而合成的许多色彩成立的。故在不把色当作色涂抹，而把色当作光用的画家，色的作用接近于太阳的光的作用。即拿七色的颜料来当作太阳的七原色用。

太阳的七原色，在平常时候相混融而成为透明的白光，而包围着这世界。这是因为七色的投射光在我们的眼的水晶体中相混和，变作透明的白光而映于我们的眼中。所以把色当作光用的画家，常常拿几种原色并列地涂在画布上，其各色混和而生的效果，则任观者的眼的水晶体自己去感受。这就是使色的作用接近于太阳的光的作用。他们决不欢喜取数种颜料在调色板上混匀，配成某色而涂于画布上。他们欢喜用赤、蓝、黄等原色或近于原色的色的微片或小点，撒布在画布上。所以走近去看，只见漫然的种种色点，犹如一片沙砾，但隔相当的距离而眺望，就有光辉非常强烈的情景出现了。因为种种原色的点，在观者的眼的水晶体中综合，而发生与光相等的效果。各原色相照映，又因了照映原理而生出交混色来，全画面即呈复杂微妙的现象。

因为他们把颜料的微片或小点涂在画布上，像海滨的沙滩。故称为"点彩画派"（pointillists）。又因为他们用科学的意识，把色调分为七原色，任它们在观者的眼的水晶体中自行综合，故其技法又称为"分割主义"（divisionism）。

三　新印象派诸画家

新印象主义运动起于法兰西。最初实行这分割主义于绘画上的，是修拉（George Seurat，1859—1891）。据另外一说，教修拉以印象派的科学的论据的，不是前述的修佛罗，乃是美国哥伦比亚大学的教授罗特（Rood）的视觉上的实验。罗特教授曾比较两个回转圆盘而作一实验。即在甲圆盘上涂以并列的两种色彩，在乙圆盘上涂这两种色彩调匀而成的混合色。回转甲圆盘时，并列在盘上的两种色彩即混合而映入我们的眼中，结果这样产生的混和色比乙盘上的混和色灿烂且强烈得多。故可知要作灿烂强烈的色，与其在调色板上混和颜料，不如在观者的水晶体中混和为有效。修拉从这实验得到暗示，而发明色调的分割。又有人说修拉的技法曾传到前期印象派的莫南（Monet）与比沙洛〔毕沙罗〕（Pissarro），自此以后他们也用纯粹的原色排列在画布上，而任观者的水晶体自行获得色的混和的效果了。

但莫南对于色调的分割的科学理论等并不十分注意。因为他对于太阳与外光具有不可遏制的爱着与敏锐的感觉，故虽没有这科学的实证的助力，也能成为"光的画家"。比沙洛一时也曾共鸣于修拉的分割主义，而实行其技法；但他的真价主在于田园画家的朴素柔和之感。印象派的画家中，真可称为田园画家的，实在只有比沙洛一人。别的人虽然也曾描写田园，然而他们不是用对于田园的意识，乃是用了对于光的意识而描的，或者是把自然过于幻影化而观照的。只有比沙洛怀着朴素而柔和的感性，静静地沉浸在田园生活的情调中。但印象派的外光描写，毕竟在他的稳静的景趣中添了些清新明快的滋味。所以他的画，使谁也感到可亲。

修拉在千八百八十四年所作的《水浴》中已经表示着新印象派的新的描写的形式。然这形式的最完成的表现，乃在千八百八十六年出品于"独立展览会"（"Independant"）的《夏天的星期日》〔《大碗岛上的一个星期日》〕。在映着晴空的色彩的光耀的大河边的林间，有享乐这良辰的人们群集着，或卧草上，或携儿童漫步，或垂钓竿。鲜明的黄绿色的草原上,立着含同样的黄色的光的叶簇为树木,投射其鲜明的影在草上。紫色的衣服,赤色的阳伞,孩子们的纯白的衣服,点缀在蒸腾一般的草地上。颜料瓶中新榨出来的颜料的点,密密地撒布在全画面。使全画面光耀眩目,黄绿色的草地上直似蒸腾着强烈的热气。

修拉年三十一(或二)岁即夭亡。其作画的时期也短少。他的新描法的形式,并不是在科学的论据的一点上大有艺术的价值。他虽然从这科学的论据出发,但又达到着超越"科学"的境地。即其在光与空气的表现上所感到的一种精神的陶醉与法悦的境地。他在这境地中味得情热的满足,同时表现神秘的光辉的幻影。这幻影是他所热情地追求的唯一的实在。

但倘仅取点彩法的形式,而用以解释自然,其绘画就机械的而流于单调了。像西捏克(Paul Signac, 1854— [1])就免不了这点非难。试看他的画,竟仿佛一种地毯之类的毛织物,或五色嵌细工的所谓 mosaic〔镶嵌工艺品〕,实在难免"不自然"之讥!以点彩派画家知名者还有马尔当(Henri Martin, 1860—〔1943〕)、西达纳(Henri Le Sidaner, 1862—),皆与西捏克同风。这种人的绘画,全体作装饰的统一,而画家对于光与空气的最初的情热与欢喜,似乎早已丧失了。我们看了这种画,只从其点彩的明亮的色的综和上感到一种表面的情趣,而全然没有饱满之感。西捏克的特色,是其笔触(touche)的 organization〔组织〕。他的油画上的笔触作小的方形,很像

---

[1] 生卒年:1863—1935。

mosaic（一种由各色小方块拼成的细工或绘画之名称），使人感到一种节奏（rhythm），但就全体而论，终是单调的，机械的。修拉的画虽也用一点一点的笔触，然离开了眺望的时候，这等无数的笔触都融入一种光辉的幻想中。至于西捏克的油画，则就以笔触的组织及节奏为画面美的主重的要素而表现于观者，故容易使人起机械的单调的不快感，而叹"印象主义的途穷"！

第六讲　主观主义化的艺术[1]

——后期印象派

一　最近西洋绘画上的大革命

画派变化的剧烈，恐怕是西洋绘画对于东洋绘画的最显著的一特色了。历观以前所述的各种西洋画派，差不多新派都是打倒旧派而起的。例如写实主义的绘画，在题材上与其前的古典主义及浪漫主义正反对，全部推翻古典主义浪漫主义而逞雄于十九世纪的中叶。又如印象主义，在技法上与其前的写实主义正反对，全部推翻写实主义而得势于十九世纪末叶。东洋画虽也有各种种类及派别，例如中国的南宗北宗等，但其变化不像西洋画地激烈，大都只是大同小异；且各派大都各有其所长，并存而不妨害，决不像西洋画派地打倒旧派而建设新派。西洋画派的变迁，竟如夺江山一样，某一派的得势期中，决不许旧派在画坛上占有地位。这是明显的事实：在鼓吹民主主义与赞美劳动生活的米叶〔米勒〕（Millet）、柯裴〔库尔贝〕（Courbet）的时代，谁还肯画《戴冠式》〔《加冕式》〕，在竞尚光线与色彩的莫南〔莫奈〕（Monet）时代，没有一个人欢

---

[1] 本篇原载 1928 年 7 月《一般》杂志第 5 卷第 3 号。题作《主观主义化的西洋画》。

喜选择米叶的画题而刻划柯裴的线了。

所以西洋画派的变迁,每一派是一次革命。然而以前所述的古典派、浪漫派、写实派、印象派、点描派,都不过是小革命而已;最根本的最大的革命,是本文所要说的"后期印象派"。何以言之?古典、浪漫、写实三派,虽然题材的选择各不相同,然画面上大体同是以客观物象的细写为主的;印象派注重瞬间的印象的描表,不复拘之于物象的细写,然其描写仍以客观的忠实表现为主——非但如此,又进而用科学的态度,极端注重客观的表现,绝不参加主观的分子。所以这几派,在画面上可说是共通地以客观描写为主的。说得浅显一点,所画的物象都是同实物差不多的,与照相相近的。到了前世纪末的后期印象派,西洋画坛上发生了根本的动摇,即废止从来的客观的忠实描写,而开始注意画家的主观的内心的表现了。说得浅显一点,即所画的事物不复与照相或真的实物一样,而带些奇形怪状的样子了。换言之,即以前的画为自来西洋画固有的本色;现在的后期印象派绘画则在西洋画固有的本色中羼入几成东洋画的色彩了。因为东洋画向来是不拘泥于形似的逼真而作奇形怪状的表现的。

所以"后期印象派"是西洋画界中的最大的革命。以前一切旧画派,到了印象派而告终极;二十世纪以来一切新兴美术,均以后期印象派为起点。"印象派"、"新印象派"(即点描派)、"后期印象派",三者在文字上看来似乎是同宗的,其实后期印象派与前二者迥然不同,为西洋画界开一新纪元。所以有一部分人不称这画派为后期印象派而称为"表现派",而称后来

的表现派为"后期表现派",常有名称上纠缠不清之苦。然名称可以不拘,名称什么都可以,我们只要认明:

　　赛尚痕〔塞尚〕(Cézanne)……………卷首插画
　　谷诃〔凡·高〕(Gogh)………………卷首插画
　　果刚〔高更〕(Gauguin)………………卷首插画
　　昂利卢骚〔亨利·卢梭〕(H.Rousseau)………卷首插画
四人为西洋画界的大革命者就是了。

二　再现的艺术与表现的艺术

印象派使视觉从传习上解放,而开拓了新的色彩观照的路径。但他们所开拓的,只是以事象在肉眼中的反应为根据的路径,而把心眼闲却了。换言之,即他们以为自然仅能反应于视觉,而尚不能反应于个性。

印象派画家当然也具有个性,故也在无意识之间用个性来解释自然,或用热情来爱抚光与空气,结果也能作出超越写实的个性的幻影。故所谓"外面的""内面的",或"肉眼的""心眼的",都是程度深浅的问题,并非断然的差别。实际上虽然如此,但论到其根本的原理,印象派及新印象派(即点画派)的态度,是在追求太阳光的再现如何可以完全,不是在追求自己的个性如何处理太阳的光。即他们是在追求再现光与空气的共通的法则的。所以极端地说起来,倘有许多印象派画家在同一时刻描写同一场所的景色,其许多作品可与同一个画家所描的一样。这事在实际上虽然不曾有,但至少理论的归着是必然如此的。故最近的立体派画家曾评印象派及新印象派，称之为"外面的写实主义"，就是为了这原故。他们以为印象派过重视觉而闲却头脑，新印象派则视觉过重更甚。所以对于印象派所开拓的路径，现在要求其再向内面深刻一点。适应这要求的人们，一般呼之为"后期印象派"（postimpressionists）。

研究怎样把太阳的光最完全地表出在画面上，不外乎是"再现"（"representation"）的境地。所谓再现的境地，就是说作品的价值是相对的。印象派作品的价值，是拿画面的色调的效果来同太阳的光的效果相比较，视其相近或相远而决定的。即所描的物象与所描的结果处于相对的地位。

反之，不问所描的物象与所描的结果相像不相像，而把以某外界物象为机因而生于个人心中的感情直接描出为绘画，则其作品的价值视作者的情感而决定，与对于外界物象的相像不相像没有关系。即所描出的"结果"是脱离所描的物象而独立的一个实在——作者的个人的情感所生的新的创造。这是绝对的境地，这时候的描画，是"表现"（"expression"）。

"表现"的绘画，不是与外界的真理相对地比较而决定其价值的。谷诃所描的向日葵，是谷诃的心情的发动以向日葵的一种外界存在物为机因而发现的一种新的创造物。故其画不是向日葵的模写（再现），乃是向日葵加谷诃个性而生的新实在。故表现的艺术，不是"生"的模写，乃是与"生"同等价值的。

故所谓"表现派"（"expressionist"），"表现主义"（"expressionism"），意义很广，不但指后期印象派的诸人而已,德国新画家孟克[1]（Munch），及俄国的构成派画家康定斯基（Kandinsky），及最近诸新画派，都包含在内。立体派等，在其主张上也明明就是表现派的一种。

世所称为后期印象派的，是指说从印象的路径更深进于内面的人们，即法兰西的赛尚痕（Paul Cézanne，1839—1906），果刚（Paul Gauguin，1848—1903），荷兰的谷诃（Vincent van Gogh，1853—1890）等。他们虽然被归入后期印象派的一"派"中，然因为这名称原是个性的自由表现的意思，故在他们的艺术上，除同为"表现的"以外，别无何种共通点。

赛尚痕的艺术是对于"形"的新觉悟。印象派与新印象派，专心于把色当作光而描表，其结果作出渺茫的光波的画面，而无立体的感觉。赛尚痕始发见空间的立体感的神秘。这神秘决不能仅由视觉的写实而触知。须用明敏的心的感应性与智慧的综合性而始能表现。至于他的成熟时期的作品，立体感一语已不足以形容，其景色简直是以空间的某一点为中心而生的韵律的活动。具体地表现着他对于宇宙的谐调与旋律的明敏的感应。他说："一切自然，皆须当作球体、圆锥体及圆筒体而研究。"意思就是说，我们对于一切风景，应该当作球体、圆锥体等抽象形体的律动的谐和的组织而观照，而在其中感得宇宙的谐调与旋律。照这看法，自然界一切事物就不复是"光"的舞蹈，而是形的韵律的构成了。

---

[1] 爱德华·蒙克（Edvard Munch，1863—1944），挪威油画家和版画家，1892年后在德国逐渐形成自己的画风。

赛尚痕充满于静寂的熟虑的观照，谷诃则富于情热，比较起来是狂暴的，激动的。谷诃的暴风雨似的冲动，有的时候竟使他没有执笔的余裕，而把颜料从管中榨出，直接涂在画布上。他的画便是他的异常紧张热烈的情感。麦田、桥、天空，同他心里的狂暴的情感一齐像波浪地起伏。但有的时候，他又感到像刚从恶热中醒来的病人似的不可思议而稳静的感情，而玩弄装饰的美。例如其《向日葵》便可使人想象这样的画境。

果刚是怀抱泛神论的思慕的"文明人"。他具有文明人的敏感，而欲逃避文明的都会的技工的虚伪。他的敏感性，对于技工的虚伪所遮掩着的"不自然"，不能平然无所感，他追求赤裸裸地曝在白日之下而全无一点不自然与虚伪的纯真。于是他就在一千八百九十一年去巴黎，远渡到南洋的塔喜谛〔塔希提〕（Tahiti）岛上，而在这岛上的半开化社会中探求快适的境地。一千八百九十三年归巴黎。文豪 Strindberg〔斯特林堡〕曾经说："住在果刚的伊甸园中的夏娃，不是我所想象的夏娃。"果刚对于他的话这样辩答："你所谓文明，在我觉得是病的。我的蛮人主义恢复了我的健康。你的开明思想所生的夏娃，使我嫌恶。只有我所描的夏娃，我们所描的夏娃，能在我们面前赤裸裸地站出来。你的夏娃倘露出赤裸裸的自然的姿态来，必定是丑恶的，可耻的。如果是美丽的，她的美丽定是苦痛与罪恶的源泉。……"于是果刚又去巴黎，到南洋的岛上的原始的自然中，娶一土人女子为妻，度送原始的一生。他虽然在这境地中成他所谓"赤裸裸的自然的状态"，但仍能见到美的魅力——更增大的美的魅力。

果刚具有敏感性，他在印象派的艺术中也能看出文明社会的智巧的不自然，所以他所追求的是更自由、更朴素的画境。结果他的画有单纯性与永远性。因为已经洗净一切智巧的属性的兴味，而在极度的单纯中表现形状，极度的纯真中表现感情。他的画中所表现的塔喜谛土人女子的表情，不是一时的心理的发表，乃是永远无穷的人类的 sentimental〔感伤的〕。在那里没有人工的粉饰与火花，只有原始的永远的闲寂。

三　赛尚痕艺术的哲学的解释
——裴尔的艺术论

赛尚痕是后期印象派的首领，现代一切新兴艺术的开祖。故关于赛尚痕艺术，世人有种种评论。今介绍英国美学者克拉伊夫·裴尔（Clive Bell）的艺术论中的一说的梗概于下。

裴尔对于唤起我们美的情绪（aesthetic emotions）的，称为 significant form。在希腊的神像中，法兰西哥雪克式〔哥特式〕（Gothic）的窗中，墨西哥的雕刻中，波斯的壶中，中国的绒缎中，意大利的乔托（Gioto）的壁画中，……赛尚痕的杰作中，都有作成一种特殊的姿态的线条与色彩；某几种姿态与姿态的关系，刺激我们的美的情绪。这等线条与色彩的关系及结合，即美的姿态。裴尔称之为 significant form，即"表示意味的形式"的意思。一切造形美术，必以此 significant form 为共通的本质。但这里所谓 form，是一种术语，不是普通语意的"形"，乃是并指线条的结合与色彩的结合的。其实在哲学上，形与色是不可分离的。诸君不能看见无色彩的线条与无色彩的空间，也不能看见无形状的色彩。故在实际上，色彩只在附属于形态的时候方有意味（significant）。换言之，色彩的职能，在于加强形态的效力（value）。

要之，使我们感到美的线条的结合或线条与色彩的结合的，是 significant form。这里所应该注意的是不可误解裴尔的所谓 significant form 为仅属技巧上的问题，即以为仅属画布上的机械的"线条与色彩的结合"而已。要知道这不仅是指手工的结合，乃是使我们在其特殊的情绪中发生美的感动的结合。而美的感动的深浅的程度，与画家的精神内容成比例。关于这二者的交涉，容在后文再说。

倘反背乎此，其绘画就成为说明的东西。即在说明的绘画中，画面所描表的形态（form）不关联于情绪。在这种绘画中，形态是暗示别种情绪的，形态仅用为传达某种报告的"手段"而已。即这种绘画只为传达被描物的情绪于观者的媒介者，而不具有绘画自己的情绪——脱离所描的题材的兴味而独立的情绪。故这种绘画只能惹起我们的心理学的、历史的、道德的或风土志的兴味，决不能用其形态自身的美来直接感动我们的情绪，即决不能使我们发生美的情绪。何以故？因为这时候我们所感到的，只是其画面的形态所暗示或传达于我们的一种"观念"或"报告"的兴味，不是其形态自身的兴味。这样一来，绘画就仅用为联想作用的手段——题材的美的说明了。

一般画家往往无意识或有意识地使绘画成为"说明的"。观赏者也无意识或有意识地在绘画中要求"说明"。即他们的兴味集中于"所描的为何物"。他们欢迎这种"说明"功夫最巧妙的绘画。

然而纯粹的画的感兴决不在于"所描的为何物"的联想的兴味上,乃在于"怎样描表"的一点上。其结果"怎样使人感到美"的一事就成了更重要的问题。但这里所谓"美的"(aesthetic),不是普通的"美的"(beautiful)的意义。人们见了花与蝶感到美,便把这花与蝶照样地描出,人们见了仍是感到美。然这不过是自然美的"再现"。换言之,这是当作自然美的说明而作的绘画;不是"使我们发生美的感动的形态"的新的"创造"。"使我们发生美的感动的形态",即所谓 significant form。这 significant form,不是如前文所说的自然的"再现",乃是艺术家的"创造"形态。只要是创作者的情绪的表现,就可使我们深为感动了。要实现绘画中的线与色的创造的使用,画家的情绪必须非常纯正,不带一点"再现"的意义。必须具有像原始的美术所有的纯正。其与原始的艺术共通的特性,是不求再现,没有技巧上的自慢,及崇高的印象的形态。这特性由于"形态的情热的认识"而来。我们在普通时候,往往被拘囚于属性的感情及知识,故对于形态不能有真的情热的认识,即不能用了纯正的情绪而观看形态。但伟大的艺术家,对于事物能认识其纯粹的形。例如观看椅子,当作椅子具有其自身的目的的事物而认识。他们决不当作供人坐用的或木制的家具而认识,而视为天然的,无用的椅子。他们决不把家屋当作为住人的目的而存在的建筑物。在他们眼中,一切事物皆为其自己的目的而存在,一切事物决不为别的事物的手段而存在。即他们能解脱一切先入观念及联想而观照事物,把事物当作纯粹的形态而认识。他们的感兴即从这认识的情绪而来。故在真的意义上,在这感兴的瞬间的画家是在透感实在。"How to see objects as pure forms is to see them as ends in themselvers."("把事物看作纯粹的形态,就是看见事物自身的结局。")

　　认识事物的纯真的形态,就是把事物从一切偶然的一时的兴味上及实用上拉开而观看,也就是使事物脱离与人类的后天的交涉,而观看其原来的真相。对于事物的 significance,不看做当作手段的 significance,而当作事物自身的存在的 significance 而感受。田野不当作田野,小舍不当作小舍,而把它们看做某种色与线的结合。不懂得这点的画家,就有意识或无意识地作出联想的媒介物的绘画,以通俗的实感的兴味来欺骗观者。这种绘画,即使有美的自然的"再现",可是绝对没有激动美的情绪的 form。

　　在上述的认识的境地,个个的形态都是"穷极的实在"。事物自身的 significance,就是"实在"的 significance。我们为什么要深深地感动于叫做 significant form 的一种线与色的结合?因为艺术家能把他们对于"通过线与色而出现的实在"所感到的情绪在线与色的结合中表出的原故。换言之,个个的事物的形态都是宇宙的实相的象征。我们被拘囚于事物的后天的存在目的的观念与联想中的时候,不能感得这幽妙的象征。须从事物的偶然又条件的存在意义的观念上脱离,方能接触事物的深奥真实的实在,方能在一切事物中看见"神",在"个体"中认知"宇宙性",而感到遍在于万物中的节奏(rhythm)。艺术家必须接触这神秘，必须能在色与线的结合中表现其情绪。使我们起美的感动的 significant form 的境地，就是由此而生的。倘受了先入观念的支配，对于事物即起美丑好恶的意见；然倘用了原始的纯真的感情而接触，虽极些小的事物，也能从其中受到深大的感激。从蹲着的老人的姿态中，可以感到与对崇山峻岭所感的同样的情绪。

无论何物都不为他物而存在；无论何物都为其自己而存在。在能感得这境地的人的眼中，世间一切都是神秘的。无论在细微的事物中，高大的事物中，都能感到普遍共通的节奏（rhythm）。他们能触知伏在一切事物的奥处的宇宙感情。这宇宙感情——"神"——给一切事物以个个的 significance，一切事物皆为自己而存在，具有彻底的实在性。伟大的艺术透感着这真的实在。在伟大的艺术家，线与色不复为事物说明或再现的手段，而已成为实在透感的情绪了。

要达到这实在透感，可有许多条路。有的艺术家因了接触事物外貌（appearance）而达到；有的艺术家因了外貌的回想（recollection）而达到；又有的艺术家因了锐敏的想象力而达到。因锐敏的想象力的艺术家，像精神与精神相照应地透感实在，他们的表现不以有形的实存物为因，而由于从心心相传的实在透感的情绪。多数伟大的音乐家与建筑家，是属于这部类的。但画家赛尚痕不属于这部类。他最能因了事物的外貌而透感实在。像他这样执着于模特儿（model）的画家，实在少得很。他仅由眼睛的所见而达到实在，所以他没有创造出纯粹的抽象的形体（像后来的立体派、抽象派所为）。

裴尔在说述这艺术论之后，又举赛尚痕的艺术为绘画方面的一实例。他说赛尚痕是新生命的绘画的先驱者，是发现新的形态的世界的哥仑布〔哥伦布〕。赛尚痕于千八百三十九年生于 Aix[1] 地方，几十年间信奉师友比沙洛〔毕沙罗〕（Pissaro，点描派画家）的画风而作画。世人承认他为相当的印象主义者，马南〔马奈〕（Manet）的赞美者，左拉（Zola）的友人。他鄙视照相式的记述画及贫弱的诗想的绘画。故千八百七十年间，他舍弃感伤性（sentimentality），而倾向科学（即印象派的原理的意思）了。但科学不能使艺术家满意。且赛尚痕又能见到伟大的印象主义者们所未见的点。印象主义者描出精美的绘画，但他们的原理，是诱艺术入断头路（Cul de sac）。于是他就退回故乡，蛰居在那里，与巴黎的唯美主义，Baudelairism〔波德莱尔主义〕，Whistlerism〔惠司勒主义〕等全然绝缘而独自制作。他探求可以代替印象派画家莫南（Monet）的恶科学的新画境。终于千八百八十年发现了这画境。他在那里得到了启示，这启示便是横在十九世纪与二十世纪之间的一深渊。赛尚痕常凝视其幼时所驯染的风景，但他并不像印象主义者地把风景当作"光的方式"或"人类生活的竞技中的游戏者"而观照。他对于风景，当作风景自己目的的存在物而观照。在他看来，事物常是深刻的情绪的客体。凡伟大艺术家，都是把风景当作风景看，即当作纯真的形态而观照的。所谓实在透感的境地，即在于此。不但风景而已，对于一切事物，都能当作纯真

---

[1] 法国普罗旺斯的埃克斯。

的形态而观照；且在纯真的形态的阴面，飘动着诱致"法悦"（"ecstasy"）的神秘 significance。只在脱却烦琐的先入观念，用重新变成原始的精神来观照的时候，我们能接触这神秘的 significance。赛尚痕的后半生，全部消磨在捕捉又表现这形态的 significance 的努力上。

裴尔引证赛尚痕的艺术，以为其美学的学说的实例。伟大的画家的特色的一面，即所谓"横在十九世纪与二十世纪之间的一道深渊"，裴尔的解说颇能充分说明了。

四　主观艺术运动
——后期印象派与野兽派

十九世纪的绘画与二十世纪的绘画的区别，要之，前者是客观的，后者是主观的。即前期所说的科学主义化的印象派为客观艺术的终极。现在所说的后期印象派为主观艺术的发端。故所谓后期印象派，所谓野兽派（fauvism，见第八讲），并非各持不同的主张，各树不同的旗帜的各别的流派。只是在一千八百七十年前后，印象派达到艺术的现实主义、客观主义的彻底点的时候，画坛上发生次时代的新艺术现象，这新艺术现象的前期名为"后期印象派"，后期名为"野兽派"而已。故印象派为近代艺术的一段落，使近代艺术向现代而回转；其意图在于取用唯物的科学主义的态度，不受理想及先入感的拘束，完全依照现实的样子而表现客观的对象。然印象派的现实主义，严密地说来，并非纯粹的客观主义。因为他们不像柯裴

（Courbet）地视物体为与主观对立而没交涉的客观。他们以为客观是给印象于主观的。这看法，主观已具有第二次的条件。但现代的思潮，尤其是在前世纪后半，因了尼采等的出现，及无政府主义的倾向的显著，变成非常个性的，自我的，因而在种种意义上变成主观的。以前的思潮，一向是客观主义，即以客为主，对于主观差不多不承认。例如实证论，进化论，初期的唯物论，都是这样的。所以柯裴自不必说，就是马南与莫南，当然也不免这倾向；新印象派也是以客观的对象为主的。不过就中柯裴对于主观几乎全然没有意识到；印象派则把物体当作给印象于主观的东西而表现，虽是受动的，但已意识到主观了。下至新印象派，也意识到受动的主观，但同时在表现方法上积极地主张主观。即其表现方法从客观的无自觉渐变为主观内容。然总而论之，自此以前诸画派，对于客观都不过是受动的主观。因了赛尚痕、谷诃、果刚等所谓后期印象派的人们的事业，主观方始不与客观相对立，而支配客观，即"主观内的客观"特别强了。就中赛尚痕尤富于这强烈的主观的性格，不肯谦逊地、忠实地、因而受动地观察对象而描写，而用他自己的主观来积极地睥睨对象，使对象自己活动，又征服它，支配它，表现它。于是从他开始，后期印象派的人们都轻视对象而注重作者自己（主观）的内容，对象仅为主观表现的手段而存在了。在以前的艺术中，人对于所要表现的对象常处于被支配的地位，现实主义的人们尤甚。现在的恰好相反，所要表现的是作者的内心与主观，对象则为表现的手段，而受主观的支配。这完全是价值的颠倒，然而从此以后，艺术不是描写客观的，而为表出主观的了，即艺术从现实主义（客观主义）向主观主义急转而进行。所谓立体派、未来派、表现派等，都不外乎这艺术的主观主义化的现象。

然而这后期印象派与野兽派，在艺术的主观主义化上真不过是过渡期而已。这在二十世纪的时代的过程中，是从现代艺术向新兴艺术的一个桥梁。故赛尚痕或其同派诸画家，所处地位与柯裴相似：柯裴处于浪漫主义的现实主义（romantic realism）的地位，赛尚痕等处于现实主义的主观主义（realistic subjectivism）的地位。他们比较后来的立体派、未来派的画家，对于时代精神到底生疏，迟钝，不明得多。野兽派因为是立体派的先驱，又为立体派所自生，故其画家中，例如马谛斯〔马蒂斯〕（Matisse）、洛朗爽（Lourencin，女画家）、童根〔凡·童根〕（Dongen）、特郎（Derain）等，原也有与新兴美术相共通的生动而甘美的趣致。然就大概而论，野兽派要不外乎急进的 bourgeois democracy〔资产阶级民主〕的表现。现代的社会相与人类所行的道虽已隐约分明，然而赛尚痕等实在没有离去"艺术至上主义"的梦；且比印象派画家更欢喜陶醉于"艺术"中。他们讴歌又赞美"生"的现实，竟不知必然的改造与革命的迫近他们。从这点上看来，他们原不过是过渡期的艺术家而已。

以上所述，是现代西洋画的主观主义化的概况。这革命的先驱者有四人，即后期印象派四大家赛尚痕，谷诃，果刚，卢骚。下回再分述他们的生涯与艺术。

第七讲　新时代四大画家[1]
——后期印象派四大家

写实派、前印象派等客观主义的艺术，在现今已成为过去的陈迹；现今的新兴艺术，是上期所述的主观主义的艺术。新兴艺术中有许多派别，即自后期印象派开始，以至野兽派、立体派、未来派、抽象派、表现派、达达派等。然而在"主观主义"的一点上，各派同一倾向。所以后期印象派是现今一切新兴艺术的先驱者。换言之，客观主义的艺术到了新印象派（即点彩派）而途穷，无可再进，不得不转变其方向。于是后期印象派四大画家起来创造主观主义的艺术。现今一切新兴艺术，都是这后期印象派的展进。所以创造后期印象派的四大画家，是现代绘画的开祖。要理解新兴艺术，必先理解这四大家。

1. 赛尚痕〔塞尚〕（Cézanne）。

2. 谷诃〔凡·高〕（Gogh）。

3. 果刚〔高更〕（Gauguin）。

4. 卢骚〔卢梭〕（H.Rousseau）。

四人的生涯——同他们的艺术一样——都是奇特的：第一个是"绘画狂"者；第二个是拿剃头刀割耳朵的疯人，且终于

---

[1] 本篇原载 1928 年 8 月《一般》杂志第 5 卷第 4 号。题作《现代四大画家》。

自杀的;第三个是逃出巴黎,到未开化的岛上去做野蛮人的;第四个是"世间的珍客"。今分述各家的生涯与艺术于下:

第一家 赛尚痕

赛尚痕(Paul Cézanne, 1839—1906)被称为新兴艺术之"父",又"建设者"。所谓"赛尚痕以后",就是"新兴艺术"的意思。因为新时代的艺术,是由他出发的。虽然有人疑议他究竟有没有那样伟大的价值,然一般的意见,总认为入二十世纪以后,不理解赛尚痕不能成为今日的艺术家。又以为,新兴艺术的根柢托于赛尚痕艺术中,新兴艺术是赛尚痕艺术的必然的发展。关于这点的研究,非常深刻,繁复,现在不过简单介绍其人而已。

赛尚痕生于法兰西南部离马赛港北方三里半的一小乡村中。文学家左拉(Emile Zola)少年时代也曾住在这地方。赛尚痕与左拉或许在小学校中是同学也未可知。赛尚痕是一个银行家的儿子。少年时依父亲的意思,入本地的法律学校。这期间他的生活如何,不甚明悉。一八六二年毕业后,他来到巴黎就专门研究绘画了。其学画的最初也与一般人同样,不抱定自己的主张,而到罗佛尔〔卢佛尔〕(Louvre)美术馆中去热心地模写中世意大利的格雷可〔格雷科〕(Gleco),及凡奴司〔威尼斯〕派诸家的作品。

后来的主观强烈的赛尚痕作品中,显现一种忠实的古典的,而又不十分近于模仿的作风,其由来即在于此。研究中曾经归故乡一次，明年再来巴黎。与左拉交游，又因左拉的介绍而与印象派画家马南〔马奈〕（Manet）时相往来。然这时候马南还未发挥其印象派作风，故赛尚痕从他并没有受得什么影响。不过当时赛尚痕常常与他们一同出入于柯裴〔库尔贝〕（Courbet，写实派画家，见第一讲）的家中，因此受了自然主义——现实主义——的洗礼，是明确的事实。对于赛尚痕感化最深的，莫如比沙洛〔毕沙罗〕（Pissarro，也是印象派画家，与莫南〔莫奈〕、马南、西斯雷〔西斯莱〕等同群）。其色彩与调子中，都有比沙洛的痕迹。倘然赛尚痕是倾向于唯物的科学主义的人，其与比沙洛的关系就更深而不能忘却了；然赛尚痕不过在最初的时候蒙他人的扶助而已，后来终究独自走自己的路。最初的时候因为自己的路头还未分明，故有时到罗佛尔去模写，有时听比沙洛的指示；然这等对于真正的主观强烈的赛尚痕艺术，在本质上并没有什么交涉。

　　他在千八百七十三年间，曾试行外光派的作风。千八百七十七年，出品于印象派展览会，曾为印象派将士之一。然而他在印象派那种世间的、激动的生活的团体中，非常不欢喜。巴黎艺术家的狂放傲慢的气质尤为他所厌恶。于是赛尚痕渐渐与印象派的人们疏远起来。终于到了一千八百七十九年四十岁的时候，他独自默默地归故乡去。然而他自己的真的生活，——"艺术史上开新纪元者"的他的生活，——实在是从此开始的。赛尚痕于千八百八十二年，始将其所作《肖像》出品于沙龙展览会（Salon）。起初当然没有人理睬他。然而他坚持自己的主张，反而嘲骂世间的名誉，说："只要稍有头脑，谁都可做学院派（academic）的画家！什么美术院会员，什么年俸，什么名誉，都是为轻薄者、白痴者而设的！"于是他仍旧回到乡下的自己家里，或者笼闭在树荫里的霉气熏人的画室中，眺望"模特儿"老头子的颜面，或者闷闷地徘徊于郊野中，发疯似的凝视树木及远山。——忽然地拿出他的龌龊的油画具来描写，完全变了"绘画狂"。然而他在这种变态生活中，全不受何种外界的妨碍，他的病的主观发出狂焰，而投入于对象中。于是可惊的"主观表出"就成功了。从这时候到他死的二十年间，他所作的作品甚多。有的单是风景，有的风景中配人物，还有优秀的肖像画与静物画。

赛尚痕是"新兴美术"的建设者。然而他的特色，他所给与现代的影响，很是全般的，根柢的，复杂的。要之，赛尚痕艺术的特色有五端：（一）色彩的特殊性，（二）团块的表现，（三）对于立体派的暗示，（四）主观主义化，（五）拉丁的情绪。绘画艺术本来是色的世界中的事。故除了色彩和光以外，实在没有可研究的东西。尤其是在特拉克洛亚〔德拉克洛瓦〕（Delacroix，浪漫派画家，见序讲）以后的现代艺术上，色彩的研究非常注重。前述的印象派，新印象派，都是以这方面的追求为主旨的。赛尚痕也从其格雷可研究及其本质（乡土色与个性）上表现特殊的色彩的效果。他的特殊的色彩，是一种明快温暖而质量重实的沉静的浓绿色及带黑的青调子，即所谓"赛尚痕色"。他不像马南（Manet）地用白色，也不像莫南（Monet）地用黄褐色，凡枯寂的淡白色，他都不用，他爱用东洋画的墨色，尤其欢喜润泽的色调。他不像印象派画家地仅就

"光"作说明的表现，而欢喜表出发光的色的本质——及其重量。所以他的色彩表现，不像莫南、比沙洛，或曾经研究化的新印象派（点画派）地并列色条或色点在画布上，以表现发光的形体，而把色翻造为笨拙的重块。这就是所谓团块的表现。他对于物体不看其轮廓，故不用线来表现。这倾向是与印象派同一的；然而他并不像印象派地把物体看作阴影的平面化，或看作色条的凑合，而最初就把物体看作色块，看作立体物。故他的表现，不是线，也不是点的集合，无论风景、人物，都当作"团块"（"mass"）而表现，在其静物画中，这一点尤其明显。要之，他的表现，统是有上述的特色的团块。而其团块，又不是平面放置的，而都是立体物，都是有三种延长——高、广、深——的。如他自己所说，"圆球、圆锥、圆筒"的存在，各在一画面中依了深与广的顺序而要求明显的各自的位置。赛尚痕自己说："绘画，必须使物象还原为这圆球、圆锥、圆筒而表现。"所以他的色的团块，决不仅是平面的团块，乃是有深度的立体的团块。他的所谓"绘画的 volume〔体积感〕"，就是从这立体的感觉而来的。其对于新兴艺术的最大的贡献，也就是这立体感的暗示。尤其是新兴艺术中的立体派，完全可说是由他这表现法的更进的研究与扩充而来的。赛尚痕与立体派（见第九讲）之间虽然隔着一段距离，但在这立体感的一点上，有不可否定的必然的连锁关系存在着。

　　然这种特殊色彩的、立体的、团块的、表现的 volume，结果无非是赛尚痕自己的个性，——他的强烈的自我性、主观性——的发现。所以为新兴艺术的基础的赛尚痕，当然是移行的时代的大势的一种象征。即因赛尚痕的特殊的人格的出现而时代的大势发生一曲折，新的纪元就从赛尚痕开始。所以赛尚痕的特殊的主观的人格，非常融浑，而对于现代有重大的意义。他犹如一种 radium〔镭〕，具有放射性，别的东西不能影响于他，而只有他能放射其影响于别的一切，用他自己的主观来使它们受"赛尚痕化"。所以他不像写实派的柯裴或印象派诸家地用谦逊的态度来容受客观，而放射其自己于对象，使对象受他自己的感化。他的表现，能使物象还原于团块的 volume。其方法也不外乎是用他的主观来归纳，统一，又单纯化。故从心理上探究起本质来，"赛尚痕艺术"可说是对象的主观主义化。这倾向正是新兴艺术的特色的先驱。然而赛尚痕终是生在南法兰西的暖和的树林中的一个艺术家，无论他的主观主义的倾向何等强烈，终免不了拉丁的 emotionalism（主情主义）的色彩。他虽然曾经站在物质主义的立场，又曾为科学主义者，然而他决不是接触着现代精神，而住在排斥一切梦幻与假定的、唯物的、纯粹直观的世界中的人。在这点上看来，他不但不接触时代，不与社会交涉而已，又是忌避时代与社会，而深深地躲在田园里的一个隐避者。他不是积极的现代人，乃是躲在"艺术"中"主观"中的逃避者。比沙洛等，比较起赛尚痕来，实在是与现代当面而积极地在现代中生活的人，在这点上，可以看见赛尚痕与后来的立体派、未来派诸人的异点——然而我们亦不能因此而忘却了赛尚痕在现代艺术上的开辟的功勋。

第二家 谷诃

有"火焰的画家"之称的谷诃（Vincent van Gogh，1853—1890），与后述的果刚（Gauguin），同是后期印象派的元首赛尚痕的两胁侍。他是因主观燃烧而发狂自杀的、现代艺术白热期的代表的艺术家。谷诃生于千八百五十三年，荷兰。他是一个牧师的儿子。他的血管中混着德意志人的血，又为宗教家的儿子，这等都是决定他运命的原由。起初他因为欢喜绘画，到巴黎来做商店的店员，然而他生来是热情的人，不宜于这等职务，常常被人驱逐，生活不得安宁。后来曾经到英国，当过关于基督教的教师，然不久就弃职归来。又到比利时去做传道师。做了两三年也就罢职，终于千八百八十一年回到父母的家乡。这三十余年间的生活，使他受了种种的世间苦的教训。他有时在炭坑中或工场中向民众说教，有时在神前虔敬地祈祷。他的本性中有热情燃烧着，又为从这热情发散出来的热烈的梦幻所驱迫，他对民众说教的时候，就选用绘画为手段。"只有艺术可以表现自己，只有艺术能对民众宣传真理！"为这感情所驱，他就猛然地向"艺术"突进。他一向认定艺术不是从人生上游离的，而是人生的血与热所迸出的结晶。所以他不把艺术当作憧憬的、陶醉的娱乐物，而视为自己心中的燃烧的火焰。他回到家乡之后，万事不管，只顾继续描画。把那地方的一切事物都描写。在他看来，绘画的表现与殉教者的说教同样性质。以后他走出故乡，漫游各地，度放浪的生活。千八百八十六年，重来巴黎，与果刚（Gauguin）、比沙洛

（Pissarro）、修拉（Seurat）等相交游。从比沙洛处受得线与色的影响，又从修拉处受得强明的线条排列的技巧的暗示。他的可怕的狂风一般的生涯，从此开始。他最热中于绘画的时期，在于千八百八十七年至八十九年之间。在那时期中，他差不多每星期要产出四幅油画作品。然而那时候他的精神已变成发狂的状态，常常狂饮，长啸，感情发作的时候，任情在画布上涂抹。其代表作《向日葵》是千八百八十八年十二月，到法兰西南部的古都亚尔〔阿尔〕地方的时候所作的。他的狂热的心中，满满地吸收着太阳的光；看见了这好比宇宙回旋似的眩目的大黄花，他的灼热的心不期地鼓动起来，火焰似的爆发出来的，便是这作品。试看这幅画，非常激烈可怕，几乎使看者也要发狂！

这一年的秋天，他所敬爱的果刚来访望他。谷诃一见了果刚，非常欢迎，就邀他同居。自此以后，他的狂病日渐增加。有一晚，谷诃忽然拿了一把剃刀，向果刚杀来。果刚连忙逃避，幸免于难；谷诃乱舞剃刀，割去了自己的耳朵。自此以后，他们两人就永远分别。谷诃于其明年到亚尔附近的圣勒米地方养病，不见效果。千八百九十年，仍旧回到巴黎。他的兄弟为他担心，同他移居到巴黎北方的一个幽美的小村中。这地方很静僻，以前的画家可洛〔柯罗〕（Corot），独米哀〔杜米埃〕（Daumier）、比沙洛（Pissarro）、赛尚痕等，都曾经在这里住过。但谷诃终于在那一年的夏天，用手枪自杀，误中腿部，一时不死。在病院中过了几天，于八月一日气绝。

谷诃的作品，最知名的是前述的几幅"向日葵"。他是太阳渴慕者,向日葵是他的象征。所以现在他的墓地上,遍植着向日葵。《自画像》也是有名的作品。他的制作的特色,是主观的燃烧。赛尚痕曾经把对象(客观)主观化;到了谷诃,则仅乎使对象主观化,使对象降服于主观,已不能满足;他竟要拿主观来烧尽对象。烧尽对象,就是烧尽他自己。所以他自己的生命的火,在五十岁上就与对象一同烧尽了。

第三家 果 刚

比较谷诃的"火焰",果刚全是静止的。然果刚的静止,犹如微风的世界中燃着的蜡烛,仍旧是一种热情的火,不过稳静地燃烧着罢了。

果刚(Paul Gauguin,1848—1903)生于巴黎。他的父母亲不是巴黎人,是法兰西北部勃柳塔尼〔布列塔尼〕海岸上的人。母亲生于秘鲁。果刚三岁时,他的父亲带了他移居秘鲁;在途中父亲死了。全靠做秘鲁总督的、他的母亲的兄弟的照护,在秘鲁住了四年,仍回到他父亲的故乡的法兰西来。在这期间中,他的生活当然不快乐。十七岁以前,他在宗教学校受教育。原来他父亲的故乡勃柳塔尼海岸上,操船业的人很多。他大概受着遗传,也恋着于苍茫的海,就在十七岁时做了水夫,遥遥地航海去了。然而海中的生活,不像在陆地上所梦想的那样愉快。二十一岁时,他就舍弃了船,来巴黎做店员。这时候他大概交着了幸运,居然地位渐渐高起来,变成重要的经理人,钱也有了。于是和一个丹麦女子结了婚,生下了五个孩子。然而在巴黎做 bourgeois〔资产阶级分子〕,在他决不是久长之计。他的血管中野性的血过多,他又是善于梦想的人,故终于舍弃了职业,抛却了妻子,放弃了他的一切生活,而落入于"艺术"、"绘画"、人生的可怕的陷阱中了。但在他自己看来,这是可恋的乌托邦(Utopia)。当时正是千八百八十二年,果刚年三十五岁。

果刚一早就倾向"绘画"方面。以前每逢星期日,他必然加入当时种种新画家的集团中,与比沙洛,特茄〔德加〕(Degas)等相交游。对于绘画的兴味达到了顶点的时候,他终于辞了职务,抛弃了一切财产,别了妻子,而做了一个独身者。此后的他的生活,当然是苦楚的;然而越是苦楚,越是深入于"艺术"中。千八百八十六年,他同谷诃相知,自此后三年间,与谷诃同居,直到剃刀事件发生而分手。果刚自与谷诃分手之后,茫然不知所归,飘泊各处,没有安宁的日子。他来到邦塔望,曾在那里组织一个团体,即所谓"邦塔望派"。这团体原是一班未成熟的青年艺术者的群集;然而他们对于果刚非常尊敬。作《果刚传》的赛格伦,赛柳琪,斐尔那尔等,就是这团体中的人。他们都不满足于印象派、新印象派等干燥无味的、形式的、不自由的画风,而在果刚的作品中发见快美憧憬的世界。他们自称为"综合派"。然而果刚的性格,与他们全然不能合作,这团体不久就解散。千八百九十一年,果刚仍旧回到巴黎,度流浪的生活。这时候他所憧憬的地点,是大西洋南海中的塔希谛〔塔希提〕(Tahiti)岛。他以前当水夫的时候,曾经到过美洲附近的南大西洋中的法领塔希谛岛。这岛上的原始的生活，在他觉得非常可慕。终于那一年，他奔投到这岛上。在那里居住了二年，深蒙原始人的感化，作了许多奇怪的（grotesque）作品，带了非常奇怪的风采而回到巴黎来。然而他的画全不受巴黎人的欢迎。于是他对于现世"文明"的厌恶心更深，遂于千八百九十五年再到那岛上。自此以后，塔希谛岛上的一切就无条件地受果刚的爱悦，而果刚完全与这岛上的原始人同化了。他努力学做野蛮人，养发，留髭，赤身裸体，仅在腰下缠一条布。晚上旅宿各处，用土语与其土人谈话，完全变成了一个土人。于千九百零三年死在这岛上。死的时候，身旁只有一个土人送他。他所遗留的作品，一部分是在勃柳塔尼作的，一部分是在这岛上作的。其中可珍贵的作品很多。除油画之外，他又作有版画及略画〔速写〕（sketch）等作品留存在世间。

总之，果刚生来是一个原始人。所以他的生活与表现，实在与现代的科学的文明所筑成的世间很不相合。他对世间常常龃龉。他在世间感到生活的厌倦与无意义的时候，就逃到原始的野蛮岛上去建设自己的极乐国。然而这究竟只是他一人的心，对于时代的生活与思想，没有直接的交涉。这犹之蜗牛伏在自己的壳中做消极的梦。不过在这范围内，他的一生是主观的。他想用他的主观来支配现实与客观。于此可见他的不妥协的现代人的急进与反抗的精神。

第四家　亨利·卢骚

说了谷诃与果刚之后，自然要说到亨利卢骚〔亨利·卢梭〕这"痴人"。在这尘劳的世间,像他那样的痴人真是难得,他真是天真纯洁的"世间的珍客"。

亨利·卢骚(Henry Rousseau,1844—1910),罢比仲〔巴比松〕派画家中,也有一个卢骚,就是 Theodore Rousseau,与米叶〔米勒〕、可洛等为同志,请勿与亨利卢骚相混杂(普通 T. Rousseau 指前者,H. Rousseau 指后者)。生于离巴黎西南七八十里的勒芜尔地方。他的父亲是个洋铁工人,母亲是一个不受教育的乡下姑娘。他的童年的事迹不甚详悉,大约是没有受教育的。丁年入军队。千八百七十年,被派遣到墨西哥做军曹。居墨西哥的一年间,与他的一生很有关系,他所有的神秘性,像原始人所有的对于自然的惊奇心,以及从此发生的种种幼稚的幻觉,似乎都是在那时期中深深地着根的。这心支配他的后年,简直可说他的一生是从这原始森林中发生的。不久他就回到法兰西,参加正在开始的普法战争,受命为某城寨的守备。战争后又为巴黎入市税关的职员。他的地位很卑下;然那时候他已耽好绘画了。他的学画,一向不从师,只是由自己描写。渐渐脱出税关,而变成了一个画家。他的特殊的天真味,原为诗人顾尔孟及画家果刚所爱好,他们常相来往;然而他既不加入职业画家之列,也不骚动世间,连他的生活状态都少有人知道。他做税关吏的时候,曾经同一个波兰女子结婚,且生下一个女儿;然不知有什么原故,不久就分手,把女儿寄养在乡下的朋友家里。后来又娶第二妻,曾经开设一所卖文具的小店,为其妻的内职。于此可知他的经济状况是很穷迫的。然而这时候他的绘画研究的兴味正浓。终于在千八百八十六年的第二次"独立展览会"中，发表四幅出品。自此以后，直到他死，每年在这里陈列作品。于是世间渐渐有人注目他，看他做异端者。然而穷乏依旧逼迫他。但是这却不关，因为他的根性纯朴正直，气宇轩昂，尽管在自己的家里——他的所谓家，是一间狭小而污旧的二层楼上的租寓——设办一点粗末的酒肴，招请几个相知的诗人及画家，谈笑取乐。当时也有像诗人亚普利南尔等，十分理解他，他们认识卢骚的"艺术"，为他介绍，又帮助他的实生活。第二妻又比他先死。老年的卢骚，还是少不来女人，六十四岁的老头子恋爱了一个五十四岁的寡妇，演出可怕的悲剧与喜剧。六十六岁的初秋，他在巴黎郊外的薄暗中独自寂寞地又愉快地死去。

卢骚的作品，在各点上都是单纯的。他不像现代的别的画家地取科学的态度，也没有什么特殊的研究。他只是生在乡下，住在巴黎市梢的一个风流的 proletariat〔无产阶级〕。不受教育，也没有现代意识；他的单纯明净的心中，只有所看见的"形"明了地映着，犹似一个特殊构造的水晶体。所以他不像印象派画家地意识地感到光线、空气、运动，而描写它们。他只是依照他眼中的幻影而描出静止的、平面的、帖纸细工似的形象。经过传统的洗练的名人的技巧等，在他的画中当然没有。然而他的优秀的视神经毫不混杂，他只是清楚地看见他所看的东西，而把它鲜明地表现出。所以他的表现很是写实的；然而也只有他自己看来是写实，别人看来完全是主观的表现。在他，没有客观的真实，只有他的感识内的真实是存在的。他就忠实地细致地描写这真实。他所写生的现实的世界，不是眼前的实物的姿态，而是由记忆描出的。他的单纯而幼稚的记忆，当然是一种幻象的真实——现实。所以他的画中，常有幼稚的装饰的附加物，意识地或无意识地添附着。自画像的后面添描船，诗人的肖像画，手中添描石竹花，这等并不是什么象征，只是像孩子们所描的无意义的装饰而已。在他的画中，现实的世界与梦的世界，作成不可思议的谐调，所以他的画足以诱惑观者的心。在他看来，现实与梦没有什么境界，二者同是一物，——梦也是现实。他的变态的主观主义，即在于此。

以上所述后期印象派四大家，是艺术上的主观主义的先驱者。然而其主观主义的倾向并不甚深，要不外乎向新兴艺术的过渡人物而已。比他们更进一步的，就是所谓"野兽派"的群画家。请读次讲。

第八讲　西洋画的东洋画化[1]
　　——野兽派

一　FAUVISME〔野兽派〕

　　一班画家叫做"野兽群"（"les fauves"），其画派叫做"野兽派"（"fauvisme"），未免使人稍感奇怪。然而我们须要晓得这两点，即第一，这当然不是画家们自己的命名，乃旁人给他们的称号，与"印象派"的名称来源同一情形（详见第三讲）。第二，这所谓"野兽"，乃是西洋人的意见；在我们中国人看来，也许不以为奇，不承认其为"野兽"。因为野兽派绘画，就是奇怪化的西洋画，东洋画大都是奇怪（grotesque）的。

　　试看马谛斯〔马蒂斯〕（Matisse）作的《青年水夫》，奥德芒（Ottman）作的《夏日》。《青年水夫》中处处是粗枝大叶的笔法，眉、眼、鼻、口、面、颈、手，均用粗大的线。衣服的形状与皱痕非常简单，曲线单纯而质朴。到处落笔为定，全幅一气呵成。要是原色版，我们更可看见其色彩也与形线等同样地单纯，质朴，原始，粗野。次再看《夏日》，写实功夫比前

---

[1] 本篇原载 1928 年 9 月《一般》杂志第 6 卷第 1 号。题作《野兽派的画家》。

幅深一点，然而处处作单纯的，平面的表现，使人起剪纸细工似的感觉。卖轻气球者的面貌，用简单的数笔，表出幼稚的远近法；却又朴雅可爱。前幅的青年水夫的面貌，与这卖轻气球者的面貌，显然同一笔法，虽然犯越解剖学与远近法，而另有超乎规矩与法则之外的可爱之处。

关心于西洋画的人，一定承认这种画在向来的西洋画中是特殊的，异端的，别开生面的。因为向来的西洋画（印象派以前），都是注重写实的。即对于客观事物的形状色彩的描写，西洋画向来是很忠实的。说得粗拙一点，向来的西洋画都是近似于照相的，从来不曾有过像这《青年水夫》一类的画法。这《青年水夫》，似乎不是用西洋的油画刷子来画的；而是描"钟馗"或"达摩祖师"的中国画笔底下的产物。故所谓"野兽"，乃是西洋人的意见，西洋人一向看惯忠实细致的作品，对于这《青年水夫》就觉得奇怪，粗野，就名之为"野兽派"绘画。我们中国的画本来单纯，奇怪，警拔。所以我们看了这《青年水夫》，方喜西洋画的"归化"东洋，不嫌其为"野兽"了。

西洋的后期印象派的绘画，是受东洋画风的感化的。赛尚痕〔塞尚〕、谷诃〔凡·高〕、果刚〔高更〕、卢骚〔卢梭〕的画，都有明显的"线条"，单纯的色彩，即东洋画风的表现。然这东洋画的感化，在后期印象派中并不十分深；到了所谓野兽派，东洋画化的倾向愈加明显了。试更翻阅拙编《西洋美术史》插图，更可明白认识野兽派绘画中的东洋画风的分子。

故所谓 fauvisme，并非标明旗帜的一种主义。乃是对于赛尚痕等以后的一班新兴画家的绰号性质的名称。千九百零八年间，有一班青年画家群集于巴黎，标榜这一种画风。人们就呼之为"野兽群"。但他们其实并不结合团体，也没有分明的时期；不过在二十世纪的黎明，大家对于印象派新印象派的绘画觉得沉闷厌倦，而希望新鲜的绘画出世的时候，这班青年画家抱了反抗旧派的胸怀，出来适应这时代的要求，而为同气的朋友。其先锋为现存的六十老翁：

马谛斯（Henri Matisse, 1869—〔1954〕）。

此外有名的画家，约举之有下列诸人，现在都正在活动。

特郎（André Derain, 1880—〔1954〕）。

符拉芒克（Maurice de Vlaminck, 1876—〔1958〕）。

勒奥尔〔路奥〕（Georges Rouault, 1871—〔1958〕）。

弗利斯（Othon Friesz, 1879—〔1949〕）。

裘绯〔杜飞〕（Raoul Dufy, 1877—〔1953〕）。

童根（Kees van Dongen, 1877—〔1968〕）。

洛琊赏〔洛朗赏〕（Marie Lourencin, 1885—　）（女画家）。

勒同（Odilon Redon,〔1840—1916〕）。

奥德芒（Ottman,〔1875—1926〕）。

马尔开〔马盖〕（Marquet〔1875—1947〕）。

洛德（Lhote,〔1885—1962〕）。

勒罢斯克（Lebasque,〔1865—1937〕）。

史公札克〔塞贡扎克〕（Segonzac,〔1884—　〕）。

这班画家的作风，都奇怪，粗野，甚至无理，蔑法。然而他们都受后期印象派的赛尚痕的影响，从赛尚痕出发。绘画经过了他们的奇怪、粗野的表现之后，就达到变幻、分裂的"新兴艺术"的境地，就有所谓立体派、未来派等的出现。故赛尚痕是新兴艺术之祖，野兽派画家则是新兴艺术之先锋队。今将前列诸人中最重要者八家分述于后。

二 马谛斯

这"野兽群"的队长，便是马谛斯（Henri Matisse）。他少时曾在巴黎美术学校肄业。因为他从小露示天才，有特殊的色彩感，又为年长者，故入二十世纪以后，朋友们都推崇他为先辈。所以野兽派在无形中奉马谛斯为中心。但他的画风，曾经屡次变更。可以表示野兽派的画风，在千九百零四年以后开始。此后四五年间，他曾作《意大利女子》，《自画像》，《化妆》，《西班牙舞女》，《青年水夫》等作品。但到了千九百十年，作风又稍稍变更。即向来的刚强的手法，渐渐变成柔和，自由。有名的《舞蹈》，《音乐》，《马谛斯夫人》，《画家之妻》，《金鱼》等，便是这时期的作品。到了欧洲大战的时候，马谛斯的艺术也沉滞起来；但战后他仍为欧洲画坛的大家，技术愈加洗练、轻快而清新了。

马谛斯的绘画，评家比拟之为书法中的草书，最为切当。赛尚痕的画是颜真卿体，马谛斯的画是董其昌体，又立体派的比卡索〔毕加索〕（Picasso，见下讲）的画是张旭的正楷体，后节所述的勒奥尔（Rouault）的画是十七帖的狂草体。用字体来比方画风，颇有兴味。然马谛斯总之是色彩的画家，感觉的画家。他具有特殊的才力，能从心所欲地表现物象的色彩与形体。然而他没有像赛尚痕的 volume〔体积感〕，又没有像果刚、谷诃、卢骚等的特异性，只是一个轻快灵敏的小品画家。试看他的代表作《青年水夫》（作于千九百零六年），最动人的，是其可惊的色的表现。因有这色的效果，全画清新，鲜明，使人感到强的印象，与温暖柔和的感情。然而全画中所用的色只有三种，——淡红而稍带黑的背景，深蓝的上衣，青的裤子。三种色彩作成单纯而又丰富的"调和"。深蓝色的帽子底下的黄色的颜面中，用粗线画出眼、鼻、口、耳。色、线、感觉，都尽量地单纯化了。然而这画只有这点表面的、感觉的快美，此外既无何种内容，又无 volume。只因其在其色彩上、形体上或感觉上，显然地破坏传统的约制，对于新兴艺术有多大的影响，故这画可说是现代人的精神表现，有高贵的价值。

三　特郎与符拉芒克

特郎（Derain）与符拉芒克（Vlamink）是位在马谛斯之次的、野兽派的中坚人物。他们二人性格与境遇并不相同，但是很亲切的朋友。

特郎于千八百八十年生于巴黎附近的夏多村中。他的父母的生计很充裕，起初令其研究工业技术，后来他自己改习绘画。但是幼时所习得的这点工业的特性，始终不能泯灭，表现于他的全生涯的作品中。他幼年的时候，就同住在对岸的村中的符拉芒克相交游，直至长大，二人间的感情不变。所以有人称呼他们两个为"夏多派"。特郎受昂格尔〔安格尔〕（Ingres）

及赛尚痕的影响甚多，这在他的作品中分明显露着。他最初曾在卡利安尔（Carrière）的画室中研究。千九百零四年以后，喜描风景画，受谷诃的感化甚深。到了千九百零七年，他方才真个悟通了自己，寻出了自己的路径，所作的第一幅自己表现的画，便是《群浴者》。后来他又作《构图》，则又分明是马谛斯的画风。他的代表作，作于千九百十年之后，即《卡纽的一瞥》，《卡纽的桥》等，这等作品更为坚实，且其中立体的表现已很显明，有方形与三角形叠积的风景画。还有《狩猎》，《窗》，《静物》，《少女》，及最近作《人物》，也可说是他的代表作。要之，特郎是最健全的理智的所有者。他能正确地解释赛尚痕，而传递到其次的立体派。在这点上，他在艺术从"现代"到"新兴"的步调中占有重要的地位。不过特郎仅就物象表面而观察，还没有深入内部而研究物体的本质。所以他的艺术，结果仅为赛尚痕方式的理解者又传达者而止。要之，马谛斯只是留连于色彩方面的趣味；特郎则已能唯物地表现物象的有机感，在时代上更进一步了。

　　符拉芒克（Vlamink）与特郎，同是真率的、端严的、明快的画家。不过符拉芒克没有像特郎的理知与明察。而有野性与破调，这里面含有符拉芒克的一种无政府主义的色彩。符拉芒克生于巴黎，父亲是荷兰人，母亲是法国人。大约荷兰的野生的血，在他身体中没有提净，故发露而为"野兽"的元气。所以他幼时就欢喜野菜的气味，及果物的色彩。他的父亲是音乐家，所以他一早就亲近艺术。后来他曾经加入军队，在军营中被呼为"无政府主义者"。又参加欧洲大战，这主义的倾向愈加深了。他曾经热狂地发表意见:"战争一事,在我觉得是一大学问。这可以确证我以前所想到的事。我在文明之下的一切信赖,科学,进步,社会主义,都崩坏了!连对于二十岁时代的友人们也全然不信赖了!我除了我以外已无一人信赖。……历史,我也不相信了!绘画,我也不相信了,绘画并没有进步!"从这种思想上看来,符拉芒克在某一点上是承受了谷诃的衣钵的。他所描的画大多数是风景。千九百零六年以前作谷诃风;到了千九百十三年,变成强硬的笔触;战后更加发挥其特色,每喜用白色与青黑色对照,使画面上充溢一种清凛之气。

四　勒奥尔　弗利斯　裘绯

比符拉芒克笔法更加粗野,而作极端野兽派的表现的,是勒奥尔。勒奥尔于千八百七十一年生于法兰西。他的画风,是野性的积极的表现,当时的画家中没有一人可同他匹敌。所以他有"野兽中的野兽"、"地狱的创造者"的称号。他胸中怀抱着非常粗暴、奇怪而可怕的心。他的父母很贫穷,他十四岁时曾经做玻璃画工的学徒。二十岁入美术学校。最初学浪漫派的画风,曾获得罗马奖,为驯良而恪守传统的平凡的青年。自千八百九十四年以后,忽然面目一变,其画布上现出异样的、可怕的形色来!到了千九百零四年,就变成"野兽群"中的一人,而惯作极奇异的表现了。这激变的原因在于何处?大概因为他是在 proletariat〔无产阶级〕的下层中度苦闷的生活的"现代的怪物"的原故！同在贫民阶级，音乐师的儿子符拉芒克与玻璃画工的学徒勒奥尔，同属野性，而表现各异。勒奥尔所描的，不能说是"丑"。他只是把他的"真实"与他的思想照样描出，把他的 proletariat 的心性的黑暗的一面表出而已。拿他来同无政府主义的符拉芒克比较研究起来，我们可以看出许多的意义。《小奥朗比亚》，《罢拉利拿》，是他的代表作。

弗利斯于千八百七十九年生于亚佛尔港〔勒阿弗尔港〕。他父亲是远洋航路的船长。他幼时肄业于亚佛尔的美术学校。专心研究古代雕刻的严正的素描。千八百九十五年，他十六岁时，即从事创作。不久来巴黎，入巴黎美术学校。然而他在校中所得甚微，其大部分时日，在罗佛尔〔卢佛尔〕美术馆中模写名作。后来他中途辍学，千九百零二年及零三年之间，他来到诺尔曼地〔诺曼底〕，受了印象派画家莫南〔莫奈〕（Monet）的暗示，研究外光，有作品若干幅。再回到巴黎的时候，巴黎已是"野兽"的时代，一群叛徒奉马谛斯为主脑，正在酿造"野兽"的空气。弗利斯加入了他们的团体，渐渐倾向于马谛斯式的大胆的单纯化，与粗而力强的线的表现。到了千九百零七年，他的个性的制作开始陆续产出。其明年，发表其代表作《秋的劳作》，又续作《渔夫》，《夏》，《泉上的女子》等名作。欧洲大战的时代到了！他也被送入战场，其间他描写《大战的比喻》一幅，为浪漫风的象征的作品。弗利斯的画风，显然是出于赛尚痕的。然其表现不及赛尚痕的力强，颇有传统的构成画的风味。

裘绯是弗利斯的同乡人。起初为工艺美术家，于织物的意匠上有新颖的研究，又以版画家知名。在什么时候改习绘画，不详悉；只晓得他在千九百零三年初次出品于独立展览会，但这时候的作品，还不曾脱出印象派的范围。不久他就受了谷诃的感化，又得了弗利斯、马尔开（见前列举诸家中）及马谛斯的暗示，就做了"野兽群"的一人。其作品有《废墟》,《花篮》,《街》,《夏的欢喜》,《港》等。他欢喜取复杂的景色，收罗许多物象，作复杂而深奥的排列而表现。评家都说他是出于印象派，而欲以主观支配现实的人，——一个叙事诗人。

五　童根　洛瑯赏

童根于千八百七十七年生于荷兰，十九世纪末，来居巴黎，这时候他正是二十余岁。他在荷兰的时候，曾经描写风景。自从到了巴黎之后，全被繁华生活的甘美的情调所迷，而热心地描写巴黎的"假装舞蹈"、"戏馆廊下的女"、"跳舞"等题材了。他的出品于独立展览会，始于千九百零四年。自此以后，他就在巴黎为知名的画家了。其名作有《二人的侧面》,《水浴》,《东洋初旅》等。总之，童根是马谛斯的流亚。他只是在简单平易的线中作出陶醉的感觉而已。所以他的画实在都是略画〔速写〕（sketch），他的特色就是略画。

洛瑯赏夫人比较起童根来，更接近于新兴艺术的精神，而深入于直感的世界。这女子生于巴黎的一中流家庭中，幼时从师学画，后来与比卡索（Picasso）、勃拉克〔布拉克〕（Braque，二人皆立体派画家，详下讲）等交游，就加入了"野兽"的群中。她也曾参加比卡索的立体派运动,然而究竟不能说是立体派的画家。千九百零七年,出品于独立展览会,千九百十二年,开个人作品展览会,表示其独得的特殊的感觉与色彩,从此就闻名于世。她代表的作品,有《少女们的化妆》,《林中》,《弹六弦琴者》,《朋友》,《有鹦鹉的肖像》,又有素描名作数幅。要之,洛琊赏其实只是巴黎一女性,占有良好的境遇,不过具有特异的感觉,不肯妥协于大众,而求自己的表现。所以她的感觉,很是末期的,没有积极的主张,而只有趣味。这趣味中所含有的精华的,现代的,又病的"甘美"("delicate"),足以使我们的神经末端发生共鸣。在这点上,这女子与童根等不同,可以加入更新的立体派的群画家中。

第九讲　形体革命的艺术 [1]
　　——立体派

　　西洋现代的画派，现在已经讲了八派，即古典派，浪漫派，写实派，新浪漫派，印象派，新印象派，后期印象派，野兽派。这是顺了现代艺术的潮流而系统地说来的。读者倘也能系统地读来，即可看出现代西洋绘画的递变的步骤，当饶有兴味。然读者须知以前八派的递变，都不过是小变动而已，不是根本的大革命。时代到了十九世纪与二十世纪之交，欧洲艺术界的空气非常沉闷而郁勃，非爆发大革命不可。现在所要说的立体派，便是这大革命的起义。读了以前的画派史而感到兴味的读者倘再读下去，当得到更浓而新的兴味。

　　西洋绘画到了立体派而判然地划分一新时期。这是推翻根本的大革命，非以前的小革命可比。我们不妨把过去情形略略回顾一下：（1）浪漫派是近代画法上第一次革命，从前蹈袭文艺复兴的传统，到了浪漫派注重新趣；从前"以善为美"，到了浪漫派而"以美为美"。特拉克洛亚〔德拉克洛瓦〕（Delacroix）是这革命的元勋。（2）写实派是画法上的第二次

---

[1] 本篇原与第十讲合成一文，题作《立体派、未来派、抽象派》，载1928年11月《一般》杂志第6卷第3号。

革命。从前必须选择耶稣、圣母、帝王、美人为画题,到了写实派而不拘高下美丑,劳工与乞丐都入画了;从前的画法有一定的型,到了写实派而不复墨守传统,一味忠实描写自然了。其首领就是米叶〔米勒〕(Millet)与柯裴〔库尔贝〕(Courbet)。(3)印象派与新印象派是画法上的第三次革命。从前写实派的画笔笔清楚,到了印象派而模糊起来,用色彩的条纹或点纹来画出光与色的大体的印象。题材更不讲究,稻草堆、苹果、罐头都可描成杰作了。第三次革命的首领就是莫南〔莫奈〕(Monet)与马南〔马奈〕(Manet)。(4)后期印象派与野兽派是画法上的第四次革命。从前的画,无论理想的,写实的,清楚的,模糊的,总是依照客观的物象而描写的,换言之,形状总是类似实物的。到了后期印象派,而物象的形状动摇起来,不管形状尺寸的正确与否,只用粗大的线来自由地描出主观的心的感动。从前的画都类似照相,现在开始不像照相,而像东洋画了。这第四次革命的首领是赛尚痕〔塞尚〕(Cézanne)。——以前所讲的,就是这四次革命的经过的情形。

再说得简要一点,可分为三次;即(1)浪漫派反对以前古典派的传统而唱理想主义。即反对以前的"以善为美"而提倡"以美为美"。(2)写实派,印象派,新印象派反对以前的理想主义,而唱自然主义。即反对浪漫派的"以美为美"而提倡"以真为美"。(3)后期印象派及野兽派反对以前的客观主义而唱主观主义。即反对自然主义的"以真为美"而仍旧回复到"以善为美"的古典主义,然而是更深一层的"内面的"古典主义了。

这样地反来复去，其实其活动仍是向于一个范围之内的。试拿浪漫派的特拉克洛亚的《一八三〇年》〔即《自由领导人民》〕来同野兽派的马谛斯〔马蒂斯〕（Matisse）的《青年水夫》相比较，虽然画风上有天壤之差，然而仍限于这天壤之内。至于现在的"立体派"、"未来派"、"抽象派"，就迥出乎这天壤之外了。只要从最表面看已可明白：《一八三〇年》与《青年水夫》画法虽不同，但同是我们普通的感觉所能认识的形状，人像人，物像物，总是这世间的情状。像比卡索〔毕加索〕（Picasso）的《洋台楼上的静物》，与赛佛理尼〔赛维里尼〕（Severini）的《风景》，用普通感觉看来，就觉颠倒错乱，全然不是向来的世界中的情状了。

现代文明的结果，是现代人神经的感觉异常发达。有人说，现代的新闻记者，具有五感以外的第六感。艺术家的头脑当然特别锐敏，恐怕不止第六感，又具有第七感第八感，也未可知。看了立体派未来派的绘画之后，一定有许多人要起反感，至少也要摇着头说"不懂"。然而一想现代人感觉的异常发达，或者能容许这是"可有的"或"必然的"结果——虽然"不懂"。

后期印象派与野兽派已经略微摇动事物的形状。所以《青年水夫》，《夏日》中的人像，已经有不像人的地方。即不守远近法，不讲人体解剖学，听凭主观的意志，而忽略客观的形体。这是读者大家明白看到的吧。试推进一步，摇动再厉害一点，主观的意志再强烈一点，客观的形体再忽略一点，不就变成《洋台楼上的静物》与赛佛理尼的《风景》么？主观钻进客观的形体中,"撼动"客观的形体,终于"破坏"客观的形体。

原来我们的视觉是不正确的。普通视感所见的并不是事物的真相。印象派早已发现这一点,他们说:"以前的画人物从顶至踵,画得各部都清楚,是不合理的。因为绘画应该是表出瞬间的状态的;而我们一瞬间所见的人像,决不会自顶至踵各部都清楚。倘注意于鼻,就只有鼻清楚,其他各部皆模糊。然而我们看人物时总不仅注目于其一部分,而必泛观其全体。故所得的必是其全体的模糊的印象。描画也应该这样,方为合理。"诸君倘能首肯这话,即不难仿此而探求立体派、未来派、抽象派的线索,即立体派、未来派、抽象派,也不外乎不满于向来的绘画上的视觉的不正确,不能表出物与心的真相。而从更深的另一方面发见合理的画法而已。

一 形体革命的艺术——立体派

艺术的表现方法有种种。音乐以声音的连续及和合(旋律与和声)而表现心的感动。雕刻由形的立体的表现而作出种种感情。绘画则主在平面上用线与色表示一种意味。然以前的绘画所用的表现方法,都只是绘画自己的方法,音乐与雕刻也各自用各自的方法,各守传统。到了现代各种艺术开始交混起来。音乐已有华葛纳尔〔瓦格纳〕(Wagner)试作"绘画的表现法",雕刻近亦有亚基本可(Archipenko)试作"绘画的表现"法。绘画也如此,立体派便是绘画的"雕刻化",即绘画的立体主义化(下讲所述的抽象派便是绘画的音乐化)。

自后期印象派的赛尚痕（Cézanne）以来，显然早已具有绘画的立体主义化的倾向。但到了立体派而具有立体主义化的正式的使命。绘画的雕刻化，含有多大的现代的意义。这在后期印象派一讲中曾经略略说过。简言之，即现代人的主观主义的倾向，其主观没入于对象中，用主观来穿透对象，更进而破坏对象，使解散而为片片的要素，再把这等断片组合起来，构成新的主观的构造，即现代人的主观的革命精神直接活动及于艺术。换言之，对于现代的既存物，"形式方面的革命意识"活动及于艺术的，是立体派；又这革命意识爆发而为"情感"的，是未来派；革命本身的意图的活动，是次讲所述的表现派。

故立体派仍是赛尚痕艺术的延长，又是新兴艺术的主要部分，为第二十世纪的新发生物，颇有存在与发达的意义。立体派不是比卡索一人之事，然顺序上须从比卡索说起。

Pablo Picasso 于一八八一年生于西班牙的南海岸马拉格〔马拉加〕。他的真姓名是 Pablo Louig，但他欢喜用母亲的姓 Picasso。他的父亲是本地美术学校的教师。比卡索从小有绘画天才，十四岁时即在本地美术展览会得三等赏。稍长交结当时画家，遇到了赛尚痕而开始发挥其新派的艺术。又马拉格是静物画的产地，十八世纪中叶以来，静物画极盛，这对于他的新艺术也不无影响。

一九〇一年六月，他在巴黎开第一次个人展览会。当然不被人所容认，然而他绝不失望，交结急进的思想家，更受了果刚〔高更〕（Gauguin）的刺激。渐次作出《俳优》，《女之头》等作品,已略具立体的表现的样子,然还未达到立体派的特色的"形体的变歪(deformation)"的程度,不过有像石雕一般的表现而已。人们称他这时期的画风为"比卡索主义"("Picassism")。

后来他的画室中放了几个埃及雕刻。他本来不满意于希腊以后的传统主义,现在见了希腊以前的埃及的作品,深为感动,就埋头于这方面的研究。自此,愈迫近于立体派,时人称他为"西班牙的野蛮人"。这"比卡索主义"是比卡索一人的事业,后来延长起来,加入了许多同志,就成为"立体派"。

立体派始于何时?一九〇八年的秋季 *Salon*〔沙龙〕展览会中,第一次发表立体派的绘画不是比卡索,乃是其友人勃拉克〔布拉克〕(Braque)。展览会的审查员是上期所说的野兽派的主将马谛斯〔马蒂斯〕(Matisse),他特别通融立体派的作品,入选的很多;从此"立体派"的名称就成了艺术界的新语。明年独立展览会中就有立体派绘画的特别室。到了一九一三年,立体派竟在秋季沙龙中得到了最初的一般的胜利。会场门前特别写出"立体派的 *Salon*"。

立体派究竟是甚样的绘画?简言之,"未来派专重情感上的问题,立体派则专重形体上的问题"。形体应该怎样表现?这实在是立体派的根本问题。因为立体派所要表现的,既不像以前的印象派地表现外象的本质,又不像以后的表现派地表现主体自体的本质或态度;严格地说来,立体派所要表现的,始终是"形式"本身的问题。要探求立体派的表现法,可先研究赛尚痕所始创的立体派的表现——即把三延长(长阔高)的实物表出在二延长（长阔）的平面上的一种浮雕表现法。这种表现法初见于比卡索的，便是"比卡索主义"时代的样式。试看他那时代的作风，实物不求其逼真，就为了他发见我们的普通的逼真的绘画中所用的视觉是不正确的。这一点印象派画家也曾见到，所以他们舍形而追求光的霎那的印象；可惜忘却了"物体自身的固有性"的表出。赛尚痕的后期印象派就比印象派更进一步，其空间关系的表现上有了坚实、固定、明确的性质；然而赛尚痕还迷信着视觉的传统。他过于信用空气的远近法——即空间约束的远近法。他用远近法的力强的表现，使物与物相对立，而表出主观的 accent〔着重点，特征〕。比卡索在一九一〇年以前的"比卡索主义时代"，也在种种方面应用这方法。然比卡索非但不信用远近法，又破坏远近法，因此就把不能同时在一视点中看见的物体的各面同时表出了。这样，就要用到对于物象的形体的 deformation（变歪，崩解，畸形化），与这等崩解了的形体的 reconstruction（再构）的两种方法。这是立体派的最本质的第一原理。

其次要探究的，是这从 deformation 与 reconstruction 必然而生的"同时性"或"同存性"的问题。这不仅是立体派的问题，乃立体派与未来派共通的问题。何谓同时性或同存性？立在一定的场所，眼的焦点（focus）当着一定的地方而观看事物时，普通总以为一瞬间看见一焦点，然而实际上并不然，故现在表现出立体物的各面，就是在时间上或空间上都有了二个以上的瞬间或焦点。这就是在时间上发生了同时性的问题，即在同一时间内看见异时间关系的事物。又在空间上，只看见一面的空间中，可同存地看见各种的面。这在绘画的表现上是全新的方法，倘不抛弃从来的绘画的一切约束，这表现法就做不到，其实这原是很有理由的办法。试平心窥察我们看事物时的心的状态，虽然没有绝对的同时性与同存性，然而我们看见一件事物的时候，我们的意识必在一瞬间中一齐看见（想起，或意识到）这事物的一切的部分。我们在看见一件事物的瞬间，必然想到其为立体物，——即在意识中同时看见这立体物的各面，决不会只看见像从前的绘画中所表现的平面形（然而读者须注意，这并非看见蝴蝶想起春天一类的联想）。例如我们看一册书，决不会只看见书封面上的某一点，必在一瞬间中把焦点轮流放置在书封面上的各部分上，又不但封面上而已，同时我们的心又一定用在书的内面的各部上。即以前所曾经见过而记忆着的这书的内面，必与现在所看见的书的封面同时显出在我们的意识上。又不但书的内面的形式而已，书的内容也是如此，我们曾经读过而记忆着的这书的内容，也必有几分在这同一瞬中浮出到我们的意识上。例如封面、铅字、插画及其他关于这一册书的一切观念，都是同时同存的；现在显出在我的意识上的，是"书"的全部。所以我们倘要表现这"书"，现在映在我们的心中的这"书"，倘只用从来的画法，像照相一般地单把"书"的外部的封面、轮廓、颜色，及封面上的花纹等写出，决不能表出刚才映在我们心中的这"书"。倘要表现这心中的"书"，必须从形式的方面用同时性同存性的表现法，即先把其各面解散，次按照自己的表现方法，从这些解散了的分子中拣取自己所要表现的分子出来，同时地，同存地描在画中。所以画中看见书的表面，同时又看见里面page〔页〕，插图，或曾受特殊印象的铅字的一部分，……并不整齐排列，依了主观的要求而相交错混杂地表现着。——这是立体派的表现形式的同时性与同存性的一种理论及实际。然这问题对于未来派关系更多。因为立体派不是从这种思想的理论上出发的形式表现，而是从形体自身追究形体的。即绘画因赛尚痕等而雕刻化，今又因立体派而建筑化。立体派全是构造，故其绘画表现也被原理化，构造化了。构造是音乐的，和声的，是构造自身的一种统一，一种规则。——要之，立体派是在新意义上征服空间与时间的，又可说是人类在观念与表现上征服了自然；于是主观方能任意驱使自然。

立体派有负于比卡索者甚多，但不是比卡索一人的事业，还有当他的内助的勃拉克及其他诸同志。今略述之于下。

勃拉克（George Braque，1882—〔1967〕）是最初出品立体画的人，是比卡索的协力者或内助。他是巴黎人，起初为装饰画工，后来与野兽派女画家洛瑯赏（见前讲）相识。由她的介绍而认识比卡索，就趋向新派的绘画。一九〇六年，他最初送出品于 *Salon* 展览会。但这时候仅带立体化的倾向，尚未完全立体化。一九〇八年，始发表完全的立体派的绘画，然而他的作画的动机不是自发的，是受比卡索的指使的。比卡索怀着立体主义的理论，而先命勃拉克试验，故评家谓勃拉克不是独创性的人，是比卡索的鹦鹉。

美尚琪（Jean Mezanger，1883— ），是遗留在今日的唯一的立体派画家。因为立体派后来并未向立体主义的原理进取，而停顿在一九一〇年前后的状态上，即停顿在"比卡索主义"上，现在只有美尚琪与下述的格雷斯还是立体派的理论家。美尚琪是法国人。起初研究新印象派，觉得不满足，改学野兽派。后来逢到了比卡索与勃拉克，就深深地受了他们的感化。一九〇八年，开始发表立体派作品，印象派画家特尼（Denis）曾评他为"无色无形"。

格雷斯（Albert Gleizes，1881—〔1953〕）是立体派的实行家又理论家、说明者，为最重要的人物。他发表关于立体派的论文。他是巴黎人，最初学印象派，又参加野兽群。受了赛尚痕的影响，终于归附立体派。一九一一年开始出品于独立展览会，以后续出作品甚多。他对于自己的艺术，有这样的论调："艺术的制作中可观的，只有精神。然这精神隐藏在物的里面。这是神秘的事！我们必须努力去发见它。故绘画不是物的模仿……从一时的事物上出发，而达到于永远。"

雷琪（Fernand Reger，1881—　）是现代立体主义的代表者，比比卡索资格更为完全。他是法国人。他的加入立体派甚迟，然其作品的题材最广。现代艺术上最主要的题材，飞行机、铁桥、车站等现代的题材，在他的作品中均有立体的表现。他具有现代人的重要的一面，故比上述诸人更有代表立体派的资格。

格理斯（Juan Gris，1887—〔1927〕）与比卡索同是西班牙人。初到巴黎入美术工艺学校，后返国，与比卡索时相过从，终于参加了立体派。一九一二年初发表其立体派作品，后来作风渐次机械的，达于极点。他的画都像粘贴的切纸细工，评家指他为科学主义者。

爱尔庞（Auguste Herbin，1882—〔1960〕）是典型的立体派画家之一人。他是法兰西人，与美尚琪同从新印象派出发。不久受了赛尚痕的感化，渐次接近于立体派了。他的特点是彩色的研究，为比卡索所不及。

以上数人为立体派中最有名的画家。此外同倾向的画家尚有不少。后述的未来派与表现派的人们，有时也参加立体派中。立体派与未来派，在欧洲大战之后，都已满足其最初的使命，而更无独创的、必然的意义与生气了。只有为新兴艺术的最重要的要素之一的"立体派的形成方法"，是一般新兴艺术表现上的常识。与立体派成相对的关系而发达的未来派情形如何？请再读次讲。

第十讲　感情爆发的艺术
——未来派与抽象派

自从艺术觉悟了主观表现之后，当然不再像文艺复兴期的视为憧憬与陶醉的机关，也不像印象派的视为纯粹的客观的观照了。赛尚痕〔塞尚〕以后的现在的艺术，是借用客观的表现的形式来积极地表出主观的内容。野兽派尤为彻底，有仅用"主观"来造成"艺术"的倾向。到了立体派，则更用主观的力来征服形体，破坏形体，使对象主观化，更用新的形式来构造其主观。然而立体派只是偏于艺术的形体方面、形式方面的新事业。至于"内容方面"、"思想方面"，立体派仍是蹈袭近代的传统，全无何等主观的积极的改造。到了未来派，不但打破艺术的传统的"形式"，而又否定、排斥思想的传统、一切既成的传统，而表现、创造他们自己的新艺术。未来派是从情感上出发的，所以最初就不拘形式。形式无论甚样都不成问题，问题全在于"感情"（"feeling"）。使郁勃于内部的激情，恣意地迸发，以表出革命的、破坏的、最急进的新兴精神。他们超越一切传统、概念，及根据这等传统与概念的批判，而在全新的"情感"的世界中用"艺术"的形来表现其主观，故所谓"未来派"，可否视为本来的意义的一种"艺术"，实在还是问题。他们当然不再在对象的世界中陶醉或观照，只是发射他们的猛烈的激情的 feeling。所以未来派的艺术是乱暴的，粗野的，革命的，破坏的。他们并不是真要创造什么东西，立体派或者可说是想创造立体的"艺术"的；未来派则只有突击与爆发，只有这一点 feeling。所以未来派既非形式，实在又非内容与思想，只是像爆裂的炸弹，内容爆裂而已。只是 dynamic〔动力，能动〕的力；这力的表现，称为"未来派"而已。到了抽象派，这一点更加彻底。只有抽象化的 feeling，连爆发也没有了。抽象派不许有何种概念或形容，而彻底地仅仅表现其 feeling。

（甲）未来派——Marinetti〔马里内蒂〕

未来派在艺术上虽然没有举多大的效果，但在种种意义上它是极奇特的运动。例如印象派、立体派等名称，都是别人给他们起的绰名之类的嘲笑的称呼，不是美誉的。只有未来派不然，是自己定的。又一般的艺术家，大都最初自己也没有拿定什么主张，听其自然地做去。未来派则不然，是主义与运动的积极的活动。又别的流派，大都最初没有一个中心人物在那里主动。未来派也不然，起初就有马利耐谛〔马里内蒂〕（Marinetti）为中心人物而指挥运动。又别的艺术，尤其是绘画上的主义或流派，大都限于绘画一方面，至多及于雕刻而已。未来派又不然，普遍地为艺术上的一般的运动——不但如此，又为生活上的一般的运动。未来派运动并不限于绘画及雕刻，最初就要把诗、音乐、剧，统受"未来化"。又发表堂皇的议论，作宣传的演说。这实在是极有生气的怪物！

未来派因了其主将马利耐谛的存在而色彩鲜明了。发挥如上述的未来派的特色，为其中心，主唱者，又宣传者的人，实在都是马利耐谛。

Phillip Marinetti〔菲利普·马里内蒂〕（1876—〔1944〕）是纯粹的意大利人。留学于法国，为索尔蓬大学〔巴黎大学〕的法学博士。他是大工场的所有者，每年获利甚巨，他有世间的信用，又有财力，又有才干，能作诗，作剧，议论，演说，真是一个有为的男子。他就乘机发起这未来派运动。一九〇九年二月二十日，他在巴黎发表第一回未来派宣言书。其宣言书分十一条，大旨是攻击"过去派"的传统主义之下的艺术，同时建设"未来派"。这原不但是对于艺术的挑战，他们"赞美战争为世界唯一的卫生事业，赞美军国主义，爱国主义，无政府主义者的破坏行动，赞美'杀人'的美丽的观念，赞美妇人的轻狂。……"一看全是茫无头绪的论调。他们又高唱"从时代上救意大利！""战争万岁！"

一九〇九年末，在鲍洛尼亚〔波伦亚〕（Bologna）开盛大的未来派音乐会；明年二月又在米郎〔米兰〕（Milan）开第一次未来派绘画展览会。自此以后，未来派就成了具体艺术运动。除主将比卡索〔毕加索〕而外，未来派画家尚有五人：

鲍菊宜〔波菊尼〕（Umberto Boccioni, ?〔1882〕—1916）。

卡尔拉〔卡拉〕（Carlo Carrá）。

罗索洛（Rerigi Rossolo）。

罢尔拉〔巴拉〕（Giocomo Balla）。

赛凡理尼〔塞维里尼〕（Gino Severini）。

他们就发表未来派画家宣言书。同年三月，在德理娜开第三次夜会的时候，来宾与未来派画家之间大起冲突，成了辩论的战场的光景。此后又发表过几回宣言书，又开演说会，运动愈趋激烈了。然而过分走向极端，结局马利耐谛犯了破坏风俗的罪，坐了两个月的牢狱。出狱后他自然不肯屈服，一九一一年又在意大利及法兰西大行宣传。三月，在伦敦开展览会。五月，鲍菊宜在罗马万国艺术家协会讲演"未来派的绘画"。九月，Tripoli〔的黎波里〕的战争开始。视战争为唯一的卫生事业的未来派，就立刻参加战争。从军中的马利耐谛曾作了一部有名的《战争记》。

此后又是另一时间。未来派的对于祖国的运动，方向稍稍改易，变为超国家的运动，同时又从时事问题上一转其方向，而入于纯粹的"艺术"中，变成对于过去派的一般的抗争。此后不是马利耐谛自己的运动，而有未来派的团体运动的意义了。

Tripoli 战争以后的马利耐谛的一派，转入纯粹的"艺术"中，变成了对于全世界的 propaganda（传道会）。一九一二年二月，鲍菊宜、卡尔拉、罗索洛、赛凡理尼四人到巴黎开展览会，自己宣言："我们的画是米侃朗琪洛〔米开朗琪罗〕（Michaelangelo）以来意大利艺术发表中最重要的作品。"又挟了这些作品，遍游英、德、荷诸国，到处开展览会。在一九一二年中，未来派竟征服了欧洲的主要的部分。一九一三年又渡亚美利加，在纽约及芝加哥的万国近代美术展览会中自己做广告。他们想用艺术征服世界。

一九一四年，欧洲大战开端。听见了"战争"二字，他们立刻撇开了"艺术"，全身的血沸腾起来，狂叫"征服德意志和奥斯德利亚〔奥地利〕！破坏三国同盟！归附联合国！归附同血统的法兰西！"终于明年五月，意大利背弃了德与奥，依归联合国而参加大战。在大战中，他们不从"艺术"上而从"实际上"努力征服"过去派"。

战争告终后，未来派运动也已过了白热的时代。未来派的团体又急进地变化，有时参加（后述的）康定斯基的"抽象派"及（末讲所述的）比卡皮亚〔皮卡比亚〕（Picabia）的"DADA派"〔"达达派"〕；而马利耐谛自己的一派，似乎渐渐变成过去派了。然而未来派从意大利鼓吹出来的时候，真同暴风雨一般，其势猛不可当。关于未来派的现代意识，现在没有详究的余裕，只能大略说明如下。

十九世纪的人类生活中，含有多量的 decadent（颓废）的分子，这是 bourgeois〔资产阶级〕的社会组织的当然的经过。这分子流入二十世纪，到现在还很显著着。但现代已经不是 decadent 的时代，而是 revolution〔革命〕的时代，action〔行动〕的时代了。所以现代 actionists〔行动主义者〕都痛感于现代的不合理与不自然而行动。意大利的未来派就是做了这 actionists 之一而奋起的。意大利国民具有最热烈的性情，及直情径行的爆发性。这等性质冲破了现代的郁结沉滞的空气而爆发的，就是未来派。所以未来派是"意大利的"，同时又是"时代的"。又不仅是一种"艺术"上的运动，乃反抗、攻击、爆发的激情取了"艺术"的形式而表现的一种事业。所以未来派完全是对于"过去"的革命，对于传统的挑战。它全部立在自己的立脚地上，故我们倘然用从来的美学、伦理学、艺术学的旧标准来批评它，就全然错误了。总之，在未来派中，以激情的爆发，——情感的爆发为最主要的事。一切都不外乎是这情感的爆发，这爆发便是表现，便是艺术，然而这情感当然不是所谓宗教的、情绪的、中世的一类的情感，这是"现代的"郁勃的愤懑与激情，像机关车里的蒸气一般的情感。试看罗索洛的《汽车》！未来派画家的情感，正可拿这图中的汽车样子来比方。

未来派的艺术的表现，主将马利耐谛有《电气人形》等脚本，又有未来派诗。最近他又作一种短剧即《未来派惊愕剧》。音乐也有未来派的，表现着近代音乐的最后。然欲说明未来派，不如从绘画雕刻上取实例为便。

未来派的先进者中，首推赛凡理尼。他是从研究新印象派（即点画派）出发的。现在看了他的画，不免使人想起他的出发点的点画派。他的名作还有《彭彭舞》（《Pan Pan Dance》），描写一所大舞场中的纷然的情景，看去更觉得闪闪眩目。

鲍菊宜是在一九一六年战死的，他的代表作是《楼上所见的市街的杂沓》。赛凡理尼描写光与明的方面的快乐与狂舞；鲍菊宜则用冷酷的态度描现代都市的混杂。这画中所描写的疾走的车，拼命的劳动者，犹如地狱的光景。

罗索洛比鲍菊宜更为彻底。他还有一幅作品，题曰《快车》。画中所描的火车作蛇骨形，发出闪光，车的头仿佛芒穗一般地斜出。市街上的烟突[1]都变横斜，似乎要坍倒了。这是看见快车时的瞬间的强烈的印象。

卡尔拉有《米郎车站》，《无政府主义者格尔理的葬仪》等作品，也是杂沓的描写。其作风近于立体派。

要之，未来派艺术的原理上的特征，是"情感的爆发"；其表现手段上的特征，是"瞬间性"、"同时性"、"同存性"三端。即未来派常从心象的情感的疾走的表现上出发。所以画中有一切的时间关系。印象派是把时间看作空间的；反之未来派是把空间看作时间的。故未来派是从绘画雕刻上开始的、最明快的时间表现的艺术。这在过去并非未曾有过；然现在是"艺术"的真的时间化。时间化的一面当然带着运动化，这运动又是瞬间的。未来派艺术家的心象，是时间的疾走，瞬间追逐瞬间的心象。所以未来派要捕捉为心象的元素的"瞬间"来表现。因此他们要考虑特殊的表现法，怎样可把瞬间连续的心象表现在只有一个瞬间的绘画或雕刻上？他们要表现马的飞驰，试描二十只马脚。这就是"瞬间的连续"，"瞬间的积集"的表现法。

今就未来派的宣言中摘录二三句要语如下：

"（普通的艺术家，都是）热心于描写不动、凝固及一切静止状态的过去派。（我们）要从未来主义者的立脚点上研究一个运动的形式。这在我们以前是未曾有的。"

---

[1] 烟突即烟囱。

"艺术上一切都陈腐。绘画中全无一点绝对的意义。昨日的画家的真实,到今日是虚伪了。"

"要理解未来派的绘画的美,先须使自己的心纯洁。要蔑视以自然为唯一的标准的美术馆,先须取去自己的遗传与教养的障目物。"

"倘没有 modernism(现代主义)的感能的出发点,绝对不能描写或理解 modernism 的画。"

"我们所要表现的,不是宇宙的力的固定的一瞬间,而是单纯的 dynamic 的 sensation〔感觉〕。"

(乙)抽象派——Kandinsky〔康定斯基〕

"抽象派"("abstractionism"),又称"构图派"("compositionism"),又称"至高派"("supremacism"),主用于康定斯基的艺术上。抽象派从未来派受得的影响很多,或可说是从未来派出发的。

何谓"抽象派"?就是在立体派的形体破坏与再构上,又发见了把艺术"抽象化"的一条路。未来派虽已轻视形体,但未曾"无视"形体。他们以形体为表现的工具,而表现的主体是情感。从这主张更进一层,表现情感时不必借形体为工具,便发生这抽象派。譬如从一个女子受得了很深的印象,这印象一定不是从这女子的全部上得来,而是从头的轮廓,或眼,或口上得来的。例如轮廓的线的感觉,眼的魅力。但这线与魅力,用写实的表现不能尽量表出。因为我们所要表现的不是那女子的颜及眼,乃是从颜与眼所受得的情感(feeling),故不必真个画出颜与眼的形体。这是抽象派的发端。康定斯基的画大都全无形体，只有纯粹的"色"与"线"。

何谓"构图派"？自后期印象派以来，"构图"一事在绘画上发生了非常重大的意义。绘画不是外界的物象的再现，不是与外界的物象有相对的关系的。构图是一个独立的空间，必须有脱离写实的特殊的构成——有长，有阔，有深的一个构成。所以构图是艺术的重大的要素。但现在所谓"构图"，并非指普通的装饰的构成，是指内面的意义上的，对于自然的"精神的反应"的造形的表现。再深入这艺术的境地，达于极端，结果就是把这自然的外观还原而为完全抽象的"线"与"色"的谐调。这就是康定斯基的"构图派"。

康定斯基（Wassily Kandinsky, 1866—〔1944〕）是现在六十余岁的一位俄罗斯老翁，生于莫斯科，三十岁时迁居德国的闵行〔慕尼黑〕（München），就长住在德国了。一九〇九年，与其他的青年画家、音乐家、诗人等共组一"新艺术家同盟会"。同年冬，在闵行开第一次展览会。又在德国及瑞士的各都会展览，批评甚好。一九一一年，其同盟会分组为二，康定斯基与下讲所说的表现派画家马尔克（Franz Mark）等另为一组，名曰"青骑士派"。后来与青骑士派不知所终。马尔克转为德意志式表现派的画家，唯康定斯基仍是提倡又实行极端的"构图主义"。

康定斯基自己说，在他个人的经验上，有描再现的绘画的时候，与达到精神的表现的艺术的时候。他把自己的画分为下列三种。

（1）再录外的自然的直接的印象的——（印象）。

（2）无意识地自发地表现内的特质即非物质的自然的——（即兴）。

（3）经过熟考的构成的内的感情的表现——（构图）。

即由知性意识到了创作的目的，而徐徐地表内的感情，方能作成"构图"。在那里早已不能认识外的物质的自物的幻影。这犹之近代的音乐，听去全无自然的鸟声、水声等的模写，而只在美妙的音的谐调中感知作者的精神。故康定斯基的绘画，犹如用抽象的线、面、与色来作曲。这等线、面、色，综合而奏出的韵律，他称之为"精神的谐调"（"spiritual harmony"），在这点上看来，他的艺术与比卡索的艺术是同一根本原理的；不过康定斯基对于色彩方面更多意识，而置其绘画的精神的效果的基础于色彩的方面。他的画中，虽然也有几幅中有物质的自然的轮廓唐突地浮现出，例如《马与骑者》，但其画面的大部分仍是抽象的色与线与面交错。倘用旧式的鉴赏心理，而探索其形似所暗示的是什么意义，就徒劳了。因为康定斯基的绘画，是与乐器的演奏同样的；只有完全脱离形似的抽象的"形"与"色"的交响的谐调，暗示着作者的内的感情而已。

这完全脱离物质的形似，而用抽象的"形"与"色"来表出精神的谐调。康定斯基自信这是艺术的最高境，所以又名为"至高派"（"supremacism"）。同时他又研究"色"的性质。例如赤是灼热的，是内面的；绿有安静之感；黄有外向的运动力，盲目地突进与人类的精力相似。又研究"形"的性质，谓并列的各"形"能因相互的关系而起变化；又各个的"形"能在自身中起变化。他就利用了这种形与色的微妙的性质，而达到他的内的感情的造形的构成，犹之音乐家的辨别单音与协音的性质而用以作曲。

完全脱离形似而抽象了的内的感情的"造形的表现"，他称之为"交响乐的（symphonic）构图"。又自然的形似虽尚存而当作精神的谐调而组成的绘画（例如《马与骑者》），他称之为"旋律的（melodic）构图"。据他说，这种单纯的构图，由后期印象派的赛尚痕及瑞士画家霍特勒〔霍德勒〕（Ferd. Hodler，见拙编《西洋美术史》）给它新生命而使成为"律动的"（"rhythm"）。赛尚痕与霍特勒的画的确是"构图的"。霍特勒的画虽然并不用抽象的形与色，仍描出着物质的自然的形似，但这种物质的自然的形似都不过是当作画面的律动的构成的一要素而取用的。康定斯基在广义上也可说是表现派（见次讲）的画家，霍特勒原是德意志表现主义的代表的画家之一人。故抽象派与表现派也颇有共通的点。赛尚痕以后的新兴艺术，大概都同气而有互相联络的点。

第十一讲　意力表现的艺术[1]
　　——表现派

　　经过书坊店门口，看见了样子窗里新书的封面画的奇特与刺激，使我联想起德意志现代流行的表现派绘画。听说德国现在表现派画风非常流行，咖啡店、戏馆、商店等处，到处有表现派风的装饰。中国现在的出版界大流行奇特而刺激的封面装帧，不知与德国的表现派有何因缘？

　　十九世纪的西洋艺术集中于巴黎。入二十世纪以后，欧洲各处都发起新兴艺术：法兰西有立体派（一九〇八年左右），意大利有未来派（一九〇九年左右），俄罗斯有抽象派（一九〇九年左右），德意志有表现派（一九一〇年左右），瑞士人又发起DADA派〔达达派〕（一九二〇年左右，见下讲）。二十世纪的艺术中心地在于何处？现在尚未可知。最可注意者：德意志向来在美术上是后进的、顽固的国，前世纪的一百年中只产生一个浪漫风的裴克林〔勃克林〕（Böcklin，见第二讲），和一个写实风的孟才尔〔门采尔〕（Menzel，见第一讲），仅占据欧洲画坛的一小角。二十年来居然也有最新的表现派勃兴，且其势力

---

[1] 本篇原与第十二讲合成一文，题作《最近的西洋画派》，载1929年6月《一般》杂志第8卷第2号。

广大,影响于北欧各国,比立体派未来派等稳健而普遍得多。真是不可思议的现状。

艺术上的流派的名称,最为暧昧而多纷歧。有的人把赛尚痕〔塞尚〕(Cézanne)以后直至今日的一切画派统称为"后期印象派",有的人把未来派、表现派都包括在立体派中。又有的人总称赛尚痕以来的新兴艺术为"表现主义的艺术"。

现在从最后一说。凡主观表现的,即画面形体动摇的绘画,总称为广义的"表现主义",以对待其前期的"自然主义"(写实派,印象派,新印象派),及更前期的"理想主义"(古典派,浪漫派)。这广义的"表现主义",包含后期印象派,野兽派,立体派,未来派,抽象派,表现派(狭义的),达达派的六派[1]。然这也是为了说明的便宜而假定的。

现在所要说的表现派,就是一九一〇年兴起于德意志的一种新兴艺术。这表现派原不限于德意志国内,其流风又波及于奥国〔奥地利〕,及北欧。然这意力表现为主的艺术,其本质是德意志的,条顿的。其对于以感情的快美的表现为主的、法兰西的、拉丁的艺术,本质完全不同。为说明的便利起见,这表现派又可假定地分为前后两派,即表现派与新表现派。

一 表现派的发生

德国自昔为联邦之国。全国的首府是柏林,但其他各联

---

[1] 疑为"七派"之误。

邦亦各有其首都，且都繁盛而有势力，例如闵行〔慕尼黑〕（München），德勒斯登〔德累斯顿〕（Dresden），便是不亚于柏林的大都。这三大都，自古在艺术上各占有流派的势力。故表现派的发生，当然也在这三大都市取其发达的途径。表现派最初发起于德勒斯登。

一九〇六年，德勒斯登发起一个艺术运动的团体，名曰"桥"。这团体发行机关杂志，又开展览会。其中主要的人物是修密德洛德尔夫〔希米特-罗特卢夫〕（Karl Schmidt-Rottluff），基尔希那（Ernst Ludwig Kirchner），及彼希斯坦（Max Pechstein）。彼希斯坦在这艺术运动中为最有力的人。他从南洋归来，努力于描写强烈的光线与原始的生活，作风比其他的诸家更为刺激强烈。这团体就奉他为中心人物。一九一〇年，彼希斯坦赴柏林开展览会，加入的同志甚众，在德国艺术界为从来未有的盛况。德国在绘画上向来是不振兴的，在绘画史上少有特别可记录的画家。这长期的沉默的反动，就产生了表现派大画家彼希斯坦。

不久闵行地方也响应了。一九〇九年，闵行地方发起一个"新艺术同盟会"。当时德国最一般的新艺术运动是所谓"分离派"（"sezessionism"，详见拙著《西洋美术史》），这"新艺术同盟会"便是反抗分离派的。同盟会中的主要人物，是卡诺尔特（Alexander Kanoldt），马尔克（Franz Mark）等。此外俄国的康定斯基（Kandinsky，见前抽象派），法国的童根（Dongen，见前野兽派）、比卡索〔毕加索〕（Picasso，见前立体派）等也都来参加这运动。这一年冬季，他们在闵行开绘画展览会。但结果大受公众嘲笑诽谤,各报纸上都有侮辱的批评。但他们全然置之不理,只管奋勇前进,继续在德国及瑞士各都市大开展览会。虽然没有一处不受公众的反对,但在各都市也获得了不少的同情的友人。明年秋季,又开第二次展览会,会员比去年更多了。其运动就传达到柏林。

一九一二年,柏林发刊一种宣传这新兴艺术的杂志。其主要的作者有画家克雷(Paul Klee),夏加尔(Marc Chagall),及雕刻家亚基本可(Archipenko)等。康定斯基也加入他们的团体,为这杂志的投稿者。亚基本可是新雕刻家,即所谓"雕刻的绘画"的作家,他们把自己的新派绘画的照相版、论文、诗歌等在这艺术杂志上发表,又开展览会,举行音乐会。他们的运动对于德国其他各处的新兴艺术上有很大的影响。

欧洲大战以后,表现派的特色更为得势,其流风弥漫于德意志的全画坛。这和意大利的未来派、法兰西的立体派性质完全不同。未来派、立体派不过是几个急进的艺术家,或一部分的好事者的所为,对于群众没有多大的势力;表现派则影响于德意志的一般社会生活上,其影响广及于咖啡店的装饰,商店的样子窗的图案,建筑的式样,及剧场的布置,影戏片的排演上。到了现在,表现派艺术早已成为德意志人的常识了。且其势力不限于德意志国内,又波及其南方的奥国,北方的荷兰,斯干的纳维〔斯堪的纳维亚〕半岛,远达于俄罗斯,与大战后的新兴的政治一同有支配世界的伟力了。更新近的后期表现派诸家,其主张更为彻底。一般视为后期表现派的人们,即前述的克雷,夏加尔及康本同克(Heinrich Kampendonk,

1889—　），希林普〔施林普夫〕（Georg Schrimpf, 1889—〔1938〕）等，都正在努力于艺术的主观化运动。

二　表现派的特色

表现派究竟有无实体？其特色与本质如何？要概括地说明，很是困难，现在只能作一面的观察。

表现派是现代的，同时又是德意志的。这是根本上与拉丁文化相反对的一种条顿文化。法兰西所代表的拉丁的人类生活的样式，向来墨守希腊以来的传统，注重外部的感觉主义与直观主义，所以在一切艺术上构成着一种陶醉的蜃气楼。至于德意志人的（条顿人的）意力主义，则向来在艺术上有主观表出、意志表现的特色，到了现代就产生表现派的艺术。条顿民族的艺术，大概有严峻、强硬、苦涩、深刻、奇烈的倾向，与闲雅秀丽的拉丁民族的艺术完全异趣。

故表现派的第一目的，是主观内容的积极的表出。表现派的表现，不像立体派地注重形式，也不像未来派地注重动与力，而是注重"内容"。换言之，是注重精神或心灵的本质的价值的。表现派的绘画原也有"形式"；但其形式不过是"内容"表出上所必取的手段而已，与立体派的比卡索所研究的"为形式的形式"完全不同。故在表现派，"艺术"完全不是外界物象的形似或再现。关于外界物象方面的事，已有立体派、未来派、抽象派等艺术家彻底研究过，表现派的人们可不必再来研究这方面的事。表现派欲与前者取反对的路径，而从内容出发，主张一切外象的主观主义化。

内容的主观主义化，就是主观的积极的意力的表现作用。故表现派的内容，可说就是"意志"，或"意力"，即人类的意志，生命的力。故表现派画家不必像印象派画家地探究事象的外部，不必接近自然，不求与自然相似。他们所努力的要点，是尽力把主观表出，高调地表出，使第三者也能受到与作者同样强烈的感激。故表现派绘画不是"写实"的，而是"写意"的，即"象征"的。作者胸中的强调的意力，在画中作强调的表现，使观者胸中也起同样的心的兴奋，是表现派所努力的要点。"表现"不是说明，不是报告，当然用不着纯客观的写实，只要借一种象征的手段来传达主观的意力就是了。

这种象征或符号，对于观者的刺激越强越好。这原是新兴艺术的一般的倾向，不限于表现派。唯表现派尤加注重意力的强调、意识状态的异常、与刺激的猛烈。为欲作刺激的异常的表现，凡对于这目的有效用的手段，他们无不取用。所以他们有时亦借用立体派或未来派的方法。但所谓借用，并不一定是追随或模仿，不过是受他们的暗示。例如表现派绘画中的形体的歪斜与变乱，是受立体派的暗示的。为欲表现外象的威力，故意把建筑物、树木、风景、山岳、或人物的颜面等描成歪斜变异，把圆的轮廓描成直线的，或把线的角度变更。又用他们所欢喜的炸弹爆发一般的形，电光闪烁一般的线。这都是内容表现与意力表现上最有效的方法。他们用色彩也取强调与变异的手法，应了主观表现的需要而随意驱使色彩。但也不是像抽象派的康定斯基一般地追求色彩的表面的效果，而是为了主观与意力的表现而把色彩描成强调或变异的。为了表现的强调，他们又应用色彩与形体的节奏的效果，作 rhythm〔节奏，韵律〕的表现。这 rhythm 在表现派中就是 accent〔着重点，特征〕。立体派及未来派中也已有 accent，但在表现派更为明显。例如使某部降低，某部分高调以发挥意力的效果，以明示内容的意义，便是 accent 的用处。又运动的象征，在表现派作品中也常应用。不过不是像未来派地专门描写疾驱与变幻的光景，而是用运动的象征来表现意力。

表现派是意力表现的艺术，故极度地偏重主观与个性。故表现派的作品中，内容是个性的，形式也是个性的，没有一般通用的表现法，这是与别派不同的一个重要点。

三 表现派诸画家

表现派中的主要人物，计有前表现派六人，后表现派七人，共十三人。其中大部分正是壮年的人，正在世间活动。今略为介绍如下：

（1）彼希斯坦（Max Pechstein，1881—〔1955〕）是表现派的主将。他是德勒斯登人，幼时亲近自然，为田舍儿童。二十岁方入德勒斯登的工艺美术学校，在学中非常勤苦。出校后，一九○六年曾参加"桥社"的团体，尽力从事表现主义运动。三年后，一九一○年，其三幅作品在柏林的分离派展览会中入选，时评很好。次年，又加入了新分离派，努力作裸体画。其间他常常作意大利旅行，赞叹南国的刺激的生活，从此发心游历东洋。一九一四年四月,向东洋出发,经历印度、中国、菲利滨〔菲律宾〕、日本。是年十一月,由长崎来上海,又赴马尼拉。这时候恰逢欧战勃发,他暂时赴中立的美国小驻,不久就归国,加入战队。一九一七年春退伍,从此专心于绘画。他把东洋游历中所受印象最深的南洋群岛的风景与人物,表现于绘画中。其作品最为世人所称誉。在表现派的诸作家中,他是最稳妥的代表人物。其代表作有《朝》、《夏》、《玩具与孩子》、《美术家之妻》、《自画像》、《雪景》,《漕人[1]》等。现在他正是将近五十岁的一位画家。

(2)海侃尔〔黑克尔〕(Erich Heckel,1883—〔1970〕)也是德勒斯登人,与彼希斯坦同是"桥社"的会员。他的艺术,从客体主观化的新自然主义出发,转入大胆的自己表现。他的人生观以懊恼苦闷为基调,欲图自救,就向着宗教的境地而突进,所以他是表现派的积极主义者,为象征的宗教表现的画家。杰作有《海上的圣母子》、《祈祷》、《自画像》等。

(3)修密德洛德尔夫(Karl Schmidt-Rottluff,1884—〔1930〕)生于德国的洛德尔夫〔罗特卢夫〕地方。一九〇六年加入"桥社"。最近住在柏林。他的作风是"简单化"。用寥寥的数笔,作sketch〔速写〕风的绘画。他的表现法,受后期印象派的果刚〔高更〕(Gauguin)及原始艺术、土人艺术的影响,有简朴的特色,与彼希斯坦相似,但比彼希斯坦为硬直。其作品知名者有《赤砂》、《B.R.像》、《朝景》、《渔夫与舟》、《月影》、《户

---

[1] 漕人即划船人。

外的 act〔活动〕》等。他又擅长木版画，在现今版画界中开拓一新境地。

（4）可可修卡〔考考施卡〕（Oskar Kokoschka，1886—〔1980〕）生于维也纳。现今还住在维也纳。他是画家又演剧家。其绘画自印象派出发，后来脱出了印象派，从事自己表现。他的油画，颜料最费。把颜料从管中榨出，直接堆涂在画布上。试看其《自画像》即可知。这办法确有"动"的效果，可给观者以很强的刺激。但他的特质只限于表面的技术，内容大都是固定的。但他的特殊的表现法，于人物描写上效果很大，故与彼希斯坦等一同被尊为表现派的元老。

（5）马伊特纳（Ludwig Meidner，1884—〔1966〕）是贝伦斯塔人。他最初描浪漫派的宗教画，又转入印象派中。后来到巴黎，受了赛尚痕等的影响，大为感激，说"巴黎是我们的真的故乡！"从此便开始了表现派的制作。其作风为深刻的象征的表现，与杜思妥夫基〔陀思妥耶夫斯基〕（Dostoyevsky）的《卡拉马佐夫兄弟》相同调。其名作有《我与街》、《自画像》、《虎列拉》〔《霍乱》〕、《场末的光景》等。大都是阴惨的、激烈的表现。

（6）莫尔克纳〔穆尔格纳〕（Wilhelm Molgner，1891—1917）生于威斯德发伦。幼时欢喜音乐，常自命为音乐家。他的本性是孤独的，欢喜在田野中散步，对于自然亲近起来，其兴味也渐渐改向绘画方面。一九〇九年，发表其名作《磨小刀的人》，就以画家知名于世。他的画风，起初近于印象派，后来移向抽象方面，受康定斯基的感化。欧战爆发，他加入军队,被遣往西部战线,负伤而还。病愈,又赴战场。一九一七年八月入战阵后,消息全无,大概是死在沙场上了。年仅二十六岁。

(7)夏格尔(Marc Chagall,1887—〔1985〕)是后期表现派的中心人物。以上所述的六人是表现派的人物,以后所述七人是后期表现派的人物。夏格尔是犹太人,而生于俄罗斯。幼时长育在俄罗斯农民生活中。后来到了首都,也一面学画,一面劳动。一九一〇年,始来巴黎。他的犹太人的本质接触了巴黎的文化,即爆发而为表现派的创作。一九一四年归俄罗斯,用全新的眼光眺望故乡,所感刺激更深,所产作品也更加新颖。其代表作有《家畜商人》《我与村》《自画像》《诞生日》《青的家屋》等。莫斯科的犹太人剧场的壁画,也是他的名作。

(8)乌屯(Maria Uhden,1892—1918)是一个德国中等家庭的女子。起初在闵行研究。后来到柏林,见了夏格尔的作品,大受感动,就一变其作风,而加入新表现派的运动中。一九一五年,开第一次个人展览会。其表现都是不可思议的幻想的世界。她欢喜描动物。牛、马、骆驼等,是她的画材。又欢喜描激烈的变动。例如其名作《街的火灾》,为她的精神生活的一象征。后来与修林普〔施林普夫〕(见后文)结婚,生一男儿。不久她就死在闵行的病院中,享年仅二十六岁。

(9)康本同克(Heinrich Kampendonk,1889—   )是莱因地方的人。其画风与夏格尔、乌屯相同。一九一〇年前后,曾受马尔克(Franz Mark)与康定斯基的影响。他的特色是小儿的原始风。他的小学时代以前的天真的儿童气,常常确实明晰地保留在他的作品中。他的作品中最有特色者,为《静物》《二爱人》《寡妇》《猫与少女》《骑者》《浴人》等。

(10)克雷(Paul Klee,1879—〔1940〕)生于瑞士,其父亲是德国人。父母都是音乐家,故克雷幼时也受过音乐教育。一八九八年,他到闵行,始改绘画生活。后来游历意大利。一九〇六年,第一次在闵行展览会中出品。其画风略受赛尚痕,谷诃〔凡·高〕(Gogh)的影响,而有畸形的特色。又研究色彩的抽象的罗列,有康定斯基的抽象表现的画风。一九一五年曾参加战队,为步兵、飞行兵,又为军中会计系职员。战事告终,他仍为画家。此后其画风愈加超脱一切理论与既成的关系,而作纯感性的表现。

(11)修林普(Georg Schrimpf,1880—〔1938〕)就是前述的女画家乌屯的丈夫。他是德意志后期表现派中最代表的一人。生于闵行,少年时代曾度放浪的生活,飘游各地,在比利时曾为旅馆的茶房,又卖面包,卖煤。在德意志北部各都市从事种种劳动。一九〇九年归故乡,投身于无政府主义党。以卖面包为业,利用空闲的时间,作小品的绘画。他的作风,画面有音乐的 melody〔旋律〕的效果,全然排除传统,用最新鲜的意识作画。其特色是安定,明了,力强。代表作有《抱猫的少女》《访问幼儿》《自画像》《S夫人》《孩子与豚》等。

(12)格洛斯〔格洛茨〕(George Grosz,生年不明[1])为

---

[1] 生卒年为:1893—1959。

graphic[1]画家，就其技术上说，在独米哀〔杜米埃〕,（Daumier）以后为第一人。一九一五年始以画家知于世。其作品中有深刻的讽刺画，如《休假日》、《Proletarian〔无产者〕的光与空气》、《身体检查》等便是。他在现代画家中，是用革命主义的精神描写社会事象的第一人。

（13）亚基本可（Alexander Archipenko，1887—〔1964〕）是雕刻家，但又可当他是画家。他是实行撤废雕刻与绘画的界限，而作造型化的表现的新艺术家。他是俄罗斯人。他的作品中，有一种可称为"绘画的雕刻"或"雕刻的绘画"的彻底的表现。他用平面的金属、木片、或纸张，在其上描出或雕出他的新的造型作品。他的主张，是追求表现的纯粹，以达于构造原理与作用的根本的原则化，和纯粹的直感的"造型"化。

现在德国从事表现派运动的人物很多。上述十三家是其最主要者。

---

[1] 英文，为造型艺术之一种，包括素描、铜版画、木刻、石版画、水粉画等。

第十二讲　虚无主义的艺术
——DADA 派

前述的德意志的表现派，是一九一〇年左右兴起的一种新艺术运动。一九二〇年左右，又有瑞士人在欧洲提倡虚无主义的（nihilistic）艺术，就是所谓 DADA 派〔达达派〕。

DADA 派的艺术，完全没有内容，其绘画都是图式的（比如《查拉肖像》）。这全是艺术的破坏、破灭的表现，即虚无主义的表现。这种主义的运动范围在现代欧洲当然很小；且究竟是否一种艺术，亦未能确定。不过这也是现代艺术的复杂的一面，且确有一班人在那里认真地宣传，号召响应。故现在介绍其大概的情形在这里。

试看《查拉肖像》，一条直线上画五个圆圈，旁边又画些波线，注些文字。——这叫做 Tristan Tzara〔德理斯当·查拉〕的"肖像"。看到这幅肖像画的人，除了作者的同派画家以外，恐怕没有一个人不要失笑吧。这就是 DADA 派的图式的绘画。

DADA 派的运动，现已波及远东的日本。日本有此派的代表者辻润。这一派的主张究竟如何？因为他们的宣言为第三者所不懂，所以旁人难于解说。日本美术论者森口多里曾有一番旁观者的见解，即拿初期基督教艺术来比方 DADA 派艺术。今介绍其论旨如下：

希腊思想末流者论演说的形式，有这样的话："演说的主题并不重要。例如对于一件事的赞成或反对，在演说上全然没有什么关系。就是话的意义，也没有什么兴味，可以不必讲究。所要讲究者，只是演说的语音的管弦乐的表现，语调的旋律的表现，辞句的音乐的节奏的表现。——使不解希腊语的蛮人等也能感到言语的绝好的美。"

希腊主义的（Hellenistic）观照生活，渐渐远离其感觉的直观的 essence〔本质〕，而仅仅低徊于感觉的享乐的境地。他们一味追求形式上的美。他们的艺术就变成了一部分的贵族阶级者的游戏。在没有特殊的洗练的感受性，又没有修养这感受性的余裕的一般民众，艺术全然是无用的赘物了。

希腊思想的末流者所最重视的，第一是"形式"的感觉美。例如雅典的辩护士 Mamertines〔马麦特埃〕所说："式样（styles）比道德更为重要。何以故？因为不拘奴隶、蛮人、愚人，都能有道德。"

他的论法：奴隶、蛮人、愚人，都能有道德，但不能有艺术的感受性。艺术的魅力，只限于高贵的阶级的人能够受到。所以艺术比道德更为贵重。其实这不限于道德，凡实生活上一切功利的存在，都不及艺术的高贵。艺术是形式的完全的美。——希腊思想的末流者的所见大致如此。他们是社会上的特权阶级，同时又是艺术鉴赏上的特权阶级。他们苦于生活的动摇，用白眼对付新宗教的勃兴，而以对于形式美的敏锐的感受性为自己所独占的特权，就夸示这特权为人类最高的价值,他们的实生活上无论何等不安,何等受压迫,只要能享乐形式美的魅惑,就能忘却其不安与压迫,而入于快适的生活。然而不能获得这感受性的一般民众,从何处能发现这快适的境地呢。

故新宗教——基督教——的勃兴,是对于一般民众的救济。使他们信仰这新宗教的神,以忘却实生活上的不安与压迫,而入快适的生活。形式美的观赏限于特殊阶级,与一般民众无缘;基督教的爱而平等普遍地施于一切人类。

信仰基督教,可不需特别的形式的美。故初期的基督教从没有"为艺术的艺术"。他们所求的艺术,不过欲当作刺激信仰心的一种手段或目标而已。但他们的信仰心很强,所用的手段或目标的刺激无论何等贫弱,总可以提醒他们对于神的信仰心,故他们的艺术的表现形式也甚为贫弱。例如初期的基督教艺术,只是一种朴素的记号。在迷信极深的人看来,鳜鱼的头也是很刺激的象征,不问其美丑,只要是鳜鱼的头就是了。又如雕三匹羊,不问羊的肉体美如何,只求其能在观者心中唤起"三位一体"的信仰心,故这三匹羊的雕刻就变成一种记号。

这在艺术表现上可说完全是反古的。艺术只要一种记号,只要有益于实生活,从来的形式美就全然被蔑视了。从形式而来的感觉的愉乐,完全没有也不妨,只要能将其所欲表出的意义直接传达于对手,就是艺术了。

在热烈地盼望新社会、新生活的创生的时代,其艺术往往取这种枯燥的形式。最近的 DADA 派的艺术,便是一例。DADA 派的艺术也极端反对传统的形式美,而显然有"记号"

的特质。

　　Dadaism〔达达主义〕的内容如何，不甚明悉；只晓得这主义运动的开始，在于一九一六年。有一班对于欧洲大战不关心的人们，在巴黎的一所咖啡店内团集会议，创生这 DADA 运动。其最初惹起世间的注意，在于欧洲大战休止之后，世人正要求一种新鲜的艺术生活的时候。

　　DADA，在法语上是一种儿童语，即"马儿"（玩具的木马）的意义，又有"持论"、"宿论"之意。但 DADA 派所用的，则是他们的世界中的语言，第三者不能辨别其意义。他们的世界中，有一种特别语言，叫做"DADA 讹"（"patois Dada"）。他们开朗读会的时候，就用这种"DADA 讹"朗读作品。

　　DADA 派的主导者叫做德理斯当·札拉〔查拉〕（Tristan Tzara，《查拉肖像》就是他的肖像）。他是哪一国籍的人，亦不明白（画这幅肖像的比卡皮亚〔皮卡比亚〕是瑞士人）。DADA 派的人们发行《DADA 时报》（《Bulletin Dada》），发表宣言。其宣言的标题为《Proclamationsans Pretention》（《无主张的宣言》）。然亦有主张，即排斥既成的"派"（例如立体派、未来派等）。这标题后来改为《Cannibale》（《残忍者》）。

　　他们群集于巴黎，欲树立一旗帜。一九二〇年二月五日，开大会，举行示威运动。他们的开会秩序如下；

　　Francis Picabia〔弗朗西斯·皮卡比亚〕：
　　　　民众十人读的宣言
　　Georg Rebemont-Dessaignes〔乔治·雷贝蒙·迪赛涅〕：
　　　　民众九人读的宣言

André Breton〔安德烈·布洛东〕：
民众八人读的宣言
Paul Dermée〔保罗·德尔美〕：
民众七人读的宣言
Paul Eluard〔保罗·艾吕雅〕：
民众六人读的宣言
Louis Aragon〔路易·阿拉贡〕：
民众五人读的宣言
Tristan Tzara〔德理斯当·查拉〕：
民众四人及一 journalist〔新闻工作者〕读的宣言

他们的大会按照这秩序而庄重地进行。后来他们又开种种绘画的展览会，及朗读会，渐渐惹起世人的注意。J. H. Rosny〔罗尼〕，André Gie〔安德烈·吉埃〕及《新法兰西评论》的主笔 Jacques Rivière〔雅克·里维埃〕等，对于这 DADA 主义都详细观察，且发表评论。近来有许多企慕欧洲文化的青年美洲人，盼望到欧洲来。到了巴黎，看见巴黎的青年都在企慕美洲，他们非常惊奇。原来巴黎青年的艺术家，都在企慕物质文明的势力强大而自由的美洲。因为欧洲过去的文化的特征是形式的完美，优雅，清澄，他们现在是对于过去文化的反动。最极端地实行这反动的，便是 DADA 派。

在 DADA 派的人们看起来，传统的形式美等已经不成问题，只要把自己所欲表出的意义直接传达于对手，就已经很满足了。结果他们的艺术是"记号"的或"图式"的表现。

DADA 派的最有力的画家，名叫比卡皮亚（Picabia）。札拉的肖像（插图《查拉肖像》）就是他的作品。这是图式的特征很露骨的表现：一条垂直线上画五个圆圈，最下方一个是黑的，其下左右分注 Tristan Tzara 的姓名。圆圈的左右画些波状线，左方的波状线的旁边注有 illusions（幻影），右方的波状线的末端注有 certitude（确实性）。从下方逆数，第二与第三个圆圈之间，注有 Féeries des idées（观念的幻术）。第三与第四个圆圈之间注有 Mots.Vaporiser（语。蒸发）。第四个圆圈里面有十二个黑点，好像一种果实的断面图，其里面写着 fleur（花）。这圆圈与最上方一圆圈之间，写着 Parfume（香）。

这是 DADA 派首领德理斯当・札拉的肖像，作者比卡皮亚还有一幅作品：题曰《Tableau peint pour raconter et non pour prouver》（《为说述而作的，非为证明而作的画》）。其画犹似一种机械的设计图，第三者全然不懂。

还有一个 DADA 派画家，叫做裘乡〔杜尚〕（Marcel Duchamp），也有一幅奇特的绘画。他拿一幅文艺复兴期大画家辽那独〔列奥纳多・达・芬奇〕（Leonardo da Vinci）的世界的名作《Mona Lisa》〔《莫娜・丽萨》〕（见拙著《西洋美术史》）的复制品，在其妖艳神秘的微笑的颜面上加上两笔胡须。看的人无不惊倒！又有一个画家在一张大纸上洒几点墨水，题曰《圣处女马利亚》。

从这种奇矫的作品中，可以察知他们的极端的反传统的态度。

前面曾经说过，他们的艺术，是废弃传统的形式美，而只要把自己所欲表示的意思直接传达于对手。但现在看他们的画，"所欲表示的意义"到底是什么？在第三者全然不明。看了札拉的肖像，决定没有一个人能承认这是肖像画。这原是一切记号的表现所有的特质。例如基督教的记号的绘画与雕刻，都是同这肖像画相似的。古代的地下礼拜堂（catacomb）的壁上所画的，穿农夫的服装，肩上负着活的羊的青年的像，全无绘画的形式美，在基督徒以外的人看来全无兴味。但基督徒看了都识得这画是救世主的"记号"，对其救世主的信仰自然会涌起于心中。他们看了这朴素的记号能立刻悟得其意义，而承认这记号的存在的价值。DADA派的绘画也是同一道理，我们倘加入了DADA的团体，同化于DADA的精神中，必能悟得这等画的意义，而承认其画的存在的价值。

我们所以不懂他们的作品中的"所欲表出的意义"者，因为他们的作品在形式上是反传统的，在内容上也是反传统的。他们在精神生活上，经济生活上，或对人的关系上，都在另行创造全新的世界，希望脱离一切既存的感情与观念。札拉的宣言中说"DADA就是观念的追放"。就是不许人们用旧有的观念来看他们的画。

辽那独的名作《Mona Lisa》中的微笑，向来世人称之为Mona Lisa Smile〔莫娜·丽萨微笑〕与Sphinx Smile〔斯芬克斯微笑〕同为"永远之谜"。但我们所以能叹赏这画中的妖艳的美，是为了用既存的传统的观念与感情的原故。所以排斥传统的DADA派画家，在Mona Lisa的唇上加两笔胡须。

圣处女马利亚表示着神圣、纯洁的美。但我们的崇拜神圣纯洁的美，也是为了用既存的观念与感情的原故。在DADA主义的彻底全新的世界中,圣处女的传统的美已经全无价值。所以他们在一张白纸上洒几点墨水,可题为《圣处女马利亚》。为阶级问题所迷心的弱者,试问有否这样的勇气!

DADA 主义运动不限于绘画,又普遍于一切艺术上。现在就在这最后附带地说一说他们的诗。

他们的诗,除他们同派人以外,别人看来全是没有意义的缀音的连续。这是只在 DADA 的世界中通用的言语,无论何国的语学者都不能翻译。今举比卡皮亚所作的《基督的心》(只有诗题用法兰西语)为例在下面:

> Jardi me cha vide
>
> Plu cuses vi gentre
>
> Jan este oses cine resses
>
> Brul ille mor gnée sui
>
> Avo alon udon
>
> Cur emblé chi tite pord
>
> Porch raient couro satis chrét
>
> Son terrés, eff Teprie Sa

又有一个 DADA 派诗人阿拉贡(Louis Aragon)[1],作一首诗,题名曰《自杀》,其诗如下:

> A b c d e f
>
> g h i j k l

---

[1] 阿拉贡(1897—1979),法国作家,1927 年参加法国共产党。早期诗作受达达派及后来的超现实主义的影响。1930 年后开始决裂。

```
m  n  o  p  q  r
s  t  u  v  w
x  y  z
```

又有一诗人名夏普卡 – 蓬尼哀尔（Pierre Chapka-Bonnière）作一首诗，题曰《发作》，其诗如下：

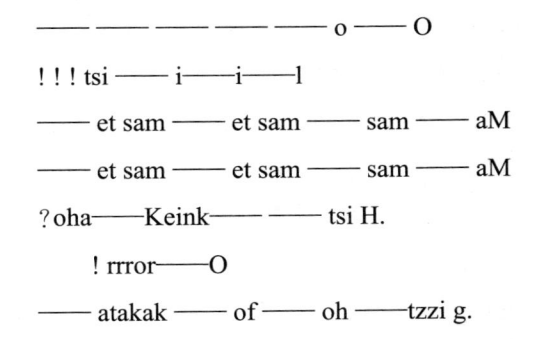

```
——  ——  ——  ——  o  ——  O
! ! ! tsi  ——  i——i——l
——  et sam  ——  et sam  ——  sam  ——  aM
——  et sam  ——  et sam  ——  sam  ——  aM
? oha——Keink——  ——  tsi H.
   ! rrror——O
——  atakak  ——  of  ——  oh  ——tzzi g.
```

因为他们用脱离一切既存的观念与感情的全新的心境而作诗，故诗中当然不用既存的言语。这种诗与前述的绘画同样，也只有加入他们的团体，同化于他们的精神，方能肯定其存在的价值。

DADA 派的中心思想究竟是什么？我们实在不懂。就是他们的宣言，在门外汉读了也全然不解。今将其首领德理斯当·札拉的宣言中意义略可懂得的部分节录如下：

……我作这一篇宣言，但我并不要求什么。我只是说一件事。我反对主义的宣言。我也反对主义……我作这篇宣言，是欲告诉人们，一个人能在一呼吸中同时举行完全相反的二种动作。我反对动作。不是为欲防止矛盾。不是为欲求肯定。我既不赞成,又不反对。我也不说明。因为我是嫌恶意义的。

DADA——这是驱逐观念的一句话……

DADA 并无意义。

…………………

我们要求真实、强烈、正确而永久不能理解的事业。论理都是错误的。论理常是恶的……

在我们看来,所谓神圣,是非人的行动的觉醒(the awaking of anti-human action)。论理是把 chocolate 〔巧克力〕注射于一切人类的血管中……

我们不是 Dadaist〔达达主义者〕,实在不能捉摸这宣言的真意。不过从"非人的行动的觉醒"一句话上,可以想象他们所理想的新的世界的一端。

在某种情形之下,所谓"人性的"行动,犹如阻碍水的流通的尘埃。必欲使水流到可流的地方而止的欲念强大的人,非像 DADA 主义者地呼号"非人的行动的觉醒"不可。以人性表现为唯一的避难所的文学者的态度,是怯弱的。在 DADA 主义者的眼中看来,现代法兰西的艺术都犯着人性的弱点的甘美的诱惑。美国某批评家说:"DADA 主义,是从法兰西艺术中除去对于支配者的'奴隶的阿谀'的一剂对症药。比卡皮亚所以不画传统的肖像而描机械设计图一般的画,就是如此。"DADA 派的人们,嫌恶那充满"奴隶的阿谀"的甘美的法兰西空气,而憧憬于到处有摩天的高层建筑及力强无边的机械力的亚美利加的近代的都市。他们在那里发见一种无视堕势的人间行为的、新鲜而旺盛的力。

以上是森口多里对于 DADA 派艺术的论见的大旨。但他不是 Dadaist，也不过是从旁猜度而已。他自己也说："我对于 DADA 派见解，不知是否得当？用千年前的基督教艺术来比方 DADA 派的画，不知又将蒙 DADA 主义者的叱责否？"

近世西洋十大音乐家故事[1]

（〔上海〕开明书店一九三〇年五月初版）

---

[1] 本书初版时书名为《近世十大音乐家》。现据杭州东海文艺出版社 1957 年 11 月出版的经作者修订过的版本收入。

子愷

序　言

有名的音乐史的著者安布洛兹（August Wilhelm Ambros）曾经有这样的话："著名人物的生涯中的传说和逸话，不但能表出其人物的精神倾向，又能简劲地表出其人物生存的时代的精神倾向。"我对于这话很有同感。

我写完了本书之后，觉得在十大音乐家的生涯的零星故事中，很可以窥见音乐在近世欧洲的地位的变迁：罕顿〔海顿〕学得了一手好技术，只能立在十字街头卖唱。后来被厄斯忒哈稷公爵雇用为副乐长，然其委任状上条件之苛刻，犹如一张卖身契。可见西洋音乐在百余年前完全是贵族的娱乐品，音乐家完全是贵族的家仆。莫扎特的时代，音乐家的地位已经略高些，卖唱一变而为"演奏旅行"的美名，然而他在萨尔斯堡〔塞尔茨堡〕的大主教手下供职，仍被同佣工一样看待，与男女仆役同桌而食。贝多芬的时候情形就不同。贝多芬脾气发作的时候，当面唾骂伯爵为"驴马"；拿破仑失节而即皇帝位，贝多芬把为他而作的《英雄交响乐》撕破，丢在地上，终身不齿他。音乐者的地位已凌驾贵族了。以下的浪漫派群音乐家，如舒柏特、裴辽士〔柏辽兹〕、肖邦、李斯德〔李斯特〕、修芒〔舒曼〕等，就正式占据了艺术家的地位，在其生活中可以窥知个个是清高、名贵，或浪漫、潇洒的艺术家。舒伯特的安贫乐天，裴辽士的喑呜叱咤，肖邦的孤高自赏，修芒的热烈情怀，李斯德的豁达大度，都在其生涯的断片中表示着。公侯贵族的势力，在他们已经视同尘土了。看到巴威〔巴伐利亚〕国王把四万银币装了专车，命兵士护送到华葛纳〔瓦格纳〕的别庄中，回顾罕顿的卖唱与卖身，莫扎特的与仆役同桌而食，真是不可同年而语了。到了现代，柴科夫斯基从泥工口中学得《D调四重奏》的主题，又在山中买了酒食款待农民，请他们唱民谣，从民谣中采取材料，作成《钢琴三重奏变奏曲》。由此可知音乐又从艺术家的清高地位降于山野农民之间，现代国民乐派〔民族乐派〕的兴行，于此可见一斑了。音乐从贵族的娱乐物变成艺术家的陶情品，再由艺术家的陶情品变成民众生活的反映，在音乐家的生活的片断中均可历历窥知其递变的痕迹。

此书大体根据服部龙太郎的《世界音乐家物语》，又参考其他书籍。这不是正式的音乐家评传，而是以音乐家生涯中的故事和逸话为中心的记录。

这册书原只能作为好乐者的案头装饰品；或放在钢琴台上，作为弹琴者休息时的消遣品。但照安布洛兹的看法，此书对于音乐爱好者的贡献或者不止装饰与消遣而已。况且聪明的读者，所发见的一定不止我所感到的上述的一端。

一九二九年四月二十日子恺记于沪杭车中

近世西洋乐坛之盛况
——十大家在近世乐坛上的位置

一　音乐艺术的独立
二　器乐的勃兴
三　单音乐的成立与奏鸣曲的发达
四　标题音乐的兴行与乐剧的建设

音乐在其诸姊妹艺术中，性质全然奇特。不但其本质的抽象性与流动性为一切艺术所不能及，其发展状态也与别的艺术迥乎不同。人类文化开幕以来，各种艺术依了文化的进步而竞逐展进，犹如赛跑一般。然这赛跑好比寓言中的龟兔竞走，音乐艺术在文学艺术中，犹之兔在群龟中。自从出发以来，群龟匍匐前进，不少休息；兔却在路中打了一个瞌睡。一觉醒来，看见群龟已在前面，立刻奋起直追，刹那之间超过了它们。西洋音乐的发达情形正是如此：自从文化开幕以后，文学、绘画等徐徐地通过各个时代而不息地进步，一直发达到今日的状态；音乐在远古的希腊时代曾经一次发达，以后就收旗息鼓，一直沉默了二千年之久，到了二百年前的十八世纪，方才觉醒。在这二百年中用了可惊的速度而展进，到了现在，不但与文学、美术等并驾齐驱，其发达竟超乎文学、美术之上，近世乐坛的闹热的盛况，实为文坛与美术界所不能比拟。不进则已，一进就飞跃跳越，音乐的发达状态实在奇怪得很！别的艺术在二千余年中徐徐地积成的成绩，音乐只要两世纪就超过它们，音乐的发达能力实在伟大得很！所以音乐在诸姊妹艺术中，是性质全然卓拔不群的一种奇特的艺术。

希腊时代的音乐、乐器已都不可考，乐谱已完全失亡，遗留下来的只是历史上的一笔记载，实际的音乐早已埋葬在渺茫的过去中，对于现代的我们全然没有什么关系了。中间沉默的二千年的日月，当然没有一点成绩可言，所以西洋音乐的历史很短，差不多是二百年前诞生的一种艺术。西洋音乐史的第一页不妨从十八世纪说起，十八世纪以前简直同没有音乐一样。

因为在可考据的范围内，真正发达的音乐，真正成为一种"艺术"的音乐，是从十八世纪初叶方始成立的。详细的情形与理由，读了后面的说明自能了解。约言之，远古希腊时代的音乐已不可考，二千年内的音乐被别的艺术（例如舞蹈、文学）所利用，又为宗教所拘囚，变成了宗教的奴隶。直到最近二百年前，方始遇到救世主，恢复其独立的自由。此后方有真正的发展。

所以严格地说，西洋音乐没有古代史。说"近代音乐"，其实就是音乐史的全部。故所谓"近世西洋十大音乐家"，不是西洋音乐史上的一部分，其实就是西洋音乐全史上的十大代表者。这一点要请读者特别注意。

西洋音乐全史缩印在最近的二百年中。在这二百年中，西洋音乐的发展实在是急进的，飞跃的！乐派的经过，乐风的递变，乐曲形式的展进，乐器的发达，音乐表现力的增大，音乐演奏法的进步，都在这二百年中像春潮一般地澎湃而下。现在音乐最发达的欧洲诸国的好乐者，已嫌协和音的对照过于平凡，甚至在乐曲中应用不协和音，以作成新奇的对照；嫌乐器的刺激过于力弱，甚至在管弦中应用大炮，以加强乐曲的节奏。照这种现状看来，音乐发达似乎已经达于极点，前面已是山穷水尽的地步了。倘一直用这速度发展下去，则明日的音乐界，再过二百年后的音乐界，将展出甚样的新天地来？实在是不堪设想的事了。

回溯二百年中，西洋音乐的发展经过四次的展进与变化，而达于今日之域。第一是音乐艺术的独立，第二是器乐的勃

兴,第三是单音乐〔主调音乐〕的成立与奏鸣曲的发达,第四是标题音乐的兴行与乐剧的建设。今就各项略说于下:

一 音乐艺术的独立

音乐,大概是为了其特殊的性质的原故,一发生就受别的东西的羁绊,与别的东西互相提携而进步,不容易独立而前进。音乐的起源,诸说纷纭,最稳当的办法,莫如从想象上探究,说音乐起源于"律动"("rhythm")。律动的母胎中,同时产生一对双生儿,即"音乐"与"舞蹈"。后来产生"文学"、"演剧"。音乐的幼年时代,全靠其姊妹艺术的扶持而长育,一向不曾独立。其最初的扶持者是"舞蹈"。开卷曾经说过,音乐有抽象性与流动性,为一切姊妹艺术所不及。例如舞蹈,必须用身体的动作为材料;文学,必须用具体的言语为材料;演剧,又必须兼用身体的动作与言语二者为材料;音乐只要用一缕的音。虽然唱歌与奏乐也要用身体与乐器,但身体与乐器究竟不是音乐表演的主要材料,其情形与在舞蹈、文学、演剧中迥不相同,我们所鉴赏于音乐者,结果只有一缕的抽象而流动的音。音乐有这样的特殊的性质。音乐所以必须受别的艺术的扶持而发达,其原因正在于此。因为人类向来有一大要求,即对于无论何物喜欢其具体化,又概念化。对于音乐当然也起这个要求。但音乐因为有上述的特性,不能单独具体化,概念化。故必须与有具体的表演力的别的艺术(例如舞蹈)相结合,蒙了这艺术的具体的表现的衣服,然后可以立脚。所以音乐的幼年时代,全靠舞蹈的提携而进行——到现在,二者仍有密切的关系。

人类把音乐与舞蹈结合了,还不满足,后来又使它与"诗歌"(文学)相结合,就变成更具体的更概念的一种艺术。希腊古昔的农业时代,春秋祝祭有祭仪的祝歌,战争有战争的祝歌,送葬有挽歌,结婚有庆歌。一切仪式的"歌",拥护了音乐而进步。除仪式的歌以外,还有文艺作品的诗歌,也合了当时的乐器理拉〔里拉〕(lira)而歌唱。例如纪元前九世纪的荷马(Homer)的名作,就是这盲诗人自己和了理拉而歌唱的。

音乐与文学结合之后,又被演剧所利用。希腊古代的悲剧,便是音乐与演剧的最古的结合。剧中的主要人物的对话,都用韵文,合了音乐的旋律而歌唱。例如有名的希腊悲剧作者索福克雷斯〔索福克勒斯〕(Sophocles),尤理比提斯〔欧里庇得斯〕(Euripides),不但会作剧本,又自己能作音乐,是与现代的华格纳〔瓦格纳〕(Wagner)相似的兼长文学与音乐的人。不过其作曲今日已经失传,我们无从探知其音乐的真价;但其剧本的文学,是今日所尊重的文学作品,则当时音乐的进步也不难想象了。

音乐虽然借了舞蹈、文学、演剧的扶助而发达,其实音乐已经失却独立的资格,而被别的艺术所利用,为别的艺术的装饰物了。因为音乐一向受其姊妹艺术的提携而前进,用不着自己走路,故自己的足已经失却效用,变成一个不能举步的残废者了。

纪元之后,宗教的势力横行于欧美。音乐逢到了这位"宗教"的暴君，就被他掳掠去，充当一个花言巧语的侍妾，从此完全丧失了独立的自由权了。音乐本来应该是人类思想感情与精神生活的自由表现的艺术，在中世纪时代竟变作宗教的仪式的一部分，或宗教的装饰品，而全无生气与意义了。故中世纪的音乐差不多全是宗教音乐。君士坦丁大帝定基督教为罗马国教，制定宗教的仪式及其所用的音乐。中世纪宗教音乐由此而勃兴。当时用一种声乐，名为"安底福尼"〔"交替合唱"〕（"antiphony"），由教徒分组合唱，规模十分壮大。后来有宗教音乐上有名的僧侣胡克巴尔特（Hucbald）出世，创造"复音乐"〔"复调音乐"〕（"polyphony"）的作曲法，宗教音乐更为发达。然而他们的歌，除了神的赞美与教会气象的装饰以外，全无人间的情味与生趣。当时也有俗乐，例如"明内歌人"〔"恋诗歌手"〕（"minnesinger"）、"马伊斯德歌人"〔"名歌手"〕（"Meistersinger"）等歌人，或以恋爱为主题，或以日常生活为主题，倒是人类思想感情的艺术的表现。然而在宗教音乐的时代，这种俗乐被视为下贱之业，其歌人亦被视同卖唱的乞丐，为当时的士君子所不齿。在这样的压力之下，其音乐当然不能充分发展。

音乐受宗教的拘囚，至为惨酷！在千年的长时期中，不许与人类的生活感情发生交涉，而一直把它幽闭在教会中。像俄罗斯，除教会以外，民间不准弄音乐。倘有在教会之外私弄音乐的人，其人死后必入地狱而受劫罚。近代欧洲音乐的飞跃的进步，及现在俄罗斯音乐的异常的勃兴，照这情形想来，也许是对于长期而猛烈的压抑的力强的反动吧！

在希腊时代，宗教与音乐原也有密切的关系。例如前述的婚丧祝祭的歌，也是从宗教上来的。但希腊时代的音乐，是宗教的全部，音乐就是宗教。故音乐尚不失其独立的资格。至于中世纪的宗教音乐，音乐完全是宗教的奴隶，不复是一种独立的艺术了。

这音乐的幽囚与虐待，直到中世纪末期而稍有解放的希望。即意大利大宗教乐家巴来斯德利那〔帕莱斯特里那〕（Palestrina）首先出来为音乐解除桎梏，始发出艺术的音乐的第一声。然真的音乐的救世主，直到最近二百年前方始出现。其人就是巴赫（Sebastian Bach，1685—1750）。巴赫以后的音乐，方是独立的艺术的音乐。

如上所述，音乐在一切艺术中，最为非物质的，最为抽象的。人类把这抽象的艺术与别的具体的艺术相结合，使成为具体的形状而表现。于是音乐一方面与舞蹈结合，一方面与诗歌结合，与诗歌舞蹈相提携，方能向前进行。舞蹈与音乐同是律动所生的，二者的结合本来很自然；诗歌也是律动所生，其与音乐相结合亦没有不可。然而音乐因此蒙了永久的苦难，做了舞蹈与文学的奴隶。到了中世纪时代，音乐的虐待更甚，受文学与宗教二重的束缚。就是比较的自由的俗乐，也大都是文学的奴隶，否则是舞蹈的奴隶。在文艺复兴期的产物的歌剧中，音乐也不能离开文学而独立。十八世纪以前，音乐一向为别人的附庸，没有自己独立的领域，也是艺术中一种很可注目的特殊的情形。

然而这无辜的罪人终于也遇到了大赦的日子。自十七世纪至十八世纪之间，器乐渐渐发达，许多器乐家用水为音乐加洗礼；就中真的救世主巴赫用火为音乐加了洗礼，音乐方始独立而为纯正的艺术。后人称巴赫为"音乐之父"，真是很适切的称号。

巴赫在音乐上的功德，第一是器乐演奏技巧的发挥。当时的钢琴（piano）还没有十分发达，不称为 piano 而称为 Clavier（克拉微哀〔古钢琴〕）。巴赫是克拉微哀的演奏名家。发明巧妙的指法，专为此乐器作曲。又在作曲法上应用"十二平均率音阶"，使器乐的表现十分便利（详见后面器乐一节）。他的事业是从器乐出发，研究器乐的精神，建设全新而独立的音乐的形式，使音乐脱却别的艺术的束缚，而为自由表演思想感情的一种艺术。所谓"纯音乐"（"pure music"），就是从巴赫开始的。纯音乐有两种意义：一、对于受别的东西的利用的"羁绊音乐"，自由表现感情的称为"纯音乐"；二、对于含有事象描写的内容的"描写音乐"，发挥音本身的美的称为"纯音乐"（详见后面标题音乐一节）。巴赫的作曲，全无何种羁绊与描写，而以音的本身的美的结合，发挥美的感情，为纯音乐的模范。且不但器乐曲而已，声乐曲也不取从来复调音乐形式，而用器乐曲的形式。换言之，即具有纯音乐的价值的一种新的复音乐形式，即所谓近世复音乐形式（详见后面单音乐一节）。"音乐之父"，"音乐的救世主"的称号，便是从这意义上来的。

巴赫的音乐是"纯音乐"，换言之，就是"为音乐的音乐"。所以巴赫的音乐对于民众不甚接近。纯粹的艺术的发展，与对于民众的接近，原是不能两立的事。例如浪漫主义的艺术家,高唱"为艺术的艺术"("Art for art's sake"),终于笼闭在"象牙之塔"中,与一般民众少有关系。故巴赫终身与一般民众相隔离而生活,他把一生奉献于"艺术"。然而音乐艺术的独立,究竟是巴赫的功勋。独立之后,方能取各种自由的形式,作各种自由的表现,于是人类得在音乐中高歌其"生的欢喜与憧憬"。犹之一个人,有了生命之后,方能培植其天赋,发挥其才华,显示其能力。巴赫赋予了他的生命。培植、教养、任用,是后人之业了。

音乐由巴赫创立新纪元。巴赫之后,大家辈出。就中亨德尔(Georg Friedrich Händel,1685—1759)与巴赫同时代,是巴赫的直接的承继者,为新生的音乐的"乳母"。他的音乐,就比巴赫的普通一点,显明是"为人生的艺术"了。他的大作神剧〔清唱剧〕,从寺院下降而入于一般民众中,为当时人人所欢迎。

巴赫与亨德尔,是音乐的独立革命的二元勋,前者称为"音乐之父",后者可说是"音乐的乳母"。在作曲史上,他们是"近世复音乐"二大家。

二 器乐的勃兴

在我们现在的时代,说起音乐容易使人先想起演奏器乐,后想到唱歌。但是二百年以前,情形与现在大不相同:音乐以"声乐"("vocal music")为主体,乐器的演奏在音乐上差不多是没有的。中世纪的时候(如前节所述),音乐全部是宗教上的仪式，都用人声唱歌，难得用乐器（例如风琴）作为伴奏。至于"寺院式"的音乐，则连伴奏都不用，完全由人声歌唱。所以那时候的器乐在音乐上的地位卑下得很，仅当作伴奏之用，其效用止于人声的模仿而已。专弄乐器的人，地位也极微贱，只有俗乐中有吹笛鼓琴的人（如前节所述）。这种专弄乐器的俗乐者在当时被视为乞丐一类的下流人。所谓"市中吹笛者"（"town piper"），就是在十字街头吹笛讨钱的人。说得雅听一点，这种人是"飘浪乐人"。但当时的飘浪乐人大都是无赖游民，没有市民权的人，他们不能参与宗教上的仪式，他们的子孙没有承受遗产的权利，死后即被没收财产。故在中世纪，器乐（instrumental music）与器乐者都处于奴隶的地位。这是与现在迥不相同的情形。那时候的唯一的高尚的音乐，是唱歌，尤其是寺院里的僧众的合唱。僧人平日最重要的日课，是练习音程。举行宗教仪式的时候，数百僧人分为三部、四部，或更多的声部，合唱复杂的大曲，其大曲即所谓"康塔塔"（"cantata"）。——这声乐大曲康塔塔，在器乐盛行之后即变成奏鸣曲（sonata，详见后节）。

故声乐在中世纪的宗教音乐时代，已经极度发达。自文艺复兴、宗教改革之后，声乐就渐衰颓，而器乐勃兴的机运渐渐成熟，这是近代音乐发达的一个重要的枢纽。

文艺复兴的时候，意大利歌剧勃兴。歌剧是重用音乐的剧，剧场中必需管弦合奏，于是乐器的使用法、演奏法，渐渐随了歌剧的发达而进步，器乐在音乐上的地位渐渐高尚起来了。到了十八世纪，经过前述的巴赫的研究，器乐的身价愈高,忽然与声乐处于同等的地位。又经过罕顿〔海顿〕(Haydn)的经营,到了现在,音乐就以器乐为主体,声乐在现代音乐中变成些微的一小部分了。为现代音乐的主体的器乐,就是从十七世纪的歌剧中的管弦合奏发达而来的"管弦乐"("orchestra"),其所奏的乐曲就是所谓"交响乐"("symphony")。巴赫是器乐的提倡者,罕顿是管弦乐的建设者。

器乐的勃兴何以为近代音乐发达的一枢纽?巴赫与罕顿在器乐上有何事业?近代音乐上的器乐发达的盛况如何?今略述如下。

音乐在本质上是器乐的,音乐必须在器乐上发展,其理由甚为显明:如前所述,中世纪的宗教音乐不是纯正的"音乐",而是受宗教的桎梏的畸形的音乐,故能在声乐上发达。纯正的"音乐",是"音"的艺术,与文词诗歌无关,当然不能用声乐演"唱",而必须用器乐演"奏"。所以纯正的音乐,必俟器乐而能发达。所谓唱歌,原来是音乐与文学的综合,不是纯粹的音乐。唱歌无论何等充分发达,只是音乐的一部分的发达,不是音乐全体的发达。中世纪所以注重声乐,其原因一半也在于器乐的幼稚。十七八世纪以前,乐器中最重要的钢琴,即披雅娜(piano),尚未发达完成。乐器种类甚少,又构造甚不完全,技巧甚为简单。钢琴是乐器中的大王,从一弦琴(monochord)发达,变成克拉微可特〔击弦古钢琴〕(clavichord),变成沙尔推略谟(Sarterium),变为哈波雪可特〔拨弦古钢琴〕(harpsichord),到了千七百十一年而变成 clavicembalo col piano e forte〔带强弱变化的羽管键琴〕便是最初的钢琴。这时候装置已经便利，音量变化已经丰富。此后略加整顿，即成为现今的钢琴。钢琴有何等伟大的效能？因为它是有键盘的乐器，十个手指在键盘上可以自由运转，又可同时奏出许多音。既便于奏旋律，又便于奏和声。在一个键盘上可以奏出极复杂的音乐，其效果与从前的复杂庞大的声乐的组织相差不远。所以自从这乐器发达以后，回顾前时代的声乐的苦心的练习与组织，完全是徒劳的了。把这钢琴音乐的表现法更加扩大，用许多乐器代替其键盘而合奏一大曲，就是管弦乐演奏。试从远处谛听管弦乐合奏，其音的总和与钢琴演奏无甚大异。复杂的钢琴曲，其效果也可以仿佛管弦乐合奏。交响乐（即管弦乐）的蓄音片〔唱片〕，与钢琴曲的蓄音片，往往使听者一时不易辨别。故钢琴的发达，是近代音乐上一大要事。声乐的衰退，器乐的勃兴，均以此为枢纽。器乐勃兴以后，音乐即归入"音的艺术"的正途，而作正当的发达了。

　　巴赫的主要事业，就在这钢琴音乐上。巴赫本是教会的风琴演奏家，同时又是克拉微哀（clavier，即钢琴的前身）的演奏家。风琴在有键的一点上原是与钢琴相类似的（不过音色与构造不及钢琴的完全与巧妙），故风琴演奏家兼克拉微哀演奏家，原是便利的事。然巴赫能充分发挥这乐器的演奏技巧，现在所通行的钢琴指法（fingering），都是巴赫所发明的。即在巴赫以前，弹键盘时不用拇指，而每手仅用四指，拇指的运用，是巴赫所发明的。自从这新式的进步的运指法发明以后，键盘乐器的技巧就非常发达了。

巴赫还有可使人纪念的功绩，就是在作曲上最初应用十二平均率音阶。十二平均率音阶（Wohltemperierte），就是把一音阶的音程作十二等分，定其一分为半音，二分为全音。这乐理本来是法兰西音乐理论家拉莫〔拉摩〕（Rameau）所倡导的。然而向来只是一种理论，未曾实行。最初应用这乐理于作曲上，而收得美满的效果的人，便是巴赫。平均率采用的效果是很伟大的：转调（固定某调子的作曲，在途中转变为别的调子）非常自由，复音乐的复盖乐〔赋格〕（fugue）因而非常发达，而复盖乐的发达对于后来的奏鸣曲形式（sonata form，近代音乐形式的主体）的发达有很大的影响。又不但如此，半音音阶的和声的利用，也因此而非常自由。半音音阶，就是把音阶中的一全音平分为两个半音，以应用于和声上，便可作出种种新奇的和声，和声的效果就非常丰富了。

巴赫曾应用半音音阶的和声，作《半音阶幻想曲》（《Chromatical Fantasia》）。然这不过是表面的改革，"音乐之父"还有更大的勋业，即从器乐出发，研究器乐的精神，使发达而成为全新的独立的形式，使音乐脱出别的艺术的束缚，而解放为自由独立的艺术，在前节中已经说过。器乐的勃兴与音乐的独立，有密切的关系。

罕顿继承巴赫的事业，研究器乐曲的形式，建设奏鸣曲式的基础。关于奏鸣曲式，容在后面说明，现在仅就罕顿的器乐上来研究。罕顿不但是奏鸣曲式的完成者，对于器乐的组合法上也有很大的发展。现今所通行的各种器乐演奏组合法，例如交响乐，弦乐四重奏（quartet）等，都是由罕顿创始的。交响乐一名称，在罕顿以前原也有人用过，但意义与现在的不同。交响乐的现在的意义，是"管弦乐用的奏鸣曲"，这是由罕顿开始的。罕顿的交响乐中所用的乐器，弦乐器、木管乐器、金属管乐器〔铜管乐器〕、打乐器〔打击乐器〕，收罗已极繁多，变化已极丰富（详见《罕顿》章中）。比较现在的巨大的交响乐虽然简单得多，但在交响乐创始的当时，实在是可惊的器乐的大组织了。

器乐经过了巴赫的提倡，与罕顿的发展，而确立其基础。罕顿以后诸大家，例如莫扎特（Mozart），贝多芬（Beethoven），舒柏特（Schubert），李斯德〔李斯特〕（Liszt），裴辽士〔柏辽兹〕（Berlioz）等，皆努力于器乐方面的发展。直到现代，许得洛斯〔施特劳斯〕（Strauss），特褒西〔德彪西〕（Debussy）、史克里亚平〔斯克里亚宾〕（Scriabin）等建设"交响乐的水晶宫"，几乎达到了器乐表现的极致。

评家称现代器乐演奏为"交响乐的水晶宫"，又比拟现代的管弦乐为"流动的建筑"，都是极口赞叹现代器乐的盛况的话。

现代的管弦乐网罗一切乐器，演奏最长大而复杂的交响乐。在音乐演奏中，使用乐器最多的是管弦乐。故管弦乐是，最力强而雄辩的音乐，是最进步的器乐组织，一切音色、强弱、高低、和声、节奏，现代管弦乐都能表现。从前的管弦乐的特色只是音的和谐，今日的管弦乐则是音乐的综合的表现。无数乐器，在舞台上都像有生命地自歌自语，能泣能笑。故今日的管弦乐演奏，仿佛有一种"乐器的言语"（"instrumental language"），各乐器都是有生命的个个的人格。一团体所演奏的管弦乐，差不多是百数十的登场人物所合演的一大戏剧。啜泣似的小提琴，朗笑似的长笛（flute），盛怒似的铙钹（cymbal），柔顺慰安似的大提琴（cello），娇声似的克拉管〔单簧管〕（clarinet），傲慢似的长号（trombone），一切乐器的表情，为无论何等有名的优伶所不能致。优伶所表演的是现实的演剧，管弦乐所表现的是"灵界的演剧"。

三　单音乐的成立与奏鸣曲的发达

前面说过，巴赫与亨德尔是"近世复音乐"二大家。又曾说过，罕顿是奏鸣曲式（近世单音乐形式）的建设者。盖巴赫与亨德尔的事业主要在于音乐的表演方面，其内容方面仍未完全离去中世纪作曲法的"复音乐"，不过加以改革，故称为"近世复音乐"而已。罕顿始在作曲法上改复音乐为单音乐，而建立近世音乐形式的"奏鸣曲式"，经过莫扎特与贝多芬的继续研究，而单音乐于是确立。五人者，实为近代音乐的先驱。今列表如下：

近世古典派音乐 ｛ 近世复音乐 ｛ 巴赫（Bach）
亨德尔（Handel）
近世单音乐 ｛ 罕顿（Haydn）
莫扎特（Mozart）
贝多芬（Beethoven）

但最后的贝多芬,已是古典派向浪漫派的过渡期作家了。

何谓单音乐与复音乐?这是作曲法上的名称,与普通所称"单音"、"复音"意义全然不同,决不可以混同。普通称单一声音的旋律为单音,称同时有许多复合的和声为复音,是极表面的浅近的名称。作曲上的所谓单音乐与复音乐,简言之,是说乐曲中同时进行的主要旋律的多寡。例如宗教音乐时代,寺院中集合数百僧人,分为三部或四部,使合唱一声乐大曲。这时候各部的僧人所唱的各是一个主要旋律,即各能独立为一歌,不过各歌保有相互的关系,可以同时齐唱而得复杂谐调的结果。这叫做复音乐。又如现在的弹钢琴,十个指头在键盘上,往往同时并按三四个以至五六个音,使发出复杂谐和的和声。然而其作用与昔日的僧人的合唱不同,各指所按的不是对等的主要旋律。其中只有一旋律为主体,可以独立(大都在最高音处,即右手的高音部处),其他的音都是这主体的陪衬,没有独立的能力,换言之,即配在主体上的"和声"。又如今日的学校等团体唱歌中的二部合唱、三部合唱、四部合唱等,也是把学生分别为二部、三部或四部,令各唱一旋律,互相作成复杂的谐调。然这做法与昔日的僧人的合唱也不同,各部学生所唱的不是对等的主要旋律。其中只有一个旋律为主体,可以独立,其他的第二部、第三部、第四部都是这主体的陪衬,大都没有独立的能力。这等都叫做单音乐。表面上虽然分为数部,很是复杂,但实际上只有一个主体,"单"音乐的意义即在于此,

十七世纪以前,音乐家都用复音乐的方法作曲,其方法即

所谓"对位法",或称"对声法"("Kontrapunkt"),即声与声相对等之意(Kontra 就是相对,Punkt 就是点,就是音符。英名 conterpoint,即音符与音符相对之意)。故十七世纪以前,在音乐的性质上称为宗教音乐时代,在音乐的表演上称为声乐时代,在作曲上又可称为"复音乐时代"。十七世纪以后,到了罕顿的时代,改用单音乐的方法作曲,其作曲法即所谓"和声法"(harmonic),就是在一主要旋律上配和声的方法。故自十七世纪以后,在音乐的性质上称为纯正音乐时代(此纯正二字乃独立之意),在音乐的表演上称为器乐时代,在作曲上又可称为"单音乐时代"。但在历史上,复音乐和单音乐并非相继发生的。单音乐在中世纪以前早已存在。不过当时复音乐盛行,故单音乐仅用于浅易的俗乐上罢了。到了十八世纪初,巴赫等还应用所谓"近世式复音乐",巴赫死后,复音乐次第衰退。十八世纪以后,单音乐就代替了复音乐而盛行,直至今日,世间不复用复音乐了。故中世纪与近代,音乐上有许多相反的点:如前所述,中世纪重声乐而轻器乐,近代则反之;中世纪重宗教乐而轻世俗乐,近代又反之;中世纪盛行复音乐而轻单音乐,近代又反之。这三种反对,都是近代音乐进步的证据。因为宗教乐比世俗乐范围狭隘,声乐比器乐表演力弱小,复音乐是适于声乐合唱的作曲法,当然不适于器乐。

复音乐是适于声乐合唱的作曲法。复音乐的第二旋律,每每模仿第一旋律而与之同时进行。故复音乐的作曲法,是以"模仿"("imitation")为基础的。在单音乐,旋律的进行用"对比"("contrast")、"变形"〔"变奏"〕("variation")、

"展开"（"development"）等方法，即以对比、变形、展开为基础的。模仿的原则适合于声乐，对比、变形、展开等原则适合于器乐。故复音乐主属于声乐，单音乐主属于器乐。今列比较表如下：

（复音乐）用对位法　立体的形式　以模仿为基础　主用于声乐

（单音乐）用和声法　平面的形式　以对比、变形、展开为基础　主用于器乐

故复音乐与单音乐代谢的原因，主要在于器乐的勃兴。在中世纪时代，钢琴等和声乐器还没有发明，音乐主要用人声。许多人声合唱同一的旋律，很觉得单调。所以用复音乐法，合数部的人声，使唱各不相同的旋律，合成复杂的音节。后来钢琴发明了，单用一旋律也可以自由配上和声，不致流于单彩，于是繁琐的复音乐渐渐不用，单音乐就盛行到今日。

单音乐的作曲法的根本原理，从"对比"出发。

所谓对比，就是在一种乐句之后，用性质稍反对的别种乐句，使互相衬出各句的特性。例如大调之后用小调，急速之后用徐缓，轻快之后用沉重，弱之后用强等便是。其次是"变形"，即在主题上行种种装饰、变化。例如变化和声，变化拍子，变更音阶上的位置，或把主题分割，施以装饰，或在各部用不同的组合方法。最后是"展开"，就是离开了主题而自由展开，在管弦乐的大曲中，常用这作曲法。

所以最简单的单音乐的乐曲形式，是仅用"对比"的所谓"二部形式"（"Zweitheilige Form"），或称"歌谣形式"，有AABA（A表示主题，B表示对比部）的四行。普通学校中的唱歌，大都是二部形式的，较复杂的有"三部形式"（"Dreitheilige Form"），分前中后三部，前部和中部主题各异，作成对比，后部大都和前部同样，或与前部出于同一主题而略加变奏。普通的进行曲，舞曲，大部属于此三部形式。更复杂起来，变成"旋转调形式"〔"回旋曲式"〕（"Rondo Form"），篇幅长得多，组织亦复杂得多，全曲大致分部如下：

旋转调形式 $\begin{cases} 前部 \begin{cases} 第一主题 \\ 第二主题 \\ 第一主题 \end{cases} \\ 中部——对比（第二主题） \\ 后部 \begin{cases} 第一主题 \\ 第二主题 \\ 第一主题 \end{cases} 近世式仅用第一主题 \end{cases}$

Rondo就是round，就是"旋转"的意思，试看上面的表中，第一主题与第二主题交互轮流，旋转的意思即在于此。普通钢琴曲中，旋转调〔回旋曲〕很多。

从旋转调更发展一步，即成为"奏鸣曲式"，为器乐中最进步的形式。

"奏鸣曲"（"sonata"）与"奏鸣曲式"大有分别，不可混同。现在要先把二词的意义说一说："奏鸣曲"是由三四个乐曲组成的大乐曲的名称。合在这大乐曲中的三四个小乐曲，各名为"乐章"（"movement"）。其中第一乐章的形式，特名为"奏鸣曲形式"。第二乐章大都用歌曲形式，第三乐章大都用舞蹈曲形式，第四乐章大都用旋转调形式或又用奏鸣曲形式。所谓"奏鸣曲形式"，其组织大致如下：

奏鸣曲形式 {
 呈示部 { 第一主题（主音上）/ 第二主题（主音的五度上）
 展开部——主题展开
 再现部 { 第一主题（主音上）/ 第二主题（主音上）
}

"奏鸣曲"，就是这形式为第一乐章而作的大乐曲。奏鸣曲的组织大致如下：

奏鸣曲 {
 第一乐章——奏鸣曲式。
 第二乐章——歌谣形式，或三段式，徐缓而抒情的，故通常名为"徐缓章"（"slow-movement"）。
 第三乐章——古风舞蹈曲，梅奴哀〔小步舞曲〕（menuet），谐谑曲（scherzo）等轻快调。
 第四乐章——旋转调形式，或奏鸣曲形式，通常用急速的拍子。
}

这配列也是以对比为基础而保住全曲的均衡的。即在第一章的繁重而快速的奏鸣曲形式之后，用单纯的、抒情的歌谣形式为第二乐章，又用轻快的舞曲为第三乐章，则可以有对比的效果。第四乐章是总括的结束，故须用兴奋的急拍子。但也没有一定的规则，上表不过其组织的一种而已。

奏鸣曲也不一定是四个乐章组成的。普通多略去第四乐章，仅用第一、二、三的三乐章。贝多芬以后，奏鸣曲的体裁全无一定，因各作家而异。到了现代，形式更加不拘，渐渐注重内容的表现了。舒柏特（Schubert）的《未完成交响乐》（《Unfinished Symphony》）（交响乐与奏鸣曲，乐曲形式同样，不过用少数乐器奏的称为奏鸣曲，用许多乐器的管弦乐奏的称为交响曲），只有第一第二两乐章。现代俄罗斯新派作家曾经发表只有一乐章的奏鸣曲。

奏鸣曲一名称，在西洋音乐上早已有之。古代对于声乐曲，称器乐曲为奏鸣曲。十六世纪时，意大利人迦伯列（Andrea Gabriel）也曾应用奏鸣曲的名称，但其形式与今日的大异，远不及今日的完全。到了十八世纪，前述的巴赫的儿子哀曼纽尔·巴赫（Emanuel Bach）的时代，渐渐有近似于现今的形式的奏鸣曲。不久罕顿出世，就建立了近代奏鸣曲的基础。以后经过莫扎特与贝多芬的经营，而奏鸣曲十分完全发达了。

罕顿的作曲上的大事业，是交响乐。罕顿有"交响乐之父"之称。前面说过，交响乐就是用管弦乐（orchestra）演奏的奏鸣曲。故交响乐之父的罕顿，对于"奏鸣曲"的组织上有很大的发展。罕顿以前，最初的奏鸣曲是"室内奏鸣曲"（"chamber sonata"），或称为"巴尔典塔"（"partita"），或称为"组曲"（"suit"）。形式非常简陋，由数个二段式的舞曲集成各乐章。巴赫的作品，就是这种形式的。到了巴赫的儿子哀曼纽尔，稍稍发达。入了罕顿之手，就取用主题展开（development）的方法，作出现今的奏鸣曲。

莫扎特继续罕顿的研究，使奏鸣曲的组织更加完全。这时候的奏鸣曲，第一、二两乐章用同样形式，再配上一章三段式的梅奴哀（menuet），和一章复盖乐（fugue）形式的终曲。莫扎特注重各乐章的分部的构造；对于奏鸣曲的全体的组织，他并不曾用心。

贝多芬与莫扎特相反，重视全体的构造。努力企图全曲的一贯的气势，或有密接的关系的情绪。故他的作品注重气势与情绪的描写，显然有后世的标题乐的色彩（详见后节）。奏鸣曲的组织从此更加统一，团结，而为器乐上的最主要的乐曲形式了。

贝多芬以后，舒柏特（Schubert）、修芒〔舒曼〕（Schumann）、门德尔仲〔门德尔松〕（Mendelssohn）等作家，在形式上及乐器的组织上均墨守贝多芬的遗制。到了近代，标题音乐勃兴，奏鸣曲就大加发展，交响乐开拓新的境地。德国的勃拉谟斯〔勃拉姆斯〕（Brahms），俄国的柴科夫斯基（Tschaikovsky）、史克里亚平（Scriabin），就是新时代的交响乐的大作家。

四　标题音乐的兴行与乐剧的建设

标题音乐是近世浪漫乐派上的名物。是十八九世纪音乐上一大普遍的倾向。

如前所述,音乐在古代为别的艺术所利用,在中世纪又为宗教的装饰。巴赫给它解放,使它独立而成为"纯音乐",即"为音乐的音乐"。但到了现代,音乐又与别的东西发生关系,纯粹的音乐中又掺入别的分子了。然而这一次不是音乐为别的东西所利用,而是音乐利用别的东西。音乐仿佛是从长期的奴隶生活中脱出,暂时闭居在象牙塔中,现在又自动地走下象牙塔来与世人相见,而结合亲密的关系了。这便是标题音乐的发生。标题音乐（program music）就是依照一标题而作曲,在曲中用音描写标题所示的内容。换言之,即用音描写自然物象,即用音作诗,作画,即在音乐中掺入文学、绘图的分子（但并非在曲上加歌词的表面的掺入）。所以标题音乐之高级者,称为"音诗"（"tone-poem"）,又称为"音画"（"tone-picture"）,最近又有"交响诗"（"symphonic poem"）。这种含有内容意义的音乐,对于纯音乐称为"内容音乐"（"content music"）。

标题音乐是近世浪漫音乐的名物。古典主义与浪漫主义的差别,简言之：前者以形式为主,后者则注重内容。即古典主义的艺术,有一定的形式与一定的美的标准；倘不依其形式,不守其标准,就不成为美。所以古典派的作品是主智的,客观的。至于浪漫主义的艺术,则注重独创,崇尚清新,为求独创与清新,往往不拘表面的形式。故浪漫派的作品是情绪的,主观的。浪漫派的音乐，就是注重内容的，情绪的，主观的音乐。起初作家运用音的巧妙的结合，自由地陶写胸中的情绪与感兴，把作者的主观映写在乐曲中。这作风推广起来，不但主观的情绪与感兴可以映入乐曲，又渐渐把外界的自然音加以音乐化，加以诗化，而移入于乐曲中。充其极致，鸟声、风声、水声、炮声、雷声，无不可以用音乐模仿而加入作曲中，即成为"模仿音乐"。但这是下等的音乐，为音乐大家所不取。音乐的描写，究竟有一定的限度，以情绪感兴的描写为主，即使要描写自然音，也必加以音乐化，自然音的再现，决不能成为艺术。所以高尚的标题音乐，是自然音的音乐化、诗的描写、心理的描写。现代法兰西的所谓"印象派"音乐，就是心理描写的音乐。

　　如前所述，贝多芬是古典乐派与浪漫乐派的过渡期作家，即贝多芬是浪漫乐派的先驱者。贝多芬以后，欧洲的浪漫乐派荟聚于德、法二国，名家辈出。就中七大家为近代音乐的中坚人物。其人即舒柏特、韦柏、门德尔仲、修芒、肖邦、裴辽士、李斯德。就中有五人是本书所收罗的题材。以时代的顺序为标准，可分为三期；以乐风为标准，可分为德、法二式，看下表即可分明。贝多芬是浪漫乐派的先驱者，同时又是标题音乐的倡导者。浪漫乐派群音乐家大都同时又是标题音乐的作者。浪漫派以后，现代乐派中的最大家，也都是标题音乐的发挥者。今列表如下：

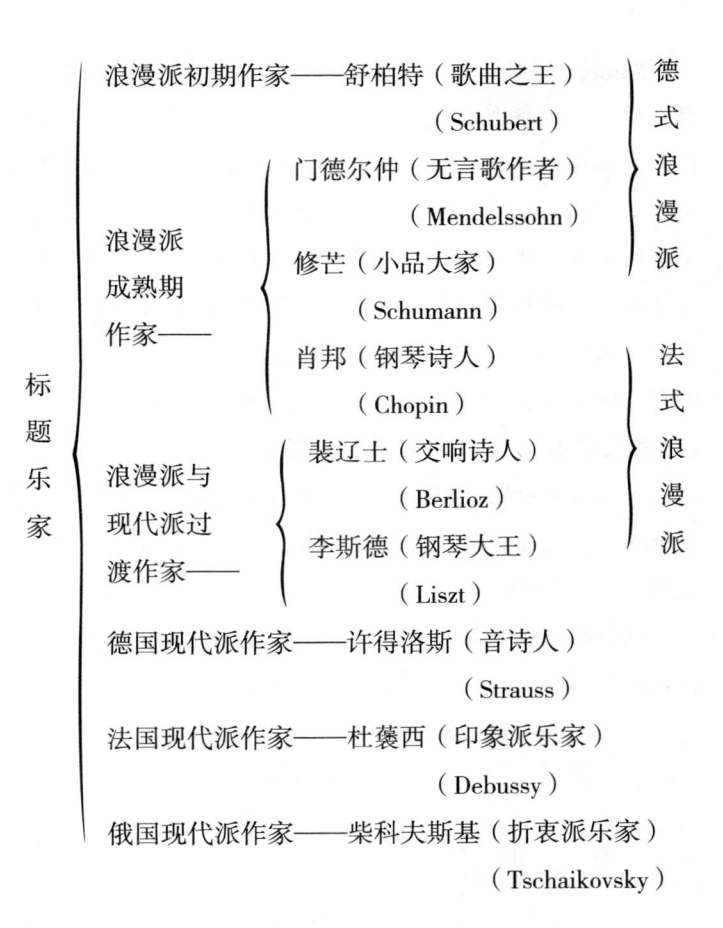

标题乐家 ⎰
- 浪漫派初期作家——舒柏特（歌曲之王）（Schubert）⎱ 德式浪漫派
- 浪漫派成熟期作家—— ⎰
  - 门德尔仲（无言歌作者）（Mendelssohn）
  - 修芒（小品大家）（Schumann）
  - 肖邦（钢琴诗人）（Chopin）
- 浪漫派与现代派过渡作家—— ⎰
  - 裴辽士（交响诗人）（Berlioz）
  - 李斯德（钢琴大王）（Liszt）
  ⎱ 法式浪漫派
- 德国现代派作家——许得洛斯（音诗人）（Strauss）
- 法国现代派作家——杜襞西（印象派乐家）（Debussy）
- 俄国现代派作家——柴科夫斯基（折衷派乐家）（Tschaikovsky）

上表中有六人是本书所收罗的人物。由此可知标题音乐是近代音乐的中坚。今略为介绍各标题乐家的作风于下。

最初，就标题音乐的建设者贝多芬及其有名的音画说起。贝多芬以前的音乐，大都是"绝对音乐"（"absolute music"），即前面所谓"纯音乐"。当时盛行的"室乐"〔"室内乐"〕

（"chamber music"），就是以音乐美为本体而不描写事象的绝对音乐。这时候的室内乐，都是王公贵族的宫室中所演奏的音乐，所谓"室"，就是王公贵族的私室的意义。到了贝多芬时代，室内乐始脱离贵族的保护而独立。贝多芬是音乐家中的民主主义者，他给室内乐解除贵族的束缚，使成为民众的。同时又倡导音乐的事象描写。故贝多芬以后的音乐史，可说是从绝对音乐到标题音乐的发达史。他自己的作品中，九大交响乐中有三曲是有标题的，即第三名为《英雄交响乐》，第五名为《命运交响乐》，第六名为《田园交响乐》。这三曲交响乐，不但是表出对于英雄、田园、命运的抽象的观念，而具体地描出英雄的力与悲哀、牧童的快乐、命运与人的葛藤。所以贝多芬是近代标题音乐的祖先。

就中第六的《田园交响乐》（《Pastoral Symphony》）为最有名的"音画"。全曲分三个乐章，描写着五幅图画：

第一乐章——田园的愉乐。

第二乐章——山川傍的景色，群鸟。

第三乐章 { 田舍的飨宴。
雷雨。
雷雨后牧人的感谢歌。

浪漫音乐的首领舒柏特是以"歌谣曲之王"名震近世乐坛的人。他一生共著歌谣曲八百余首，为古今独步的歌谣曲作者。他的歌谣曲，不但是音乐与文学的合并，而能用音乐翻译出诗的精神，音乐自成一独立的乐曲。在这点上，舒柏特也是对于标题音乐的作法上大有功业的人。他平时常常手执诗集一册，在室中朗吟漫步，吟到体会了诗的作者的灵感的时候，就把这灵感用音乐描出，立刻作成一首歌曲。他能够在歌德（Goethe）的诗上谱出歌德似的旋律，在海涅（Heine）的诗上谱出海涅似的旋律。他的心灵犹如一面映出诗的姿态的镜。音乐与诗的交际，在舒柏特最为密切了。

门德尔仲是浪漫乐派成熟期的"唯美"的作家。他的音乐富于浪漫精神，描写的技术甚为巧妙。他的名作《苏格兰交响乐》、《意大利交响乐》，不但充分表现民族性，又有种种巧妙的描写法，所以他是现代标题音乐的有力的提倡者之一。他的序曲《希伯利第斯》（《Hebrides》）中，有著名的流水的描写。但他对于情绪的描写比自然的描写更为擅长。他所爱作的"无言歌"（"songs without words"），便是美丽的情绪描写的音乐。

修芒比门德尔仲更富于浪漫的色彩。他的性情非常热狂，作风也富于热狂的浪漫的精神。他的作品，以钢琴小曲为最著名。例如世界上到处弹奏的《梦之曲》〔《梦幻曲》〕（《Traumerei》），最富于诗趣，最能代表他的小品的特色。在浪漫乐派的群音乐家中，修芒最为诗的、感情的作家。

法兰西浪漫派乐人中，首推交响乐诗人裴辽士。他的一生非常潦倒，最富于浪漫的生活。故其作品自然也多浪漫的色彩。他的作品中最伟大的是交响乐。他的交响乐，形式与从来的不同，完全用独创的作曲法，又都用标题，标明曲中所描写的事象。他自己特称其交响乐为"交响诗"。后人就称他为"交响诗人"。他的名作《在意大利的哈洛尔特》〔《哈罗尔德在意大利》〕(《Harold en Italie》),及《幻想交响乐》(《Symphonie Fantastique》)中把人的性格及生活用剧的描写法,生动地写出着。这种音乐,不用文字而能像做诗地写出人生自然的姿态,故又称为"音诗"("tonepoem")。裴辽士为浪漫乐派成熟后的果实,又为现代标题乐派的健将。

钢琴诗人肖邦也是擅长小品的音乐家。他是音乐史上空前的钢琴抒情家。故后人称颂他为"钢琴诗人",又指他为"钢琴之灵魂"。平生最喜幽静,又多愁善病。作品也多纤丽的幽情的描写。钢琴小品是他的杰作。就中"夜乐"〔"夜曲"〕("nocturne")尤为其得意之作。旋律都有勾引人心的魔力,又温厚、正大,充满着诗趣。他的作品都用标题,在标题乐派的群英中,肖邦是最纤雅的抒情家。

李斯德与前述的裴辽士,是近代浪漫乐派中的两位交响诗人。李斯德的杰作,首推十二曲交响诗(见后章),都是音乐的剧的描写的作品。李斯德又擅长钢琴,有钢琴大王之称,其钢琴上的事业又不亚于钢琴诗人肖邦。李斯德与裴辽士是标题乐派的健将,浪漫乐派的结实,又为现代乐派的渊源。浪漫派发展到裴辽士与李斯德,已经行止。就一变其方向而为现代乐派。现代乐派就是标题音乐与民族性的结合。

现代乐派最繁茂的地方是德意志、法兰西、俄罗斯三国。德国的代表者之一,是音诗人许得洛斯。许得洛斯绍继裴辽士、李斯德的标题乐风,而在作品中实以更健全的内容。裴辽士、李斯德的"交响诗",入了许得洛斯的手中,而愈加凝炼，即成为"音诗"。他在音诗《死与净化》（《Tod und Verklaerung》）中，描写"死"的姿态，人对于生的爱与对于死的恐怖，最后又写出人因死而达到的法悦境。他的作品中，标题的色彩最为浓厚，描写最为深刻，为现代音乐上的异彩。

法兰西现代乐派的代表者是杜褒西。他是近世最大的音乐家，是印象派音乐的创立者。他最爱法国象征派诗人波独莱尔〔波德莱尔〕（Baudelaire）等的诗，用音乐来试行象征的描写，就以印象派音乐家知名于世。印象派音乐的特征，是旋律的美，和声的富于变化，而有鲜艳的色彩。印象派是主观描写的音乐。印象派音乐的描写法，全然屏斥客观的分子，而用音乐直接描写人生自然的情趣，已达到标题音乐的最高点了。杜褒西是有名的音乐的风景画家。他在夜乐中描出云在天空中推移的情状，节日之夜的热闹欢喜的印象，使听者犹如梦见其景色。又在交响小品中描写海的风景，为近代有名的"音画"。

俄罗斯现代乐派中最大的天才，是折衷派大家柴科夫斯基。他的作品中最有独特的色彩的，是标题音乐的交响乐。他的杰作《序曲千八百十二年》〔《一八一二年序曲》〕（《Overture 1812》）是世界著名的标题音乐。曲中描写千八百十二年拿破仑进攻莫斯科的情景。曲的开始，表示俄罗斯国民对于拿破仑来袭的恐怖，奏出俄国国教的赞美歌；其次为法军的驱到，可怕的战争状况，法军的败北，俄国国歌的高调；最后为莫斯科寺的钟声与胜利的行进曲。全曲中描出着一场轰烈的大战的光景，评家谓此曲是标题音乐的技巧的登峰造极。

以上所述是音乐方面的标题乐家。要之,标题音乐就是音乐的描写,音乐的诗的表现,音乐的剧的表现。故最适于发挥这种标题音乐的技巧的,莫如"音乐剧"。因为音乐剧是音乐与演剧的综合,其音乐非用剧的描写不可。华葛纳〔瓦格纳〕(Wagner)就把这种标题音乐的技法应用在他的音乐剧上,而建设了近世有名的综合艺术的"乐剧"("music drama")。贝多芬所倡导,裴辽兹、李斯德所努力经营的标题音乐,到了华葛纳的乐剧而集大成。

华葛纳以前的歌剧(opera),音乐与演剧大都没有融合的效果,音乐仅为演剧的装饰,二者不能作有机的结合。华葛纳应用标题音乐的技法,就产生理想的"乐剧"。关于乐剧的研究,非常复杂,非草草所能尽述。现在仅就华葛纳的乐剧的序曲略述其大概。序曲是乐剧开幕前所奏的音乐。华葛纳把全剧的情趣与精神用"剧的描写法",缩写在其序曲中。故听到序曲,就如看见无形的演剧,全剧的情趣与精神已全部传达于听者的胸中了。华葛纳的杰作中,例如《黎安济》(《Rienzi》)、《汤诺伊才尔》〔《汤豪舍》〕(《Tannhauser》)的序曲,都是有名的剧的描写的音乐。

黎安济是十四世纪时的人。他曾经煽动罗马市民,企图革命,推翻了专横的贵族,做了市民的主权者。后来失了人望,而终于悲惨的结果。华葛纳把这段历史事件作成一篇歌剧。又摄取全剧的精华,作一序曲。其曲由剧中各部的音乐的主题巧妙组合而成,故在序曲中已能表出剧的内容。曲的开始有黎安济欲从贵族的横暴中救出罗马市民而祈祷于神的祈祷歌。其次是罗马市民对于黎安济表示同意的合唱。又次是黎安济煽动罗马的群众而兴起革命战争的战斗的音乐。又次是市民敬仰黎安济为救世主而同声赞美的音乐。……用这样的音乐，把黎安济的事业与生涯音乐化在这序曲中。

汤诺伊才尔是十三世纪德国南方的一个青年乐人。这青年乐人受了妖女凡奴斯〔维纳斯〕（Venus，诱惑青年男子的美丽的女妖）的诱惑，进了她所居的山中。后来听到了自罗马来的巡礼的歌声，就悔悟了。但罗马法王判他重罪，不肯赦免他。于是他就自暴自弃，重行逃入妖女的山中。然国土的领主的女儿爱理硕裴德〔伊丽莎白〕（Elizabeth）爱着这年青的汤诺伊才尔，就不顾自身，代替他向神赎罪，终于使汤诺伊才尔得了赦免。剧的梗概如此。华葛纳在剧的序曲中巧妙地写出了这光景。即开始是罗马巡礼的歌。其次是非常诱惑的妖女的跳舞音乐。又次是汤诺伊才尔的兴奋与被诱入山。又次是罗马巡礼的庄严的音乐。……终了为遇救的欢喜的歌。

德国浪漫派诗人李希推尔〔里希特〕（Jean Paul Richter）曾经有这样的话："从来亚普洛〔阿波罗〕（Apollo，文艺之神）右手持诗才，左手持乐才，以分赠于两种的天才者。然而世界正希望兼有诗才与乐才的大天才的出现。"华葛纳正中了这句话的希望。他自作音乐，自作文词，甚至自作剧场背景，自作演剧者，而建设了他的破天荒的综合艺术的"乐剧"。他是对于各种艺术均有非常的天才的人。所以他的作曲中，音乐与诗与剧的结合当然最为自然最为融和。前述的序曲脱离了歌剧而独立为一乐曲的时候，就是最高点的标题音乐。

二百年来西洋乐坛的盛况,大致如上。其重要人物计有十五人,今汇记于下,以便一览:

1. 巴赫(Bach,德)——音乐之父,近世复音乐建设者。

2. 亨德尔(Handel,德)——音乐的乳母,近世复音乐作家。

*3. 罕顿(Haydn,奥)——单音乐建设者,奏鸣曲完成者,交响乐之父。

*4. 莫扎特(Mozart,德[1])——奏鸣曲作家。

*5. 贝多芬(Beethoven,德)——标题乐创立者,古典派浪漫派过渡期作家。

*6. 舒柏特(Schubert,德)——浪漫派首领,歌曲之王。

7. 门德尔仲(Mendelssohn,犹太)——浪漫派标题乐家。

*8. 修芒(Schumann,德)——浪漫派标题乐家。

*9. 肖邦(Chopin,波兰)——浪漫派标题乐家,钢琴诗人。

*10. 裴辽士(Berlioz,法)——交响乐诗人。

*11. 李斯德(Liszt,匈牙利)——钢琴大王。

*12. 华葛纳(Wagner,德)——乐剧建设者。

---

[1] 莫扎特的国籍应为奥地利。

*13. 柴科夫斯基（Tschaikovsky，俄）——俄国折衷派作家。

14. 许得洛斯（Strauss，德）——音诗人。

15. 杜褒西（Debussy，法）——印象派音乐家。

就中注*者为本书所传述的十大家。其余五家，除中间的门德尔仲生活与其音乐一样平淡，无可演述而外，巴赫与亨德尔过于过去，许得洛斯与杜褒西过于新近，均暂时不述。本书所传述的十大家，为近世西洋乐坛的中坚。

罕　顿
〔海顿〕

Franz Joseph Haydn

（1732—1809）

一　大音乐家的初步
二　流浪时代
三　得意时代
四　罕顿与莫扎特
五　罕顿与英国
六　高龄与大作

一　大音乐家的初步

二十世纪初的西洋乐坛，是"交响乐"（symphony）的雄辩的时代。现代音乐的最高水准，是"交响乐的水晶宫"。音乐的表现力，在现代的交响乐中已经尽量发挥，不遗余力了。这种交响乐的建设者，是百余年前奥地利的大音乐家罕顿。所以现在叙述音乐家的生涯，第一从这位老大家说起。

音乐的表演分"声乐"与"器乐"两种。声乐就是用人的嗓子唱歌，器乐就是单用乐器演奏乐曲。但人的嗓子所发的音，高低强弱的限度甚狭，音色也甚单纯；乐器则发音的高低强弱范围广得多，音色亦复杂得多。集合高低强弱音色都不同的数百件乐器，由数百人合奏一乐曲，其表演能力当然更大了。这种演奏法叫做"管弦乐"（"orchestra"），其所演奏的乐曲就是"交响乐"。现代爱听交响乐的人，都应该纪念这交响乐的创办人"罕顿爸爸"（仿莫扎特的称呼，见下文）。现在请来谈谈这老大家的生涯，看他是甚样的一个人。

奥地利的来塔河（Leitha）畔有个小村，名叫洛罗。来塔河是南部奥地利与匈牙利的境界。洛罗村离维也纳不远，火车二小时半可以直达。这村中有一个车轮匠，名叫马谛亚斯·罕顿（Mathias Haydn）。这人虽然是做工匠，却受过相当的教育，又爱好音乐，能不看谱谐弹竖琴（harp），又有天赋的一个次中音〔男高音〕（tenor）好歌喉。他的夫人也是一个普通女子，然具有深的信仰心，热心于家政。总之，这一对夫妇都是心地良好、性质明慧的人。他们生了十二个子女，其中第二个男儿名叫弗朗兹·约瑟夫·罕顿，便是本文的主人翁。

罕顿的诞生日，一说是千七百三十二年三月三十一日，又一说是四月一日。音乐家自己是认定四月一日的。想来他的诞生时刻是在三月三十一日与四月一日交代的夜半吧。

罕顿出身平常，祖先中没有高贵的名人，又以车轮匠为父亲，其微贱可想而知。贫乏是他的一生的伴侣。幸而有两亲的慈爱与家庭的和平，幼年的罕顿很健全地长育了。洛罗村附近有许多歌罗西亚〔克罗地亚〕（Croatia）人及南方斯拉夫人居留着。据传记者的考究，罕顿的祖先中混着歌罗西亚血统。歌罗西亚人是非常富于音乐天性的人种。罕顿从小就爱好音乐。

据研究者说，歌罗西亚人中音乐非常普及。三个人集拢在一处，就有一个人能作曲，一个人能奏乐器，一个人能歌唱。姑娘们汲水时，口中唱着美妙的歌。无论哪一个村里的人，都能在草原上奏乐，跳舞。罕顿长育在歌舞盛行的地方，其音乐的天才当然容易发展。

每天晚上，罕顿的家庭人员常常聚拢来奏音乐。幼年的罕顿当然加入这演奏队中。然而他的正式受教育，自六岁时开始。有一个亲戚认识了他的天才，带他到昂不尔厄〔海恩堡〕，专门教他学习音乐。这亲戚在昂不尔厄组织一合唱队，自己指挥。合唱队的教育十分严格，据说对于学生实行体罚。六七岁的罕顿时常呜呜地哭泣。犹之贝多芬四五岁时候常被父亲鞭打而流泪在钢琴键盘上。然而罕顿后来想起当时的严格的教育，心中常常感谢。

千七百四十年春，罕顿八岁了。当时维也纳的圣史蒂芬教会派人到昂不尔厄来招考合唱歌手。罕顿受过试验，成绩很合格，就被取入了圣史蒂芬教会的合唱队中，这时候罕顿年龄还只八岁，自己很晓得努力用功，生活十分刻苦。放假的日子全不休息，有友人来玩的时候，他常常独自到无人的地方练习克拉微哀（Clavier）。克拉微哀就是钢琴的前身，组织与钢琴略相似，而未曾完全发达。改良完善之后，即变名为 piano，即钢琴。罕顿当时所用的克拉微哀是一种特殊形式的，形状很小，可以挟在臂中搬运。住在洛罗村中的两亲生活依然贫乏，不能供给他充分的用费，买书籍的钱常常不足。有一次父亲把血汗换来的六个弗洛林（florin 是一种银币，每个值两先令）寄给儿子买书。罕顿用这钱买了一册《对位法》（《conterpoint》，是当时所用的作曲法的书籍）和乐理教科书。又买了些五线纸，珍重宝惜地使用。

　　有一天这唱歌队在御前演奏。马利亚女皇听见罕顿的歌声，觉得不快，批评他说："这孩子的唱歌声音像老鸦噪。"指挥者就渐渐不欢喜罕顿了。有一天，罕顿得了一把新的小剪刀，藏在怀中，时时取出玩弄。偶然看见坐在他前列的一个唱歌人的辫发结得很好看，随手用他的新剪刀把那人的辫发剪下了。这事件促成他的解职，就被逐出唱歌队。这是千七百四十九年十一月中的事，罕顿正是一个十七岁的少年，开始度流浪生活了。

二　流浪时代

十七岁的罕顿在举目无亲的维也纳的冬日的街头彷徨,一时无所归宿了。幸而天道有知,不久就来了救星。他有一个朋友在圣米克尔教会里当次中音(tenor)歌手,有一天偶然遇见了失业的罕顿。这朋友可怜他无所归宿,要他到了自己家里。然而他家里有妻,有子女,生活也不见得从容。他请罕顿住在他家的屋顶下的小房间里。这朋友常常为舞蹈会及婚丧仪式所雇用,为别人演奏或唱歌,又为家庭教师,有时拿了小提琴在夜市中演奏卖钱。罕顿在他家里寄食,当然很不安心。不久他就告别这朋友,另外租住了一个地方,也是雨雪都不避而阴暗的屋顶下的房间,在这穷苦的生活中,勉力作曲。后来他回想这时候的情况,自己有这样的记录:

这八年之间,我全靠教授糊口,此间有许多天才者为了每日的糊口而采用这可怜的方法,终于没却其天才!因为一做教授,竟极难得有自己用功的时间了。

同居者有一个诗人名叫美塔斯塔济奥(Matastasio),为爱罕顿的乐才,推荐他与人家做音乐教师。又介绍他给维也纳有名的一个音乐家。罕顿就做了这音乐家的伴奏者,又帮他做各种事,揩皮鞋、刷洋装、送信、当差使,简直与仆役一样。这音乐家的姓名早已为人所忘却,他的仆役罕顿倒成了大音乐家而留名千古,世间的事真是奇离!

千七百五十一年,有一天晚上,罕顿像乞丐一样地在街头指挥五重奏,借以卖钱糊口。其地点恰好在一个当时有名的喜剧作者兼剧场支配人的住家的窗下。这人名叫费律克司·克罗芝,他听了窗外的街头音乐,看出了罕顿的音乐的特才,就呼他停止演奏,招待他到自己家里来。克罗芝有一首歌剧,是自己作诗的,就请罕顿为他作曲。其歌剧后来曾在各处开演,但现今乐谱已经亡失,不复传世了。

千七百五十九年,罕顿受波希米亚贵族莫尔舍伯爵的雇任,到他那里当乐长,这伯爵不喜欢雇用有妻室的人。罕顿以前曾恋爱一个理发师家的次女。这时候不知为了什么原故,其恋情断绝,那女子做了尼僧。真率的罕顿遭逢了这失恋,心中很是郁郁。理发师不管罕顿喜欢不喜欢,硬要把他的长女安那·马利亚嫁与罕顿,终于结婚了。结婚在千七百六十一年十一月中,时罕顿年二十九岁,马利亚比他长二岁,已经三十一岁了。这安那·马利亚是一个世间极少有的凶恶的女子!她待罕顿非常苛刻。罕顿从此失了乐长之职,又要受悍妻的虐待。她竟把罕顿所最宝重的作曲原稿当揩桌布,毫不顾惜。幸而罕顿是一个乐天的人,尽量地忍耐。到了不能再忍耐的时候,二人的结婚生活就终于解散。不久他们分居了。马利亚分居后,于千八百年死去。死前数年,千七百九十一年,罕顿客居伦敦的时候,马利亚曾写信给他,要求他寄一笔钱来买一间房子供养她。

三　得意时代

千七百六十一年，罕顿受匈牙利公爵厄斯忒哈稷（Esterhazy）的招请，来到其地，任副乐长之职，不久升任为正乐长。厄斯忒哈稷是匈牙利最富裕而最有势力的贵族之一，对于艺术也有很深的理解。罕顿在这公爵的领域内为乐长，继续至三十年之久。这时已逃出了少年时代所经验的贫困，而转入平凡沉滞的生活了。但从一方面看来，这三十年间是他的艺术上大成功的时代。这公爵于千七百六十二年三月死去，由其弟继任公爵。千七百六十六年，公邸移转，罕顿也跟了迁地，新公邸非常豪奢，有成列的树木、人工的洞窟、温室、花园。每夜大开华宴。然而在这公邸里服务的音乐家，并不见得幸福，他们须受贵族的指挥，没有自由独立的地位。从前的音乐家，都是皇公贵族家的下僚，否则教会寺院的奏乐者，除此以外没有别的生活方法。作曲家也只能作几曲悦耳的音乐，以讨自己的保护者的贵族的欢喜；否则作几曲毫无血气的宗教音乐，以装饰教会的仪式而已。音乐家得到精神上和肉体上的真正的自由与独立，是极近代才有的事。到了近代，音乐家方能把自己的感想自由表现为乐曲，又敢大胆地作出那种含有触耳的不协和音的新派音乐。

罕顿被雇任为副乐长的时候，订有契约书。书中含有如下的文句：

约瑟夫·罕顿受公家一员之待遇，为殿下供职，使殿下能信任其忠实。须有节制，对音乐师等不得取威压态度。须温和中庸，率直沉着。受命开演管弦乐之时，约瑟夫·罕顿须负责监视其全体乐员，一律穿白袜，白背心，涂白粉，结辫发，又加襟饰。

外国音乐师须遵从副乐长之指导，故约瑟夫·罕顿对于彼等须取模范的态度，不得与之亲狎。饮食，会话，亦不得鄙野，常须不失其尊敬。作正当行动，留意监视其部下，勿使发生不调和及争论等情，以扰殿下之清神。

副乐长须依照殿下之愿望而作曲，绝对专为殿下而演奏。非得殿下之许可，不得为他人作曲。副乐长须留意监视一切乐谱和乐器。倘因疏忽怠慢而发生支障，须全归副乐长负责。

请看这样严格的契约书！要是现代的奔放浪漫的音乐家，恐怕没有一个人能消受，没有一个人愿意当这奴隶式的副乐长了。但从反面想来，这也可使罕顿免得寒冷的屋脊下的饿死，免得十字街头的演奏和饮食店内卖唱。公爵的城内，设立一小剧场，罕顿可以自由在这剧场中演奏自己的作品。罕顿一生的全部歌剧，大部分管弦乐和室内乐，都是在这厄斯忒哈稷时代中所作成的。在这时期中，他又获得了对于乐器的完全的理论。千七百七十九年，他根据以前同居的诗人——他的恩人——美塔斯塔济奥的诗，作歌剧《无人岛》。这是罕顿所作一切歌剧中最优秀的作品。然今日早已被人忘却，不复开演了。

这时期是罕顿的得意时代，他在这荣华的盛期中交结了许多人物。就中有许多是当时社交界的中心人物的贵族。同在厄斯忒哈稷公爵部下为音乐师的，有宝罗才理夫妇二人，也与罕顿相交游。别去了悍妻的罕顿，对于宝罗才理夫人格外亲近。传说宝罗才理的第二个儿子是罕顿所生的。

世界有名的《诀别交响乐》〔《告别交响曲》〕（《Abschieds Symphonie》,《Farewell Symphony》）便是千七百七十二年罕顿在厄斯忒哈稷供职时所作的。关于这交响曲，有很奇离的传说：据说罕顿所统率的管弦乐队的乐员，大家希望早些完毕公务，归家休息。罕顿欲表出这情调，故此曲演奏中，各乐员演毕自己的乐器后，即可自由先行退场，不必等全曲终了后一同散队。故此曲的第一乐章所用乐器种数甚多，次第减少，至第四乐章而演奏台上人已寥寥，终于只剩第一小提琴（first violin）独自演奏寂寞的旋律而闭幕。然这是当时的状况，今日开演这《诀别交响乐》时，并不是可以自由退场的了。

四　罕顿与莫扎特

罕顿在厄斯忒哈稷任职，不觉过了三十年。千七百九十年九月，厄斯忒哈稷公爵死去，罕顿的职位也变动了。他就辞别了此地，赴维也纳而去。波恩（Bonn）地方有一个小提琴家名叫约翰·沙洛门（Johanne Salomon）的，来劝罕顿赴伦敦作演奏旅行。然而与罕顿有父子一般的爱情的德国大音乐家莫扎特（Mozart，见次章）竭力阻止他，劝他勿到伦敦。六十老翁的罕顿对于这海外旅行，自己心中也颇觉踌躇。经过种种条件和交涉之后，罕顿终于偕了沙洛门于千七百九十年十二月十五日向英国出发了。莫扎特预感这一次对罕顿是生离又死别，心中非常悲哀。过了一年之后，短命天才的莫扎特果然做了化物，与罕顿永不再见了。罕顿是长寿的音乐家，赴英国后又享了十年以上的世寿。然说起了莫扎特的名字，他总是流泪叹息。

音乐家与音乐家的相亲爱，自来无过于罕顿和莫扎特了。莫扎特比罕顿年幼二十四岁，他常常称罕顿为"Papa Haydn"，即"罕顿爸爸"。罕顿也用爱惜儿子一般的温情爱护莫扎特。李斯德〔李斯特〕（Liszt，见后章）与华葛纳〔瓦格纳〕（Wagner，见后章），裴辽士〔柏辽兹〕（Berlioz，见后章）与巴格尼尼〔帕格尼尼〕（Paganini，古今独一大小提琴家，西班牙人[1]），也是相亲爱的音乐家。然比起罕顿和莫扎特来，他们只能算次等。

五　罕顿与英国

千七百九十年，罕顿在波恩度基督降诞节。在这地方，罕顿与当时二十岁的贝多芬（Beethoven，见后章）相会。到了千七百九十一年的元旦，他就做了伦敦的人。罕顿在英国，名望非常盛大。后来做乔治四世的当时的英国皇太子，对于罕顿也非常赞仰。罕顿一到英京，就开第一次演奏会，继续就在英国作曲，最初作出的是《惊愕交响乐》（《The

---

[1]　帕格尼尼是意大利人。

Surprise Symphony》)。这一年伦敦举行已故的大音乐家亨德尔（Handel）的纪念演奏会。亨德尔是罕顿的前一时代的德意志大音乐家，是罕顿所景慕的人。罕顿逢到他的纪念演奏会，也出席去听亨德尔的音乐。演奏到亨德尔的名作《哈雷罗耶合唱》(《Hallelujah Chorus》)，全体听众大家起立致敬的时候，六十老翁的罕顿感激之余，突然叫道："亨德尔是我们一切人的先师！"就像小孩子一般地哭泣起来，听众大家肃然感动。这真是罕顿的天真烂漫的本色。

这一年七月，牛津大学赠罕顿以音乐博士的学位。罕顿心中感激英国人的优遇，为他们作《牛津交响乐》(《Oxford Symphony》)。罕顿在英国，不但得了许多新的友人，妇女中也有许多是罕顿的爱好者，大概他是独身生活的人，容易惹起妇人们的爱好吧。

千七百九十二年六月，罕顿曾经归国一次，这时候贝多芬在他门下执弟子仪，从罕顿学习对位法（conterpoint，十八世纪以前的音乐的作曲法）。然罕顿对贝多芬的师弟情缘极浅，远不如对莫扎特的亲爱。贝多芬也不久即离开这老先生。关于两人的事，在后面贝多芬章中详说。

千七百九十四年一月，罕顿再来英国。英国人对于罕顿，同珍客一般地欢迎。然而罕顿的心终是常常思念故乡。他从英国写一封信给故国的根丁格尔夫人，书中有这样的话：

唉，我何等渴望到你身旁来弹琴，即使十五分钟也好！我又想尝一尝德意志的美味的羹，一滴滴也好！我们将不能再得到这世间的一点事物了。但愿神能长久赐我以从前一般的健康。我常向万能的神作这样的祈祷。

从这信上看来,可知在英国的罕顿生活很富裕,但身体似乎欠健康。他的英国旅居的日记中,又有这样的记录:

听说英国国民的负债已经超过二十亿了。据他们计算,倘把这笔债款兑换了银币,用马车装运时,每一马车装六千镑,其马车从伦敦排起,可接连排列到约克(两地距离二百英里)。

伦敦市中每年须消费八十万货车的煤。每一货车装十三包。大部分的煤从纽喀斯尔运来,常常有二百余艘装满煤的大船从纽喀斯尔同时运到。每车价值二镑半以上云。

千七百九十二年五月初,罢理莫亚卿费五千基尼(guinea 英国古币,约值二十一先令)的金钱,开一大跳舞会,一千个桃子付金一千基尼;二千笼的醋栗(gooseberry),每一个付五先令。

十二月十四日,在晓君家聚餐。与诸宾周旋的时候,我瞥见君家的女主人头上的首饰中有三根手指来阔狭的真珠色的带,其上面用金子镶着 HAYDN(罕顿),我的姓。又主人公晓君的硬领的两端,也用最上等的钢铁子镶着我的姓。追记:晓君要我一点纪念品,我只送他一只出一基尼买来的纸烟匣子,他很欢喜,拿他领上的我的姓向我交换。

　　此种马价值甚贵。数年前乌亚利斯公爵曾出八千镑买一匹，后来以六千镑转卖与别人。但他用它赛马一次，赢了五万镑。

罕顿在他居留英国的日记中，颇多这一类的记事。他是每日写日记的，而差不多每日有这类的记录，大概罕顿的性质，一方面是一个音乐家，同时他方面又是一个商人气很重的实际家。要是他生在今日，也许会染指于银行、交易所的事业。但他终是一个音乐家脾气的音乐家，虽然一方面有这种商人气质，也觉得很可敬爱。

　　罕顿的结婚生活的失败，在前面已经说起过了。他在英国的时候，对一个曾为德国音乐家之妻的寡妇发生了情爱。这寡妇叫做西丽达夫人。她最初写一书简给罕顿，这样说：

　　罕顿先生：我近归伦敦，先生便时，乞驾临教授音乐。千七百九十一年六月二十九日西丽达敬上

这样一封信之后，罕顿就教她音乐了。罕顿第一次的伦敦居留中，一直教她音乐。遭逢了不幸的结婚而度着孤独的生活的罕顿与美丽的寡妇之间，不免发生温暖的爱情。西丽达夫人写送罕顿的几通书简，现今尚保留着。然二人间的关系进行到何等地步，外人都不明白。罕顿归国后是否仍和这女人通信，亦不得而知。

六　高龄与大作

第二次在英国居留了一年余，罕顿又蒙厄斯忒哈稷公爵的招请，于千七百九十五年秋归国，仍为厄斯忒哈稷公爵的乐长。六十三岁的罕顿已渐渐欢喜静居的生活，难得在公众前出席演奏了。这时期中他常常来往于厄斯忒哈稷与维也纳之间，作短期的旅行。

千七百九十七年，他在维也纳作《奥地利国歌》（《Austrian National Anthem》），即有名的《神护皇帝》〔《神佑吾王》〕（《God Save the King》）。这国歌于二月中在国民剧场公演。他自己很欢喜这歌。弃世的前五日，他曾经与集合在他身旁的亲友，同唱这歌。他自己冒病起来弹琴，反复弹奏了三回。

罕顿对于亨德尔的音乐非常感激，在前面已经说过了。他特别赞美亨德尔的名作神剧〔清唱剧〕（oratorio）《救世主》〔《弥赛亚》〕（《Messiah》）。他的朋友沙洛门为他说种种的暗示与意见，使他更加感激，就决心作大神剧《创造》〔《创世纪》〕（《Creation》）了。这大神剧凡十八个月作成。作曲的期间，罕顿的宗教的感情异常昂奋。千七百九十八年四月，这神剧在维也纳某宫殿内初演。次年三月，就在国民剧场公演。听众异常兴奋！不久即在英国开演。千八百零一年四月二十四日，罕顿又产出最后的大神剧《四季》（《The Seasons, Die Jahreszeiten》）。当时罕顿已经七十岁了。这最后的大作，形式与《创造》同样，词章比《创造》更为世俗的。然《四季》中没有像《创造》中那样新鲜的旋律美。

此后的晚年时代，作曲差不多完全停止了。欧洲乐坛诸后辈，如侃尔皮尼〔凯鲁比尼〕（Cherubini）、亨美尔（Hummel）、韦柏（Weber）等，常常来访问这老音乐家。罕顿最后一次在公众前面作指挥者，是在千八百零三年。而最后一次在公众前出现，是在千八百零八年，即《创造》演奏的一晚上。这晚上的情形很不可忘。

维也纳地方一切大艺术家，这晚上都出席于音乐会。贝多芬与亨美尔也在公众中。厄斯忒哈稷公爵备了官家马车，迎接这老人家来到会场。请他坐在安乐椅中，抬到与王侯贵族同列的席上的时候，满场的听众大家起立，对他表示敬意。这晚上天气很冷，贵妇人们用高贵的围巾与肩挂，围住这老音乐家的周身。演奏开始了，数千的听众肃静无声。奏到"于是有光"的美丽的旋律的时候，听众不约而同地高声喝彩了。罕顿自己过于感动，对听众叫道："作出这音乐的不是我；这是从天上降下来的力！"一时晕倒在安乐椅中。

千八百零九年，维也纳被法兰西军所围困，炮弹横飞空中，落入罕顿的庭中。是年五月三十一日，罕顿逝世，葬于根奔独尔辅郊外。用罗马天主教仪式，葬式甚为庄严。

近代音乐上有四位元祖：巴赫（Sebastian Bach）是音乐之父，亨德尔是神剧之父，格罗克〔格鲁克〕（Gluck）是歌剧之父，刚才所说的罕顿是器乐之父，又称为近代交响乐之父。近代管弦乐是由罕顿建设其基础的。又现今我们所弹的奏鸣曲（sonata），其形式大体是由罕顿作成的。所以罕顿的歌剧与神剧，其实并非重要的作品。惟其器乐，在音乐史上有重大的价值。临末就其艺术的业绩略论之：

罕顿在器乐上的功绩，不但是完成器乐形式——奏鸣曲形式而已。又使乐器的组合方法十分发达。现今的所谓交响乐、弦乐四重奏（string quartet）等乐曲形式，实际都是由罕顿始创的。交响乐（symphony）一名称，在罕顿以前也曾用过，例如在中世纪，有一种形式的声乐曲称为 symphony，巴赫音乐中也曾用过这个名称。但这等都与现在所称的 symphony 意义不同。现代的所谓 symphony，即专为管弦乐（orchestra）而作曲的 symphony，是由罕顿创始的。

罕顿的交响乐中所用的乐器，弦乐器有小提琴（violin），中提琴（viola），大提琴（cello），低音提琴（contrabass）。木管乐器有长笛（flute），欧波管〔双簧管〕（oboe），克拉管〔单簧管〕（clarinet），巴松管〔大管〕（bassoon）。金管乐器〔铜管乐器〕有法国号（horn），小喇叭〔小号〕（trumpet）。打乐器〔打击乐器〕有定音鼓（timpani）等。又已把小提琴分为第一（1st violin）与第二（2nd violin）两部。其他管乐器亦都分为高低二部，定音鼓也用大小二种。这样组织的管弦乐，在现在看来原是小规模的；但在罕顿的时代是可惊的大管弦乐了。后来的莫扎特及贝多芬等的作品，在乐器的种类上也没有多大的变化；其乐器的用法，在今日看来也是很平凡的。但在他们的时代也一定是可惊的创举。在前时代的巴赫的音乐中，以弦乐器为主，管乐器的效用仅在于加强弦乐器的音量。极言之，打乐器差不多可以不用。罕顿的音乐亦仍以弦乐器为主体，管乐器则在弦乐器上添一层色彩，使音乐稍有变化。用绘画来譬喻，巴赫的器乐曲犹之墨水画，罕顿的器乐曲则为淡彩墨画。

莫 扎 特

Johannes Chrysostom
Wolfgang Theophilus Mozart
（1756—1791）

一　家学渊源
二　惊人的神童
三　少年时代
四　贫困与恋爱
五　音乐家与结婚
六　杰作与夭死
七　生活与艺术

一　家学渊源

全世界有名的《周彼德〔朱比特〕交响乐》(《Jupiter Symphony》)、歌剧《童·乔望尼》〔《唐·璜》〕(《Don Giovanni》或《Don Juan》)、《斐格洛〔费加罗〕的结婚》(《Le Nozze di Figaro》)、《魔笛》(《Die Zauberflöte》)的作者，是天才莫扎特。在古今一切其他音乐家中，找不出可以匹敌莫扎特的天才。自来洋乐上最大的天才是莫扎特。后人称颂他为"不朽的莫扎特"("Immortal Mozart")。意大利音乐家洛西尼〔罗西尼〕(Rossini)说：

"莫扎特不是最大的音乐家，他实在是世界唯一的音乐家。"

莫扎特在音乐家中的确是特殊的人，他是音乐的化身。旋律源源不绝地从他的头脑中流出，犹如光从太阳中流出。然而他的一生，物质方面很贫乏，并且短命而死，命运亦甚悲惨。他临终时候的悲惨，在一切音乐家的传记中亦无其例。但在这坎坷而且短命的生涯中所作出的音乐，却又极富于温和纤丽的美。他的音乐中全然没有欲望，只有美。纯粹的平和的有光辉的美，可说是莫扎特的音乐的一切。

莫扎特的洗礼名字很长，即 Johannes Chrysostom Wolfgang Theophilus Mozart。倘译作中国字音，大致读如"约翰斯·克理斯东·华尔夫冈格·推奥斐尔斯·莫扎特"。就中"推奥斐尔斯"在德国名字为"亚马丢斯"，即 Amadeus。故一般称他为"华尔夫冈格·亚马丢斯·莫扎特"。然普通只得简称为"莫扎特"。

莫扎特的家，世居在德国巴威〔巴伐利亚〕州（Bavaria）的奥格斯堡（Augsburg）。他的父亲从小有音乐才能，青年时入奥地利的萨尔斯堡〔萨尔茨堡〕（Salzburg）大学中修习法律，被人认识了音乐的天才，后来擢举为其地的乐长。留滞在萨尔斯堡的期间，和一个官吏的女儿巴德尔结婚。从此就做了这地方的住民。夫妇间生下七个子女。长大的只有一个女儿和一个儿子，其余的都夭殇了。这女儿比儿子年长六岁，名叫马利亚·安娜，这儿子就是大天才莫扎特。

　　莫扎特的诞生，为千七百五十六年一月二十七日午后八时。

　　父亲名叫辽宝尔特·莫扎特（Leopolt），是一个很高明的小提琴家。曾经创造当时在欧洲有名的小提琴演奏法的一派。辽宝尔特是甚样的一个人？不详细晓得。但确知他对于儿子的教育，比什么事都看重，不辞一切苦劳地注意儿子的教育，是一个十分慈爱的父亲。他为什么原故而这样郑重地教育他的儿子呢？因为他的儿子是差不多可以不需要教育的大天才。又传闻这父亲气量狭小而脾气顽固，其热心于儿子的教育，大概一半是为了欲借此光大门间的原故吧。

　　莫扎特少年时代就不绝地随了父亲赴各地作演奏旅行。这想来也是为了父亲要利用儿子的神童以博得金钱的原故。贝多芬的父亲也是如此，曾有意把贝多芬的年龄少说两岁，以惊骇听众，以博得金钱，满足自己的物质的生活。两大音乐家在这点上可说是同一境遇。

　　这父亲自己教授莫扎特和他的姐姐马利亚·安娜学习音

乐。有一幅名画，描写着可爱的幼年的莫扎特坐在哈泼雪可特〔拨弦古钢琴〕（harpsichord，即从前的未曾完全发达的钢琴）前面，马利亚·安娜手中拿着乐谱，父亲奏小提琴，指导两小孩奏乐的光景。看了这幅画，莫扎特幼年时代的情状历历如在目前了。

二　惊人的神童

莫扎特三岁时已能在钢琴上弹奏简单的和弦。四岁时能弹梅奴哀〔小步舞曲〕（menuet）和简单的小曲。五岁就开始作曲。最初作曲的时候由他的父亲书写乐谱，后来他自己也会记录了。其乐谱到今日还保留着。

五岁能作曲！这话似乎是夸张，普通的儿童，五岁时说话都还勉强，哪里谈得到作曲？但在莫扎特的确是事实。若不相信，可以举一个实例：莫扎特五岁时曾作一首有 trio（中部）的小型小步舞曲，其曲如下：

小步舞曲

（莫扎特五岁时作曲）

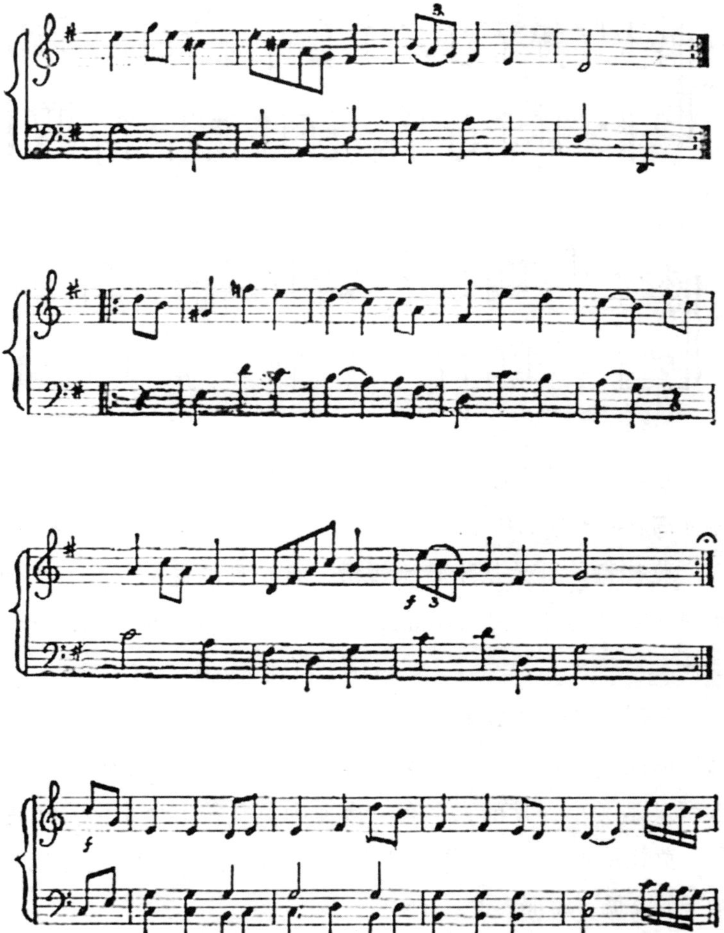

这曲的旋律当然极简单，演奏也很容易。然其作者是一个刚才离乳的五岁的孩子！

莫扎特的耳朵从小特别锐敏，有种种的逸话：有一次他听见了喇叭〔小号〕（trumpet）声，忽起异常的感觉，气绝倒地。

又据他家一个亲友的实验，幼年的莫扎特的耳，辨别音的高低的能力很强，一个全音的八分之一的音程，他都能辨别。这亲友是奏小提琴的人，有一次他到莫扎特家里来演奏小提琴。莫扎特听了他的小提琴的音调，数日之后还能清楚记忆其调子的高低，对那人说：

"你前天所用的小提琴比我这小提琴调子降低四分之一全音。"

自从六岁以后，莫扎特就不断地赴各地演奏旅行了。

有一次随了父亲旅行到维也纳。皇后马利亚-德丽萨

（Maria-Theresa）非常怜爱他。他在皇后面前演奏过之后，爬上皇后的膝上，吻她的头，并指在旁的皇女说："我喜欢娶她作新娘。"

这皇女后来是做法兰西皇后的。

次年，又赴德意志南方各地巡游，便道来到巴黎。

巴黎有一个妇人会唱意大利的歌，命七岁的莫扎特为她弹伴奏。莫扎特听她唱了一遍之后，即能不看乐谱，自由造出和声而弹伴奏，从首至尾，一点不错。唱完之后，他要求那妇人再唱一回，自己在琴上另造新的伴奏。这样反复唱了十回，莫扎特的伴奏每回变化其性质，层出不穷。听者都惊叹为奇迹。

三 少年时代

德国大诗人歌德（Goethe）当时正是十四岁的少年。他在德国南方的法兰克福（Frankfort）地方听到莫扎特的演奏。两大艺术家的初会均在童年，传记者引为美谈。莫扎特在维凡赛〔凡尔赛〕（Versailles）宫殿中开过演奏会之后，就在那地方最初出版他的作品。后来转赴伦敦，受乔治三世的热烈的欢迎。前时代音乐大家巴赫的末子克里斯提安·巴赫（Christian Bach）在英国听了他的演奏，大为惊骇。

莫扎特不久从伦敦回巴黎、维也纳。在途中患了热病，又染了天然痘，加之长期旅行之后，身体十分疲劳，这回的病势很重，许久方能复原。

他在幼年时代全然无暇从事游戏，从五六岁起一直像大人一样地劳作。

他是一个特别早熟的人。试看他的肖像,幼年时颜面上就显露早熟的样子。然而这幼年时代在他的全生涯中算是最幸福的时代。坎坷还在后面。

一千七百六十八年,莫扎特十二岁的时候,作最初的歌剧《拉・芬塔・赛普理济》(《La Finta Semplice》)。这十二岁孩子所作的歌剧发表之后,惹起了许多人的嫉妒,他们对他作种种的阴谋与陷害的行为。然而这等对于莫扎特的天才的奔放有什么妨害呢?他只管用功作曲。不久又根据卢梭的《村中的卜者》(《Devin du Village》)作最初的德意志歌剧《罢斯丁与罢斯谛尼》(《Bastien und Bastienne》)。

他渐渐觉得在维也纳不便自由活动了。他的父亲就送他到意大利。

一千七百六十九年十二月,莫扎特动身回萨尔斯堡的故乡,途中又游历意大利各都市。

经过罗马的时候,他在罗马法王〔教皇〕的礼拜堂中听到了格来各里〔格里哥利〕(Gregory)所作的九部合唱曲。回家之后,凭记忆把这乐谱全部记出。这样长大而复杂的乐曲,听了一遍就会全部默写,其记忆力真是可惊!后来他第二次听到这九部合唱曲的时候,只发见他所写的乐谱有二三处细微的错误,此外全部正确。这样神奇的大天才,真可说世间绝对无匹的了。

莫扎特这时候已能巧妙纯熟地演奏各种重要乐器,无论钢琴、风琴、小提琴,只要听别人演奏一遍,无论其乐曲何等复杂，他都能谙记而弹奏了。在他看来，音乐的表现犹之日常的会话、谙记、背诵，都容易得很。

罗马法王克雷蒙十四世（Clement）十分赞赏他的天才，赠他"金拍车"的骑士称号。他受了这光荣的称号之后，非常欢喜，就自称为"骑士莫扎特"。他的新作歌剧在米兰（Milan）开演，一连反复演奏了二十四次。千七百七十一年一月，被推荐为味罗那〔维罗纳〕（Verona）的学院的会员。这一年三月下旬，父子二人归到故乡萨尔斯堡。

归萨尔斯堡以后，不久又赴意大利作短期演奏旅行，凡两次。故乡萨尔斯堡的土地与莫扎特的性情完全不合。当时有这样的谚语："到萨尔斯堡的人，最初一年变成愚钝，第二年变成痴汉，第三年变成真的萨尔斯堡人。"由此可知其地的风气环境的不良。像莫扎特的快活的、社交的性质的人，当然不耐久居在这地方。千七百七十二年，西祺门（Ligismund）大主教弃世，祺洛美（Gerome）继承其位。祺洛美是一个妄自尊大而性情恶劣的人。他对于莫扎特同佣人一般看待，命他同工役们一同饮食。这便使莫扎特不能一刻居留在故乡了。他决心辞去萨尔斯堡，就向主教提出辞职。他们盼望他走，并不挽留他。贫困的生涯自此开幕了。

四　贫困与恋爱

此后是莫扎特的后半生涯了。他还只二十一岁，在三十五年的短命中，已是后半生涯了。二十一岁以后的莫扎特,真是不绝地与贫乏不幸相奋斗,有时连饮食都不完全。千七百七十七年九月二十三日晨,莫扎特伴了近六十岁的母亲,离开萨尔斯堡的旧家,出外求职,欲以供奉母亲。母子二人出发以后,独留在家里的老父写一封信给他们,信中有这样的可怜的话:

……你们出门之后,我真是悲哀得很!独自走到楼上,把身体投在椅子里。……我又走到窗口,向天祈愿你们二人的幸福。然而窗外不见你们母子的影迹了。我茫然地投身在长椅中, 回想与你们别离的光景……

十八世纪的音乐家,都是全靠贵族的保护而得生活的。莫扎特现在已经失去职业,生活当然困难了。维也纳的听众——不但维也纳,无论何时何地的听众都如此——对于真正的钢琴家、小提琴家,全然没有鉴别其真价的能力。有教育的人,能发见有真价的音乐的人,真是稀少得很。出版业也没有像今日的盛行。艺术家除了向贵族讨饭吃以外,竟没有生活的方法。莫扎特的性行,对于金钱毫不吝惜,而对于趣味十分讲究。有了一点钱,立刻全部用完,决不肯留存一文到明天。他的穷因此更甚了。

他带领了母亲跑遍闵行〔慕尼黑〕(Munchen)、奥格斯堡,找不到一个饭碗,又转到曼亥谟〔曼海姆〕(Mannheim),暂时在这地方勾留。因为曼亥谟地方有一个剧场优伶名叫韦柏(Friedrich von Weber)的,就是大音乐家韦柏(Carl Maria von Weber）的伯父。这人有两个女儿，长女名亚丽祺，次女名君士坦济，都有姿色与乐才。莫扎特被长女亚丽祺的美的歌喉所诱惑，对她发生了恋情。然而没有职业，怎样能在曼亥谟勾留呢？他非赶快动身赴他处找寻职务不可。千七百七十八年三月，转徙到巴黎。当时巴黎正是音乐史上有名的歌剧争斗的时候，即歌剧家格罗克〔格鲁克〕（Gluck）与比济尼（Piccini）二人为了歌剧改革的问题，互相争斗的时候。莫扎特旁观之后，对于格罗克深表同情，左袒格罗克的方面。他的一生的歌剧作品也是受格罗克的影响的。这一回格罗克与比济尼的音乐战，真是猛烈得很。格罗克以"罗兰"（"Roland"）为主题而作一歌剧，比济尼也以同主题作一歌剧。《在叨利斯的伊斐祺尼》（《Iphigenie en Tauris》）也是二人竞作的。法兰西的音乐爱好者，因此分了两派，发狂一般地互相竞争，批评。这时候富兰克林（Benjamin Franklin）恰好居留在巴黎，看见了这巴黎音乐界的状况，讥评他们，说："巴黎的好乐家们犹如昆虫。"

到巴黎后的莫扎特，依然是不幸的。他的老母在这贫乏的旅途中死去。次年九月末，莫扎特离去巴黎。这时候剧场优伶韦柏的家庭已从曼亥谟移居闵行。莫扎特经过闵行，当然不免勾留一下，去探望恋人的近况。亚丽祺已经成了本地的有名的歌人了。然而她对莫扎特的爱情完全冷淡得很。莫扎特失望之余，立刻离去其地，回到萨尔斯堡的故乡。闵行谢肉祭〔狂欢节〕（Carnaval）欲开演一曲大歌剧，请托莫扎特担任作曲。他所作的就是《伊独美诺》（《Idomeneo》）。莫扎特的传世的歌剧，从这一曲开始。

千七百八十一年，莫扎特二十五岁的时候，又离去故乡萨尔斯堡，来到维也纳。此后永远离开故乡而为维也纳的人了。

当时韦柏的家也移居维也纳。莫扎特失了亚丽祺的恋，就迁爱于其妹君士坦济。黑瞳而肥胖的十八岁的君士坦济，占夺了莫扎特的心的全部。莫扎特的父亲发觉了儿子的恋爱事情，劝他打断这念头。他是一个谨慎的保守的老成人，看见儿子的境况不佳，深恐其结婚生活不幸，所以劝他作罢。然热情的莫扎特已不能自禁，苦口向父亲请愿，终于说服了他。这一年十二月，他就向女儿的父亲韦柏提出结婚的要求，韦柏允承了。前面说过，这剧场优伶韦柏就是有名的歌剧《自由射手》（《Die Freischütz》）及《奥裴笼》〔《奥柏龙》〕（《Oberon》）的作者大音乐家韦柏的伯父。故莫扎特与君士坦济结婚之后，就与大音乐家韦柏结了亲戚的关系。

五 音乐家与结婚

莫扎特欲在千七百八十二年的复活祭之前赶紧作成喜歌剧《赛拉伊尔的拐诱》〔《后宫诱逃》〕（《DieEntführung aus dem Serail》），忙碌得很，结婚延迟在这一年的八月四日举行。君士坦济（Constance）没有受过充分的教育，也没有什么特殊的才能；但对于音乐很擅长，又是一个姣美的少女。二人的结婚生活，果如父亲所料，贫乏得很。

莫扎特的结婚的经过情形大约如上，现在因为说到莫扎特的结婚，想乘便就音乐家与结婚的事略说一说。

"亲近牟斯〔缪斯〕女神（Muse，是文艺音乐之神）的人，没有结婚的必要。"这话在音乐家，至少在某程度内是可以说的。古来把全部的爱倾注在音乐上，而度独身的生活的音乐家，不乏其例。就中最有名的人，例如亨德尔、贝多芬、舒柏特、裴理尼〔贝里尼〕（Bellini）、勃拉谟斯〔勃拉姆斯〕（Brahms）、圣赏〔圣-桑〕（Saint-Saëns）、谟索尔格斯基〔穆索尔斯基〕（Moussorgsky）等便是。歌曲作者富朗兹（Franz）、有名的歌剧《卡尔门》〔《卡门》〕（《Carmen》）的作者比才（Bizet），也是独身的音乐家。

亨德尔出入于英吉利的贵族之间，惯于奢华的社交生活。他的性质也许是不适于家庭生活的。贝多芬生涯中原有许多恋爱事件。但假定他结了婚，他的结婚生活一定非常苦恼而大有影响于他的艺术。舒柏特与女性差不多无关系，在音乐家中是极稀有的特例。平生只有一次恋爱，恋情又是极淡薄极短暂的。裴理尼与富家的妇人恋爱，寄食在那妇人的大邸宅中。然而结局是独身的，俊美的青年裴理尼与舒柏特同是夭死者，惟前者在裕福中，后者在贫困中，都抱了音乐而死去。勃拉谟斯只有少年时代略有一些浪漫故事，以后一直与世间的女性无关系，而终身与牟斯女神共生活。圣赏的独身生活，大致由于他的病体的原故。谟索尔格斯基中年以后与二三妇人相亲近。但他喜欢饮酒，度过不道德的生活，故不曾有正式的结婚。

肖邦（Chopin）与柴科夫斯基（Tschaikovsky）的结婚生活，在音乐家中可说是特殊的例。肖邦与桑的结婚生活的情形，有很详细的记录，翻阅本书后章即可明白。惟柴科夫斯基的结婚生活的情状，后人所知很不详细。传记者称他的结婚为"神秘的结婚"。

在一切音乐家中，巴赫（Sebastian Bach）是模范的家庭人。他在二十二岁的青年时代就第一次结婚，生下七个子女。先室死了，又迎娶后妻，又生下六个男儿与七个女儿。故巴赫一共有子女二十人。有"西洋音乐的开祖"的尊号的大巴赫，不但在艺术上完成了千古不朽的伟业，在父亲的资格上也是一个稀有的豪雄。他为了担负这大家族的生活，终其生涯，直到目盲为止，身当教会的风琴家，又宫廷的乐长，一生未尝有休息的时期。

格罗克的恋爱，发生于三十四岁的时候。当时正在维也纳，名声渐渐广大起来，常常出入于某豪商的家中。那豪商家中有一对欢喜音乐的美丽的女儿，格罗克就对其长女结了恋情。但女儿的父亲是一个顽固的富翁，不肯把自己的女儿配给一个贫乏的音乐者，极力反对他们的恋爱。后来格罗克赴他处旅行了，女儿的顽固的父亲在其间死去。格罗克就回到维也纳，和那女儿结婚。结婚之后，他的生活也很平顺。

关于罕顿〔海顿〕、李斯德〔李斯特〕（Liszt，见后章）的恋爱与结婚，各评传中均有详细的记录。

音乐家中结婚生活最幸福的，要算修芒〔舒曼〕（Schumann，见后章）与格里克〔格里格〕（Grieg）。修芒之妻与格里克之妻，都是深解艺术的人，前者是一个钢琴家，后者是一个声乐家，都能努力辅助她的丈夫，绍介他的作品。

写了许多题外的话，现在仍归到莫扎特。莫扎特结婚之后，夫妇二人都不知俭约，不能作系统的家庭生活，故贫乏一向不离开他们。然夫妇间的感情甚为投合，无论何时都能互相慰藉。有一天寒冬的朝晨，一个朋友去访问他们，看见莫扎特夫妇二人正在携着手舞蹈。听说是为了没有钱买炭，故相携舞蹈，以御寒冷。莫扎特的逸事真好像童话。

六　杰作与夭死

从千七百八十二年到莫扎特夭死的千七百九十一年，其间十年的结婚生活，在莫扎特是最有意义的时代。生活虽然贫乏，但其重要的作品都是在这短时期中产出的。歌剧方面，《斐格洛〔费加罗〕的结婚》（《Le Nozze di Figaro》）于千七百八十六年在维也纳初演。《童・乔望尼》于千七百八十七年发表，《魔笛》（《Zauberflö te》）于弃世的一年在维也纳初演。器乐方面，奉献于罕顿的六曲伟大的弦乐四重奏于千七百八十二年，八十三年，八十四年的三年中完成（莫扎特对于前章所述的罕顿感情甚厚，故有此六大曲奉献）。以后数年中，大作络续产出；为普鲁士的威廉二世所作的三曲四重奏，另有四曲最伟大的弦乐四重奏，以及最后的最成熟的三曲交响乐，都在这数年中完成。有名的《周彼德〔朱庇特〕交响乐》（《Jupiter Symphony》）就是这三曲交响乐中之一。

千七百八十七年十一月，歌剧大家格罗克死去。是年十二月七日，莫扎特被约瑟皇帝任用为宫廷作曲家，然俸金只有每年八百弗洛林（florin）。千七百八十九年，他访问柏林的时候，威廉二世意欲招请他为宫廷乐长；莫扎特不肯就职，甘心于贫贱的作曲生活。

完成了大作《魔笛》之后，他倾注全部的精力在"镇魂乐"〔"安魂曲"〕（"requiem"）的作曲上。千七百九十一年，晚秋叶落的时节，有一天他突然向他的妻说道："我想为我自己作一首镇魂乐。"

不幸这话成了事实。作了这镇魂乐之后，莫扎特就倒在病床上。他的夫人又正在生病，带了病为他尽力看护。终于千七百九十一年十二月五日半夜一点钟光景命终。病名是慢性神经热。因为他平日一刻也不休息地继续作曲，又时时受贫乏的压迫，以致酿成这种病源。

葬仪的准备，由其友人史唯登男爵和两个男佣人担任。次日，天下雨，参加葬列者，只有寥寥的数人。

他的夫人本来有病，经受一番悲伤，病势更重，躺在床上不能起身，所以也没有加入葬列。寥寥三四人的送葬者，在大雨之下草草地把莫扎特的尸体送到公共墓场，就各自散回家去。

数日之后，他的夫人病起，亲自到墓场上来探望亡夫的遗骸。然而荒冢垒垒的公共墓场上，已不能辨别哪一棺是莫扎特的遗骨了。这样的神童，这样的大天才，而其最后悲惨到这地步，真是想象不到的事！

现在维也纳的广场中巍然地矗立着莫扎特的墓标与纪念碑。但这是假墓，地下并没有莫扎特的遗骨。

关于莫扎特的死，还有一说，与前述略有不同。千七百九十一年七月中，忽然有一个素不相识的男子，来请求莫扎特为他作一镇魂曲，匆匆不言姓名而去。莫扎特这时候对于这种乐曲很有兴味，就开始为他作曲了。是年十二月四日，曲成。但这时候他自己的身体与精神都很衰弱，而求作曲者只管不来取这镇魂曲。于是他起了疑心，这送葬曲究竟是为谁作的呢？他疑心这请求人是"死的使者"，就起了自悼之心。这天晚上他的灵魂竟离开了他的肉体而长逝。后来经人调查，方才知道请求他作镇魂曲的人是当时某伯爵家的家仆。这伯爵意欲拿莫扎特的作曲来冒充自己的著作，故密遣这家仆来请求。不意这贵族的艺术家的诈伪的虚荣心，竟促成了这不世大天才的夭死！

七　生活与艺术

莫扎特平时的态度，常常和平而快活。但无论在最高兴的时候，他的心中常在想念事物。无论正式对人谈话的时候，随便对人谈话的时候，总是心中一边想，一边说话。他走路的时候，默想更深。朝晨，盥洗的时候，他决不立刻洗好，总是一边在室中漫步，默想，或对人说话，一边盥洗。他坐在食桌旁边的时候，总是用手卷弄桌毡的一角而默想，同时唇微微启动，似乎独自在说什么话。他的手和足不绝地在那里动作，有时抚摩什么东西，有时轻轻地叩打。例如自己的帽子、时表、桌子、椅子、钢琴，凡是手足所接触的东西，他总喜欢轻轻地抚弄。

剃头时，游戏时，甚至听音乐时，他的心中常在考虑自己的作曲。据他的夫人说，他的作曲同写信一样，旋律滔滔不息地从他的手上流出。《童·乔望尼》的序曲，在开演的前一天还没作成，是在一晚中赶作起来的。想来这曲的腹稿一定早已蓄在他的胸中，那一晚不过写出而已。《童·乔望尼》开演的前一晚，莫扎特通夜不眠，写完这序曲。

莫扎特的书翰文字并不讲究。他不看一切杂志，对于读书一向没有兴味。他的说话大概都是寻常的，除了二三特例以外。他的感情圆满而深厚；但缺乏意志的力。

他的行动完全像小孩子。关于自己一身的事也顾不周到。他的夫人每天早上替他穿衣服，进餐时替他切肉。结婚六个月后，他方才发觉自己的负债。自此以后他就做了维也纳的高利贷的老主顾。

莫扎特与前章所述的罕顿感情很好。但二人的性质有相反对之处。罕顿长于计算，于物质上很精明；莫扎特同他正反对，全然不懂计算，不事生产作业。这两极端相对照的二音乐家，在音乐史是很有趣的一对人物。然莫扎特的天才，决计为罕顿所不及。全部音乐史上，没有一个人能匹敌这三十五岁夭死的莫扎特的天才。

看了莫扎特的生涯之后，回头再看他的作品，我们一定觉得非常的惊奇。那样辛酸的艺术家生活，与这样有生气的艺术作品，无论如何不能使人相信为一个人所有；然而又实在是不可分离的一个人的生涯与艺术。听了贝多芬的作品，感得其深刻的苦闷；听了肖邦的作品，感得其甘美的悲哀。他们的音乐都能历历地报告他们的生活的状况。只有莫扎特与他们完全不同，其生活非常悲惨，而其作品全无半点阴暗的气味，都像阳春一般流露着温暖的光，实在是不可思议的事。大概是为了莫扎特从摇篮里出来就亲近音乐，从小以音乐旅行为生活，音乐变成了他的精神生活的全部，故物质的困苦全然不能影响于其精神吧。在贝多芬，是贝多芬通过了音乐而表现其复杂的精神生活；在莫扎特却相反，是音乐通过了莫扎特而表现其美。换言之，莫扎特的音乐是艺术的艺术，贝多芬的音乐是人生的艺术。

贝 多 芬

Ludwig van Beethoven

（1770—1827）

一　英雄的贝多芬

二　狂徒的贝多芬

三　儿女的贝多芬

四　狂岚的少年期

五　苦恼的袭击

六　《月光奏鸣曲》

七　《英雄交响乐》

八　永远的恋人

九　对命运的战斗

一　英雄的贝多芬

贝多芬的内生活非常复杂。故其性格有各方面：一面是一个威严堂皇的英雄，一面是一个乱暴顽固的狂徒，又一面是一个情节缠绵的恋史的所有者。英雄，狂徒，儿女，他一人兼有这三种资格，他的内生活所以这样奇妙而复杂者，大约是因为他的心中怀着人生的大苦闷的原故吧。他的大苦闷的根源，实在于他所犯的悲惨的聋疾。音乐家与耳聋，是何等相克的仇敌！何况像贝多芬这样无限的大天才，竟遭逢了这惨酷的厄运！

但从他方面想来，贝多芬的聋疾，也许是促成其为古今第一的大乐圣的。语云："乱世出英雄。"贝多芬是克服了他的耳聋的惨酷的"命运"，而成就其英雄的人格的。

贝多芬有"波恩的英雄"的称号。因为他生于莱茵河流域中最古的都市波恩（Bonn）地方，而其人格与艺术非常伟大，为音乐上的"精神的英雄"。所以后人比之于同时代的政治的英雄拿破仑，说他们两人是十八世纪末叶欧洲二大英雄。

"波恩的英雄"的赞颂者，有这样的话：十八世纪末，欧洲出了一大英雄，生于可尔西卡〔科西嘉〕孤岛、乘法兰西革命风云即皇帝位、威力震撼全欧罗巴的拿破仑的大名，是读过西洋史的人所不能忘却的。然同时在德意志又出一位比拿破仑更伟大的精神的英雄，我们决不可以忘却。其人就是贝多芬。

有人称赞近世法兰西大文豪许戈〔雨果〕（Victor Hugo）的杰作小说《哀史》〔《悲惨世界》〕（《Les Misérables》），谓

"拿破仑的名字有时被人忘却,许戈的名字不会被人忘却了。现在我们读了荷马(Homer)的诗,方知当时有英雄亚希辽斯其人;同样,千载以后的人们,将读了许戈的小说而方知当时有拿破仑其人。"

关于贝多芬与拿破仑的比较,也可以套用这说法。在今日,贝多芬的《第三交响乐》(《英雄交响乐》,《Sinfonia eroica》)原是为了奉献于拿破仑而特别有名的。但在千载以后,拿破仑之名将仅因与《第三交响乐》的关系而留存在音乐者的脑际了。

艺术家的事业,不像将军或政治家的事业地炫耀人目。艺术上的英雄的勋业与通俗的英雄的勋业不同。正如所谓"待知己于千载之后",艺术家在世的时候所得世间的报酬往往极少,其大部分的收获得之于后世。

贝多芬的艺术,在其存世的期间果已受世人认识与礼赞;然而这一点岂足以酬答贝多芬的一生呢?在贝多芬的时代,倘有人拿他的伟大来比拿破仑,或拿他的一曲交响乐来比拿破仑的全欧征服与法典制定,世人必指为狂者之言,而非笑之。

然在今日冷静地想来,贝多芬所遗留的作品,比较起拿破仑所遗留的事业来,对于人类精神生活上的贡献丰厚得多。假如没有了一个拿破仑,今日世界的地图——至少欧洲的地图——的色彩也许不是这样。然地图上的色彩无论甚样,人类的思潮总是向了当行的方向而前进的。但倘缺少了一个贝多芬,《第三交响乐》、《第五交响乐》以及雄大的《第九交响乐》将永不出世了。"人生短,艺术长。"故拿破仑可以被忘却,但贝多芬永远不死了。

贝多芬的伟大,决不仅在于一个音乐家。他有对于人生的大苦闷,与精练的美丽的灵魂,他是心的英雄。他的音乐就是这英雄心的表现。

在贝多芬稍前的时代,欧洲乐坛上的大圣是莫扎特。然莫扎特的音乐的价值,毕竟止于一种"音的建筑",即仅因音乐的"美"而有存在的意义而已。至于贝多芬,则更有异彩,他的音乐是他的伟大的灵魂的表征。莫扎特的音乐是感觉的艺术,贝多芬的音乐是灵魂的声响。

贝多芬的生涯中,遭逢着耳聋的最惨酷的厄运,他的后半生全是对这厄运的苦战。音乐家遭逢耳聋的厄运,这是何等惨酷的致命伤!倘没有伟大的精神,当然一定屈服在这厄运的足下了。然而贝多芬决不屈服,誓志与这命运作战。终于克服了这命运,而表现其英雄的伟业。他的全生涯中最伟大的作品《第九交响乐》,是全聋后的所作。聋子能作音乐,已是妙谈;而况所作的又是世间最伟大的杰品!可知这全是超越的灵的产物,只有能超越人生的大苦闷的精神的英雄,乃能得之。又可知命运对于人类,只能操纵怯弱懦夫,而无可如何这伟大的精神的英雄。贝多芬的聋疾起于二十八岁的时候(一七九八年)。自此至五十七岁(一八二七年)逝世,其间的二十余年的日月,全是聋疾为祟的时期。然而大部分的作品却在这时候中产生。直到入了全聋期,站在演奏台上听不见听众的拍掌声的时候,他仍是继续作曲,终于作出了最伟大的《第九交响乐》而搁笔。临终的时候,他口中还这样叫叹:

"唉！我只写了几个音符！"

在这句话中可以窥见他的抱负的伟大。

贝多芬的《第五交响乐》标题为《命运交响乐》（《Fate Symphony》）。贝多芬自己曾经指这曲的第一乐章的第一主题说：

"命运来叩门的声音，正是这样的。"

这曲的第一主题力强而凶恶，可以使人联想命运的不可趋避的威力。第二主题用哀怜的旋律，描写避虐的人类。这两主题的对立，就是命运与人生的对立。第二乐章描写人对于命运的一时的胜利的欢喜。第三乐章是第二次来袭的命运的威胁。第四乐章是人类得到了最后的胜利的凯歌。这是人类与命运的葛藤的音乐化，也是贝多芬自己的英雄的生活的写照。

二 狂徒的贝多芬

贝多芬对于世故人情，疏忽得很，又往往专横独断，藐视一世。表面看来简直是一个狂徒。所以除了能十分理解他，原谅他的人——他的保护者——以外，贝多芬没有知交的朋友。且对于所寓居的旅舍的主人，常常冲突，至于激裂，故一年中必迁居数次。评家形容他这横暴的性格，有这样的话：

> 贝多芬是独自生长在无人的荒岛上，而一旦突然被带到欧洲的文明社会里来的人。

这话把贝多芬的一面说得十分透彻。自来艺术家往往有浪漫不拘的行为，而贝多芬竟是一个极例。当时欧洲有名的钢琴家采尔尼〔车尔尼〕（Czerny）有一天去访问他，看见他耳上缠着重重的纱布，蹲伏在室内。采尔尼回出来对人说：

"这人不像欧洲第一大音乐家，倒颇像飘流在荒岛上的鲁滨孙。"

他常常用棉花蘸黄色药水，塞在耳中，外缠纱布。他颚上的须常常长到半寸以上。头发似乎从来不曾接触过梳栉，麦束一般地矗立在头上。他曾经为了一盆汤做得不好，大动怒气，拿起来连盆投在旅舍主人的身上。他常常拔出蜡烛的心子来当牙签用。又在上午，街上正热闹的时候，穿了寝衣，在靠街的窗口剃胡须，不管人家的注目与惊讶。有一次为了动怒，拿起一个开盖的墨水瓶来，投在钢琴的键盘上。他弹琴的时候，因为长久之后手指发热，常常在钢琴旁边放一盆冷水，弹到手指发热的时候，就把两手在冷水中一浸，然后继续弹奏。然而他的动作很乱暴，每逢弹一回琴，必洒一大堆的冷水在地板上，这冷水从地板缝中流下去，滴在楼下的住人的寝床中。楼下的住人诘问旅舍主人，旅舍主人对贝多芬说了几句话，贝多芬就动怒，立刻迁出这旅舍。所以他每年迁居好多次。有一个贵族怜悯他没有安居的地方，劝他移居到他的邸宅中。贝多芬不允，回答他说：

"移居你的宅中，不如住在旅舍里好。"

他有时虐待他的学生，有时把乐谱撕得粉碎，把家具打破。更有过分的戏谑：有一个崇拜他的贵妇人向他要求一束头发,以作纪念。贝多芬剪一绺山羊须送了她。

贝多芬的姿势极为丑陋。头大,身短,面上不容易有笑容,动作又极拙劣。有一次他也想学跳舞;然而他不会按了拍子而动作。据传记者说,他的相貌的表情常是冷酷而苦闷。身长五尺四寸,肩幅极广,面上多痘疮疤,脸皮作赤茶色而粗糙,鼻硬而直。指短,且五指长短略等,手的背面长着很长的毛。头发多而黑,永不梳栉,永不戴帽,常常蓬头出外散步。起风的日子,他的头发就被吹得像火焰一般,人们在荒郊中遇见他,几疑为地狱中的恶魔。

贝多芬中年以后的生活,常是这样奇矫。只有初出社会的少年时候,曾有规则整齐的生活。然而这真是暂时的。自他的声名传播于社会上之后,他的生活就落拓而奇矫起来。据说他二十六岁旅行维也纳的时候,曾以波恩宫廷奏乐者的身份,穿绿色的燕尾服,绿色的短上衣,和白花纹的背心。袋口施以金线的装饰。项中结着白色的领结,卷曲的头发打成辫子。腰间佩剑,足踏长靴和白色的绢袜。真是一个威仪堂堂的少年。然一到维也纳,这种服装就永远离开他的身体。从此声名愈高,而生活愈加放浪奇矫了。有一次他新雇一仆人。这仆人看见主人的生活全无规则,更惊诧于主人的头发的散乱。就好意劝请:

"先生,我很懂得理发呢。"

主人听了,怒气勃发,用旭日一般的火势向他叱詈:

"什么话!你以为我的头发不整齐么?这有什么关系!"

凡此种种强顽怒暴的习气,都是因了他心中所怀抱的大苦闷而来的。而他的苦闷的源泉，全在于他所罹的聋疾。请听他自己对于这聋疾的悲叹声：

"噫！我的悲惨的残年！我不得不与最爱者告别了！这是何等残酷的天罚！"

他的日记中又有这样的记录：

> 可怜的贝多芬！你已经不能再有从外部来的良好的命运了。你一切非自己创造不可。只许你在理想的世界中追求欢乐。

为了有这苦闷，所以一方面他是爱的饥荒者，所以他不得不向异性求爱。请再看他的恋爱的生活。

三 儿女的贝多芬

贝多芬是英雄，又是狂徒。然而这威武庄严的英雄又强暴顽固的狂徒，一面又富有儿女的柔情。故其生涯中又充满以情节缠绵的恋爱故事，其一生的恋人可列一览表，其作品有许多与女性有关系。一般最知名的《月光曲》(《Moonlight Sonata》)，便是写出其恋爱的衷情，以奉献于其所恋的女人的。

一般人听到"贝多芬"三字，容易发生敬仰与严肃的感情。尤其是他的崇拜者，竟把他看做位于基督之次的大圣人。据他们的所见，人类的伟大的牺牲的精神，除了十字架上的牺牲者以外，第一要推这超人（贝多芬）的悲惨的一生了。这样崇高，伟大，严肃，悲壮的超人，居然也有这样温暖而丰富的恋爱史。贝多芬的内生活的复杂，真令人不可思议。

贝多芬要是没有聋病，因而没有诸种不健康与忧郁病，他也许会结婚了。这惨酷的灾殃没有降到他的身上以前，他对于异性颇有吸引力。遭逢了这悲痛的命运以后，他也常被这力所征服。

据传记者说，贝多芬对于异性非常敏感，他常常用了羡慕不堪似的眼色，注视美丽的田舍姑娘。他最欢喜看妇女的集会，尤其是美丽的少女们的团体。他出门的时候，在路上遇到了姣好的女子，必然立停了脚，连忙拿出眼镜来戴上，出神地仔细观看。及其注意到了同行的伴侣，方始觉醒，对他的同行的伴侣一笑，默然地点头。然而他的热情往往不能永续。所以他不绝地对人发生恋爱，而每一次都不过几个月就分手。

据说有一次他和一很美丽的妇人发生了恋爱，情感比较的厚。友人问他关于这妇人的事，他回答说："那女子使我欢喜，最为长久，已经六个月了。且比别的女子真心地爱我。"

他的学生理斯平日最亲近他，有许多关于他的先生的生活的记录。他曾经对人说：

"我寓居在有三个美丽的少女的裁缝店里时，贝多芬先生的来访最勤。"

贝多芬一生终于未曾结婚。然而在未到绝望的期间，他也曾热心地盼望得一最美的模范的女性为自己的所有者。他曾经这样叫叹：

"爱！只有爱能使我幸福。神啊！请在贞洁的道上给我一个看护者，给我一个可正式称为我自己所有的人！"

这热望在数年之间不离开他的心。

贝多芬的生涯中的最强烈的情绪，是为了所谓"永远的恋人"（"Unsterbliche Geliebte"）而发露的。这所谓"永远的恋人"是甚样的人？传记者传说不一。关于这件事的年代，也有种种的不同，均不十分确切。普通的解说，这永远的恋人是一八〇六年曾与贝多芬订婚的美人推丽萨（Teresa von Brunswieck），其事大约在贝多芬三十岁以后的时代。贝多芬死后，别人在他的遗物中发见三封未发的情书，都未具受信人姓名。书中充溢着非常的热情。据多数贝多芬研究者的考证，这等情书是对"永远的恋人"推丽萨而写的。

然而贝多芬的热情的发露，不仅对于这永远的恋人而已。中年的他，不绝地经验热狂的恋爱。据传记者说，贝多芬对于恋人的态度实在猛烈得很，竟可说是滥用其力。这倾向在他少年期中早已发露，他向来是感受性极强的人。又如某博士之言，自一七九四年至一七九六年的两年间，贝多芬住在维也纳的时候，不绝地对人发生恋情。且其对手的女子，大都是身份极高贵的处女。多数的美少年及贵族子弟所求爱而不能到手的女子，一遇到贝多芬就容易被他勾引。现在列举有名的数件恋事在下面。

贝多芬十七岁丧母。后来他对波恩的一个寡妇勃洛宁格（Breuning）非常交好，视同继母一样。勃洛宁格家有一个聪明伶俐的女儿，从贝多芬学习音乐，后由女弟子变成了爱人。她的赠物曾经诱出贝多芬不少的眼泪。公刊的《贝多芬书简集》中含有几通给这女儿的言情的信简。他称呼这女儿为"小云雀",珍重地保存她的半身像。这像在他五十六岁的时候曾经偶然发见。

波恩有一个名叫罗佩德的、饮食店里的女子,也曾牵惹贝多芬的热爱。贝多芬常常到这店里饮食。他离去波恩之后,一年必有两次写信给这女子。后来这女子与某伯爵结婚。

又有一个金发碧眼的可爱的少女姜纳德,也在这时期前后满足了贝多芬的好奇心。这少女是贝多芬的女弟子。她坐在贝多芬的身旁弹奏钢琴的时候,常使贝多芬神魂飘荡。这少女的一颦一笑,都曾劳贝多芬的心思。但不幸这如蜜的经验也不能永续。原因是有一个恋爱竞争者。这男子性行很不好,屡在恋人面前毁坏这青年音乐家。贝多芬也就决心断绝了这段因缘。

此后一时期中,贝多芬有许多零星的恋爱故事,实在可列个一览表;现在姑且历述在这里:有一个女子名凡斯推尔霍尔特的,贝多芬对她演了"少年维特"式的恋爱。又有一女流声乐家名维尔孟的,贝多芬从小时候亲近她,这时候也对她起了恋情。然而那女子嫌贝多芬相貌丑陋又性情疯狂,拒绝了他。还有一个受教育的美貌的女郎名凡林格的,当时也曾为贝多芬的慰藉者。后来也终于和别人结婚。又有玛尔华谛,一个气爽的乐天的女子,曾留情于贝多芬,且二人间曾有婚约。然不久也就背弃他。临别时贝多芬有情深的书简写送这女子。又有罗爱侃尔,起初爱着贝多芬,后来也舍弃了他,和当时的钢琴家亨美尔(Hummel)结婚。又有女钢琴家谋丽尔,用情书和赠品慰藉贝多芬，后来也委身于别的男子。西班牙意大利的混血儿提亚那塔乔，也是可列入贝多芬恋人一览表中的人物。这女子的日记公刊于世，据其日记中所记，她曾经热爱贝多芬，愿为贝多芬之妻。这一次是贝多芬舍弃她的。又有贵妇人马丽·彼德，是一优秀的女钢琴家，曾经蒙老音乐家罕顿〔海顿〕（Haydn）的赞美，贝多芬更倾心于这女子。她曾经用微妙的手法演奏贝多芬的《热情奏鸣曲》（《Appassionata》），贝多芬送她亲笔的手迹，以表示感谢之意。这手迹后来由女子的丈夫赠给巴黎音乐院，现在还保存在那里。此后五年，又发生对勃伦塔娜的艳事。这女子是当时德意志第一流的文人，曾经为大诗人歌德（Goethe）的恋人。她十分崇拜贝多芬，指他的前额，说是"天赐之宝"。贝多芬亦留情于这女子，曾给她三封热情的书简。书中有这样的话：

  我倘得如歌德地常亲近于你的左右，或可作出比他更伟大的著作。音乐者本来是一诗人。音乐者的一双眼的魔力，能够达到超越演奏者的美的世界……

  贝多芬对于这女子，视为"最爱最美的恋人"。然而后来他终于不得不写诀别书送她。书中有"怜我的命运！""和泪草此告别之辞"等伤心语。此后经过七年，贝多芬又落入新的恋爱。这一次的对手是一个名叫玛丽哀的柏林的少女。这时候贝多芬正在作《第八交响乐》。恋爱与作曲同时并进。然这回的恋爱，不复有像青年时期的热烈的情火，在他只感到欢喜与幸福而已。贝多芬曾为这女子作歌谣《赠远方的恋人》，又赠她一束头发为纪念。这头发现今尚由女子的子孙们珍藏着。

贝多芬一生的恋爱故事，见于记录者大致如上。在音乐家中，他的一生涯最富于恋爱的短篇。他的一生真是所谓"不息的恋"（"restless love"）。恋的欢喜与悲哀常为他的作曲的动力。

以上所述，是贝多芬的生活的三个横断面。以下请再略谈贝多芬的生活中的故事。

四　狂岚的少年期

贝多芬的父亲是一个酒徒。他看出了幼年的贝多芬的音乐的天才，就严格地督察他练习；然其目的是想养成一个神童，效仿莫扎特（Mozart，比贝多芬早一时代的大音乐家，六岁开演奏会，有音乐的神童之称）的前例，赴各地开演奏会，换得金钱，以补助他的生活，满足他的酒欲。这是很不慈爱的父亲。他的严格督课，出于物质的欲望及自私心。幼年的贝多芬刻苦弹琴，不得游戏。且常常受父亲的鞭笞。晚间的来客，常常看见四五岁的贝多芬落泪在钢琴的键盘上。

千七百七十八年三月二十六日，科隆的报纸上果然登着"六岁小儿音乐演奏会"的广告了。然而这又是父亲的恶劣的手段：贝多芬生于千七百七十年十二月十七日，则千七百七十八年正是八岁的时候。父亲有意少写两岁，以惊听众，且做广告。故贝多芬四十岁以前，其年龄一直少算两岁，四十岁的时候查明了父亲这个手段,方才改正。

贝多芬幼时的音乐课业上有充分的指导者。当时的宫廷风琴师纳裴,是贝多芬的最初的有力的先生。贝多芬很感德这先生,他在写给这先生的信上曾有这样的话:

"将来我倘能成为大家,全是先生的所赐。"

贝多芬十七岁,即千七百八十七年春,旅行到维也纳,在那里与前辈大家莫扎特相见。贝多芬少年时有莫扎特的神童性,而没有像莫扎特幼时的美少年的风姿。莫扎特初见这少年的演奏的时候,并不十分感动。后来他选一主题,命贝多芬试据这主题弹一即兴曲。贝多芬立刻把这主题展开,在琴上弹出一个流丽的乐曲。莫扎特听了方始大为感叹,指着少年的贝多芬叫道:

"大家注意!将来骚扰世界的必是这少年!"

贝多芬对于莫扎特也十分敬佩。有一天,他偕了朋友钢琴家克拉马,到维也纳公园中散步。公园中的音乐队正在演奏莫扎特的《C短调司伴乐》〔《C小调协奏曲》〕(《Concerto in C minor》)。贝多芬倾听了一会,呼他的朋友,对他这样感叹:

"克拉马!克拉马!我们到底作不出这样的音乐呢!"

贝多芬在幼年期与少年期中,饱尝贫困与患难的况味,其生活犹如在狂岚中。然而当时也被他找到几处狂岚中的休息所。这休息所就是波恩的勃洛宁格夫人的家中,勃洛宁格夫人有着四个儿女,年事都比贝多芬幼小。贝多芬丧母以后,就在勃洛宁格家中当音乐教师,夫人爱待他同慈母一样。夫人的女儿爱丽诺利和贝多芬发生恋爱关系,就在这时候。勃洛宁格家不但是贝多芬所最亲近的休息所,又在这家中获得了关于文学的知识。因为夫人及其二子都是诗的爱好者,贝多芬教他们音乐,他们也交换地教他诗文。

贝多芬的狂岚的少年期中,还有一个给他精神上又经济上的援助的恩人,是华尔斯坦(Waldstein)伯爵。贝多芬的奏鸣曲作品第二十三号,便是奉献于这恩人的。故此曲又名《华尔斯坦奏鸣曲》(《Waldstein Sonata》)。

贝多芬少年时曾从老大家罕顿(Haydn)学习音乐。然而罕顿的旧式的乐风与贝多芬的奔放的天才终于不能调和,故师弟的情缘不甚深切。有一次贝多芬发表一乐曲;罕顿问他为什么不具名为"罕顿弟子贝多芬作",贝多芬回答他说:

"因为我没有从先生学得什么。"

从此二人丧失了感情。然而贝多芬对于艺术家的罕顿,仍是很敬仰的。后来罕顿的杰作神剧〔清唱剧〕《四季》(《The Seasons》)在维也纳演奏,罕顿已经年老,且有病,过于感激,晕倒在会场上的时候,贝多芬从听众中挨出,上前扶持他,热烈地吻他的手。

五 苦恼的袭击

贝多芬在千七百九十七年的冬日的日记簿中这样记录着:

> 告奋勇!身体无论甚样弱,我的心一定要征服他。我今已二十五岁了。我必须尽我所能,成遂一切愿望。

写了这段日记之后，不久就达到了剥夺他的后半生的幸福的肉体上的大苦痛。他的聋疾发生于千七百九十八年的夏日。

贝多芬的艺术生活，在十八九两世纪的交代期起一大变化。即以前是罕顿与莫扎特的影响的时代，以后是自己的乐风独立的时代。十八九两世纪之交的数年间，贝多芬正在埋头于作曲中，对于自己的健康状态差不多全不注意。因这原故，耳疾的进步愈加快了。到了千八百○一年，他在剧场中必须坐在第一排椅子上，方能听见歌手的唱声。

他在写给一个知友的信上这样说：

> 你所亲爱的贝多芬，完全是一个不幸的人，他已经在和自然与神相冲突了！我常常诅咒神明。因为神明在拿他的所造物来当作自然界的极细微的事故的牺牲品。又在破坏人间可成为最美的事业。我所最宝重的耳，今已听不出大部分的音了。这是何等可悲的人生！我所亲爱的一切事物，今已离去我了。像从前的没有耳病，是何等的幸福！倘得与从前一样地健听，我真要立刻飞奔来告诉你。然而我决不能得到这欢喜了！我的青春已经长逝，青年时代的希望的实现，艺术上的欲望的完成，在我都已不可能。我只得悲极而放弃我的一生了。……

到了次年，即千八百○二年，他的耳疾更加深起来，又常常耳鸣。他是自然爱好者，野外散步是他的最大的慰安。这时候他到野外,听不出农夫的吹笛的音响,顿时又起悲观,写了"遗言"寄送朋友。然而他终于是强者,用不屈不挠的态度,来同这聋疾战斗。他曾经对人说:

"我一定要克制我的命运。"

从此以后的生活,全部是对于聋疾的苦战了。千八百〇九年,拿破仑军队侵入维也纳,炮弹飞走空中的时候,贝多芬恐怕炮弹的声音增进他耳疾,用两手指紧紧地塞住自己的耳孔,满腔忧闷地躺在床上。

聋疾是贝多芬的生涯中的一大悲哀。他的作品常是生活的反映。他能在黑暗中打出光明。故在贝多芬,音乐是苦恼的赴诉处,同时又是苦恼的逃避所。

六 《月光奏鸣曲》

《月光曲》(《Moonlight Sonata》)有动人的传说,因此为一般人所爱听的最普遍流行的乐曲。

据说贝多芬有一晚在波恩郊外散步,忽闻乡下人家有弹钢琴的声音。停足倾听,所弹的原来是他所作的《F调奏鸣曲》。他想一探这奏者是甚样的人,为这好奇心所驱,他就走近琴音所自来的窗下,向窗中一窥,原来是一个盲目的可怜的少女,在一架破旧的钢琴上弹他的音乐。旁边有一个男子正在灯光下做皮鞋工作,这是一个皮鞋工人的家里。贝多芬见了这奇特的情状,就推门进去。那男子起来招待他,他不说姓名,但说来听弹琴。那男子告诉他说:这盲目女子是他的妹,一向爱好音乐，苦于没有先生教导。只是常常听见隔壁的贵族家弹奏当代大音乐家贝多芬先生的名曲，故能谙记。贝多芬听了这番话，大为感动。忽然夜风吹灭了烛火，月光从窗中侵入，恰巧照在那盲目女子的身上和钢琴的键盘上。贝多芬睹此清幽的景况，乐想勃然发动，就对那兄妹二人说：

"我为你们弹一曲。"

即座就弹出这《月光奏鸣曲》。弹完之后，那兄妹二人方始晓得他就是贝多芬，正欲挽留他再弹，贝多芬已起身不辞而行，飞奔回家，连夜在五线纸上写出其乐谱；就是现今流传于世的不朽的名曲。

关于《月光曲》的传说大意如此。为了有这浪漫的逸话，故《月光曲》在贝多芬的音乐中是最为脍炙人口的作品。然而传说只是传说，未必一定是关于这曲的制作时的实情。据考察，给这曲以直接的动机的，是左伊美的诗《祈祷的少女》。这曲编制为作品二十七号的第二种，升 C 短调〔小调〕奏鸣曲。当时贝多芬自己曾有这样的话：

"我在度送可怜的生活。我常在诅咒我自己的生存。倘使我能够，我一定要对命运提出反抗的宣言。然而又时时感到自己是神的最不幸的创造物。"

可知《月光曲》也是贝多芬的苦恼的心的写照。

又有一说，这时候贝多芬正在和一个从意大利迁居来的伯爵的女儿球丽哀德发生恋爱。球丽哀德是一个十六岁的姣美的处女。贝多芬对于这女子的恋情，燃烧一般地充溢在心中。月光曲就是描写这热恋的心，而奉献于这女子的。贝多芬对于这女子曾经希望结婚的幸福；然而世间的习惯，不许可贵族的女儿与一贫乏的音乐者结婚，故这希望终于成为梦想。贝多芬是一个热情者，同时又是一个像清教徒一样的严守节制的人。其对球丽哀德的热爱，就转化而为《月光曲》的音乐。这一说似乎是确实可靠的。因为这曲的第一版中，分明刊着"奉献于球丽哀德·朱西阿尔提（Giulietta Guicciardi）"的字样。后来《月光曲》的传说出世，再版以下就不复添注这一行字。世人就一直把这曲当作月光描写的音乐。

传说是怎样起来的？《月光》的标题对音乐有否妨害？这是好乐者所必然要想起的疑问。

据考察，《月光》的标题是出版业者所擅定的。出版业为了这乐曲的标题《作品第二十七，升 C 短调奏鸣曲》不容易牵引人的注意，故擅定标题为《月光》。然这擅定也不是完全无理的。因为这曲的第一乐章朦胧，颇像月的初升的光景。第二乐章清朗，如皓月之悬于太虚。最后一章激烈，如午夜的狂岚。故标题为《月光》，也勉强可以符合，没有十分乖谬的地方，且标题可引起一般人对于音乐的兴味，所以音乐者亦任其沿用这名称。

但这是普通的见解。俄罗斯近代大音乐家罗平喜泰因〔鲁宾什坦〕（Rubinstein）就指摘《月光曲》的标题与音乐的不符。曾有这样的意见：

音乐上加以标题的办法，原是出版业者为了便于公众探检乐曲题名而要求作家冠用的，故不妥的甚多。例如"夜乐"（"nocturne"）、"浪漫乐"（"romance"）、"即兴乐"

("impromptu")、"随想乐"（"caprice"）等标题，都固定不变地印刷着，但未必每曲与内容相符。标题中最荒唐最滑稽的，莫如贝多芬的《月光曲》。即此一例，可以充分说破一切标题的不妥。在音乐上说来，月光要用朦胧的、梦想的、平和的、温静的表现法。但这升C短音阶〔小调〕奏鸣曲的第一乐章完全是悲哀的，凡属短音阶乐曲，大都是悲哀的。到了最后的乐章，变成狂暴的、热情的。这与月光的平和完全相反对。只有短促的第二乐章，可说有表示月光的一瞬间，此外全然与月光无涉。而《月光奏鸣曲》的名词竟普遍流行于全世界，一般的好乐者都牵强附会地把全曲认为月光的描写，岂非可笑的事。

音乐艺术的性质过于抽象，故对于乐曲的内容的批评，往往多歧异之说。然月光曲的标题，不是作者自己所定，确系后人附会而设，已不容疑议。贝多芬自己的笔记簿中，关于这曲这样记录着：

Op. 27, No. 2, Sonata Quasi una Fantasia 即"作品二十七第二，幻想曲风奏鸣曲"。并未说及月光，更无故事的记录。又这曲的初版上有附注"奉献于球丽哀德"字样。这样看来，这曲可确认为描写恋的烦恼的幻想曲风奏鸣曲。

七 《英雄交响乐》

千八百〇二年秋，拿破仑战争获大胜利。贝多芬得知了这消息，说道：

"可惜我不能像理解音乐一样地理解战术。倘我能理解战术，我一定要去打倒这拿破仑。"

可知贝多芬对于英雄拿破仑的事业是怀着很深的印象。

贝多芬与当时有名的小提琴家克罗济尔〔克鲁采尔〕（Kreutzer）颇有交情。有名的《克罗济尔奏鸣曲》〔《Kreutzer Sonata》〕就是奉赠于这人的。克罗济尔与驻在维也纳的法国公使相知。这公使因克罗济尔的介绍来见贝多芬，托他作一曲赞美拿破仑的勋业的交响乐。

贝多芬当时的确敬仰这大英雄拿破仑，就答允了他的请求，开始作曲。然作曲时时间断，直到了千八百〇四年而作成，即有名的《英雄交响乐》。贝多芬是柏拉图的《共和国》〔《理想国》〕的爱读者，知道拿破仑的革命目的在于为法兰西人求自由，而实现共和政治，心中十分崇拜，就把作成的交响乐加以装潢，又在封面上题了："奉献于英雄拿破仑"数字，拟请那法国公使转呈于拿破仑。

不料这一年拿破仑自己即了皇帝位。贝多芬得知了这消息，大为失望，愤慨地骂道；

"想不到这家伙也只是一个凡庸之徒。目今他将逞其野心，蹂躏一切人类的权利了。"

就把新装成的《英雄交响乐》撕得粉碎，抛在地板上。不愿意发表这乐曲了。然而这是很优秀的作曲。他的朋友们知道他不肯发表，并且已撕破了，大家非常惋惜，终于劝请贝多芬，说拿破仑虽然变节，不足承受这赞美，然这曲原是为一理想的纯洁而勇武的英雄而作的,没有毁坏的必要。贝多芬依了他们的请愿,把这曲改题为《为一伟人而作的英雄交响乐》,于次年十月出版。这就是现今知名于全世界的《第三交响乐》或《英雄交响乐》(《Sinfonia eroica》)。

后来拿破仑被放逐于圣希列拿岛上,而达到悲惨的最后的时候,贝多芬冷笑地说道:

"我已经为他的没落作曲:《英雄交响乐》的第二乐章的送葬曲不是在十七年前暗示了他的命运么?"

这是关于《英雄交响乐》的有名的逸话。于此可见贝多芬立志高洁。无论为政治家,为艺术家,立志的高下是人格判断的第一标准。这样看来,欲称颂贝多芬为心的英雄,而拉拿破仑来作比拟,其实反而委屈了贝多芬。

贝多芬一生共作九大交响乐,其中有三曲附有标题。即第三,《英雄交响乐》;第五,《命运交响乐》;第六,《田园交响乐》。

《英雄交响乐》为了有这和拿破仑有关系的逸话,故特别有名。许多音乐批评者根据了这逸话,说这交响曲是贝多芬的"拿破仑观"的表示,作种种解说。然这曲究竟是否拿破仑的性格行为的音乐化,实在是一疑问。这交响曲的第二乐章为"送葬行进曲",其次为颇有活泼气象的谐谑曲(scherzo)。为什么在"送葬行进曲"之后继以这谐谑曲,是多数音乐批评者的问题。倘使果如标题所示,其"送葬行进曲"是暗示拿破仑的没落的,那么这交响曲全曲的解说就非常困难了。其实对于音乐,本不可作这样具体的解说。

关于《英雄交响曲》的种种解说中，以下面的一说最为妥当：

所谓"英雄"，并非确指像拿破仑的军事的、政治的英雄，而是"精神的英雄"的意思。这曲第一乐章 allegro 描写英雄的力、英雄的活动。第二乐章的"送葬行进曲"并非取"送葬"的文字的意义，乃乐曲的形式的一种名称。这是描写英雄临到悲剧的危机，因此得切磋磨练而造成其圆满的人格。第三乐章的谐谑曲（scherzo），描写超越了悲哀的英雄的快乐。第四乐章"终曲"（finale）描写英雄一生的全体。

八　永远的恋人

贝多芬死后，他的朋友史谛芬·勃洛宁格（Stephan von Breuning）在他日常使用的大而旧的桌子的秘密抽斗中发见三封未曾寄发的情书。书中记录着热烈的恋情，三封信都很长。信的最后有这样的结尾：

　　永远是你的，
　　永远是我的，
　　永远是我们的。

但信上没有写明年月日，又没有受信人姓名住址。这究竟是给哪一个女子的情书，常是贝多芬研究者的疑问。据多数的研究者的考究，受这信的女子就是受赠《月光曲》的球丽哀德。然据某研究者说，这几封信确系千八百〇六年的夏日在匈牙利的温泉场附近时所写的。这地方是贝多芬的友人勃伦史微克伯爵的别邸所在地，贝多芬常在那别邸中避暑。伯爵的女儿推丽萨的油画肖像，后来曾在贝多芬的遗物中被发见。这肖像上有推丽萨的亲笔的记录：

奉赠于稀世的天才，伟大的艺术家，善良的人。
——T.B.

T.B. 就是勃伦史微克·推丽萨的略写。

贝多芬与勃伦史微克伯爵交情甚深，千八百〇六年，伯爵的女儿推丽萨曾与贝多芬订婚。有名的《热情奏鸣曲》(《Appassionata Sonata》)就是奉赠于这伯爵的。

关于《热情奏鸣曲》的制作，有一段可以表明贝多芬的作曲习惯的逸话。现在乘便记述在这里：贝多芬有一天和他的学生一同去散步，途中忽然感到一个乐想，他口中不绝地独语，又常作出高低各种的音。他的学生问他为什么这样，他回答说："我想到了近作的奏鸣曲的终曲的 allegro 的主题。"散步之后，学生同到先生家里来学习音乐。二人同入室中，贝多芬不脱帽子，立刻跑到钢琴旁边去，出神地弹奏，竟忘记了同来的学生。这学生见他出神地在作曲，只得默默地坐在屋角里的椅子上。好久之后，贝多芬才发觉，看见这学生坐在屋角里的椅子上，大吃一惊，问他："你什么时候来的？"

这《热情奏鸣曲》是作品第五十七的 F 短调奏鸣曲。还有作品第七十八的升 F 调奏鸣曲，是奉赠于这"永远的恋人"的。

贝多芬在与推丽萨恋爱期间，作《第五交响乐》与《第六交响乐》。《第五交响乐》即《命运交响乐》(《Fate Symphony》)，这是人类对于命运的战斗的描写，在贝多芬的交响乐中为最代表的最优的作品。

关于这第五交响乐，也有一段逸话：非常尊敬贝多芬的法兰西音乐家裴辽士〔柏辽兹〕(Berlioz)，有一次同了他的先生罗修尔去听贝多芬的第五交响乐。演奏完毕，二人散出会场的时候，罗修尔为了过于感动，感觉昏乱，欲戴帽子，连头的方向都忘记。次日，他对裴辽士说："那音乐好极了。那样的音乐实在不应该多作！"裴辽士回答他说："先生，请放心！谁能作许多那样的音乐呢？"

第六交响乐即《田园交响乐》(Pastoral Symphony)，描写田园的风景，分五个乐章，历历写出五幅图画：一、在田园的愉快感受；二、溪畔景色；三、田舍的飨宴；四、雷雨；五、雷雨后牧人的感谢歌（后三章并为一章）。故为有名的"音画"("tone picture")，为现代标题音乐(program music)的先驱。

这些名作，都是和推丽萨的恋爱时期中作成的。这回的恋爱生活，在贝多芬的精神上非常愉快，过后也有许多甜蜜的回忆。这时候他住在推丽萨家中。有一个星期日的晚上，晚餐后，月光流照室中的时候，贝多芬坐在椅子上，徐徐地把两手放在钢琴键盘上，暂时不动。这是他演奏时的前置的动作。推丽萨懂得他的习惯，看见他两手放在键盘上，就静静地等候他的演奏。不久他的左手弹出几个低音的和弦，徐徐地奏出巴赫一个乐曲。

次日朝晨，二人在庭中相见的时候，贝多芬十分愉快地对推丽萨说：

"我想再作一曲歌剧呢……我从来不曾感到像今天这样的幸福。我在自己的周围，自己的心中，都感到光辉与纯洁……"

贝多芬在推丽萨家中滞留的期间，经验到梦一般的、空想的、美的幸福的感情。他把这感情写出在作品第七十八的奏鸣曲中，奉献与推丽萨。明快的第七交响乐与第八交响乐的制作，也是在这时期中"受胎"后作成的。

然而这幸福不能永久继续，悲哀的命运又来访问贝多芬了。不知为了什么理由，到了千八百十年，与推丽萨的婚约忽然破坏，贝多芬又变成孤独的一身。然而"永远的恋人"在他心中仍不消灭。有一天，他的朋友来访他，窥见他正在对着推丽萨的肖像而流泪；并且自言自语地对这肖像说：

"你已长得这么可爱，这么长大，像天使一般了。"

朋友乘他不注意，悄悄地退回了出去。

过了一歇再来访他，看见他面上已经没有平日的忧郁的表情。朋友问他今天为什么高兴，贝多芬回答说：

"因为今天已有天使来访我过了。"

九　对命运的战斗

贝多芬与推丽萨分手之后，不久又经过二三回的恋爱，然而情缘都不久长。大概是因为贝多芬的感情过于激烈，故终为妇人所不能理解，生涯中恋爱事件不绝地继起的贝多芬始终是一个独身者。

千八百十二年，他在波希米亚的矿泉地与德国大诗人歌德（Goethe）相会。初相见时，二人各抱非常的期待；然而因为贝多芬的性格特殊，与歌德终于不能成为知交。

贝多芬的爱护者的贵族们曾经许他每年四千弗洛林（florin）的供给金。但因为连年战争的缘故，这约束没有完全实现。然千八百十四年前后，贝多芬的经济生活是很充裕的。因为这时候是拿破仑的没落时代，贝多芬常作适于这时代精神的音乐，所得作曲与演奏的报酬甚为丰富。然而这事业不能永久继续。又这时候他的弟弟病死，遗下一个八岁的侄儿，要他保护。贝多芬不曾做过丈夫，现在却要做父亲了。此后生活就苦痛起来。

千八百十九年前后贝多芬为了种种的失意，精神不宁，脾气也变成痴人一样。这时候他的生活非常贫乏。皮鞋破了都无力购置新的，甚至不能出门。有一天，他走进饮食店里，在一张食桌旁边坐下，耽入沉思。经过了约一小时之久，呼堂倌过来：

"算账！多少钱？"

"先生没有吃什么菜——要做点什么？"

"随便什么都好，你尽管拿来，不要来打扰我！"

他的神经完全异常，像梦游病者一样，临事每多乖谬。当时他住在维也纳附近地方的旅舍中。那地方有森林，他常在森林里徘徊，一面在心中抽发乐想。他常常对人说：

"我要多拿几张五线纸到山中谷间去散步，为了面包与金钱，多榨出一点音乐来。"

作品第一百二十三的《庄严弥撒》（《Solemn Missa》）就是这时期中的制作。贝多芬作这曲的时候，对着五线纸，用两手在桌上按拍，又用两脚在地板上大声踏步。闹得旅舍中的宿客日夜不得安宁。旅舍主人就来要求他出屋。

贝多芬晚年有个唯一的知友，名叫欣特勒（Anton Schindler）。千八百二十年后，耳朵全聋了的贝多芬自己指挥他的歌剧《斐特理奥》（《Fidelio》）的总排练。最初的序曲演奏得很好；到了其次的二重唱，因为管弦乐队虽然服从他的指挥，而歌手的拍子过于快速，成了混乱的状态。因为贝多芬虽在指挥，但他的耳朵听不出唱歌的声音。于是演奏者不对他说明理由，自行中止，又自行招呼，重新开始。其结果仍是同样地失败，只得再行中止。没有一人敢以此事告诉贝多芬。贝多芬聋着耳朵站在指挥台上，看见演奏者的混乱的状态，从他们的脸色上窥知有特殊的变故，立刻呼欣特勒过来，身边摸出笔记簿，请他把刚才发生变故的情形写出来告诉他。欣特勒立刻拿铅笔在他的笔记簿上疾书：

务请勿再继续演奏，详情归家后再告。

贝多芬看了这两句话，对他说："我们立刻回去吧！"说罢，就从指挥台上跳下，拉了欣特勒归家。

走进室中，贝多芬不再追究原由，投身在长椅子上，用两手掩面，躺了很久的时光，对欣特勒一句话也不说。他的形容上表示十分忧郁与意气沮丧的样子。

迁居到亥力根斯塔（Heiligenstadt）的郊野中以后，是专心于《第九交响乐》（《合唱交响乐》）的作曲的时代。他每天挟了笔记簿子到田野中去徬徨，连吃饭的时刻都忘却，有时他遗落了帽子在田野中而归家，满头的乱发像狮子的鬣一般在风中飞扬。

这《第九交响乐》于千八百二十四年五月演奏。演奏的时候，听众大声喝彩又拍掌，立在台上的贝多芬全然不听见。然而这一次演奏会所得物质的报酬很小，赢余的只有一百二十马克。散会归家后，欣特勒报告他赢余的现金的数目的时候，贝多芬的样子十分悲哀，他的元气似乎完全消沉，他的身体都站不住了。欣特勒和另一友人扶持了他，给他躺在长椅子上休息。二人一直伴他到夜深。贝多芬饭也不吃，一句话也不说，只是闷闷地躺着。

贝多芬为了生活费，不暇休息，又立刻继续作《弦乐四重奏》（《String Quartet》）。这是作品第一百三十五号，于千八百二十六年岁暮完成。这时候他依然贫困，孤独，又生病。加之他的侄儿行为堕落，时时来讨他的气。贝多芬又多了一种累。

患难与困苦装满了他的全生涯,死的影子就迫近他来了。他的病体横在维也纳的旅室中。千八百二十七年二月十七日,请医生行第三次手术。病势渐渐险恶起来,他的感情也渐渐沉静起来。延至三月二十六日,天上忽起暴风雨,"波恩的英雄"的灵魂就乘了这暴风雨而离开大地了。

舒 柏 特

Franz Peter Schubert

(1797—1828)

一　终身的贫贱
二　放浪的天才
三　作曲的突发
四　生活的苦况
五　舒柏特与贝多芬

一　终身的贫贱

舒柏特在近代音乐上是"歌曲之王",浪漫乐派的首领。然其生存中,世人对他的待遇非常疏慢。他在默默的贫贱中度送三十一年的短促的生涯,没有一个爱人,没有一个保护者,没有一个私淑者,连作曲的发表都不容易求到。他的歌曲,在今日是世间一切声乐家所爱唱的歌;然而在当时,除了围绕他的少数友人之外,竟没有人知道。出版业者对于有名的《魔王》(《Erlkönig》)的印行,勉强承受;晚年的杰作歌曲集《冬之旅》(《Winterreise》)只卖版权费每曲两弗洛林(florin)。然而"时间"是最公正的审判者。到了今日,全世界共仰他为歌曲之王,近代浪漫乐派的首领了。这一点追悼追崇之意,究竟能否抵偿对于他的一生的疏慢的待遇呢?

舒柏特生来具有波希米亚(Bohemia)的灵魂。对于这种波希米亚的生活,似乎也很满足。他自己难得有收入,又极微少,然而囊中有钱的时候,就慷慨地周济周围的友人,绝不吝啬。挟了几首歌曲稿到出版业者那里去卖得了一点钱,就欣然归来,呼朋啸侣,同去听音乐会;或向咖啡店里去买得一晚的愉快的同乐。他的友人都是年事与他相近的青年,都没有财产,没有家庭,晚上常常一同在酒店内过夜。谱莎士比亚诗有名的《听啊!云雀!》(《Hark! Hark! The Lark!》),便是有一晚与友人等在酒店内的时候作出来的。不但在酒店内,他在行住坐卧之间,无时不可作曲。然而这等宝玉似的名曲,唱的只有他自己,听的只有他的几个潦倒的朋友;维也纳的贵族们，大人先生们，都笼闭在层楼深院之内，隔绝在上流的交际社会中，无缘听到他的唱歌，无从知道这当代大作曲家的存在。

他常常手执歌德（Goethe）等的诗集，在室内徘徊，突然伏案，在五线纸上疾书，几分钟就完成了一首千古不朽的名曲。完成之后，因为自己没有钢琴，立刻挟了歌谱跑到附近的小学校里去借弹钢琴，并将歌唱给校中的友人们听。

他只要通读一篇诗，头脑中就流出一个很美丽的旋律。杰作都在极短的时间内作成。他一生六百首歌曲，差不多全是突然作成的。这样的突发的天才，实为从来所未有。故评家说他的歌曲不是"作出来"的，是"生出来"的。舒柏特的头脑实是歌曲的源泉。从这源泉中流出来的水，像镜一般澄澈，可以分明照见"诗的姿态"。例如《魔王》（《Erlkönig》），虽然不看其歌词而仅听其音节，已可分明听出《魔王》的情调。《纺车中的格雷德欣》〔《纺车旁的马加利特》〕（《Gretchen am Spinnrade》），其音节历历地表出着一个处女的心情。对于像《人影》〔《我的影子》〕（《Der Doppelgänger》）的阴惨的诗，谱出阴惨的音乐；对于像《鳟》（《Die Forelle》）的快活的诗，谱出快活的音乐。更换言之，舒柏特对于歌德的诗，能附以像歌德的音乐；对于海涅（Heine）的诗，能附以像海涅的音乐。在这意义上说来，舒柏特是歌曲的源泉，同时又是映出诗姿的镜。

他的乐风很有像贝多芬的地方，故有"小贝多芬"的绰名，他比贝多芬更多抒情的、女性的情趣，故又有"女贝多芬"的别号。贝多芬一生的生活全是轰烈的，雄飞的；反之，舒柏特一生的生活全是沉默的，雌伏的。

二　放浪的天才

舒柏特在三十一年的短促而贫困的生涯中作出无数的美妙的音乐，其作曲的突发与神速，都是大天才的特征。然而他不是像莫扎特的五岁上演奏惊人的早熟天才。他的音乐的天才来自何方，不可得而知。他的母亲不是音乐的；父亲也不是十分有研究的人。舒柏特幼时在家庭中演习四重奏的时候，父亲奏大提琴（cello），舒柏特奏中提琴（viola）。父亲时时误奏，每被幼年的舒柏特所注意，他常对父亲说："父亲，奏错了呢！"

舒柏特十一岁的时候，加入教会的合唱队，为高音部（soprano）歌人，又兼小提琴演奏者。十二岁，入天主教会的学校（Konvict）。在校五年间的生活，为其一生音乐上的基础。同学的孩子们组织音乐演奏团，舒柏特充当小提琴手。他的演奏最为纯熟，引起全校的注意。乐队的指挥者时时缺席，就请舒柏特代理。然而这学校时代的生活，也不是安乐的。寒冬时，室中没有火炉。而且贫苦的学生舒柏特，饮食也常常不周。千八百十二年他写给他的兄弟的信上，有这样的话："我们常常想吃苹果。从粗劣的午餐到晚餐，其间足足隔离八个钟头呢！"他向阿哥要求零用钱的信上，用这样的署名：

你所爱的、有希望的、最可怜的弟富郎兹。

少年的舒柏特早已开始作曲。有几种名曲是少年期的作品。然而他没有买五线纸的钱。同学中常常听见他自叹：

倘有买纸的钱，我可以每日作曲了。

有的同学可怜他的贫乏，买了纸送给他。

十七岁入变声期，不能再加入高音部唱歌队中，他就退学回家。他的眼睛一早就是近视的，十一岁起就戴眼镜。因为有这一点缺陷，不被征兵当选，就在家里帮助父亲教小学生（他的父亲是为小学校长的）。然而他的放浪的性格，绝不宜于小学教师的职务。他常常不耐烦 ABC 的教授。有时火冒起来，甚至殴打那些无辜的小学生。所以不久他就辞职。那时候他还是一个十八岁的少年，然而作曲的成绩早已可观。除了许多器乐曲以外，又作了一百三十五首歌曲。就中含有许多千古不朽的名作，例如《魔王》、《野蔷薇》〔《野玫瑰》〕（《Heidenröslein》)、《不息的恋》（《Restless Love》）等，都是十八岁时候的作品。现在我们听了他这几种不朽的名曲，万万想不到是一个十八岁的贫苦学生的所作。

小学校辞职之后，千八百十六年春，他曾经想谋某音乐学校的教席，结果终于失败。以后屡次找寻职业，屡次失败。故舒柏特除十八岁时暂做小学教师和后来暂当家庭教师以外，一生未曾有过其他职业，真是放浪的天才的生涯。长后又没有家庭，与朋友们一同过生活。偶然得着的钱财，也同朋友们一同使尽。他的贫乏，他的孤独，均与贝多芬相似；然而他的性质比贝多芬为乐天的，安于潦倒放浪的生活，若固有之。他不像贝多芬似的用激昂的态度来同命运相战斗，只是静静地在歌曲中发泄其深切的哀愁与感伤而已。例如《冬之旅》（《Winterreise》）、《辞世》（《Schwanengesang》）等曲，是最为感伤的。

当时有一个巨富的大学生，名叫晓勃（Schober），欢喜这无名的放浪乐人的歌曲，曾经供给他居室及衣食。其后自千八百十九年至二十一年之间，又曾寄居诗人马洛费尔（Mailofer）家里。此外他的生活大部是依赖晓勃的。

舒柏特的放浪的生活中，颇不乏奇离的逸话。他的朋友们都是相当地理解他、崇敬他的人。这自然的团体就无形中以舒柏特为中心，外人称呼他们为"舒柏特党"。这舒柏特党的集会的地点，大都在咖啡店里、酒吧里，及俱乐部中。团体中大半是青年的独身者。活动的时间都在晚上。饮酒，弄音乐，高谈阔论。只要身上有钱，就不论何人所有，大家使用，毫不吝惜地使用，用完了再说。真所谓"今朝有酒今朝醉，明日无钱明日愁"。他们一同宿在逆旅中，衣物用具，也都不分你我，拉着就用。前面说过，舒柏特有近视之疾，十一岁就戴眼镜。他有一个特殊的眼镜壳子，常常带在身边。有一天忽然不见了，遍觅不得。后来看见一友人在吸烟，所用的烟斗正是用他的眼镜壳子改造而成的。原来这位朋友因为失去了烟斗，一时没有办法，看见舒柏特的眼镜壳子放在桌子上，就随手拿来改作一下，暂时代用为烟斗了。他们的落拓不拘的生活，于此可见一斑。

三 作曲的突发

舒柏特是有名的突发的天才。又是有名的迅速的多产作家。《听啊！云雀！》（莎士比亚诗）在十五分间作成。《冬之旅》中有六曲是在一个朝晨内作出的。故评家说他的乐曲是"流出来"的；又说他是成了"梦游病"状态而作曲的。《音乐与音乐家辞典》的著者格洛夫（Glove）说："听他的音乐的时候，似乎觉得与音乐密切地相接触，与听别人的音乐完全不同。"他的乐曲的作出的状态与别人不同，故乐风也有别人所不能有的特色。

他晚上常常戴了眼镜就寝。朝晨一醒觉，立刻爬起身来，伏在五线纸上作曲，连盥洗和换衣服都忘却。有的时候正在与客人说话，忽然乐想涌起，就一面说话，一面拉过五线纸来疾书音符。《水车歌》中的某曲，是在病院里作成的。前述的《听啊！云雀！》是在酒店里的桌上作成的。还有许多乐曲是在散步中作成的。有一位朋友问他怎样能作出这许多乐曲，他回答说：

"我是每日作曲的。一曲作完，一曲又开始。"

所以舒柏特十八岁的时候，已经作了歌曲一百四十四首。乐曲像流水一般地从他的笔上滚出，有时连自己都忘却自己的作品。有这样的一段逸话：有一天他把新作歌曲送给某朋友。过了两星期之后，又去访问这朋友，听见这朋友正在唱这歌曲。舒柏特听了以后，似乎很感动，问他的朋友：

"这歌曲很不坏呢！是谁作的？"

关于舒柏特的作曲的状态，他的友人史邦（Spann）有这样的一段记录：

> 有一天午后，我和马洛费尔同去访问舒柏特。这时候舒柏特和他的父亲同居。我们走到室门口，看见他正在捧着一册书，高声朗读《魔王》的诗，读得十分出神，全不注意到我们的来访。他拿了书册在室中反复徘徊，突然把身子靠在桌上，拿起笔来在纸上飞速地写谱，不久即作成了一首很好的歌曲。他自己没有钢琴，就拿了这乐谱跑到孔微克德（Konvict）学校去弹奏。这一天晚上，就在那学校里演唱这《魔王》，蒙校中的朋友的热烈的赞赏。老宫廷风琴家罗提卡对于这曲尤为感动，亲自研究其各部，在风琴上弹奏。有人对于曲中屡屡出现的不协和弦提出异议，罗提卡竭力为之辩护说明，说这等和弦从原诗上看来何等必要，必然，美好，又其结合何等巧妙。

《魔王》大家知道是德国诗圣歌德的名作。舒柏特就是在这诗上谱出音乐的。后来德国大钢琴家李斯德〔李斯特〕（Liszt）曾将此曲改作为钢琴曲。德国大交响乐家裴辽士〔柏辽兹〕（Berlioz）又把它改作为管弦乐曲。

舒柏特音乐的感情，大都是无意中瞬间突发的。《听啊！云雀！》的作成便是一个适例：有一天他同几个友人一同散步

到维也纳郊外,走进了一所酒店内。那酒店内的桌上放着一册莎士比亚诗集,他就随手拿起来读。忽然叫道:

"很好的旋律出来了!没有五线纸怎么办呢?"

朋友们都懂得他的脾气,立刻帮他拿桌上的菜单翻转来,用铅笔划五条线,递给他。他对于酒店内的喧嚣置若罔闻,一气呵成地写完了全曲。

这等传说是否确实,无从对证,也有疑为后人伪造的。然而舒柏特的作曲的突发,不止这一例。即使有过于铺张的描写,但决不至于全然伪造。

舒柏特三十一岁夭逝。计算其作曲的年代(十六岁以前所作均不成立),只有十五年。然作品总数有一千种之多,内中有六百首是珍贵的歌曲。其他交响乐、钢琴曲、歌剧,均有美丽的旋律。《未完成交响乐》(《Unfinished Symphony》)尤为有名。这交响乐,舒柏特未曾作完而死。然而不完全的乐章亦自能独立为名曲,故后人承认其为名曲之一,在世间到处演奏着。

四　生活的苦况

《魔王》作于千八百十八年。一直过了五年之后,方才有出版业者肯为印行;然而是没有版税的。他的作品的付印,这是第一次。这书在九个月间销售八百部。于是再集十一首歌曲,继续出版。第二次出版的时候,一向不大高兴的出版业者居然愿出八百个弗洛林(florin)买他的版权。同时出版的

《徬徨者》〔《流浪者》〕（《Wanderer》）自千八百二十二年至六十一年之间，出版业者一共赚了二万七千弗洛林。虽然有这种情形，舒柏特的作品，直到晚年，常常卖不起价钱。他的晚年的不朽作曲歌集〔声乐套曲〕《冬之旅》，一曲只卖一弗洛林。

千八百十八年，舒柏特曾为某伯爵家的音乐教授。除了幼时做小学教师之外，这一次是他平生唯一的供职时期。那伯爵住在匈牙利的别庄里，请舒柏特到那里去教他的夫人和两个女儿学习音乐。这是他的生活中唯一的幸福时期。作曲时间也富有，生活也快乐。又在那地方接触了匈牙利的民谣。此后的作风上就加了一层特殊的色彩。

自来一切音乐家，大都有丰富的恋爱史；像舒柏特的一生没有恋爱，实在是唯一无二的特例。只他在伯爵家做家庭教师的时候，据说曾经对那家的幼女发生恋情。然最初遇见的时候那女子只有十二岁，后来遇见的时候那女子是十八岁。二人间的恋情并不甚样热烈。又有一说，舒柏特除了这伯爵家的女儿以外还有一个恋人。那是一位学校教师家的少女。又据说这少女颜貌并不美丽，面上有痘疮的痕迹。舒柏特曾经想和她结婚。这希望怀抱了三年，终于为了生活不得安定而作罢。即使这两说都是事实，舒柏特在自来的音乐家中——尤其是浪漫音乐时代的音乐家中——也是与恋爱关系特别浅的人。贝多芬的恋人有几打，可列一览表；裴辽士（Berlioz）为恋爱几乎发狂，李斯德（Liszt）是有名的女性崇拜者；瓦格纳赞美妇人为"久远的女性"。像舒柏特这样没有热烈的恋史，又素不谈及女性，在音乐家中也是一种特殊的态度。

舒柏特还有类似贝多芬的性质，是对于自然的爱好。自来音乐家中，爱好自然的人极少。贝多芬喜欢到郊外散步，雨天亦不停止，故有"濡湿的贝多芬"的绰名。他在音乐家中为最著名的自然爱好者。舒柏特对于自然亦很亲近，久不出户，即感头晕目眩，必须到田野散步一次，方能恢复健康。旅行当然是他所最喜欢的事；然而为生活的贫困所阻，一生涯中只旅行三次。移居在他的兄弟所住的郊外的时候，他对自然最为留恋，每天午后必然出门作长久的散步。然而舒柏特遭遇着终身坎坷的命运，生涯中决不会有长期的欢乐，迁居到了这中意的地方，不久就是他的最后——他不久就死在这地方。

那地方的自然风景固然很好；然而有一个生活上的缺点，即饮水很不清洁，身体不健康而抵抗力弱的人，饮之容易成病。舒柏特的身体素来羸弱，这大概也是为了平常的生活不安定，营养不良之所致。迁居到了这地方之后，因为留恋于其地的自然风景，久不忍去；同时因为饮了那地方的不洁的水，竟成了病。医生诊断他的病为肠窒扶斯〔伤寒症〕。乡村地方没有完善的医药设备，他的病没有充分疗养，奄卧数日而死。命终之日为千八百二十八年十一月十九日，享年仅三十一岁。

舒柏特的遗产，除了黄金难买的珍贵的作品以外，还有仅值二十四五元的所有物。

五　舒柏特与贝多芬

舒柏特死于千八百二十八年十一月十九日。千九百二十八年，恰好是他的百年忌辰。十一月十九那一天，全世界到处演奏他的音乐，为他开纪念会。前一年，千九百二十七年三月廿六日，是贝多芬的百年忌辰。世间也举行贝多芬百年祭纪念演奏会。两乐圣的百年祭相差仅一年，即舒柏特与贝多芬是差一年相继而死的。前面曾经说过，舒柏特有许多类似贝多芬的地方，故有"小贝多芬""女贝多芬"的别称。然二人的关系不止这一点，他们在世间更有奇特的因缘。

贝多芬是雄飞的，舒柏特是雌伏的，二人的阶级不同。故在同一时代呼吸同一市内（维也纳）的空气，而三十年间未曾相见一面。舒柏特早已仰慕贝多芬的大名，然而无从求见。又因为舒柏特秉性孤洁，亦不愿登门拜访当时的伟大人物的贝多芬。因此这两位乐风相似、伟大亦相似的乐圣，在世间终于为社会阶级所隔绝，没有见面之缘。直到后来，有一个出版业者劝请舒柏特去访问贝多芬，奉呈自己的作品，求他介绍，吹嘘。舒柏特当然不愿意；但为了私心仰慕贝多芬的艺术，又因出版业者的强请，有一天，他果真答允了，随了这出版业者，挟了一册自己的作品（歌曲六十首），拜访贝多芬之门。

机缘真不巧，贝多芬恰好不在家。于是舒柏特只得把带来的作品稿子留放在桌子上，怅然地回去。

后来贝多芬得了病归来。一到家里，就躺在病床上，从此不起来了。有一天，病势偶减，他的友人想慰他的寂寥，拿桌上的一册书给他放在枕边,让他翻阅消遣。这册书就是舒柏特所带来的作品集。贝多芬看了这等作品,猛然叫道:"这里有神圣的闪光!是谁作的?"

旁人告诉了他舒柏特的名字,又把这句话传达给舒柏特。舒柏特得知了这消息,立刻奔到贝多芬的床前。贝多芬的病已经十分沉重。晓得舒柏特的来到,勉强振作,握着他的手叫一声:

"我的灵魂是富郎芝(舒柏特的名字)所有的!"

不久就闭目长逝。他心中怀抱了与舒柏特相知太晚之恨而死。舒柏特是最初又最后拜见这素来仰慕的大艺术家。丧了知音之后,从此心中闷闷不乐。贝多芬的葬仪举行之日,舒柏特亲自拿了火炬送殡。归途中与三四友人入酒肆歇息。他满斟一杯酒,举起来对众说道:

"为席上先死者干杯!"

他自己竟抽着了这可悲的签。贝多芬死后十八个月,即次年十一月十九日,舒柏特就辞了人世,追随贝多芬而去。躺在死床上的舒柏特向他的兄弟及友人提出一愿:

"请给我葬在贝多芬的旁边!"

弥留的时候,他口中不绝地叫:

"贝多芬没有在这里呢!"

舒柏特死后,其兄弟及友人们依照他的遗嘱,给他葬在离开贝多芬不到三墓的地方。

现在两人的铜像并立在维也纳的广场中。

舒柏特是贝多芬的崇拜者又知己。其精神与事业有许多点与贝多芬相通似。只有作曲的态度,二人不同。贝多芬作曲的时候非常吃力,常常汗流满面。又一曲往往涂抹删改至数十遍而后成。舒柏特则如水从泉中迸出,一气呵成,迅速而极少改窜。舒柏特创作的时候,全精神沉浸在"艺术三昧"的境地中,音乐源源地从笔端流出。这一点是舒柏特独得的功夫。

裴辽士
〔柏辽兹〕

Hector Louis Berlioz

（1803—1869）

一　浪漫的全生涯
二　愤怒的天才
三　故乡与初恋
四　横逆的成长
五　《幻想交响乐》的动机
六　吻尸与暗杀
七　创作的欢喜
八　晚年的寂寥

一　浪漫的全生涯

裴辽士是近代法兰西式"浪漫乐派"的伟人。不但乐风"浪漫",他的生活也是十分"浪漫"的。他遭遇着奇数的命运。失恋、服毒、自杀、贫苦、得志、憧憬、悲哀等事,充塞其全生涯。他的一生自成一个浪漫故事。

裴辽士的奇数的一生始于一八〇三年十二月十一日。他是法兰西一荒村中一医生的儿子。十八岁的时候为研究药学,负笈赴巴黎。见了眼前展开着的灿烂的文化,天生成的浪漫家的心大受诱惑,从此对于干燥无味的药学愈加冷淡了。一年之后,他就舍弃药学研究,改选最适合于他的浪漫的天性的发展的"音乐",入巴黎音乐院去研究了。

他的父亲对于他的改习音乐,竭力反对,断绝了他的学费的供给。然而浪漫家的他全然不顾父亲的意旨,只管抱着全新的倾向而研究音乐。他当时一方面要对付父亲的反对,他方面又受音乐院的教师同学的排斥,精神上苦痛得很,因为当时巴黎音乐院的乐风非常陈腐。自院长凯尔皮尼〔凯鲁比尼〕(Cherubini)以至各教师,大家还在做形式音乐的旧梦(形式音乐就是贝多芬以前的古典派音乐)。对于裴辽士的热情而浪漫的作风,大家认为异端。有一位教授曾经对裴辽士说:

"我对于贝多芬还不能理解;而你的乐派比贝多芬还新!"

实际,裴辽士一生的抱负,正是要从贝多芬的结果上更跨出一步。他的最初的杰作《幻想交响乐》(《Symphonie Fantastique》),便是用比贝多芬更自由的形式来表现浪漫的内容的。

《幻想交响乐》是同他的浪漫的生活极有关系的一个作品。这音乐是裴辽士对于恋人史蜜孙（后来是他的夫人）的单相思记录。史蜜孙是英国的一个女优，以演莎翁剧驰名于巴黎剧坛。向来崇拜莎翁的裴辽士看见她在舞台上扮演可怜的奥斐利娅（Ophilia），突然对她发生了热烈的恋情。然而史蜜孙对于这个贫乏的音乐学生毫不顾睬。裴辽士的单恋的苦恼，在这篇交响乐中诉说着。

后来他在音乐院得罗马奖，游学意大利，发奋用功，得志归国的时候，修润旧作《幻想交响乐》，加以游学中新作，在旧恋人史蜜孙面前开自作演奏会。终于感动了这女子的心。然而并不立刻结婚，其间又有许多事件。有时裴辽士在她面前服毒，有时几乎解散婚约。

结婚期到了，贫穷也跟了来。为了糊口，他不得不作音乐评论的文字，投稿于杂志及报纸。穷得连记录头中跃出的乐想的纸张都时时缺乏。

当时周济他的贫穷的，是世界第一小提琴大家巴格尼尼〔帕格尼尼〕（Paganini）。巴格尼尼听了他的音乐，非常感激，热烈地吻他的手。称赞他为"贝多芬再世"，送了他二万法郎的钱财。穷汉忽然变了富人。

然而他的浪漫的生涯决不会从此平静。此后风波不绝地起伏。夫妇反目，离婚，丧妻，再娶，又丧妻，失子……最后在巴黎结束他自己的潦倒的一生。

裴辽士享年六十六岁，生涯不算短促。从头至尾，是一场长久而可怕的噩梦。

二 愤怒的天才

裴辽士的全生涯的活动，限于管弦乐上。论到技术，其实他只是六弦琴〔吉他〕（guitar）与银笛〔竖笛〕（flageolet）的优秀的演奏者。除了这两种乐器以外，他对于别的乐器全无实际的手腕。试看他的歌曲，其钢琴伴奏的部分也幼稚得很。钢琴曲他当然不作，然而他的不精通钢琴，对于他的作曲事业上并没有妨碍。不但如此，他的管弦乐有丰富的色彩，正是为了他不是从钢琴曲改编而成的原故。一般的管弦乐制作者，大都先以钢琴曲为根据，从钢琴曲改编为管弦乐曲，到底不能有丰富的色彩。

当时的音乐院的试验委员惯于在钢琴上检查管弦乐曲。裴辽士对于这办法曾激烈地攻击。他是怀抱新思想而生于旧环境中的作曲家，故其一生极多愤慨。他的自传中曾有这样的记录：

> 他们只晓得倾听钢琴，对于管弦乐作曲，如何可以用这样的方法来批评？对于陈腐的旧音乐，固不妨用用这办法；但要晓得现代的新音乐，是单独一口钢琴所决不能演奏的。

裴辽士在艺术上，生活上，均以浪漫的感情为主调。他到处打破因袭，创造独自的全新的世界。在这点上他是近代不可多得的人。但因为他的环境对他相去太远，故他的一生，非时时激斗不可，因此评家说他是"愤怒的天才"。在音乐史上他是一个"异端者"。这原是近代艺术的必然的倾向。

卢梭所发起而沙托布里翁〔夏多勃里昂〕（Chateaubriand）所培养的近代"感情的个人主义"的思想的体现者，在文学上有嚣俄〔雨果〕（Hugo），在美术上有得拉克洛亚〔德拉克洛瓦〕（Delacroix）。自十八世纪末至十九世纪初，在法兰西全艺坛上造成了灿烂的浪漫运动。这思想在音乐方面的代表者，就是裴辽士。

浪漫思想的特色，是尊崇自由，感情，与冲动；打破因袭，喜欢忧郁。裴辽士的思想与生活，全部符合于这特色，他的思想完全是自称主义〔利己主义〕的（egoistic）超人的思想。他不像同时同派的浪漫音乐者李斯德〔李斯特〕（Liszt）那样含有抒情的分子，而纯粹是动力的〔有生气的〕（dynamic）、戏剧的（dramatic）生命，他的艺术全然是绘画的。所以他在当时法兰西乐坛上，极少知音与同志，完全是孤立的。他在音乐界中没有朋友，倒在文学界与美术界有知心的交友。文学家嚣俄与画家得拉克洛亚便是他的理解者。

三 故乡与初恋

裴辽士对于故乡有浓厚的感情。他生于格勒诺堡〔格勒诺布尔〕附近的一小村中。那村中的风景很好。裴辽士自己对于故乡这样描写着：

> 绿色与金色的广大的草原，一望无际地横卧在山腹上。梦境一般的庄严的风景，遥望阿尔卑斯的冰河与积雪的山巅的雄姿，东南一带连山，气象更为壮丽。

这样空阔而壮丽的故乡风物，对于裴辽士的精神上有很大的感化。

他幼年时代所受的教育，是极严格的天主教的教育。父亲是医生，同时又是他的一切科目的教师。最初教裴辽士音乐的，也是父亲。他的自传中记着：

> 父亲彻底地说明符号，教我读谱。不久又叫我吹笛（flute）。我一遇到音乐就猛力用功。经过七八个月之后，已能吹得很像样了。

音乐家最初怎样被诱导到音乐的世界中去？这问题在一切音乐家的传记中是最有兴味的一部分。自来伟大的音乐家，大都最初是从母亲受音乐教育的。只有裴辽士属于例外，最初从父亲受音乐教育。他的母亲对于儿子的才能全然不注意。

十二岁的时候，"恋爱与音乐一齐来了"。他的初恋的对象是一个比他年长六岁的十八岁的美少女，名叫爱史推尔。关于初恋的回忆，他在自传中这样记录着：

她的小脚上穿着桃色的睡鞋。……我从来不曾见过桃色的睡鞋……我犹如被电光所打击。我觉得附着在她身上的一切物件,都很可爱。又觉得自己是一个可怜的男儿,全无希望的人。我夜间非常苦恼。昼间只是茫然地在玉蜀黍田里漫步,或到祖父的果树园的最偏僻无人的地方,犹如负伤的鸟地躲避。

近处的人们,大家笑我这悲伤烦恼的早熟的儿童。恐怕爱史推尔也在笑我。因为她能推量一切的事。

记得有一晚,在歌兼夫人(爱史推尔的伯母)家里聚会。我们做"捉人"的游戏。大家各自选定对手。他们叫我第一个选。然而我没有这勇气。我胸中喘息不定,一句话都说不出。爱史推尔带着笑,曲弯她的柔美的身体,来拉我的手,"来呀,我先选定爱克德(Hector,裴辽士的名字)。"人们就开始和我揶揄说笑。

时间果能治疗一切心的伤害么?别的恋爱果能使初恋消失么?这是无论如何不可能的事!在我,时间完全是无力的。

初恋大都终于"恋情"而止。

裴辽士的初恋后来也埋葬在美丽的梦境里——虽然他在自传中记录着这样热情的回忆。

然而他对爱史推尔的交涉,决不这样平淡无奇地过去,后来还有奇离的花样:初恋过去,经过了波澜曲折的数十年的世智尘劳之后,裴辽士六十一岁的时候,这老翁忽然要求与爱史推尔恢复交游。长章大篇的情书,往复数次。然而这初恋的复活也仅止于书翰的往复而已。

四　横逆的成长

裴辽士的父亲并不希望把儿子养成音乐家;然而他给裴辽士造成充分的音乐家的环境。他劝诱同村几家富裕的家庭,向里昂合聘一音乐先生,来村中教导音乐。这音乐先生的才能究竟如何,不可得而知。但裴辽士因为性质近于音乐,那时候的确曾经相当地用过功,他虽然没有像莫扎特那样的神童的天才,然对于作曲视为唯一的乐事。他从旧书箱中寻出一册拉莫〔拉摩〕(Rameau)的《和声论》,就埋头研究和声。他最初试作断片的三重奏及四重奏。

从来的音乐家,大都与别的职业的压迫相战斗而进行其音乐研究。裴辽士也逃不出这定例。父亲希望他做医生,教他跟了也希望做医生的从兄同到巴黎,去研究解剖学。当时他正是十九岁的青年,兼之感情比普通人更加丰富,冷冰冰的解剖室中的空气,实在几乎使他窒息。所以他虽在医院里研究解剖,而暇日常常到图书馆里,在那里暗记格罗克〔格鲁克〕(Gluck)、拉莫、莫扎特等名音乐家的乐谱。后来他在剧场中听到了格罗克的歌剧《奥利斯的伊斐格尼》(《Iphigenie in Aulis》),他的热情异常兴奋,从此发心欲做音乐家。他就向父亲陈明自己的志愿。忽然用了可惊的毅力研究作曲了。

青年的裴辽士,可说是"激情的结晶",有一段逸话可以代表他的青年时代的性格：

有一天，他到音乐院的图书馆里去看书，因为没有懂得他们新定的规则，误从女子的进口中走进去。走到了庭中，管门的人呼他回转来，再从男子的进口中走进去。他听见这话，心中火冒起来，绝不顾睬，大踏步走了进去。进了阅书室中，就翻开格罗克的乐谱来看。正看得出神的时候，那相貌狞恶而披着一头乱发的音乐院院长凯尔皮尼（Cherubini）急急忙忙地走进来，后面跟着那个管门的人。管门的人指着裴辽士向院长说："就是这个人。"凯尔皮尼口吃着，厉声向裴辽士责诘：

"喂！你从我所禁止的进口中走进这里，犯了规则，懂不懂？"

"先生！我因为没有知道你们新定的规则。以后——"

"以后怎么样？用不着以后！你到这地方来做什么？"

"请看，我到这里来研究格罗克。"

"格罗克！你要研究格罗克做什么？你得谁的许可，敢走进这图书室来？"

"先生！格罗克的乐谱，据我所知，是最良好的乐剧。你们既规定从上午十点钟到下午三点钟为公开的时间，我到这图书室来，当然没有得谁的许可的必要！"

"我要禁止你的入馆！"

"对不起！"

凯尔皮尼冒起火来，

"你，你，你叫什么名字？"

"我的名字？先生！我将来告诉你，但是现在我不说。"

"霍丁！"凯尔皮尼呼管门人的名字，"把这东西拿去关在牢狱里！"

裴辽士慌起来，就乘机逃脱。这是裴辽士与凯尔皮尼两大音乐家的初见面。

凯尔皮尼是十八世纪末意大利歌剧家，他的事业与名望在今日虽远不及裴辽士之高，但在前世纪也是歌剧上一重要作家，在音乐史上也占有几许的地位。这二大音乐家的初见面是对骂，也是一件很有趣的逸话。后人传为美谈。

因为有这原故，裴辽士不得入音乐院的机会。后来他作弥撒曲（Missa）在巴黎演奏，博得好评。音乐院就不得不许他入院。然而入院以后，自院长教师以至同学，对他的奔放的态度都抱反感。家庭方面又受父亲的摈斥，不供给他学费。于是他不得不到某喜歌剧场（opera comique）中去充当歌手，以获得糊口之资。

这时候的裴辽士真是气性猛烈，锋芒锐利，从这一段逸话中可以窥知：他对格罗克的作品素有研究，都能谙记。有一晚，他到歌剧场观剧，恰好开演格罗克的《奥利斯的伊斐格尼》。演到西西里舞蹈的时候，忽然鸣起铙钹（cymbal）来。他晓得格罗克的原作中并不用钹这乐器，就在座中厉声叱问：

"谁在格罗克的作品中擅加无意义的铙钹？"

满座为之大惊。

再演下去，到了奥雷斯泰斯（Orestes）的宣叙调（recitative）的地方，演奏者除去了一个长号（trombone）。裴辽士听见了更愤怒得了不得，又厉声叱问：

"长号到哪里去了？混账！"

这样的盛气，实在可怕得很，在自来一切热情的艺术家中，恐怕找不出第二个人。

五　《幻想交响乐》的动机

裴辽士二十五岁的时候，有烈火一般的恋爱来袭。这在他全生涯的横逆的命运中是最突出的一件大事，不可以不特记。

千八百二十七年，英国有某剧团，来巴黎演莎翁剧，剧中有一扮演奥斐丽娅（Ophilia）的爱尔兰女子史蜜孙（Smithson）的，有一天晚上在剧场中勾引了裴辽士的整个灵魂。裴辽士对于这女子的恋情，真是激烈的很！他为爱情所驱，有几夜在巴黎的街道中和郊野中徬徨达旦。有时在郊野中，有时在草原上，有时在河畔，最后闯进咖啡店里，把疲劳的身体奄伏在桌子上。店伙当他已经死了，不敢触动他的身体，让他这样奄伏五六个钟头。据他的朋友们说，他有时就睡在田野中，他们在田野中寻到他，扶他回家。

后来史蜜孙又扮演《罗密欧与朱丽叶》（《Romeo et Juliette》）中的朱丽叶，在裴辽士的千创百孔的心上又加了些剧烈的刺激。他在这激烈的恋爱中过了几个月的生活，神魂消沉在自失与绝望之中了。后来渐次觉悟自己的生活，同时在他的头脑中忽然发生了一种计划，即把自己的全部作品刊入演奏目录中，开一大音乐会，以促史蜜孙及全市民的注意。他决心筹备这事，为了开会的一切费用，又决心自己极端俭约。

他的最初的音乐会，于千八百二十八年五月举行。然而结果终于不能惹起他所渴慕的史蜜孙的注意。他的恋爱十分激烈，失败的伤心也十分激烈！然而他终于不肯甘休，他要拿这番激烈感情来作成一乐曲。

要描写对于史蜜孙的"凶恶的热情的发达"，他作出《某艺术家的生涯中的情话》（《Episode de la vie d'un artiste》）一乐曲。全曲分五个乐章，描写恼于恋爱的一青年音乐家的幻想，即：

1. 梦幻与热情
2. 舞蹈会
3. 野景
4. 向死刑台的进行
5. 妖女的夜梦

曲的内容情节是这样：一个具有病态的感觉与热烈的想象力的青年音乐家，为了绝望的感情的发作，服鸦片自尽。然而药力过弱，不足以致死，陷入了熟睡状态，梦见种种奇怪的幻想。他的感觉、心情与追想，在他的病态的头脑中变成了音乐的思想与形象而出现。所恋的女子，这时候在他看来已是一个旋律。

这曲于千八百三十年开始制作。

不久裴辽士得了"罗马奖"，获得一笔巨资，赴意大利留学。千八百三十二年回巴黎。完成了这《某艺术家的生涯中的情话》，在巴黎开演奏会发表。不意这举行竟玉成了他两三年前的癫狂的恋爱。因为开会的那一晚，史蜜孙偶然也在听众之列。她得知曲中的女主人就是她自己，心中非常感动。又因为当时的史蜜孙在剧坛上已不复有如前日的满足的地位。巴黎的流行过去得很快，那时候一般人对于莎翁剧已不复有多大的兴味，因而史蜜孙也渐渐变成过去的人物，名誉上，经济上，均大遭失败。一方面裴辽士经过了一番失恋的挫折，赴意大利奋勉研究的结果，事业与名望均大大地进步。那一晚的演奏会规模极为宏壮，巨大的管弦乐队由作者自己指挥，轰轰烈烈地奏出可怕的交响曲。双方的种种变故，转动了史蜜孙的心，她就容纳了裴辽士的恋情。不久史蜜孙从马车上跌下，负了些伤。又裴辽士的亲戚不赞成他和史蜜孙结婚，裴辽士经济上也不安定。然而二人不顾一切障碍，终于结婚。这是千八百三十三年夏日的事。

结婚之后，裴辽士为欲支持二人的生活，开始作激烈的劳动了。他在贫困的时候，不计日夜地写新闻原稿。他的文墨很好，他是优秀的音乐批评家，作了许多音乐论文。同时又写出无数美丽的音乐。

六　吻尸与暗杀

现在要退回到结婚以前，略叙他意大利留学时期中的奇怪的生活。他在那时期几乎做了"吻尸"与"暗杀"的行为。

有一天晚快，他散步到斐伦渚火葬场地方。有白昼死去的一个妇人的棺材,停放在那里。异想天开的裴辽士的好奇心突然触发,他给看守人几个钱,偷偷地请他把棺盖打开来给他看一看。关于这事,他自己这样记录着:

> 那女子很可爱。只有二十二岁。头发一点不乱。我握了她的雪白的手,觉得不忍放释。假如旁边没有别人,我真想吻她一下呢。

爱伦·保〔爱伦·坡〕(Edgar Allan Poe)曾经把这话题描写在小说中。

裴辽士到意大利之前,在法国还有一个恋人,名叫卡米优(Camille)。二人之间曾有婚约。有一天,卡米优的母亲从巴黎寄一封信给裴辽士。信中说,因为家族的反对,她的女儿只得与裴辽士解除婚约;又报告她的女儿已与别的男子结婚的消息。裴辽士得知了这消息,在两分钟之内就决定对付的办法,他立刻跑到女子用品的店内,买了衣物帽子与绿色的面纱,打算变装为女子,挟了手枪归巴黎,决意要杀死这母亲、女儿和那男子。

这一天傍晚,他咬紧牙齿,乘入了赴法兰西的马车中。然而马车到了尼西(Neisse)地方,他的心渐渐平静起来。他的对音乐的爱好心,渐渐地征服了他的对失恋的愤怒。终于他的心完全翻悔,就在马车停落的地方下了车,在尼西耽搁,或赴海水浴,或散步于橘林中,或享乐丘上的暖日,优游了一个月。序乐《李尔王》(《King Lear》)便是在尼西滞留的期间作成的。

裴辽士一生中，以意大利留学时代的生活为最浪漫。他在罗马的时候也不甚用功。他常常弹着六弦琴，在街头步行。他曾经在南国的暖日之下尽量地行乐。

前面已经说过裴辽士与史蜜孙的结婚。结婚之后，可怕的生活上的穷困也就开始来袭了。他为了夫人的负伤，开义捐演奏会。这是一八三三年十二月中的事。这时候他第一次与小提琴大家巴格尼尼（Paganini）见面。巴格尼尼是音乐有史以来最神奇的小提琴演奏者。当时巴格尼尼已是五十岁以上的年长者，裴辽士正是三十岁。由于下述的事件，二人有了特别密切的关系。

七 创作的欢喜

巴格尼尼得了一具精制的中提琴（viola），请裴辽士特为这乐器作一乐曲。裴辽士就取拜伦（Byron）的《却尔特·哈洛尔特》（《Childe Harold》）为题材，以中提琴为中心而作一交响乐，这就是由四乐章组成的交响乐《在意大利的哈洛尔特》〔《哈罗尔德在意大利》〕（《Harold en Italie》）。

这曲全体固然是佳作，然曲中的中提琴运用，不像巴格尼尼所希望的活跃，故在巴格尼尼是失望的。因为巴格尼尼所希望的，实在是中提琴的司伴乐〔协奏曲〕（concerto）。不久巴格尼尼得病，只得离开巴黎，迁居尼西静养。因此《在意大利的哈洛尔特》的初演，巴格尼尼不曾听到，后来一八三八年十二月，再演这交响曲，巴格尼尼出席。当时的状况，有裴辽士自己的记录如下：

> 音乐会告终。我等了一回，看见疲劳、流汗而发颤的巴格尼尼携了他的幼儿阿基利，从管弦乐队的入口处出现，对我表示十分感动的样子。他患着不久将致死的咽喉病，说话非常模糊，不大听得清楚。幼儿阿基利给他翻译。
>
> 他向这幼儿装手势，这幼儿跳上椅子，把耳朵承在父亲的口边，倾听了一回，然后对我传达他父亲的话，他说："先生，父亲对我说，他从来不曾从音乐中得到像今日那样的感动。父亲想跪在你面前道谢。"
>
> 我心中充满了混乱迷惑的感情，不能开口说一句话。巴格尼尼握住了我的腕，拉我到还留剩着二三个演奏者的剧场中，跪下一膝，吻我的手。

次日，他又写这样的一封信给裴辽士：

> 亲爱之友！足下可使人联想贝多芬。足下之天禀真与贝多芬相似。昨晚敬聆神圣之大作，感激无已。外附金二万法郎，聊表尊敬之忱，请即哂纳。
>
> 　　　　　　　忠诚热爱之友尼科罗·巴格尼尼上。

这信和金钱送到的时候，裴辽士的夫人以为发生了什么事故，走进裴辽士的室中问道：

"什么一回事？请你留意对付，不要再闯祸呢！"

"不是，不是！"

"为什么事？"

"巴格尼尼送二万法郎的金钱给我！"

夫人惊喜之下，立刻去拉她的孩子过来：

"来，来，到母亲这里来，来叩谢神恩！"

偿还了一切债，还有相当的余金可以受用。裴辽士如今可以安心作曲了。以前有一晚，他的耳中明明有一个舞踊似的 allegro 的旋律响出。然而为了要写换生活费的原稿，没有工夫记录，冤枉走失了那很好的旋律，甚为可惜！要是现在，就可以从容地作曲了。这样的幸福的时光，在他的生涯中恐怕没有第二回了。

次年，他为巴格尼尼作附加合唱的剧的交响乐《罗密欧与朱丽叶》（《Romeo et Juliette》），以表感谢之忱。关于这时候的欢喜，裴辽士自己这样记录着：

> 如今可以不必再作报纸上的论说一类的工作了，真是快事！此后数月之中，我将有多么热烈的欢乐的生活！我可遨游于诗的绀碧的海中！我可乘了空想的甘美的微风，去到莎士比亚所手造的恋爱的黄金的太阳底下，享受那温暖的阳光！我可达到纯粹艺术的殿堂的圆柱耸立在太空中的那祝福的未知之岛上！我心中感到神通一般的力。

八　晚年的寂寥

裴辽士的重要的作品，都是千八百四十年以前所作。千八百四十年正是他三十七岁的时候。他在三十九岁开始作演奏旅行，遍游德、法各地，在莱比锡（Leipzig）会见门德尔仲〔门德尔松〕（Mendelssohn），晤谈旧情。在德勒斯顿〔德累斯顿〕（Dresden）与将要露头角的华葛纳〔瓦格纳〕（Wagner）相见，经过柏林而回国。千八百四十四年，在巴黎工业展览会中指挥千人以上组成的大音乐会之后，又继续作演奏旅行。这回遍历意大利、奥地利、波希米亚、匈牙利、俄罗斯、普鲁士、英吉利，至千八百四十八年返国。

裴辽士早年丧母，千八百四十八年又丧父。千八百五十四年，爱妻史蜜孙死。葬仪很质朴。爱儿路易正在航海远行，裴辽士写信报告他母亲的死耗：

千八百五十四年三月六日。可怜、可爱的路易！你知道么：我独自一人在你母亲所遗下的寝室隔壁的广间中写这封信。我刚才从墓地上回来。我在你母亲的墓上加了两个花束。一个是为你加的，一个是为我自己加的。工役现在还留在这里，正在整理要卖却的物件。我为你打算，想尽量多换些现金。你母亲的发，我保存在这里。

昨天我和亚利克西斯讲了种种关于你的事。我满望你做一个通达理性的男子。

以前我实在无暇顾及你；但此后总要多留意于你了。

为了节止你的浪费，我不得不用种种的警戒。亚利克西斯也赞成我这主张。

现在我一个钱也没有了。至少要继续六个月的穷困。医生的诊金是必须送去的。卖物件所得的钱，真是微少得很。……"

艺术家的裴辽士犹如专横的暴君；而父亲的裴辽士对于儿子却能说这样温顺的话。下面的一封信更可表出他是一个慈爱的父亲。

三月二十三日。你的来信，是我所不预期的欢喜。亲爱的儿子！你倘能除去浪费的习惯，我很愿意每月给你七个法郎。你在哈佛尔押了的时表，现在已否赎回？望来函告知，我可给你赎回。如果已经满期而不能赎回，我再买一具给你吧。……

"巨人裴辽士"在他人面前是一个强徒，然而他的另半面是一个可怜的孤独者。妻死以后，不堪其寂寥，又迎娶后妻马利·丽西奥。这后妻也在八年之后患心脏病暴死。

裴辽士年纪愈老，生活愈寂寥。加之他在巴黎艺术家群中，极少有知己的朋友。他自己曾经这样说：

"我已经六十一岁了。希望、空想、高远的思想，都成了过去的梦。我的儿子又远居他方。我是一个完全孤独的人！"

委身于绝望之渊中的他，又曾经说这样的话：

"我的一生的行路的终点已经看见了。即使没有到达终点，但我的足确已踏在通向最后地点的急坂上了。力弱而疲劳，我已快被燃着的火焰烧尽了。"

即将走尽人生的长途而达到终点的时候，他感到一生的事业未曾获得充分的报酬，所以心中兴起这样的感慨。

更有不幸的事：到了千八百六十七年，唯一的爱儿路易又死去。路易充当商船的船长，死在航海的远行中。如今裴辽士既无亲友，又无子弟，真是完全孤独的人了。他对于宗教、人类、美甚至自己，都不相信。而五十二岁以来时时发作的神经痛病，到这时候渐渐地深重起来。然这时候他还到俄罗斯演奏旅行一次。这回演奏旅行的状况，在俄罗斯音乐大家李姆斯基－科萨科夫〔里姆斯基－科萨科夫〕（Rimsky-Korsakof）的自传中详细记述着。

据说他在旅中也常常闭居在室内，不常见人。这大概是为了病弱的原故。裴辽士在本国少有理解者，在俄国与德国反而早有认识他的伟才而敬爱他的人。因这原故，他喜欢走出本国，到外国作演奏旅行，在各地指挥管弦乐队。

自俄罗斯归国之后，病势加重。不久，于千八百六十九年三月八日星期一的早晨，在格勒诺堡（Grenoble）长逝。葬仪颇为隆盛。

肖　邦

Frederic François Chopin

（1810—1849）

一　哀愁的一生

二　钢琴诗人的素养

三　革命与去国

四　恋爱与作曲

五　晚年的颓唐

一　哀愁的一生

以爱国的热情及冥想的忧郁为特色的波兰，由来是钢琴音乐的王国。代表这民族性而为十九世纪浪漫乐派的巨匠的，是肖邦。肖邦有"钢琴诗人"的美称。

肖邦的气质，是波兰民族性的结晶，是热情中之热情者，忧郁中之忧郁者，他的全生活犹如是一缕凄凉的小调的旋律。所谓"亡国之音哀以思"，肖邦正是一个适例。他的一生是哀愁的连续。

肖邦平居欢喜笼闭在阴暗的房室中，点一支蜡烛，在幽静的火炉边弹钢琴。他的朋友们群集在窗外倾耳窃听，大家非常感激。他从来不欢喜在音乐会中对公众出席演奏，偏生欢喜独自在暗室中弹琴，所以他的演奏很不容易听到。

肖邦平时常穿黑色的衣服，风貌温雅。蓝色的瞳，白而长的脸，高高的鼻，清朗的声音，小巧的身材，细弱的手足，都表明着他的温雅纤细的感情与强烈深刻的情绪。他住在巴黎；但避去交际社会，最喜欢孤独与幽静。说起肖邦，容易使我们想起他的幽丽的"夜乐"〔"夜曲"〕（nocturne）；他的人也与夜乐一样幽丽。

肖邦幼时秉性颖悟，又天真可爱。八岁的诞辰后二日，即穿了母亲给他新制的绒线衫，在公众前演奏钢琴。演奏完毕后，母亲叫他："听众最喜欢你的是什么？"

他回答说："他们都看着我的新绒线衫。"

少年时代就喜欢幽静。常把休假日全部消耗在幽僻的乡村中。又常常加入朴素的波兰农民的民谣及舞蹈队。他后来是民族音乐的代表者,实由于幼时就接近野趣的原故。

波兰革命起义的时候,肖邦正在华沙。华沙音乐学校的学生大家来庆贺,群集在肖邦的室中高呼,唱歌,赞颂这青年的波兰音乐家,又赠他一只银杯,里面盛着波兰的泥土,以表示祝贺其祖国之意。革命爆发的时候,肖邦已迁居维也纳了。

然而波兰革命终于失败,不久传到了华沙陷落的惨报。青年的肖邦得知了祖国革命失败的消息,心中顿起无限的哀伤。有名的《C短调练习曲》〔《C小调练习曲》〕(《Etudein C moll》),便是记录这时候的悲哀的,所以此曲又名为《革命练习曲》。在他的日记中又这样记录着:

我时时向着钢琴恸哭,绝望。神啊!请掀翻这片大地,吞灭十九世纪的人类!

肖邦是患肺病的。一八三八年,他的病势加重,就同了恋人乘船到西班牙南方的温暖的岛上去养病。他带着肺病和一口钢琴,那无知的岛国之民不许他上陆。结果请他住在山腹的修道院的废墟中。那地方很清静,倒很适合肖邦的意思。他对着南国的碧海青天,心中十分欢喜,作出许多真珠似的小曲。

肖邦终于死于肺病。临终的时候,请一波兰僧人来为他行最后的忏悔及圣餐礼。他自己又请求友人某伯爵夫人为他唱圣母赞歌,反复数遍。又命取出音乐院学生所赠的盛祖国的泥土的银杯,托他们把这祖国的土撒在他的棺上。不久他就带了亡国之恨及祖国之土，一并长埋在地下了。

肖邦是凄婉幽丽的夜乐的作者（例如作品第九第二的《降E调夜乐》；作品第十五第二的《升F调夜乐》，最为著名），同时又是慷慨激昂的《革命练习曲》、《军队舞曲》、《英雄舞曲》的作者。一个人有相反对的两面的表现，最是奇迹。可知他的人一面是流丽优美的，一面又是豪壮泼辣的。总而论之，肖邦的生活与艺术，都是韵文的，决不是散文的。肖邦的音乐的特色，亦即在于此。肖邦没有像贝多芬的确实与深刻，但自有其独特的热情。肖邦有像门德尔仲〔门德尔松〕的纤细与洗练，但不像门德尔仲的懦弱无力。他还有燃烧一般的情火。这正是肖邦的近代人的优点。

二　钢琴诗人的素养

肖邦的诞生年有两说，一说是千八百○九年，一说是千八百十年。其诞生日也有二说，即二月二十二日与三月一日。普通认定千八百十年二月二十二日为正。他的父亲尼古拉斯，是波兰血统的法兰西人，在华沙附近村中某伯爵家为法兰西语教师的时候，与一贫乏贵族家的女儿恋爱，结婚。生下四个儿女，长女、次女以后的三男，就是这"钢琴诗人"肖邦。

少年时代的肖邦生活很幸福。他的母亲是一个可爱的快活的人，充分具有做母亲的资格。然他的父亲与母亲都没有特别的音乐教养。少年的肖邦身体瘦弱，而丰姿秀美。

肖邦的天赋的音乐才能，立即被他父亲看出。他送他到一位波希米亚人的先生那里学钢琴。肖邦进步非常快速,八岁即在公众前演奏,有不亚于神童莫扎特的天才。

后来又从师学习音乐理论,研究巴赫(Bach)的作品。这时候他住在华沙,每逢休假日,必遨游于附近的乡村田野中。那地方有完全波兰式的农民生活,肖邦很喜欢接近这种质朴的风物。播种、收获之时,农民舞蹈,唱民谣,肖邦也参加他们的团体。这种幼时的印象,深刻地记在他的脑中。所以他虽然后来离去波兰而客居外国,但仍不失为波兰民族音乐的代表者。

肖邦九岁的时候,曾在君士坦丁大公面前演奏军队行进曲。十四岁的时候,曾蒙亚历山大皇帝赠送奖品。故肖邦虽不及莫扎特的天才早熟,然音乐的萌芽也抽发得很早。其前程在幼时已可窥知了。

千八百二十六年,他为了过分用功,损害了健康。伴了他所最怜爱的妹妹爱米丽,赴西利西亚受乳精治疗。正在途中的时候,他的母亲忽然病入危笃,二人就中途折回。未及返家而母亲已死。次年,爱米丽又患肺病死。肖邦后来也患肺病,大概是他的妹妹传染给他的。肖邦身体一向不健康,但他很留意养生,素不吸烟。后来他的恋人乔治·桑(George Sand)是吸烟的,听说她常常命令肖邦:"弗利特立克(肖邦的名字)!给我擦火柴!"

十六岁,从西利西亚归国的时候,途中曾在勒球伊尔公爵邸中耽搁。那公爵是人格很高尚的人,又有音乐评论家之名。他是肖邦的赏识者,后来送他教育费和意大利留学的旅费。千八百二十七年，肖邦受华沙音乐院的试验，成绩不甚良好；然他的父亲确信儿子的音乐才能，绝不因此失望。十九岁赴柏林开演奏会，是他在外国演奏的最初次。这时候他在柏林认识史邦谛尼〔斯蓬蒂尼〕（Spontini）与门德尔仲（Mendelssohn）。

世界第一小提琴大家巴格尼尼〔帕格尼尼〕（Paganini）来到华沙的时候，遇见肖邦，使肖邦非常地感动。自此以后他渴望到罕顿〔海顿〕、莫扎特、贝多芬所曾经活动的维也纳地方去。千八百二十九年，得到一个出版业者的帮助，果然到了维也纳。当时听厌了可怕的铜鼓似的音乐的维也纳人，对于肖邦的轻妙的演奏十分热烈地欢迎。

在这时代的前后，肖邦经受一番恋爱的哀乐。他对华沙音乐院声乐科的一个女学生格拉杜史卡发生了恋爱。他为了这女子非常懊恨。他想：还是抛却恋爱而亡命外国？还是到手恋爱而死在祖国？——当时他对于这取舍十分踌躇。然而他是很懦怯的人，自己又不能把自己对于恋爱的意思告诉那女子。他托一友人送信给那女子，信中有"我虽死，亦当以骨灰撒于卿之足下"之语。结果他们的恋情就此告终。格拉杜史卡数年后嫁给别的男子了。

三　革命与去国

千八百三十年以后，波兰对俄罗斯的革命风潮渐渐高涨起来。华沙地方忽然充满了活跃的新气象。革命爆发以前，华沙音乐院的学生们群集于肖邦所居的室中,为这青年的波兰乐人歌唱声乐大曲〔康塔塔〕(cantata),又送他盛波兰泥土的银杯(这泥土就是后来撒在他的棺上的)。革命爆发的时候,肖邦已经开了告别演奏会,而为维也纳的旅人了。

肖邦第二次到维也纳的时候,不像初次地受人欢迎。他到了维也纳一星期后,听到波兰革命起事的消息。肖邦正在引领盼望以后的成功,不料再来的是革命失败,华沙被俄军占领的噩耗。这是千八百三十一年九月的事。

希求自由的波兰从此一蹶不振。爱国青年的肖邦的绝望的悲哀,在作品十第十二的《革命练习曲》中永远不能消灭了。

后来肖邦终于收拾起对于祖国的悲运的哀情,而做了艺术之园的巴黎的人。他在巴黎和匈牙利钢琴大家李斯德〔李斯特〕交游。在巴黎时的肖邦的生活状况,李斯德曾经有详细的记录。据他说,肖邦喜欢在房间里关上窗子,点一盏灯,静静地在炉边弹琴。许多仰慕他的友人,群集在窗外倾听。这等倾听者中,有诗人海涅(Heine)、歌剧家马伊耶裴尔〔梅耶贝尔〕(Meyerbeer)、画家特拉克洛亚〔德拉克洛瓦〕(Delacroix)、文学家许戈〔雨果〕(Hugo)、巴尔扎克(Balzac)、沙托布里翁〔夏多勃里昂〕(Chateaubriand)等名人。他不喜欢在公众面前演奏,而喜欢在暗室中弹琴。有时在座有二三人旁听;肖邦不喜欢旁听者干涉他的演奏,不肯受旁人的指使而演奏。有一次他的朋友们请他聚餐,餐后要求他为他们演奏一曲,他绝不客气地拒绝,回答说:"我今天吃了你们真真一些些呢!"

肖邦来到巴黎的时候，法兰西刚刚推翻专制君主，充溢着自由活泼的气象。文学、绘画和音乐，都正在受浪漫主义的洗礼的时代。这空气十分适合他的心情。他就决心在那里研究钢琴。他从当时有名的一位钢琴师学习。然而他的乐风自成一家，不趋附当时的任何派别。有一天这钢琴师听了肖邦的演奏，问他属于何派，他回答他说："我不能创立一新派，因为我连旧派都不懂。"

　　肖邦在当时的确是不属于任何流派的。

　　不久他就离开这钢琴师，自己设塾授徒。当时巴黎有名的乐人，有不少出自他的门下。

　　千八百三十五年七月，肖邦归省其父。不久即赴德勒斯顿〔德累斯顿〕（Dresden），在那里会见奥琴斯基伯爵，与伯爵的妹马利亚发生了恋爱。那伯爵看了肖邦的资产状态与艺术家的社会地位，很不满意，不许他们俩结婚。肖邦的恋情终成泡影。次年这女子就和别的男子结婚，后又离婚再嫁。肖邦这一次失恋的哀情，化作了有名的《降 A 调圆舞曲》（《Waltz in A flat》，op.69，No.1），永远保留在世间。

　　从德勒斯顿归来，途中在莱比锡（Leipzig）访问克拉拉·微克（Clara Wieck）之家，与德国大音乐家修芒〔舒曼〕（Schumann）及门德尔仲（Mendelssohn）相见。次年又游伦敦。这时他的肺病的征候渐渐明显，为了调养而赴英国。

　　肖邦的演奏有一种特别的气品，为一般人所不易理解。因这原故，千八百三十五年后的四年间，他绝对停止公开演奏。这也是像他这样神经质的艺术家所当取的态度。

四　恋爱与作曲

多情多感的艺术家肖邦，自然少不了缠绵的恋史。他的最后的恋爱的对象，是一个比他年长六岁的纯粹的巴黎女子，名叫乔治·桑（George Sand）。这女子十八岁的时候曾经和一男爵结婚，生下两个小孩。二十七岁的时候，为了家庭不睦的原因，和那男爵离婚。她是当时巴黎文坛第一流女作家，原名奥洛尔·球特房〔杜德望〕，桑是她的笔名。

她曾经发表许多作品，攻击当时的人类生活与社会制度。她的思想有这种倾向，所以时人评她为"自由的宠儿卢梭（Jean Jac Rousseau）的女身"。她似乎曾经有多夫主义者的生活。据传说：她曾经与一个名叫谋西的男子同居于凡尼司。谋西生了重病，请医生来诊视的时候，桑爱上了那医生，对他演出种种的娇态。

肖邦的认识桑，由于李斯德（Liszt）的介绍。这是后来的千八百三十七年十月中的事。桑身材低矮，肤色浅色，而体态略胖，颜面表情冷静，并不是十分姣美的女子。肖邦最初会见这女子的时候，对她并不发生什么好感。然而她有一套妙术，能征服男子，恰似肖邦的自由操纵钢琴一样。她对于肖邦装出母亲一般的假面，而抛送激烈的热情。肖邦当然不免为她所动。所以二人的恋爱，桑倒是男性的，她同对付孩子一般地对付肖邦。

千八百三十八年十一月，肖邦同了桑，她的前夫的儿子，以及另外一个朋友、一个女仆，一同乘船从西班牙海边出发，想到地中海中的马郊尔卡岛上去养病。因为这时候,肖邦身体不好,桑的前夫的儿子也有病,想迁居到南国的暖地去疗养;又因巴黎社会中关于二人的恋爱的谣言甚多,他们想远而避之。不料船到那岛上的时候,岛民因为他们是病人,又随带钢琴,不准他们上陆。于是他们只得迁居华尔特莫萨山腹中的修道院的故址中。在阴郁的波兰地方长育起来的肖邦,看见了这岛上的青天碧海与和暖的阳光,心中十分欢喜。这恐怕是肖邦一生中最幸福的一时期。他曾经把当时的生活的愉快情状写了许多信,告诉在巴黎的他的亲友。

但精神上与肉体上均异常强顽的桑,同这忧郁的病夫肖邦一同生活,当然感到不满足。她当时给友人的信中,曾有"肖邦已经是没有用的病人了"的话。身体异常健康的桑,风雨之日也外出散步。肖邦只得独自闭居在室中作序乐〔前奏曲〕(prelude),以解除忧郁。但肖邦哀情涌起,忽然忧伤、哭泣、烦闷的时候,桑也能安慰他,劝导他,有时嘲笑他。二人之间的感情总算还好。在这生活时期中,肖邦作出许多珍贵的小曲。

到了冬天,肖邦的病态更加险恶了。次年,千八百三十九年三月,他离去这岛,回到诺昂的桑的家中。因为桑的费用浩大,肖邦不得不做教授,又勉力作曲,以图收入。这样的生活继续了七年。肖邦与李斯德亲切的交际,就是这时期中的事。

肖邦与李斯德的交际很亲切。李斯德是匈牙利钢琴大家,有"钢琴大王"之称,肖邦则是抒情的"钢琴诗人",所以二人的交情非常契合。有一次李斯德故意模仿肖邦弹琴的腔调,在黑暗的室中演奏钢琴，听者大家以为是肖邦在演奏。他们两人同奏钢琴的时候，交互地踏琴上的踏瓣（pedal），以致琴上的踏瓣常常被踏坏。但他们的交情后来渐渐疏远起来，时时意见冲突，虽不至于公开争议。

肖邦已多年不公开演奏。到了千八百三十九年，又开始为王室演奏，得着金杯的赏赐，自此以后，他又时时在音乐会中出席演奏。

肖邦和许多文学者相交游；然而他自己并不是热心的读书家。他只欢喜读福尔特耳〔伏尔泰〕（Voltaire）的书。他不读桑的小说。他所最爱的是波兰语。他常用波兰语的腔调来讲法兰西语，此外德语他也会说。肖邦视钢琴音乐为自己的生命，交响乐及歌剧等，全然不作。他对于德意志音乐，除了巴赫与莫扎特二人以外，都不甚欢喜。关于贝多芬，肖邦只喜欢其《升C调朔拿大》〔《升C调奏鸣曲》〕等数曲，对其他作品全然没有同感。他对于舒柏特，嫌其粗杂；对于韦柏（Weber）的钢琴曲，嫌其过于类似歌剧，均不足取。修芒竟被他全部排斥。他说修芒的名作《谢肉祭》〔《狂欢节》〕（《Carnaval》）全然不是音乐。

肖邦不喜欢写信。有必须回复的时候，他就故意远赴他方去了。因为他的文字很不好。在键盘上这么神出鬼没的人，在文字上竟全然拙劣，真是不可思议的事。肖邦为人高傲得很，对于一切人都不能完全满足。他说："我在世间，犹之伴着低音提琴（contrabass）的小提琴的E弦（小提琴上的最高音的弦线）。"是很有意思的譬喻。

五　晚年的颓唐

经过了长期的清苦生活与看护之劳以后，桑对于肖邦的爱情全然消失了。桑有男子的性格，故这恋爱的破绽由桑开端，原是当然的情形。千八百四十七年六月，失去了爱情的肖邦走出诺昂的桑的家，回到巴黎。浪漫派大画家特拉克洛亚（Delacroix）有一幅名画《晚年的肖邦的肖像》。试看那幅画，"钢琴抒情诗人"的丰姿，为巴黎贵妇人的话题的浪漫音乐家的面影，已经完全消失了。

有名的《D 长调序乐》〔《D 大调前奏曲》〕（《Prelude in D dur》），是肖邦赠给桑的"爱的终曲"。失恋的肖邦精神上当然大受打击，他的健康更加恶化了。多情的桑后来又与福勒伯尔相交好；但他们的爱情据说全是柏拉图式的。

千八百四十年，肖邦在巴黎开最后一次演奏会。华葛纳〔瓦格纳〕曾经批评他为"妇人的肖邦"。因为当时的会场上一大半是美丽的妇人。这时候他的全生涯的作品已经大部分完成，出版的已经有二十四种了。

这一年的春天，肖邦为了经济的关系，渡海至英国。他在伦敦储蓄的金钱，已大部分付了医生的诊费。夏天他到苏格兰，暂住在女弟子史塔林家中。史塔林曾经爱上他。作品五十五的两个夜乐，就是赠与这女子的。此后肖邦的生活费时感支绌。史塔林送他二万五千法郎。

这时候肖邦的身体已经非常衰弱，上下扶梯都要人扶持。这一年夏天他在英国开演奏会的时候，有一个友人曾经这样批评他:"肖邦的演奏过于纤弱,不足以惹起人的热狂的感激,真是憾事。"肖邦的性质也的确过于纤弱,不愧"妇人的肖邦"的称号。他住在苏格兰养病的时候,有许多公爵夫人关心他的健康,特来探望。可知肖邦无论怎样衰弱,亦不致完全见弃于女性。他的晚年身体十分病弱,据某友人说:"他的晚年,呼吸几乎不能继续。奇迹地度送了十年。"负着这样的一个病躯的人所作的音乐,当然与强健人所作不同。所以最适合他的性格的乐曲,是"夜乐"。所谓夜乐,并非严格的"夜的音乐"的意义,乃指类乎夜的幽静与阴郁的、表现幻想的乐曲。

过了奇迹的十年之后,到底不能再支撑下去了。迫近于死的肖邦的病体横在巴黎的一所寂寞的旅舍中。千八百四十九年十月十五日,陷入危笃状态。他的姐姐路易士接到了急报,奔到他的床前。另有许多女子来探问他的病状。俄罗斯文豪屠格涅甫〔屠格涅夫〕(Turgenev)说:"欧洲有五十余个伯爵夫人愿意抱住临死的肖邦在腕中。"可知爱肖邦的女人的众多。

肖邦自己悟到了死的时候,向他姐姐提出一愿:

"请把我所作的一切不良好的乐曲烧去!因为这是我对于公众的责任。仅把优良的作品出版,是我的义务。"

这是立志高尚的艺术家的态度。

接到了危笃的报信的恋人桑,也立刻奔到死者床前,来图最后的一见;到了门口,为肖邦的弟子格德芒所拒绝,终于不曾送肖邦的终。然而也有人说,桑接到了报信并不来视。总之,桑不曾在肖邦临终的床前,似是事实。

宝德卡伯爵夫人为他唱《捧献于圣母的赞歌》。依照肖邦自己的希望，反复唱数遍。然后拿出从波兰带来的盛祖国的泥土的银杯来。不久肖邦就在格德芒的腕中吐出了最后的一息。时在十月十七日深夜三时至四时之间。三十九年的不断的哀愁，在这时候结束了。

修 芒
〔舒曼〕

Robert Alexander Schumann

（1810—1856）

- 一 创作与批评的兼长
- 二 天赐的乐才
- 三 法律与音乐的战斗
- 四 乐坛上的现身
- 五 恋爱的诉讼
- 六 如诗如花的结婚生活
- 七 发狂、投河、死

一　创作与批评的兼长

修芒在世界音乐界上有二大功绩，即作曲家与音乐批评家。自来音乐家兼长文墨的人极少。除了自作歌剧文词的华葛纳〔瓦格纳〕与这位《音乐新时报》的笔者修芒以外，其他的作曲家大都没有文字发表。就中像有名的波兰浪漫音乐家"钢琴诗人"肖邦，竟连写信都不通，除了对知交的朋友以外，从来不肯写信给别人；遇到必须答复的时候，宁可故意远行，以避去写信，这又是特例中的特例了。贝多芬遗留许多情书；然其文字并无独立的价值，不过当作大人物的遗迹而保存而已。

修芒的文才，得自他的父亲的遗传。他的父亲是一个书籍商人又兼著作者，喜欢诗，读过密尔登〔弥尔顿〕（Milton）的作品，又曾经翻译拜伦（Byron）的诗。修芒七岁学习音乐，不久就作曲，然而一方面受父亲的熏染，爱好文学。学习音乐之余暇，常翻阅诗文，或练习作文。修芒的性质从小是富于感情的，神经质的，想象力很强，常因感情过于昂奋而暂时变成发狂的状态。十一岁的时候，更显露其音乐的天才，父亲就决心命他正式专修音乐。不幸这愿望未曾实现，而父亲死了。他的母亲希望他做法律家，十八岁时，把他送入莱比锡（Leipzig）大学。

修芒虽入莱比锡大学修习法律，然其本性接近于艺术，对于冷酷的法律全无兴味。他勉强敷衍学校的课业，而其研究兴味仍是集中于文学和音乐。这生活很苦痛。二十岁的时候，他托他的亲友富利特利希·微克（Fridrich Weick）向母亲保证，

要求停修法律,专习音乐。母亲许可了。一八三〇年他写给母亲的信中,有这样的话:

> 我的全部生活,是散文与诗——法律与音乐——的二十年间的苦斗。

幸而这苦斗今已告终了。

修芒得了母亲的许可,专修音乐了。起初志在学成钢琴家。后来因为右手的第三指受了伤,医治无效,失却了演奏家的资格,只得变志,改学作曲。他在研究作曲之外,又用他的卓越的见识和从家学渊源得来的文笔,作文评论当时音乐界现状。他最初当音乐批评者,早在二十一岁初出莱比锡大学的时候。

千八百三十一年,修芒作文批评肖邦的变奏曲(variation),投登于报纸上。这是他第一次作音乐评论。肖邦与修芒是同时代的浪漫乐派的作家。不过修芒是德意志式浪漫乐派的作家,肖邦是法兰西式浪漫乐派的作家,二人同根而异枝。加之二人性情大不相同,故作风亦悬殊。肖邦对于修芒全然看不起,甚至说他的《谢肉祭》〔《狂欢节》〕(《Carnaval》)不成为音乐。肖邦的个性过于高傲自尊,喜唱这种目空一世的高谈。修芒并不是他的反对者。他究竟具有批评者的理性的素养,有公正的论见。修芒对于肖邦的音乐,结局是赞美的。肖邦实有赖修芒的介绍与鼓吹。

千八百三十四年,修芒与友人先辈等合办《音乐新时报》

（《Neue Zeitschrift für Musik》），这是自来音乐界最有名又最有价值的一种论文集。提供新鲜的计划，以救治当时音乐界的凡庸化，实为音乐研究者的指针。修芒的评论，不但有文笔上的技巧，又有正确而锐利的洞察力，肖邦、勃拉谟斯〔勃拉姆斯〕（Brahms，德意志民族乐派大家）、拉甫（Joachim Raff，瑞士音乐家），都有赖于他的有力的批评，而事业愈加显著于世。《音乐新时报》创刊于一八三四年，继续十年的努力经营，实为德意志音乐界的一种异彩。后来他纂集他的稿件，编成论文集《关于音乐及音乐家的论文》（《Gesammelte Schriften für Musik und Musiker》），凡四卷，刊行于世。这书是修芒的艺术观。

自来在艺术上，创作的才能与批判的才能往往不能两立。但修芒是一个特例。

二　天赐的乐才

修芒与肖邦同年诞生，即千八百十年，时日为六月八日午后九时半，父亲名奥格斯德·修芒（August Schumann），母亲是一个医生的女儿，名叫克理斯谛那（Johanne Cristiana），这二人生了五个儿子，音乐家修芒是幼子。

修芒完全承受父亲的气质。父亲的神经系有病，这病也遗传给修芒，故修芒的精神状态常常变成异常；后来癫狂，自杀，大概也是由这病态进步而来的。然而修芒的父母都没有音乐才能，修芒的亲友中也没有音乐者，修芒的音乐的趣向全然从天而降，毫无世间的因缘。千八百〇七年，他的父亲奥格斯德和父亲的弟弟（修芒的叔伯）在本地杜伊郭地方开一所书店，父亲自己从事著述。这书店生意十分繁昌，一直经营到千八百四十年。然而他的父亲早在千八百二十六年上死去了。

修芒六岁时入私塾读书，音乐的才能在这时候就发露。他的父亲因为自己少年时代在职业选择上曾经有过失败的经验，故不敢干涉修芒的好恣，并不反对他的偏好音乐。他看见修芒的音乐才能突如地发露，就命他到教会的风琴师那里去学习音乐。这风琴师是无师独习而成专家的，并非艺术十分高妙的人；然修芒因为他是他最初的先生，全生涯中对于这先生始终尊敬。

修芒七岁时就作曲。天才的早发不亚于神童莫扎特。九岁的时候，听了当时名家的演奏，心中非常感激，发奋用功。十岁毕业于私塾。这时候他在父亲所经营的书店内偶然看见发售的管弦乐谱，大感兴趣，自己也就试作小小的管弦乐曲。其曲由两个小提琴、两个长笛、一个克拉管〔单簧管〕和两个法国号〔圆号〕（horn）组成。他要邀集几位同学友，合奏这自作的小管弦乐曲给他的父亲听。

这时代的修芒，对于音乐固然爱好，但对于文学更加爱好。因为父亲是书籍商人，修芒有自由读书的特权。他常常自己作诗，再自己谱曲。他又作论文。他曾结合同学友，开文学会议，自己当会议长。当时他的论文中，有《诗与音乐艺术的内在关系》一篇。可知修芒的批评才能，从小就有根底。

千八百二十六年，父亲死去，他的前程受了很大的阻碍。因为他的父亲是很明白的人，对于他的求学有很大的帮助。但母亲不能体谅他，断然地命令他改修法律。

像修芒这样天生成感受性强烈的人，硬叫他学习冷冰冰的法律，自然是不能支住久长的。他从小时候对于异性的魅力有特殊的敏感。有郎尼及丽地二少女，为修芒少年时所景慕的异性。然这在他的生涯中不过是模糊的梦影。后来他读书渐多，恋人也移向文学的世界中去找求。给修芒印象最深的恋人，是一个名叫宝尔的女文学家。这人是当时以浪漫文学最得人望的一个女作者。修芒受了她的影响，那时候曾经也作小说。

这时期恰好是德国歌曲大家舒柏特逝世前后。修芒听到某医生的夫人演唱舒柏特的歌曲，非常感动。受了这天才者的歌曲的诱惑，修芒自己也拿拜伦（Byron）和叔尔测（Schultze）的诗来谱曲。他对于学校中的课业全然不喜欢，而兴味专注在音乐与文学上。不久他在那小市镇中就变成了有名的钢琴演奏家，常常博得大众的喝彩。独有他的母亲不喜欢他专门研究音乐，时时对他表示不赞成的意思。他当时有一最信仰的教师，名叫李希得。这人是修芒的父亲的传记的编纂者，又为某新闻报的主笔，是文人，并不是音乐方面的人，然而修芒很佩服他。修芒对于所恋的女文学家宝尔的情爱愈加热烈，他确信她是比歌德（Goethe）、席勒尔〔席勒〕（Schiller）更伟大的艺术家。

三　法律与音乐的战斗

修芒到底不能把法律当作自己的事业。他挂了法律学生的空名，而实际上不断地研究钢琴。门德尔仲〔门德尔松〕、斐尔特（Field）、亨美尔等的作品，他都弹过。他所最尊敬的，是舒柏特。贝多芬音乐在这时候还未惹起他的注意。

这时期的生活中，有最重大的事，即修芒对于克拉拉（Clara）的亲密的交情。克拉拉的父亲微克（Wieck）是一个钢琴商人，又兼钢琴教师。他的女儿克拉拉受家庭教养，这时候已经成为一女钢琴家。

后来修芒移居海得尔堡〔海德堡〕（Heidelberg），那地方有一位爱好音乐的法律教授，名叫谛鲍德，修芒对他非常亲近。一到休假的日子，修芒立刻抛弃教科书，去访问亲友，或赴别处旅行。他曾经对人说："休假日是教我们不读学校中的教科书，而读更伟大的'社会'的书。"

自从认识了那教授之后，修芒对于音乐愈加用功。他不久就做了本地有名的钢琴家，常在公众前演奏。作曲亦勇猛地进步。

千八百三十年八月七日，修芒的母亲写一封信寄给微克，信的大意是这样：

　　……请你体谅一个母亲的心，与一个全然不明世事的青年的全生涯的命运。我的儿子洛勃德〔罗伯特〕的生活，犹似常在朦胧的云雾之中；对于实际生活，他全然没有懂得！我晓得你是爱好音乐的。但希望你切勿因为自己爱好音乐而劝诱洛勃德也研究音乐。请计量他的年龄、他的资力、他的才能，和他的将来。你是我的儿子的长者、父亲、又友人。我敢烦劳你这事。务请你不要对他客气，用你的正直的意见，教他应该避远的事，与应该亲近的事。——这封信写得很草率，还请你原谅。我的心痛得很，我实在不知道怎样才好。——我从来不曾写过这样潦草的信。

在这信中可以看出修芒的母亲对于修芒的学音乐十分不赞成，她对于想做生活基础极渺茫的音乐家的儿子修芒，心中非常烦忧。她十分希望儿子修习有实用的法律。这原也是一片母亲之心。

然而微克十分信托修芒的音乐上的才能。他预期修芒的前途，曾经这样断言：

"在三年之内，修芒必定可成为现在钢琴家中的第一流人物，必定可与亨美尔比肩。"

这是何等大胆的预言。修芒的命运果真被他说定了。

四　乐坛上的现身

修芒自己曾说，二十岁以前的生活是法律与音乐的战斗。亏得微克竭诚劝告他的母亲，转动了他母亲的心，音乐终于得了最后的胜利。他决心修养自己为一钢琴演奏家，作曲家为第二位。他寓居在莱比锡的微克的家里。他从此开始，每日勇猛精进地练习钢琴。他希望自己的右手的中指能和别的手指一样地灵敏，瞒过了微克，私下用纽将中指与别的手指结住，而猛力练习。然这结果终归失败。右手的中指伤了筋，从此失却了演奏者的资格。这失败在修芒当初的确十分悲观，退回去做法律家，其势已不可能；考虑的结果，他决计改修作曲了。

决心为作曲家之后，他就从师研究音乐理论。他当时所从的先生名叫杜伦。他在杜伦先生家中，与当时七十岁的华葛纳相会。杜伦见修芒还没有学过和声学，就从 ABC 教起。然而修芒的进步非常急速。他最初作的四部合唱曲的和声，非常美好而正确，被杜伦先生评为模范，杜伦对于他的天才非常惊异。修芒从杜伦学习，直到千八百三十二年为止。

关于肖邦的作品第二《La ci darem》〔《徒然》〕。修芒曾作一篇有名的评文，于千八百三十一年在《一般音乐新报》〔《音乐总报》〕(《Allgemeine Musikalische Zeitung》) 上发表。这篇评文大意是赞美肖邦的。中有"诸君！这是大天才，请对他表示敬意！"数语。修芒自己的名作《蝴蝶》(《Papillon》)，不久也就出版。

寓居在微克家里的修芒，时常和微克的孩子们相亲近。他给他们猜谜，又讲幽灵的故事给他们听。修芒很喜欢亲近儿童，这心情在他的钢琴曲《儿童的情景》〔《童年情景》〕及《儿童曲集》(《Album for the Young》) 中表明着。少女克拉拉当时不但练习钢琴，又学习作曲，又旁修小提琴及声乐。修芒对于这少女真心地羡慕，后来这羡慕变成了恋爱。

　　修芒曾经和克拉拉合开音乐演奏会。结果克拉拉大告成功，修芒反而失败了。然而修芒并不因此失望，克拉拉的胜利在他犹如自己的胜利。时人对于克拉拉又看作一位优良的作曲家。她的作品第三《主题与变奏曲》（《Theme and Variation》），便是奉呈于修芒的。修芒取她那曲中的主题，改作一"即兴曲"（"impromptu"），编为作品第五而出版。这即兴曲是修芒奉献于克拉拉的父亲微克的。

　　修芒的父亲死于神经病。他的姐爱米丽，和三个兄弟，均早年死去。修芒于千八百三十三年十月起，也患了神经热之病。这正是计划刊行《音乐新时报》的时候。这杂志的创刊号于千八百三十四年四月出版。刊行的目的，在于援助进步的作曲家，为他们宣传，提倡，介绍给世间，对于当时德国音乐界实在是很大的贡献。这杂志的编辑部同人中不乏有名的人物。有人这样描写当时的修芒的状态：

　　　　这团体的精神上的首领修芒，常常静静地坐在房间一角里的椅子上，不绝地吸烟。有时一面饮啤酒，一面沉思。问题最重要的时候，他才插入议论。

　　修芒在《Davidsbund》〔《大卫同盟》〕的一题目下作关于音乐的批评。这题目的意义，就是引用从前的 David〔大卫〕和 Israel〔以色列〕的敌人战斗的古典，用以譬喻和艺术上的俗物的战斗。修芒当时大告奋勇地指示真正的艺术，作正当的批评，以辟除当时社会上一切不正当的俗见。

当时有一个十八岁的少女名叫爱尔纳斯丁的，来到莱比锡，就微克学习音乐。这女子的父亲是波希米亚与萨克索尼的边境阿西地方有名的绅士。修芒一见这少女，就对她发生了爱情。爱情与日俱进，达到了婚约的地步。当时克拉拉还只十四岁，正别去修芒，赴德勒斯顿〔德累斯顿〕求学。因此修芒与爱尔纳斯丁的恋爱，更容易成就。克拉拉的父亲微克对于二人的恋爱颇表赞同，庆幸他们的成功。然而富于易变性的修芒，对于这女子不久忽又冷淡，恋情渐渐消灭，终于破坏婚约，这女子也离去莱比锡了。后来修芒和克拉拉结了婚的时候，这女子曾有祝贺的信写寄给修芒。对爱尔纳斯丁的一番恋爱，促成了修芒的大作《交响乐的练习曲》〔《交响练习曲》〕（《Symphonic Etude》）与《谢肉祭》（《Carnaval》)。

千八百三十五年，门德尔仲来到莱比锡。修芒与门德尔仲相见。门德尔仲对于修芒，是前辈的浪漫派音乐家。修芒十分赞美门德尔仲的作曲与指挥。然门德尔仲对于修芒并无特别的感动。

门德尔仲与修芒，在音乐史上为德意志浪漫乐派的双璧。他们二人是知交，艺术上的主义又相同，境遇也大致相似，故乐风也很有接近的地方。门德尔仲的乐风纯粹而透明，如春光之鲜美；修芒则暧昧而阴惨气，如冬日的深沉。门德尔仲的感情犹如夜的沉静，其乐曲的形式也偏于古典的；修芒的感情则奔放而富于热情，其乐曲也往往有不拘形式的倾向。二人比较起来，修芒更富有浓烈的浪漫的色彩。故修芒为十九世纪浪漫乐派绝顶期的代表者。

五　恋爱的诉讼

克拉拉十六岁的一年，修芒的日记上有这样的记录：

十一月中，最初的接吻。

然而克拉拉的父亲微克不愿使自己的女儿做一个作曲者的夫人。对于他们二人的关系表示反对态度。兼之千八百三十六年二月，修芒又遭母丧，这都成了造成修芒的悲观的材料。他离开了克拉拉，暂赴德勒斯顿，写一封秘密的情书寄送她。不料这事又被微克所发觉。微克大为愤怒，强迫克拉拉退还修芒的信。修芒大为伤心，然而只得退避。于是二人的关系又渐渐疏远起来。

此后克拉拉继续举行旅行演奏数次，均博得非常的成功。修芒则专心作曲，产生了伟大的《C调幻想曲》（《Fantasia in C》）。后来修芒写给克拉拉的信中，关于这曲有这样的话：

这曲的第一乐章，在我的作曲中最为热情。这是我对于你的深切的悲叹。

自从失去了克拉拉的恋情以后，修芒在作曲上、文笔上均异常迟钝了。然二人的交情又渐渐地恢复起来。克拉拉于千八百三十七年八月在莱比锡的音乐会中弹奏修芒的作品。这是她希望与修芒重修旧好的暗号。修芒从此方敢再对她通信。克拉拉报他一封十分热情的回信。修芒喜出望外。此后情书又往还不绝。其间修芒作出许多钢琴曲。

然而父亲微克又出来阻止他们的结婚了。修芒为了推广杂志的销路,亲赴维也纳交涉。这原是为了求经济的安定,以达到结婚的目的。然而这一行完全失望。却在贝多芬的墓地上拾得了一支钢笔。修芒得了这钢笔,如获至宝,珍重地带回莱比锡。后来他用这支笔写出关于舒柏特的交响乐的热烈的论文。

修芒希望克拉拉离开她父亲的家。起初克拉拉不愿意。后来她忽然离开了父亲,赴巴黎演奏旅行。修芒得知了这消息,十分高兴,立刻赶到巴黎。不料微克得知克拉拉动身后,即寄一封严重警戒的信给旅居巴黎的女儿,克拉拉只得逃归家中。修芒失望之余,决心对微克提出诉讼。诉讼的结果,一个法庭承认修芒与克拉拉的爱情;另一个法庭的判断,谓必须得父亲的同意。其实这时候修芒的收入很可以充分供养克拉拉的生活了。然而微克条件苛刻,多方地毁谤修芒,坚不同意于他们的结婚,他说修芒是狂人,是醉汉,没有娶他女儿的资格。甚至欲暗杀修芒,使得修芒一时不敢出门。

六 如诗如花的结婚生活

在这不安定的期间,修芒与李斯德〔李斯特〕相会。千八百四十年二月二十四日,耶那大学赠他哲学博士的称号。

这一年八月一日，法庭终于承认了他们二人的结婚。内幕中有克拉拉的母亲在帮助修芒，故其事更易成功。这一年的九月十二日，克拉拉的诞生日前两日，这两个爱人在莱比锡结了白头之盟。父亲微克当然不出席。

他们一共生了八个儿女。优秀的女钢琴家兼良妻的克拉拉·修芒，为当时女流音乐家中最受尊敬的人物。他们夫妻间的爱情永远巩固。将结婚以前，修芒曾对克拉拉诉说他对于结婚生活的企愿：

"我们来创造如诗如花的生活！我们一同来作曲，演奏，像天使一样地把欢喜送给世间的人类！"

这企愿完全实现了。结婚后的四年间，修芒作出大部分的杰作。克拉拉遵守修芒的企愿，非常努力于生活的美化。她在修芒的生前与死后，努力介绍修芒的作品于世间，对于丈夫的事业有很大的助力。故二人结婚之后，声名一齐增高。终于使从前竭力反对他们结婚的父亲微克也回转心意，写信给他们，要求他们解除前怨，重修旧好。修芒死后，克拉拉赴柏林等处当钢琴教授，留意养育儿女，又旁修作曲，以优秀高尚的女流音乐家度送其纯洁的一生，于千八百九十六年长逝。

故千八百四十年的一年，不但是修芒的幸福的结婚之年，他的艺术生涯也从此转入重大发展期。即修芒在结婚以前，其制作限于钢琴曲，除钢琴曲以外，极少有别种作曲。结婚的一年，他忽然对于歌曲发生兴味，作了许多歌曲。德国在以前有"歌曲之王"舒柏特，这作家不但为德意志的歌曲大家，实为世界空前绝后的大歌曲家。故讲到歌曲，当然谁也要先让舒柏特。修芒虽然不是歌曲的专门作家，然其作品具有舒柏特歌曲中所未见的特殊的优点。故修芒不是徒然在舒柏特的丰富的作品之后再添加歌曲的数量，而是在歌曲作风上另辟一新生面，这是音乐研究上很可注意的一点。修芒的歌曲的特殊的优点，是其钢琴伴奏。即舒柏特以前的欧洲的歌曲，对于伴奏都非常轻视，舒柏特觉悟这一点，注意伴奏，故其作品有特殊的效果。而修芒的歌曲的钢琴伴奏，因为修芒本是钢琴曲专家，故更加注意，在舒柏特以上。钢琴伴奏的部分反比声乐歌唱的部分占有重要的地位。他用切分法（cyncopation）、系留法（suspension）及复音乐〔复调音乐〕的手法，使歌曲的伴奏能充分补助歌词的表现的不足之处，又能独立而自成一富于诗趣的钢琴小曲，同他的钢琴作品一样。这是他的结婚生活的调和圆满的产物。歌曲集《诗人之恋》（谱海涅诗的）与《妇人的恋与生活》，全部共一百三十八阕，都是千八百四十年的一年中所作，其作曲的速度亦已可惊了。

　　修芒结婚以后，除新作歌曲之外，次年又转向其兴味于管弦乐曲。最初作《春日交响乐》，第一乐章标题为《春的觉醒》，最后乐章标题为《春的别离》。然发表的时候，因恐标题限制听者的思想，故全部删去。总之，全曲是"春的欢情"的描写；换言之，这就是得了克拉拉的爱的修芒的欢心的表现。

　　又次，千八百四十二年，是"室内乐（chamber music）之年"。修芒在这一年中完全作室内乐。此后又作大规模的合唱曲与歌剧。夫妇二人又以作曲的余暇赴各地演奏旅行。

　　然而修芒一生的作品的精华，到底集中于钢琴音乐上。后世传诵最广的也是所谓"修芒风的钢琴曲"。就中最有名的是《谢肉祭》（《Carnaval》），这是由二十一个钢琴小曲合成的，各有标题，都是美丽而富于生趣的浪漫风乐曲。其次有作品第二的《蝴蝶》（《Papillon》），也是描写谢肉祭的。又如钢琴曲集《儿童的情景》中，全部是充溢诗的感情的美丽的小曲，就中《梦之曲》〔《梦幻曲》〕（《Traumerei》）一首，是现今一般音乐者所最爱好的乐曲之一。

修芒音乐的特色，总之，在于"小品"。

七　发狂、投河、死

千八百四十四年，自俄罗斯演奏旅行归来，修芒的健康忽然受了损害。他就避去音乐会过多的莱比锡，移居到德勒斯顿去休养。到了千八百五十二年，他用热狂的兴奋来创作了《孟弗利特》〔《曼弗雷德》〕（《Manfred》）之后，身体愈加衰弱。千八百五十三年，稍稍恢复，五月中他又振足精神指挥"莱茵音乐祭"的演奏。然而他的才能不适于当指挥者，故这一次最后的振足终归失败。自此以后，他的耳中忽然听见一个"A"的幻觉的音响。这幻觉的音响终日在他的耳边鸣响，使得他心神非常不快。

到了千八百五十四年，修芒的精神状态完全异常，变成了忧郁的梦幻的状态。前面叙述过，他的父亲是死于神经病的，修芒承受父亲遗传的性质，精神上本来有这病的根底。这遗传性就成了他的致命伤。到了这时候，他常常看见幻象，听见幻音。有一天,他在白昼看见舒柏特和门德尔仲两人来教他一个优秀的旋律(前者在当时是半世纪以前的古人,后者已于七年前,即一八四七年逝世)。他就拿这个灵鬼传授的旋律为主题,作一变奏曲(variation)。然而这到底是神经病中的行为,只写了许多支离裂灭的乐段,终于未曾完成为乐曲。然而这"灵鬼传授的主题",确是一优秀的旋律。后来德国民族乐家勃拉谟斯〔勃拉姆斯〕(Brahms)曾经取这个旋律来作为《四手联弹变奏曲》(作品第二十三)的主题。

这一年二月二十七日傍晚,他乘看护人不在旁的时候,突然走出门外,飞步跑到激流的莱茵河畔,一跃投入河中。幸而遇船人救援,自杀未遂,然而病状已不可收拾,完全是一个狂人了。就被送入波恩附近的癫狂病院中,拘禁了两年。千八百五十六年七月二十三日,克拉拉得到了病危的电报。飞奔至病床前,修芒见了她,只是对她无意义地狂笑,全然不省人事了。这状态又延续了六天,至二十九日下午四时,方才瞑目长逝。后二日,在波恩附近埋葬。

修芒的一生,可用"努力"二字形容尽之。《古今音乐技术诸倾向》(《The Modern Tendencies and Old Tendencies in Musical Art》)的著者琼斯东(J.A.Johnstone)关于修芒有这样的评语:

> 具有可惊的理智力的人;其才能用于无论何种学艺必得异常的成功的人;好学而留意于心的发育的人;怀抱学理与主义,对无论何种"困难"和"不可能"战斗,必实

行自己的主义而达得胜利的人；……在修芒中都可发见。他的生涯是"努力"和"理智"的生涯。他的劳作的苦痛，在他的作品中历历地表明着。

修芒自己也常在文墨中发表其尊贵的思想。就这几句话，就可以概括地表明他一生对于音乐艺术的态度：

"美的音乐，是与世间的褒贬荣辱无关系的、尊贵的心的发露。真正的音乐，必须常是高远的心的表现。"

李 斯 德
〔李斯特〕

Franz Liszt

(1811—1886)

一　对于异性的磁力
二　慷慨慈悲的艺术家
三　幼年生活
四　演奏会的开始
五　失望的考验与先辈的感化
六　家庭生活
七　钢琴演奏家的活动
八　威马尔的结实

一　对于异性的磁力

李斯德是古今独步的大钢琴家，有"钢琴大王"的荣名。这奇特的大天才者的生活中，又不乏奇特的逸话。就中最奇特的，莫如其对于异性的热狂的迷恋。李斯德自少至老，全生涯始终不离这一点习气。当他十六岁，他的父亲临命终的时候，曾经对他有这最后的警告：

"留心！女性将颠覆你的生涯，支配你的身世！"

他的父亲从小就看出他这癖性，然而这警告对于李斯德全然没有效用。

尼采曾经赠李斯德一句"同义语"（synonym）：

"李斯德"等于"追求女人的艺术"。

这实在是李斯德一生的显著的一弱点，同他交接的人，谁也能立刻看出他这弱点。

据俄罗斯作曲家波罗定〔鲍罗丁〕（Alexander Porphyrievich Borodin）的记录，他到威马尔〔魏玛〕（Weimar）访问李斯德的时候，李斯德正在为十五个学生每日教授音乐，其中大部分是女性。青年的女学生演奏成绩良好的时候，李斯德就吻她的前额，这女弟子也还吻先生的手。波罗定说：

"这是李斯德与其女弟子之间的一定的习惯。他对于女性的确犯着些毛病。"

甚至有的人说：

"李斯德倘没有女性,一分钟也难过。他一个人独居的时候,什么事也做不成。"

李斯德对于女性的应酬功夫,的确非常高妙。俄罗斯音乐家罗平希坦〔鲁宾斯坦〕(Rubinstein)称他这态度为"敬爱"。有一个美国的小姐曾经对李斯德说:

"你倘渡大西洋去,一定可以变成巨富。"

李斯德回答她说:

"小姐!倘你能做我的至宝,我立刻动身渡大西洋。"

李斯德曾经为一个名叫姜卡福尔的妇人充当秘书。这妇人在她自己的著书中记录着这事实。其中有这样的记录:

> 李斯德常买 bonbon(一种糖果)送我,其交换的条件,是给他吻我的头发。

关于李斯德有不少的磁石性的逸话。他并不是十分热情的人。但他所接近的妇人,对于他都怀着一种难于抑制的恍惚的感情。

当时有一个有名的歌妓,她每逢要会见李斯德的时候,必定改作男装。除此方法以外,决不能避去李斯德的注意。

有一位俄罗斯的伯爵夫人,曾经愤激于李斯德对她的无礼的态度,有一天怀了手枪,闯进李斯德的室中。这时候李斯德挂下两手,挺身而立,看着这伯爵夫人,对她说:

"请打死我!"

伯爵夫人倒弄得全身战栗,把手里的手枪丢在地板上,立刻逃出，回到自己的室中，伏在床上哭泣。

李斯德对妇人的交际情形都非常奇特，极少有平凡的。妇人们一认识李斯德，就好比受了他的魔法一般，神魂不定。曾经有一妇人，感到苦闷至极的时候，这样叫叹：

"倘得李斯德爱我——一小时也好——就是舍弃生命我也不惜。"

李斯德旅行到圣彼得堡的时候，曾经有一群贵妇人到他所住的旅馆里来，强迫他戴一个女人的花冠。又有一波兰伯爵夫人，曾经招待李斯德到她自己的私室中。又有四个宫女，特请画家画一幅画，描写一个李斯德的半身雕像，由她们四人扶拥着。李斯德所吸剩的雪茄烟蒂，都被当时俄罗斯的贵妇人们讨去，视为至宝，保藏在妆具中。

他到罗马的西斯谛那〔西斯廷〕（Sistina）礼拜堂里去的时候，礼拜之后，人们请他弹钢琴。弹毕，一群女僧围住了他，对他表示热爱的意思。这事曾经惹起时人的异议。

又李斯德于一八六五年（五十四岁）的时候曾经为僧人〔修士〕。但他当了僧人之后，妇人们对他的崇敬与亲近仍是不减于以前的状况。有一次在集会中，妇人们群趋至僧人李斯德面前，跪在他的足下吻他的手，座人为之惊骇。李斯德对于理解他、赞佩他的妇人，实在有可惊的影响。据记录，许多妇人受他的迷。有的妇人热心地议论李斯德的手所接触过的花。有的妇人遍处搜求李斯德所吸剩的雪茄烟蒂。境遇良好的妇人，不惜金钱与时间，跟着他从一地跑到那地，从一国跑到那国，真好比磁石的吸铁。

李斯德的一生的恋爱故事，纸笔决不能尽述。如某评者所形容：

"我们讲李斯德的恋爱故事，只能从他的恋爱故事的一绝顶讲到次绝顶。"

又说"小李斯德"（Le Petit Liszt）自从初访巴黎的时候起，一向爱好华丽的贵妇人们的接吻与拥抱。直到晚年，仍是不绝地受妇人的包围。据传记者说，他的丰姿常是翩然，他的容貌有一种迷人魂魄的特点，晚年也不失却，对于妇人始终有强大的魔力。受了这魔力的妇人，犹如飞蛾扑入火焰中，烧去了翅膀，从此委身在他的吸引力中了。

二　慷慨慈悲的艺术家

李斯德一生对于女性的种种交涉，不待清教徒的评判，无论哪个都要给他"非伦"的贬语。然而这责任也不应该教他一人担负；容许奔放的女性恣意活动的欧洲社会，应当分担大半部分的责任。在李斯德个人方面，我们倘能深进一层，考察他的一生行为的全般，决不致误解他为一个无赖的色情狂者。他的为僧，可以证明他做人的态度。一八七九年，李斯德依归了罗马天主教，做为僧侣。他的出家的原由，据传记者的说明，是为了他曾经希望与某公爵夫人结婚，招致世人的批评，因此委身于圣职，以表示对世间谢罪。但也是为了欲避免许多妇人的包围。

然而这等都是片面的观察。实际，李斯德是一个慷慨慈悲的艺术家。他的为人，品性善良，气度宽大，实在足以使人永久纪念。据传记者说，李斯德为人重义轻利，忠于待人。和他同时代的音乐家，像肖邦、华葛纳〔瓦格纳〕、裴辽士〔柏辽兹〕、修芒〔舒曼〕，在人品上均不及李斯德的忠厚仁慈。他是最亲切的朋友，又是忠良的师傅，他一生对于别人绝不责备，绝不表示嫌恶的态度。总是用最愉快的笑脸与最温暖的同情与友人相见的。他是先天地不知嫉妒的人，对于别人的成功，真心地庆幸；对于别人的请求，凡能力所及，无不周全。他的钱囊，对于无论何人的要求都开放。他的收入的大部分用在周济与布施上。华葛纳对他有这样的总评：

> 李斯德，犹如十字架上的基督，对别人比对自己更关心，常常准备为别人牺牲。

拿他的慈悲的善行来抵偿他对于习惯的道德所犯的一切罪恶，已充分而有余了。

李斯德一生光荣、幸福，时时处处受人热狂的欢迎与优厚的待遇。和别的坎坷不遇的音乐家比较起来，李斯德可说是"世间的尊客"。音乐家中，除了生活最幸福平顺的门德尔仲〔门德尔松〕以外，恐怕更没有人可以匹敌他的一生的荣幸了。

李斯德中年在欧洲各地演奏旅行，东至俄罗斯、匈牙利，西至英国、西班牙。足迹所至，无不成为惊异的奇迹。这等演奏会所得金钱，为数当然不小。然而他自己并不储蓄财产，除了自己一身的用费之外，余多的金钱如数用在赈济灾难、帮助贫困的友人、及公益事业上。侃隆〔科隆〕地方的贝多芬纪念碑的建筑费，差不多全部是李斯德所捐赠的。创造乐剧的华葛纳，在精神上和物质上均受李斯德不少援助。故李斯德不但是一位伟大的音乐家，在人品上也是一位宽大而博爱的伟人。

李斯德的宽大与博爱，可从这一段逸话中窥知：李斯德的演奏家名望极隆盛的时候，有一个女钢琴家，冒充李斯德的弟子，也在某地开演奏会。因为她是一个无名的女钢琴家，倘不借重大名家，其演奏会恐无人来听。因此她在招牌上擅自标记"李斯德女弟子"字样，料想李斯德不会到她的地方来，决不会注意到她的假冒。然而事有凑巧，李斯德这一天偶然来到这地方，看见了她开演奏会的旅馆门前挂着的招牌。他就在这旅馆中投宿。那女子在旅馆名牌上看到了李斯德的名字，十分惊惶，连忙来到李斯德的室中，叩头，流涕，向他谢罪。然而李斯德对她绝无不快的表示，和颜悦色地扶她起来，对她说：

"请你把演奏会中所弹的乐曲，在这里弹一曲给我听听。"

那女子就在李斯德面前演奏了一曲，李斯德在旁热心地指导她。奏完之后，李斯德站起身来对那女子说：

"现在我已教过你钢琴，此后，你真是'李斯德的女弟子'了。这回你开演奏会，我可特地为你出席演奏一曲，倘曲目尚未印刷，请添印一行。"

那女子惊喜之余，伏在地上泣谢。

三　幼年生活

李斯德对于钢琴演奏，有神出鬼没的妙手，真不愧为"钢琴大王"。他不但是演奏者，又是钢琴曲、歌曲、管弦乐曲的作者，在音乐史上为最重要的一人，与法兰西的裴辽士为近代二大新派作曲家。其人又有度量宽大的优美的人格，实在可称为近代世界伟人之一。

李斯德的祖先，是十六世纪匈牙利的巨富的贵族。李斯德生于千八百十一年十月二十二日。这一年的秋季，恰当李斯德诞生的期间，天上有彗星出现。这当然是偶然的事。然而天上的奇异的现象与人间的伟人同时出现，昔人认为奇妙的因缘，故音乐史家都传述之。

幼年的李斯德是一个神经质的孩子。对于音乐与宗教的两个倾向，一早就表示。当时走江湖卖技的吉普息〔吉卜赛〕（gypsy）的音乐，曾经牵惹幼年的李斯德的心。他的父亲也会弹钢琴。坐在父亲旁边听弹琴，是幼年的李斯德的最大的乐事。他的父亲一早就看出他的音乐天才，但想稍缓几年再命他专修音乐。

有一天，他听见幼年的李斯德自己在琴上弹奏平时所谙记在心头的某协奏曲（concerto）的主题，惊讶他的聪颖，就决心请先生教他专修音乐。父亲的音乐室中悬挂着贝多芬的肖像。幼年的李斯德用功休息的时候，举头望着这肖像，天真烂漫地说：

"我想学得像他一样。"

这时候李斯德正是六岁。

少年的李斯德的生活已经全部沉浸在音乐中。每日的生活，不是弹琴，就是写谱。他在识字以前，先识得乐谱。他日夜萦心在音乐中。他的父母亲常担心他的过度用功会损害他的健康，然而也不能禁止他用功。后来他果然因为用功过度而得了病。这病非常沉重，达到绝望的程度，葬事都已准备。终于皇天不弃这天才，他从九死一生中脱险。

他恢复健康之后，又用比前更激烈的热情而埋头于音乐研究中了。最伟大的贝多芬的音乐与江湖派的吉普息人的音乐，是少年的李斯德所最爱好的音乐，除此两极端以外，中间的音乐家的作品，他都不喜欢。这也是伟大的奇癖。

李斯德的家世是匈牙利人。然当时李斯德的家庭中，平日不用祖国的言语，而用德意志语。这是因为他的母亲不是匈牙利人而是德意志人的原故。但李斯德长大后，生活的大部分在法兰西度送。故李斯德自己操法兰西语比德意志语更为自由。父亲是匈牙利人，母亲是德意志人，自己却是法兰西人。他实在没有一定的祖国与故乡。这一点对他的性情似乎很有关系。李斯德为人豁达大度，对于世间一视同仁，恐怕也是他的身世状况所养成的。

李斯德的诞生地莱定格村中没有学校。故李斯德幼年的教育全由父母及教会中的牧师担任。

他的父亲常常赴都会旅行，每次必然带着他同去，因此他能够常常听见优良的钢琴演奏。他的父亲早已信赖他的音乐天才，又深信发展他的天才是为父亲者的责任，故对于幼年的李斯德的音乐教养十分留意。这也是李斯德的幸运。可惜这父亲自己的收入不很丰富，不能充分教养儿女。

四 演奏会的开始

李斯德九岁的时候，有一个盲目的青年音乐家将开音乐演奏会，知道幼年的李斯德有钢琴天才，特来访问他父亲，要求李斯德也参加演奏。

千八百二十年十月，这音乐会开幕的时候，李斯德果然参加。这是他第一次在公众前演奏。他所演奏的曲目，是费尔迪南特〔费迪南德〕（Ferdinand）的《降E调司伴乐》〔《降E调协奏曲》〕，此外他又以民谣为基础，即席弹奏了几曲自由幻想曲。这次的演奏是成功的，他的父亲非常欢喜。不久就命李斯德自己开演奏会，获得了辉煌的成功。从此父亲对他的希望更大了。

他的父亲带了他去见爱史推尔哈谛公爵。公爵惊奇他的天才，就劝他的父亲，在匈牙利贵族所聚居的布勒斯堡（Presburg）地方开演奏会。这计划终于实行了。演奏会的结局，果如公爵所预期，于李斯德的名声上很有功效。六个匈牙利贵族联合起来，送他六年间的充分的求学费。然而他的父亲因为李斯德还只十岁，舍不得送他独自出门求学，心中十分踌躇。商量的结果，这父亲终于舍弃了自己的职务，准备以儿子的教育为中心而移转。

他到了威马尔，向当时的大音乐家亨美尔（Hummel）商请,要把儿子托他教导。亨美尔在当时很有名望,授徒所取学费极昂,每小时要十块钱的报酬。李斯德的父亲不能担负这学费,这计划终于不成事实。

于是他们决计将全家迁居音乐空气最浓厚的维也纳去。

迁居维也纳之后,父亲就带李斯德去见有名的钢琴家采尔尼〔车尔尼〕(Carl Czerny),要求执弟子仪。最初采尔尼拒绝他们,说没有余多的时间。后来听到了幼年的李斯德的演奏,他就欢喜地答允了,并且收取极低廉的学费。后来终于连这极低廉的学费也不受。

这教授继续一年半。其间他又另行从师,研究作曲。经过了这一年半的研究之后,李斯德的进步非常显著。千八百二十二年十二月,就在维也纳开演奏会。以后又继续开演奏会多次,均有非常的成功。

李斯德的家庭完全为了他的求学而迁居在维也纳。有这样热心于儿女的教育的父母,实在是李斯德的大幸福。

在维也纳住了一年半之后,父亲为了儿子的教育,又亲自陪他到巴黎。他到了巴黎,想把李斯德送入巴黎音乐院。当时音乐院的院长是侃尔皮尼〔凯鲁比尼〕(Cherubini),这人非常顽固,知道李斯德是外国人,竟不容他入院。其实侃尔皮尼自己是意大利人,在巴黎也是外国人。这人气量甚小,大概是对于李斯德的天才抱有反感或妒忌的原故。然而李斯德的到巴黎,持有匈牙利诸有力的贵族的介绍状,可在巴黎开演奏会,表现其天才,不久名震于巴黎音乐界了。

千八百二十四年三月开演奏会的时候,他所弹的协奏曲的华彩段（cadenza）弹得非常高妙，乐队队员听得出神，连乐曲的告终都忘却，当时传为佳话。

此后他又赴伦敦演奏旅行，同时又在其地从师研究。这时期中，李斯德初作小歌剧《童·赏诃》（《Don Sancho》）。这歌剧后来在巴黎开演，获得相当的成功。

五　失望的考验与先辈的感化

千八百二十七年八月，李斯德的护星——他的父亲——在美尔地方忽然生起病来，不久竟舍弃了他的爱儿而长逝。丧父以后的李斯德，悲哀逾常。怀念在乡里的孤独的母亲，就迎她到巴黎来奉养。他在巴黎租了一所房屋，供母亲居住，一面就开始设塾教授钢琴。

这期间李斯德经验了一件可悲的恋爱事情。

德意志某伯爵的女儿，名叫卡洛林（Carolyne）的，与李斯德年事相同，是一个可爱而聪明的女子。她常常由母亲陪着，到李斯德的塾中来学习钢琴，后来二人之间的情分竟超过了师弟之上。女子的母亲是一个很明白的人，看到了这情形，当然允许他们结婚。不幸这明白的母亲突然病死了。母亲死后，做父亲的伯爵反对他们的结婚，不顾女儿自己的志愿，强把她嫁另一个伯爵的儿子了。这不但使李斯德失恋，那女子也为了这不幸的结婚，心中郁郁不乐。

李斯德失恋之后，生了一场大病，与幼时由过于用功而生的病同样沉重，几乎死去。幸赖母亲的慈爱的看护，得了性命,渐渐恢复健康。他在病床中,读了许多当时法兰西新兴的浪漫文学家如孟德鸠〔蒙泰涅〕(Montaigne)、沙托布里翁(Chateaubriand)、卢梭(J.J.Rousseau)等的著作。又看了当时新出的洛西尼〔罗西尼〕(Rosini)的歌剧《推尔》〔《威廉·退尔》〕(《Guillaume Tell》)的歌谱。对于这等浪漫派的文学与音乐,他心中十分感动。

自此以后,革命的新精神渐渐侵染了他的思想。爱好自由平等的热情,开始流露在他的作曲中。

李斯德二十岁的时候,从同时代的几个音乐家受到了很大的影响。其人就是世界第一小提琴大家巴格尼尼〔帕格尼尼〕、交响乐诗人裴辽士和钢琴诗人肖邦。千八百三十一年,李斯德在巴黎听到巴格尼尼的小提琴演奏,非常感激,自己决心要做钢琴上的巴格尼尼,从此更加发奋用功。他这誓愿终于达到目的。自来音乐技巧上最神妙的,在小提琴上莫如巴格尼尼;在钢琴上莫如李斯德。

裴辽士的名作《幻想交响乐》(《Symphonie Fantastique》),在李斯德的钢琴曲中注入交响乐的倾向。用音乐来表现一个诗境的倾向,李斯德也是从裴辽士那里学得的。故李斯德与裴辽士,是在音乐中加入诗趣的两位创造性的音乐家。评家称他们二人为音乐上的两个"异端者"。

李斯德从巴格尼尼受得技巧的影响,从裴辽士受得交响乐的影响,又从肖邦受得诗的影响。当时肖邦从波兰来到巴黎,在巴黎表现他的如梦如幻的音乐的手腕。李斯德也深深地受他的诱惑。从此也加入浪漫音乐的群中,而为其重要的一分子了。

六　家庭生活

达哥尔伯爵夫人（D'Agoult）比李斯德年长六岁，不但是一个美人，又是在当时文坛上有盛名的一个女流文学家。李斯德对这女人发生了恋爱。他为了她离去巴黎，移居日内瓦，一直逗留至千八百三十六年。二人间生育一女儿，名勃郎婷。这女儿后来与法兰西有名的政治家爱米尔·奥利未结婚。

李斯德住在日内瓦的期间，曾从事文字上的著作。这大概是受了达哥尔的诱导的原故。又常赴各地演奏旅行。他的钢琴曲集《每年的巡礼》，就是当时演奏旅行中的感兴的记录。

当时维也纳有一个有名的钢琴大家，名叫塔尔裴尔希。这人于千八百三十六年来巴黎。于是巴黎的音乐爱好者就分了两派，名为李斯德派与塔尔裴尔希派。两派互相争论。法国有名的交响乐大家裴辽士为李斯德的辩护者，在报纸上执笔论战。塔尔裴尔希在音乐院的小会场开演奏会。一星期后李斯德也在歌剧馆开演奏会，以对抗他。后来两人联结起来，在某公爵夫人的客厅里合开一演奏会。自此以后，二人互相认识其优点，而互相交好，社会的争论也止息了。

千八百三十七年之夏，李斯德偕达哥尔夫人客居诺昂，住在肖邦的恋人桑的家中。

这时期的生活，在李斯德是很重要的一关键。就艺术上说，他在这时期中把贝多芬的交响乐与舒柏特的歌曲编成了钢琴曲。舒柏特的大杰作《魔王》（《Erlkönig》）的改编钢琴曲，就是这时期中的工作。就生活上说，这期间他们又生育了第二个女儿,名叫可祺马。这女儿后来二十岁时与有名的音乐者褒洛(Beulow)结婚;三十三岁时再嫁与乐剧创始者华葛纳。

李斯德和达哥尔夫人每月需要很多的用费。因为达哥尔夫人习惯于奢侈的生活,李斯德又爱她,故二人的生活用费十分浩大,每年需三十万法郎。李斯德为了这担负,不得不常开演奏会或作演奏旅行。千八百三十九年,他们移居罗马,在那里又生一男儿,名达及哀尔。

七 钢琴演奏家的活动

关于李斯德的演奏旅行,相传有许多逸事。

李斯德在维也纳演奏由舒柏特的歌曲及贝多芬的交响乐改编制成的钢琴曲时,前后共开六次演奏会。每次的入场券于六星期前售罄,其听众的踊跃,可想而知。尤其是舒柏特的杰作《魔王》的改编曲,演奏时博得大众的喝彩。维也纳是贝多芬所居的地方。据说李斯德演奏贝多芬交响乐的改编曲时的听众中,有几个年长者曾经听过贝多芬亲自指挥的这交响乐的演奏会。

千八百四十年三月十五日李斯德在德勒斯顿〔德累斯顿〕开演奏会的时候,和修芒最初相见。后二日,李斯德又赴莱比锡开演奏会。莱比锡在当时是极端保守的地方。故李斯德在那演奏会中弹奏依据贝多芬的《田园交响乐》而改编成的钢琴曲时,听众全不起什么感动,甚至有吹口哨表示不满意的人。弹到以下数曲,始稍稍引起听众的感动。然而次日的报纸上全无赞赏的评文。修芒当时对他的恋人克拉拉说起李斯德的演奏，全不认识他的伟大。李斯德却已认识修芒的优点。李斯德是眼光非常明亮的识者。

此后不多时，李斯德又与华葛纳相识。二人的初会出于偶然，全无何等详细的记录。

此后李斯德即赴伦敦。在伦敦开"钢琴独奏会"，即 Piano Recital。后世音乐会中 Recital 一语，便是这时候李斯德所创用的。

李斯德的旅行演奏，此后更加频频地举行。各处报纸上有他的演奏会的消息。有的人把他当作漫画的材料，有的人极口赞赏，又有的人对他的名誉抱妒忌之心。总之，他的演奏到处引起特别的反响。柏林大学为了听他的演奏会，特地休课一天。他到彼得格勒旅行演奏的时候，恰好接着昂不尔厄〔海恩堡〕大火灾的惨报。慈悲而慷慨的李斯德即以在该地开演奏会所得的入场费五万五千法郎如数充作赈灾费。千八百四十三年，在柏林与华葛纳再会。这时候华葛纳的杰作乐剧《黎恩济》（《Rienzi》）刚才开演。李斯德与华葛纳的交情，自此开始，成为知己。李斯德对于华葛纳的乐剧事业，曾有不少的精神上又物质上的帮助。

到了千八百四十四年，李斯德与达哥尔夫人的情感终于破坏。原因在于二人的性格的不调和。所生的女儿一人，被送入巴黎的寄宿学校；男儿一人，归李斯德的母亲——即男儿的祖母——抚育。

八　威马尔的结实

李斯德历年奔走，到处为家，中年以前，没有定居的地方。到了晚年，始在威马尔息游，从事著作，滞留十年之久。他平生的大作，都在这时期中产出，故威马尔是他的结实收获的地方。然息游以前还有新的恋爱事件。

李斯德幼时曾经有一个恋人名叫卡洛林，在前节中曾经提及。这时候李斯德别去了达哥尔夫人，旅行到法兰西南部，在一个小市镇中与卡洛林重见。这偶然的会合，使二人心中各自感动又悲伤。因为李斯德失去了达哥尔夫人的爱；卡洛林也遭逢了不幸的结婚。同是天涯沦落人，而相逢又是旧恋。从此二人又常常交换情书，直至千八百七十四年卡洛林死而止。

李斯德仰慕贝多芬的伟大，数年前曾经发心欲为贝多芬立纪念碑。到了千八百四十五年，这计划果然实现了。波恩是小地方，没有适当的演奏会场。李斯德就自己一人出费，于十日间建筑一演奏会场。即在其地开演奏会。经过了这一回奔走的辛劳以后，李斯德罹了热病，卧病数月。现今一般音乐者所最爱好的钢琴曲又管弦乐曲《匈牙利狂想曲》（《Hungarian Rhapsodie》），便是病起后所作的。

千八百四十七年二月，李斯德在基辅开慈善音乐会。这音乐会的入场券价格不定。有一妇人以一百卢布购一券而入场。这妇人是波兰一贵族的女儿，是微德根斯坦公爵夫人，这时候正当二十八岁的盛年。她为了结婚生活的不幸，已经离婚了。李斯德特地访问她的别庄，以答谢她的好意。二人间从此发生了恋情。次年，李斯德赴威马尔的时候，和这女子同去，共居在一所宏大的邸宅中。这女子虽然是受过教育的人，然未曾习惯于高贵的生活，又有迷信而顽固的习癖。故李斯德对于这女子的恋爱，不久就告终。

李斯德经过了长年的演奏旅行之后，颇感奔走之劳。故千八百四十八年到了威马尔以后，就停止演奏旅行，而悉心作曲了。在威马尔的滞留，继续十年之久。

这期间是李斯德的生活最光荣、收获最丰富的时代。

这时期中的对外的活动，是演奏，介绍古今的优良的乐曲。华葛纳的乐剧《罗安格林》(《Lohengrin》)，就在这时候在威马尔初演。在家的活动，是创作许多大曲。李斯德的大规模的作曲，差不多全部是这时代的产物。他在这时期中作《根据但丁神曲的交响乐》(《Symphonie nach Dantes Divina Commedia》)、《浮士德交响乐》(《Eine Faust Symphonie》)及《交响乐诗》十二曲。有名的十二曲交响诗，即《山岳交响乐》(《Mountain Symphony》)、《塔索》(《Tasso》)、《前奏曲》(《Les Préludes》)、《奥尔浮斯》(《Orpheus》)、《普洛米修斯》(《Prometheus》)、《马士巴》(《Mazeppa》)、《斐斯德克伦格》〔《节日的回声》〕(《Festklänge》)、《爱洛伊特·浮纳勃尔》〔《英雄哀悼曲》〕(《Héroido Funèble》)、《匈牙利》(《Hungaria》)、《哈孟雷特》〔《哈姆雷特》〕(《Hamlet》)、《匈奴人的战争》(《Hunnenschlacht》)、《理想》(《Die Ideale》)。这十二曲交响诗是李斯德一生的大作。又是近代标题音乐界的名著。

所谓"交响诗",就是含有一种"诗的内容"的管弦乐作品。在音乐史上,李斯德是"交响诗"的最大的完成者。这种乐曲的根本,固不限于诗,也有以绘画为作品内容的。例如十二曲交响诗中的《匈奴人的战争》,便是以绘画为内容的乐曲的一例。这曲在李斯德的十二曲交响诗中排列第十一。他作这乐曲的感兴,从一幅绘画中得来。

柏林博物馆中有六幅联络的壁画,描写公元四百五十一年罗马人与匈奴人在罗马郊外战争的情形,有些战死者的幽灵也在空中作战。李斯德即以此为题材而作曲。画的背景为罗马的都市,前方战场上有许多死骸狼藉着。就中有几个死人正在次第复活起来。空中的幽灵军队,当头的是手中拿着匈奴的盾牌和鞭子的阿提拉和手中拿十字旗的他的两个儿子,后面为国王狄奥多理。李斯德的音乐的描写,所根据的是异教与基督教的战争,及基督教的胜利的由绪。乐曲形式极自由。曲中有用风琴演奏的古代天主教的赞美歌合唱曲。

李斯德晚年的生活很是灰色的。千八百五十八年,为了《罢格达特的理发师》(《巴格达的理发师》)的开演受人反感,离去威马尔。次年,他所最爱的儿子死去;千八百六十六年,老母又弃世。这时候他已移居罗马,专作宗教音乐,以神剧〔清唱剧〕(oratorio)为主。六十六年,罗马法王〔教皇〕巴伊亚斯九世赠他僧职的称号。六十九年又去罗马,返威马尔,度送其沉静的晚年的生活。

千八百八十六年七月三十一日夜半李斯德病死于拜洛特〔拜雷特〕(Bayreuth)的华葛纳的家中,即他的女儿的家中。

华 葛 纳
〔瓦格纳〕

Wilhelm Richard Wagner

(1813—1883)

一　从文学到音乐

二　从伦敦到巴黎

三　亡命时代

四　巴威国王的宠爱

五　华葛纳与尼采

六　华葛纳的幻灭

七　拜洛特的结实与晚年

一　从文学到音乐

近代音乐上有三个叛徒：在纯音乐方面，是把音乐"诗化"的裴辽士〔柏辽兹〕与李斯德〔李斯特〕；在歌剧方面，是把音乐"剧化"的华葛纳。从来的歌剧（opera）音乐与戏剧很不融合，评家说它是音乐与戏剧野合而来私生子。华葛纳排斥从前的不自然的歌剧，而力求两者的有机的统一，建设综合艺术的"乐剧"（music drama）。他把戏剧融化入音乐中，即用音乐来作戏剧的描写。他的事实不限于歌剧上，其对于近代标题乐风有极大的影响。因为标题音乐就是音乐的诗化、剧化。华葛纳的功夫原是从文学而入于音乐的。请看他的幼年生活。

乐剧建设者华葛纳是德国人，他的姓 Wagner，因为他是世界的人物，一般人都照英语发音读他的姓，读作"华葛纳"。实则照德国本国的发音，他的姓名的发音应读如"威尔海尔姆·李希亚尔德·华葛内尔"（Wilhelm Richard Wagner）。舒柏特的姓 Schubert 也是照英语发音的，照德语发音应读如"修裴尔德"。这也是因为他是世界的大音乐家，故一般人都用英语读他的姓，与华葛纳同例。

乐剧建设者华葛纳于百年前即千八百十三年五月二十二日生于德国的莱比锡。他的父亲是一个警察署的书记，对于演剧有热狂的爱好。母亲也有同样的趣味。但是华葛纳生后半年，父亲就染了传染病而死。母亲领了七个孤儿——华葛纳是末子——再嫁与一个名叫厓厄〔盖尔〕（Ludwig Geyer）的人。

这人是一个演员，又是剧作家，兼肖像画工，生活很富裕。他在德勒斯顿〔德累斯顿〕的宫廷剧场里得到了职务，就把全家迁居德勒斯顿。华葛纳的命运真不好，八岁的时候，这继父厓厄又死去。

这继父对华葛纳非常爱惜，同亲生父一样。他想教他学做画家。然华葛纳缺乏绘画才能，而酷嗜音乐，每天只是玩弄钢琴，与修芒〔舒曼〕学法律的时候同一状态。千八百二十二年，他开始正式受教育。然而母亲的生活很困苦，难于担负他的学费。教他用李希亚尔德·厓厄（Richard Geyer）的名字，免费入十字学校肄业。

华葛纳的天才，对于文学比音乐更近。他对于希腊语及历史最有兴味。曾经翻译荷马的《奥地西》〔《奥德赛》〕（《Odyssey》），又用功研究莎士比亚的作品。十四岁的时候，他模拟莎士比亚的《哈孟雷特》〔《哈姆雷特》〕（《Hamlet》）及《李尔王》（《King Lear》），作一首很大的悲剧。关于这悲剧，他自己曾经这样说：

"这作品规模实在大得很！剧的进行中共有四十二人，都死了；结果最后一幕人物不足，不得已而使已死的许多人的幽灵再在舞台上出现。"

千八百二十七年，他的家族仍旧迁回莱比锡，他改入尼古来学校肄业。在德勒斯顿的十字学校里已经是四年级生，到尼古来学校只编入三年级。因此他就自暴自弃，完全不用功学校里的功课了。他一心希望从前所作的戏曲的完成。

有一次他在莱比锡的音乐会中听到了贝多芬的音乐，心中非常感动。从此他决心做音乐家了。他想在自己所作的戏曲上自作音乐，使更加完美。他对于钢琴练习，不喜欢仅事十指上的技巧练习，又不喜欢仅事和声乐的理论的课题，而希望作大规模的管弦乐曲。家族中最初反对他学音乐；后来看见他十分热心，就允许了他。

由尼古来学校转入托马斯学校，更转入莱比锡大学，热心研究哲学与美学。又另外从师学习音乐理论。这时候他已经作了许多的乐曲。

华葛纳二十岁的时候，被任为威尔芝堡市剧场的合唱长。这时候他创作歌剧《魔女》（《Die Feen》）。次年又改任马格特堡市剧场的音乐监督，又创作歌剧《恋爱禁止》。（《Das Liebesverbot》）。

在马格特堡发生了一个重要的事件：剧场中有一个美丽的女优伶名叫明那的，对他发生了恋爱。她比他年长四岁，华葛纳二十四岁的时候，就同她结了婚。但这结婚是失败的。起初生活极度贫乏，后来夫妇感情不好。以年月而论，二人的同居二十五年之久；但终以性格冲突，于千八百六十一年分手。

二　从伦敦到巴黎

俄罗斯的里加地方建设新的剧场，请他任为乐长，在这地方作成乐剧《黎恩济》（《Rienzi》）的文词。当时艺术上的繁华地是巴黎，他想把《黎恩济》拿到巴黎去发表。但他负着许多债，不便公然走脱。得了友人的援助，私下逃走。

千八百三十九年六月，他偷偷地逃出俄罗斯国境，乘船向伦敦而去。路上同行者有他的夫人和爱犬洛勒。

在海中经过三个礼拜，逢着了好几次的暴风，有一次风浪过于险恶，他的船只得泊在挪威的一海港中避难。然这一回的航海的可怕的经验，对于华葛纳很有利益。后来他创作《徬徨的荷兰人》〔《漂泊的荷兰人》〕(《Der Fliegende Holländer》)，当时航海的印象供给他不少资料。

到了伦敦，再从伦敦渡海到巴黎。在巴黎遇见当时歌剧界的大人物马伊亚裴亚〔梅耶贝尔〕(Meyerbeer)。但他的到巴黎，在事业上全无补益。艺术的大都会的巴黎，对于青年音乐家华葛纳绝不理睬。华葛纳东西奔走，找求开演他自己的作品的剧场，然而一切计划与奔走都成泡影！

这回在巴黎滞留的三年，是他一生中最苦痛的时代。为了维持生计，他不得不暂做乐谱商的助理，又当德意志报馆的职员。其间与裴辽士、李斯德相识，然那时候还只有表面的交际。当时他为德国诗人海涅的诗《两个掷弹兵》作曲。后来修苦亦曾为这诗作曲。二人所作的曲，最后都采用法国国歌《马赛曲》(《Marseilles》)的旋律来结束。唯华葛纳仅把此曲采用在钢琴伴奏中，在歌中没有表出。

华葛纳在这困苦的生活中，完成了大作《黎恩济》。但在巴黎终于没有开演的机会。他想回到本国去设法开演，就于千八百四十二年春归德国。关于这一次的归国的心情，他自己有这样的话：

"我最初看见了莱茵河。我这可怜的艺术家眼中浮着热泪，和祖国德意志订永远的知交了。"

《黎恩济》果然在德勒斯顿开演了。他最初受人喝彩和欢迎,同时又被任为德勒斯顿宫廷剧场的乐长,又完成了《徬徨的荷兰人》。现今世界到处开演的大杰作《汤诺伊才尔》〔《汤豪舍》〕(《Tannhauser》)及《罗安格林》(《Lohengrin》),便是此后继续作成的。《汤诺伊才尔》中的《星之歌》及《巡礼合唱》,《罗安格林》中的《婚礼合唱》,是世间音乐爱好者所爱听的音乐。

三 亡命时代

千八百四十九年,萨克索尼王国因宪法被拒绝承认,德勒斯顿起了暴动。华葛纳也被卷入这暴动的漩涡中。华葛纳对于暴动如何尽力,详情不明。惟当时革命党以十字教育会的塔上为信号所,夜中举火。昼间时时发炮,射击下面通过的军队,又打响应的钟,听说华葛纳曾经亲自撞响应钟。又当时革命党曾分发传单,以诱惑萨克索尼的军队,听说华葛纳曾经亲自攀登兵营的栅栏,撒布传单在军队中。热血的华葛纳对于革命可能具有这样的同情。

普鲁士军侵入了德勒斯顿。双方激烈地战斗起来,革命党终于败北。官军通缉华葛纳,到处悬挂很大的照相。华葛纳扮装为马车夫,驾了装货马车,逃出国境。他的逮捕令的发布,一直继续十三年,其间他只得躲避在外国,度流浪的生活。起初他逃到威马尔〔魏玛〕,受音乐家李斯德的热烈的欢迎,过了几天愉快的生活。然到处有逮捕他的人注意他的行踪，他只得赶快逃出国境，避居于瑞士。

在瑞士的避难期间，他的文学上的事业比音乐上的活动更多。记述自己的作品的理想与主义，又作《艺术与革命》(《Die Kunst und die Revolution》)、《将来的艺术作品》(《Das kunstwerk der Zukunft》)、《艺术与气候》(《Kunst und Klima》) 等论文，发表于报纸上。

避难中的华葛纳，生活当然困穷；但他的本性喜欢裕福，无论境遇何等困穷，其习惯难于改变。况且又是热情的艺术家，在精神上，在物质上，他都盼望丰富的生活。因此他对于事业十分努力。但所收入的总是不敷支出。

在瑞士滞留了九年。其间除数次小旅行外，九年间未曾离开其地。当时有一件很有兴味的逸话：

千八百五十二年，他和瑞士一个很有名望的富商夫妇相识。这夫妇二人对于艺术富有鉴赏的眼识，对华葛纳交情很厚。其妇人是后妻，一个二十四岁的美人。富商建造邸宅的时候，曾在邸宅附近专为华葛纳造一所别庄式的房子，供给他住居。华葛纳对于他的夫人的友情，渐渐变成了恋爱。那夫人也留情于华葛纳。然二人间关系也止于恋爱。因为华葛纳的夫人明那发觉了这情形，嫉妒起来，不许华葛纳住在他们家里了。华葛纳只得辞去这别庄，仍归于流浪的生活。然他对于那富商夫人的友情，终身继续，未尝断绝。这期间他的精神上有很大的动摇，作曲的产出也非常丰富。

华葛纳的生活中，有好几次将要接近幸运而不久就丧失。

美推尔尼希公爵敬爱他，答允为他的《汤诺伊才尔》在巴黎开演。这歌剧的准备工夫真是浩大：经过一百六十四回的练习，设备最复杂的舞台装置，插入许多场的舞蹈，一时惊动了巴黎全市的人。开演的时候，法兰西皇帝皇后都出席，这回想来一定是大成功的了。不料其结果大受青年们的反对，终于失败。他的一年间的努力全然变成泡影，所收入的只有区区七百五十法郎。华葛纳在巴黎，有好几次大功垂成，然而没有一次达到目的。要之，华葛纳的艺术是法兰西所不容的。

他就赴维也纳，想在那里开演他的新作《德理斯当与伊索尔特》(《Tristan und Isolde》)。这一次费了七十七回的练习；结果是不能开演。他又旅行到莫斯科、彼得格勒等处，但对于经济上毫无补益！经受了几次的贫困，几次的失败之后，华葛纳就做了高利贷者的主雇，生活愈趋于穷困了。他卖去了房屋，寄食在友人家里。这时候他的毕生大作的歌剧《尼裴伦根的指环》〔《尼伯龙根指环》〕(《Der Ring des Nibelungen》)的诗刚才作成，正在印刷发表。

四 巴威国王的宠爱

巴威〔巴伐利亚〕（Bavaria）国王路易二世少年时候听了华葛纳的歌剧《罗安格林》，对于这作家常怀敬爱之意。这一次又读了他的《尼裴伦根的指环》的诗，更为感激，就任他为闵行〔慕尼黑〕（Munchen）的宫廷乐长。又给他在修塔堡湖畔造一所别庄,致送他千二百格尔屯[1](Gulden)的年俸。这是千八百六十四年的事。华葛纳感谢国王的恩遇,就归化为巴威的臣民,在此努力于《尼裴伦根的指环》的作曲。《纽伦堡的名歌手》(《Die Meistersinger von Nuremberg》)先在其地开演。华葛纳平生最幸福的时期来到了。国王欲开演华葛纳的全部作品,计议建造很大的剧场。但巴威的旧廷臣对于华葛纳的专宠,颇有妒忌之心,剧场建筑的计划终于未曾实现。华葛纳迁居瑞士的日内瓦。四万格尔屯的银币打了大包裹,装在货车里,由兵卒护卫,从王城运送到华葛纳的住宅中。

千八百六十六年春,华葛纳卜居于瑞士的罗济伦湖畔。这一年,他的已离婚的夫人明那患心脏病而死。

千八百七十年八月,华葛纳和李斯德的女儿可祺马结婚。可祺马本来是音乐者褒洛(Hans von Bulow)的夫人,后来和褒洛离婚,改嫁与华葛纳。这在前面李斯德一章中已有记述。华葛纳与可祺马之间生一男儿,名叫祺格富利特·华葛纳(Siegfried Wagner)。这一次他在瑞士,与哲学家尼采结交,二人间的关系很深。

五 华葛纳与尼采

名人传记中最有趣味的部分,大概要算关于名人与名人的接触的故事了。就中关于华葛纳与尼采的接触,乍离乍合,尤

---

[1] 现通译古尔登,德意志银币名。

有趣味。尼采对于大音乐家华葛纳怀着很深的敬爱；同时又对他有很激烈的反感。现在暂时不提华葛纳的生涯，先把二人间的关系说一说。

尼采对于华葛纳的敬爱之心，起于千八百六十年之秋，即尼采十七岁的时候。当时尼采约同两个好学的少年伴侣，创办思想研究会。三个好学的少年时时集会在尼采家中，购求华葛纳乐剧《德理斯当和伊索尔特》的钢琴版，互相研究其乐谱，又试在钢琴上演奏。但要从复杂的和声中抽取旋律来弹奏，在他们是很困难的事。经过很久的练习，第二章的狩猎的部分渐渐会弹奏了。但尼采的母亲和妹妹都喜欢华葛纳的音乐。尼采曾对家人说："华葛纳的音乐，要使人完全理解，完全爱好，恐怕是困难的事吧！"

尼采与华葛纳相见的机会很不容易来到。

经过八年之后，千八百六十八年，尼采二十五岁的时候，方始与华葛纳相见。这一年十一月九日尼采寄给他的朋友的长书翰中，详细记载着他和这大音乐家最初会面的情形。

当时华葛纳正在莱比锡的妹妹勃洛克霍斯夫人家中小住。尼采托朋友介绍，于礼拜六晚上到勃洛克霍斯家访问华葛纳，恰逢华葛纳外出，未得会面，预约下一天晚上再来。据尼采的记录，从这礼拜六晚上到礼拜日晚上，"其间的时间真像在梦中过去"。

尼采更有一件欢喜的事，即礼拜日晚上以前，他的新衣服已经缝好，可以穿了新衣去访问华葛纳了。礼拜日那一天，适逢天气不佳，雨雪交加，整日没有停止。到了晚快，他冒雨走到裁缝店内去取新衣服。那套新衣服已经完成九分九厘，再等一小时就可穿了。他只得归家。但心中很不安定，这一小时在他觉得异常长久。到了六点半，预约的时刻快到，裁缝店的伙友方始送新衣服来。尼采连忙把新衣穿上，赶紧出门。但裁缝店的伙友拿出发票来，请求他当晚付他工资。尼采因急于要走，回报他下一天向店主人算账。那伙友不肯，说如不付钱，须将衣服拿回。尼采大怒，把那伙友大骂了一顿，他的威势终于吓退了那伙友。时候已经八点十五分，他就冒雨出门。

这一天晚上，青年的尼采第一次会见当时五十六岁的大乐剧家华葛纳。坐定之后，华葛纳询问尼采因何喜欢他的乐剧。又说各处所开演的他的乐剧，和他自己所理想的演法相差甚远。又亲自弹奏其《纽伦堡的名歌手》中的重要部分给尼采听。二人的会话又转到叔本华的哲学上，谈论颇久。华葛纳详细自述其对叔本华的观感。尼采出语人曰：

"他是元气十分充足而快活的人。他说话很快，并且非常富于顿智。他和友人共座的时候，精神异常愉快。"

这是尼采对华葛纳的初会的印象。

这一次尼采得了华葛纳的数月的知遇。明年，千八百六十九年，他受瑞士巴塞尔大学的招请，赴该大学担任古典言语学教授。就职之后，他利用礼拜六与礼拜日的假期，赴罗济伦湖畔游览。

罗济伦是华葛纳的别庄所在的地方。这村子位在山麓上，有美丽的风景，实为最适于音乐家住居的地方。尼采到了罗济伦，想去访问华葛纳，但又觉得唐突，心中踌躇不决，就在华葛纳的墙外徬徨。墙内祺格富利特（华葛纳的儿子）的锐利的和声时时飘入他的耳中，更使他神魂恍惚。偶然逢见他家里的仆人，问知华葛纳每天工作至下午二时为止。他就把名刺留在仆人处而去。以后每逢礼拜六，他就在二时以后来访问。每礼拜如此，尼采与华葛纳的交游从此深切起来。风光明媚的罗济伦村中，每逢礼拜六，大音乐家华葛纳与其爱人可祺马照例欢迎青年哲学家尼采的来游。这在尼采是平生最快乐的时代。因为华葛纳是他所崇拜的偶像。

尼采对于华葛纳的崇拜，在四年之间一直保住白热状态。到了千八百七十四年，华葛纳在拜洛特〔拜雷特〕（Beyreuth）的毕生大事业（乐剧）渐渐失败。尼采得知了这消息，心中很为他惋惜。他就论证华葛纳事业失败的理由所在，尼采对于华葛纳取批评的态度，从此开始。

六　华葛纳的幻灭

> 主要的一点：华葛纳所再现的艺术的旨趣，不适于我国的社会状态及经济状态……华葛纳的特质之一，是缺乏训练和中庸之道，而其力量和感情动辄趋于极端……华葛纳是没有手的优伶，犹之歌德（Goethe）是没有手的画家。他的天分正在找求向外表现的手段。……

这是尼采对于华葛纳的批评的大要。假使千八百六十七年开演的拜洛特纪念演奏的时候尼采没有赴场，他对于华葛纳的

美丽的梦也许还可继续。赴场之后,他就发生这样的感想:

> 我先在胸中描出了一种理想而赴拜洛特,是完全弄错的。因此我当然要感到很剧烈的失望。其不妥当、奇怪、强烈、与偏重,完全惹起我的反感。

各国麋集于拜洛特的听众,大概是属于富裕的怠惰阶级的人。在他们看来,香料与宝石比拜洛特的艺术贵重得多。他们的赴拜洛特,全然是装面子而已。拜洛特的音乐,在尼采听来原是不能感佩的。这音乐只是"响得聋子都可听见"而已。尼采对于《德理斯当和伊索尔特》尚有好感;但对于《尼裴伦根的指环》就大不赞成。尼采疏远华葛纳的日子,终于来到了。他立刻避去拜洛特的纪念演奏,逃归波希米亚的森林中。他的两眼中充满着泪珠!

此后尼采与华葛纳还有一次最后的邂逅,在南欧的那不勒斯(Naples)的海岸。二人在海岸上逍遥。他们的会话大概是关于哲学上的问题的。谈到宗教上的问题,二人之间就有永远不可超越的沟。二人的交游以这一天为终点。

七 拜洛特的结实与晚年

拜洛特位于德国中部,是富于绿荫的美丽的大都市。华葛纳喜欢这地方,在那里建设了一个"祭演剧场"("Festspielhaus")。这次的剧场建设,其经费向欧洲各处募集，路易国王曾有很大的助力。千八百七十四年，华葛纳又在剧场附近建筑自己的住宅。

千八百七十六年八月十三日至十七日，这祭演剧场举行开演式。他的毕生的大作《尼裴伦根的指环》就在这时候开演，这大歌剧分序剧《莱茵的黄金》（《Das Rheingold》）、第一部《华尔寇莱》〔《女武神》〕（《Die Walküre》）、第二部《祺格富利特》〔《齐格弗里特》〕（《Siegfried》）、第三部《诸神的黄昏》〔《众神末日》〕（《Die Götterdämmerung》）四部，自始至终，费四日演毕。听众不限于德国人，欧洲各国好乐者都到场。其盛况可使人想象古代希腊的奥林比亚祭。华葛纳的全生涯的努力，在拜洛特是结实。

华葛纳的颜面上有丹毒症，到了晚年，这病更加厉害。他的最后作品《巴祺发尔》〔《帕西发尔》〕（《Parsifal》）完成以前，常常为了病的发作而中止。拜洛特的演剧继续开幕，千八百八十二年七月二十六日，《巴祺发尔》亦在其地开演。

祭演完毕之后，华葛纳就移居意大利的威尼斯的美丽的邸宅中，专事疗养。千八百八十三年二月十三日以心脏病死于其地。

华葛纳在威尼斯的时候，常常走到外面的广场上去散步。有时感到疲劳，就走到他所存款的银行的窗口，坐在长椅子上暂时休息。二月十二日，他还为了准备小旅行，携了儿子到这银行来支一笔款子。想不到下一天是他的死期了。

二月十三日朝晨，华葛纳在其宽广的书斋中写字。正午，他对女仆说自己很不舒服。女仆告诉他午饭已经准备好。他回答说，待身体稍安，再赴午餐，又吩咐她午后四时准备小船。女仆出室，等候了好久不见主人来用午膳，想再进室中探望。走到门口，听见室内有一种喘息的声音。开门一看，见华葛纳躺在安乐椅中，奄奄将临终了。女仆大惊，立刻飞报夫人可祺马。可祺马来到椅前，华葛纳已陷于昏睡状态，只剩最后的一息了。

华葛纳的灵柩移到拜洛特去殡葬。李斯德（华葛纳的岳丈）悲悼华葛纳之死，过于哀恸，身体受害，不能参加葬列。生前反对他的报纸，这时候也登载他的讣闻，悼惜这伟人的死去。华葛纳享年七十一岁。

华葛纳的相貌很古拙，额骨向前凸出，眼角多皱纹，鼻子隆起而勾曲如鹰嘴，下颚突出，几乎与鼻子并高。是一副顽硬、猛烈而神经质的相貌。

他的音乐，是为唯物史观所支配的十九世纪的象征，同时又有十九世纪的怀乡病（nostalgia）的表现。他的音乐是物质文化的礼赞，同时又是求灵魂永久安住的怀乡病表现。他的题材大概取自德国，但其音乐不限于德国，为欧洲全乐坛的代表。他不但统一了他的时代的音乐，又吸收了一切过去的音乐。故华葛纳的伟业，是建立一切过去与一切近代音乐的分水岭。

柴科夫斯基

Peter Illytch Tschaikovsky

(1840—1893)

一　悲怆的音乐家

二　音乐家与死

三　音乐家的出发

四　教授时代

五　作曲上的逸话

六　恋爱的失败

七　自由创作时代

八　神秘的结婚

九　隐遁及晚年生活

一　悲怆的音乐家

柴科夫斯基以《悲怆交响乐》(《Pathetic Symphony》) 名重于世，其人也是一个悲怆的音乐家。他和文学家陀思妥耶夫斯基 (Dostoyevsky) 为当时俄罗斯的悲哀的殿堂的二大柱。他的音乐的底流，全是深刻的悲哀。第一次把俄罗斯音乐送到中欧的乐坛上，使俄罗斯音乐成为世界的艺术的人，是柴科夫斯基。

说起俄罗斯音乐家，往往使人立刻想起柴科夫斯基。他同别的俄罗斯音乐家不同，是世界的音乐家。因为他的音乐不是极端的俄罗斯风的，而含有很多的世界的分子。当俄罗斯国民乐派〔民族乐派〕的作家群集在彼得格勒，热中于纯粹的民族运动的时候，独有柴科夫斯基住在莫斯科，把俄罗斯音乐送到欧洲的中央乐坛去。

然而他的所以为世界的大音乐家，当然不仅是为此。他的音乐中有非常可爱可亲的情趣。他全生涯敬爱莫扎特，他的音乐也类似莫扎特，喜欢用与莫扎特一样的美的旋律。旋律美是他的音乐的特色。

要研究俄罗斯音乐，当然不能仅看柴科夫斯基一人。近代俄罗斯有许多优秀的音乐家。举其著者而言，俄罗斯音乐之父格林卡 (Glinka) 之外，有国民乐派五大家，即罢拉基来夫〔巴拉基列夫〕(Balakireff)、居伊 (Cui)、波罗定〔鲍罗丁〕(Borodin)、谟索尔斯奇〔穆索尔斯基〕(Mousorgsky)、李姆斯基-柯萨科夫〔里姆斯基-科萨科夫〕(Rimsky-

Korsakof）。

柴科夫斯基对于国民乐派，是折衷派的音乐家。他是用德意志的乐风来表现俄罗斯的北欧的沉痛忧郁的魂灵，故其音乐更为世人所喜爱。

柴科夫斯基的作品中，钢琴曲和歌曲有许多是世人所共知的名曲。但他的代表作，最为世间所喜欢演奏的，是《序曲千八百十二年》〔《一八一二年序曲》〕（《Overture 1812》）及 B 短调〔小调〕的《第六交响乐》，即《悲怆交响乐》（《Pathetic Symphony》）。在本书序章中已经说过；《悲怆交响乐》是暗示死的音乐，或者说，是描写死的音乐。在叙述柴科夫斯基的生涯以前，现在先就音乐家在作品中所表现的观念说一说。

二　音乐家与死

在文学作品及绘画美术上，描写死的例很多。但在音乐上，与死的问题很少有关系。普通音乐家，大都欢喜歌咏人生的欢情、恋爱的甘美、林中逍遥的愉快、月夜的美感；对于冷酷的死的命运，音乐家都不喜欢谈及。

在宗教音乐上，原有许多音乐家喜欢作镇魂乐〔安魂曲〕及礼拜乐。例如巴赫、亨德尔、罕顿〔海顿〕、以及近代的富郎克〔弗兰克〕（Franck）、顾诺〔古诺〕（Gounod）等，都是宗教音乐的优秀作家。然而他们并未表现出对于死的感想，又对于这人生的最后所起的可惊的现象并未有何种解释。只有近代音乐中，有几曲以死为主题的乐曲。

瑞士画家裴克林〔勃克林〕（Böcklin）所描的《死之岛》是世界有名的绘画。裴克林自己说："看这幅画的人，一定感到听见足音都吃惊的沉默。"画中所描写的，是一所沉寂的岛，浮在静止的海上，四围都是峻险的绝壁，壁间有阴郁的树木。全岛充满着孤独与严肃的光景。一只小舟载着穿白衣的人，默默地向着这岛漂过去。

有两个音乐家从这幅画受到了灵感，而把画所暗示的情趣表现在管弦乐上。其一人是俄罗斯钢琴家拉哈马尼诺夫（Rachmaninoff），另一人是近代德意志音乐家马克斯·雷格（Max Reger）。雷格的作品中有"根据裴克林的音诗四首"。就中第三首就是以《死之岛》的印象作成乐曲的。然雷格不是一个十分有名的乐家，世间少有人知道他的作品，故此曲也不甚著名。拉哈马尼诺夫的《死之岛》，比前者有名。这是他的管弦乐的代表作。曲中不但是把裴克林的绘画所暗示的情趣移在音乐上而已，又有巧妙的心理描写。评家说他的音乐的《死之岛》的效果，反在裴克林的绘画《死之岛》之上。

华葛纳也曾从他的乐剧《德理斯当和依索尔特》中取材，编制为《恋之死》一曲。舒柏特的歌曲中也有有名的《死与少女》。其曲为死与少女的会话体，篇幅甚短，仅四十三小节。然其音乐甚为伟大，表现着还原于大地的温和、稳静而崇高的死。

然古来关于死的最优秀的大曲，莫如德国的许德洛斯〔施特劳斯〕（Strauss）与俄国的柴科夫斯基。音诗《死与净化》

（《Tod und Verklärung》）是许德洛斯的许多名曲中的代表作。柴科夫斯基的关于死的音乐，就是前面说过的《悲怆交响乐》。这两大音乐家同以死为题材而作曲，然其态度全然不同，真是很有兴味的研究。

悲哀的情调是柴科夫斯基的音乐的本色，然同时他又有明亮而可爱的一面。听了《悲怆交响乐》之后，请再听他的《割胡桃》〔《胡桃夹子》〕（《Casse-Noisette》），即可明知柴科夫斯基的音乐的两种特征。

三　音乐家的出发

柴科夫斯基于千八百四十年五月七日生于俄罗斯的维亚得加（Vyatka）县。父亲是一个矿山技师。母亲喜欢弹幼稚的钢琴曲，但并无什么音乐天才。

柴科夫斯基从小对于音乐有特别的爱好。父亲买来一只音乐自鸣钟，他见了比什么都喜欢。有一次听了莫扎特的歌剧《童·乔房尼》〔《唐·璜》〕（《Don Giovanni》），特别喜欢曲中的抒情调。他对于莫扎特的全生涯的敬爱，是从这时候开始的。六岁的时候，开始练习钢琴。当时有一个波兰军人常常出入于他们家中，这军人能弹肖邦的乐曲，柴科夫斯基听了他的弹奏，感到很深的刺激。

后来父亲被任为彼得格勒的工艺学校的理事，其家族就迁居彼得格勒。就命柴科夫斯基入当地的法律学校肄业。他在法律学校中也常有接触音乐的机会。他常常练习钢琴，又请意大利人的先生教意大利歌剧中的乐曲。

法律学校毕业之后，就被任为司法省的书记。对于音乐的爱好，这时候渐在他心中燃烧起来了。裴辽士〔柏辽兹〕曾对其医药的职业战斗，修芒〔舒曼〕曾对其法律的职业战斗，柴科夫斯基也对他的书记的职业时时冲突。

当时有罗平喜坦〔鲁宾斯坦〕兄弟两音乐家，兄昂东（Anton Rubinstein）在彼得格勒，弟尼古拉斯（Nicolas Rubinstein）在莫斯科，均受公爵的保护而活动。千八百六十二年，昂东在彼得格勒建设音乐学校。柴科夫斯基就舍弃了两年来的官职，入音乐学校从事研究了。

青年的柴科夫斯基并不是特别的勤勉家，也不是特别的天才者。有一次他的先生昂东·罗平喜坦在作曲法课中给他一个主题，命他根据这主题作对位法的变奏曲。又对他说，这种作曲不但性质而已，分量也越多越好，不妨作十数曲。第二次上课的时候，他拿了二百余首变奏曲来缴卷。

千八百六十五年，他在音乐学校毕业。次年，莫斯科新办音乐学校，二十六岁的柴科夫斯基被招聘为该校的和声学教师。当时学校的薪金甚为微薄。他寄宿在尼古拉斯·罗平喜坦家里，度清苦的生活，没有钱买衣服，向朋友借了一件旧大衣。

四　教授时代

柴科夫斯基的性质胆怯而多心，不长于交际。虽然住在莫斯科，亦不参加奢华的社交生活。他喜欢静静地闭居。当时尼古拉斯·罗平喜坦集合友人，创办艺术家俱乐部，其会员或朗读文学创作，或演奏音乐，或开跳舞会，兴致甚高。柴科夫斯基也是这俱乐部的会员。

他为了教授的关系，自己创作第一交响乐《冬日之梦》（《Winter Day Dreams》）。拿了这乐曲，到彼得格勒去请从前的先生昂东·罗平喜坦指教。昂东绝不客气地指斥他的作品。从此他避远母校。昂东·罗平喜坦是李斯德〔李斯特〕以后的最大的钢琴家。柴科夫斯基很尊敬这旧师，然而他屡屡使柴科夫斯基失望。千八百七十四年春，柴科夫斯基的《F长调第二四重奏》〔《F大调第二四重奏》〕完成，在尼古拉斯家中演奏。恰逢昂东来到。他听演奏的时候脸上时时现出不愉快的颜色。演奏完毕之后，他就极口攻击这作品。

柴科夫斯基与尼古拉斯的交际还有这样的插话：柴科夫斯基用降B短调作一曲钢琴司伴乐〔钢琴协奏曲〕（Piano Concerto，作品二十五），奉献于尼古拉斯。尼古拉斯因为柴科夫斯基不是钢琴家，而作此曲的钢琴部分的时候不来请他指教，心中不快，对于这作品尚表示敌意，批评他的钢琴技巧。柴科夫斯基对于这恶意的批评，心中也觉得愤慨。就不改变一音符，把这曲印刷，出版。又把曲首的献词削去，改写为奉献于褒洛（Hans von Bülow）。褒洛携了这曲稿赴美国演奏旅行，博得热烈的喝彩。

青年时代的柴科夫斯基在作品上差不多全无成功。生活上当然也不充裕，一向寄居在罗平喜坦氏家中。千八百七十年，方始离开罗平喜坦家，自己租了一间房子，又雇了一个乡下人的男仆。男仆的食料，每天只是菜汤。

五　作曲上的逸话

关于这时候柴科夫斯基的作曲，有很有趣的逸话。

千八百七十一年夏天，他作《D调弦乐四重奏》。这曲中的并步调〔行板〕（Andante）的由来是这样：

有一天，柴科夫斯基听见一个泥工在窗下做工的时候口中随便唱着一种音调，他觉得这音调很可取，注意倾听，并且在自己心中唤起了一个作曲的主题。下一天，他又听见一个工人唱歌，其音调也很可取，又给了他作曲的暗示。他就取五线纸写谱，所作的就是这《D调弦乐四重奏》的并步调的主题。

千八百七十三年五月，北国的俄罗斯也到了春天。柴科夫斯基偕尼古拉斯等二三友人，同到莫斯科郊外山中去散步。阳光之下，遍地是美丽的春花。他们的游兴很好，就坐在草地上，拿出干粮来吃。村中的农夫们集拢来看。尼古拉斯等就招待他们，把村中所有的点心和酒买来，请他们大家吃喝。又请他们唱纯粹的民谣。农民们齐声歌唱，又舞蹈。这民谣的音调深深地保留在柴科夫斯基的心中，后来就变成《钢琴三重奏变奏曲》而表现。

六　恋爱的失败

前面曾经说过，柴科夫斯基的性情是胆怯而不善于交际的，故他一生中没有热烈的恋爱故事。只有一次，恋爱情形很平淡，并且是失败的。

柴科夫斯基到了三十岁方能独立生活。

这时候有一个意大利歌剧场的歌女颇有才貌，引动了他的恋爱。他绝口褒奖她。据说这女子离去莫斯科，赴华沙的时候，已经和柴科夫斯基订婚约。但她到了华沙之后，就和另一个男子结婚。柴科夫斯基闻知了这消息，惊骇又失望。次年，这女子又来莫斯科。柴科夫斯基再见她立在舞台上的姿态，胸中感慨，竟流下泪来。

过了七八年之后，有一天，柴科夫斯基赴音乐学校访问尼古拉斯。尼古拉斯正在自己室中和一女客谈话，他就坐在应接室里等候这女客的告退。忽然室门开处，走出来的女客正是那歌女。柴科夫斯基从椅子上跳起来，骇得面色苍白，那女子也发出惊讶的叫声。送客的尼古拉斯见了这般情形，心中十分惊疑，在旁默默不语。那女子就匆匆地逃走。

此后一二年，柴科夫斯基又在旅行中遇见这女子。听说这一回他们两人重修旧好，恢复了从前的关系。然情形不详悉。

千八百七十三年，柴科夫斯基和一个匿名的妇人结了婚，无条件地安定了生活。听说这妇人是一个寡妇，她的前夫是一个铁道技师。柴科夫斯基秘密地和她结婚之后，就辞去教职，又迁居住所，外人都不明他的踪迹。他的结婚生活完全秘密，故评传者称他的结婚为"神秘的结婚"。在这神秘的结婚生活中，他的作曲进步很快。歌剧《奥不理契尼克》〔《禁卫军》〕（《The Oprichnik》）是他的最初的成功的作品。

七 自由创作时代

千八百七十五年，他的神经患了病，病势渐渐深重起来。依照医生的忠告，绝对屏除音乐，赴外国静养。静养了若干时之后，病状果然好些。然而这病根终于不能除去，成了他的终身的苦痛。

这时候彼得格勒有一个杂志的主干，请托他以《四季》为题，连作十二首小曲，在一年中按期登载。柴科夫斯基恐怕遗忘误事，命他的忠实的仆人相帮他留心。每月送曲稿的日期到了，教他来通知。这仆人非常忠实，决不忘记。每到了日期，他就来向主人说："比得·伊里契先生，今天是送彼得格勒曲稿的日子。"柴科夫斯基立刻作曲，交下一班驿马车寄出。现今流行的钢琴小曲《四季》（《Seasons》），就是那时候的创作。

此后又作管弦乐幻想曲《理米尼的富郎西斯可》（《Francesca da Rimini》）。然而这时候他的作曲兴味已倾向歌剧方面。他想以普希金（Pushkin）的有名的小说《欧根·奥涅金》（《Eugene Oniegin》）为题材而作一歌剧。每晚偕友人们在一所饮食店的特别室内研究，商量，常常坐到深夜。

柴科夫斯基的歌剧中最有价值的，首推这一曲。惟剧中各人物的乐器的发展上略有缺陷，又，除了普希金的原诗以外，词章亦很贫弱。然而亦自有其一种魅力，评家比之于有缺陷的美人。当时柴科夫斯基因其有这缺点，不拿到大歌剧场去发表，而给尼古拉的音乐学校的学生们表演。但是现在已经成为世人所共仰的作品了。

八　神秘的结婚

千八百七十七年。柴科夫斯基三十八岁，便是他的神秘的结婚的一年。他的结婚如何由来，如何进行，连他的最亲近的朋友都不知道。然而推察起来，似乎是由恋爱而结婚的。但他的结婚生活只继续几个星期。要之，一切详情为神秘的幕所包蔽，外人不得而知。

结婚生活在他认为是一种苦痛的担负。为避开这结婚生活，他宁愿冻死。有一个秋天的霜浓的晚上，他曾经隐身在河中，冷水浸到他的胸边。从这次极度紧张之后，他的精神似乎发狂了。他的弟弟顾虑他的健康，劝他旅行到瑞士、意大利去静养。

在旅途中他写给友人的信，有这样的话：

今年完全住在外国，拟于来年九月初返乡。一个人只有在离群索居的时候，才能够真心感到朋友的情爱。我现在被包围在瑞士的明媚的风光中。一周间中拟离去此地，向更美丽的意大利国土出发。然而我的心不绝地驰返可恋的故乡……恐防音乐学校因我的缺席而受到影响，想起了很不安心……

后来到了意大利,他又写信给友人:

……最难忘的是在克拉伦斯的时候。我和我的弟弟两人在绝对沉静而严肃的自然中度送极和平的生活。到意大利来,真是无谓的举动!意大利的富丽与繁华只能虐待我,使我烦恼,它的伟大的古迹不能使我感激。它们在我全然是无关系的冷酷的东西。

千八百七十八年春,他从外国归来。这一年秋季新学期,他又担任了音乐学校的教职。然而他已经习惯了自由创作的快乐,对于教授不堪其苦痛。不久他重行辞去教职,向巴黎出发。

柴科夫斯基觉得结婚是非常悲惨的事实。然而此后数年间,是他的艺术生涯收获最丰的时候;而且这时期中所作的《第四交响乐》,在他的作品中最富有愉快的谐谑的趣味。在最悲惨的时期中产出最愉快而谐谑的作品,真是不可思议的事。

《序曲千八百十二年》是世间最普遍流行的乐曲。

这是千八百八十年莫斯科基督教寺院建立纪念碑的时候所作的。这序曲以拿破仑的远征的败北为题材,曲中有法国国歌与俄国国歌交替出现。初演的时候,拟在寺前的广场上开大炮以代替大鼓(large dram),曾经计议在指挥者的手旁设一电纽,由通电流而发射大炮。然这计划终于未曾实现。

九　隐遁及晚年生活

千八百八十五年，柴科夫斯基隐居在克林附近的一个小村中。这时候他正是四十五岁，此后他的生活就固定了。他的朋友们从此称他为"克林的隐者"。那村子里风景很好，有广大的公园，又有海水浴场。朋友们常常来访问，在他那里小住几天。他们的生活，每天八时早餐，九时开始工作。下午一时午餐，生活很俭朴，只有两样粗劣的菜。午餐以后，不拘天气如何，规定出外散步。有时柴科夫斯基独自作很长的散步，在散步中计划他的作品。下午吃过茶，再略事工作，八时进晚餐。晚餐后，命仆人送葡萄酒到卧室中，就在卧室中和友人们谈话，或连弹钢琴，或朗读小说。后来他又移居于附近的别的村子中，他的体力向来很强健，根气也很充实，平日工作，散步，只要兴之所至，不觉得疲劳。没有朋友的时候，他独自也能很有规则地读书，作曲，散步，永不倦怠。但年纪渐渐大起来，眼力渐渐亏损，读书、作曲也渐感缺力了。晚年的生活很孤寂。他又迁居到克林的市梢。但莫斯科的都市生活他从此不再加入了。

自千八百八十七年年终至次年三月，柴科夫斯基又赴欧洲中部旅行一次。在这回的旅行中，他会见了许多音乐家。在莱比锡遇见德国大音乐家勃拉谟士〔勃拉姆斯〕（Brahms）和挪威音乐家格理克〔格里格〕（Grieg）。柴科夫斯基对于勃拉谟士有这样的记述：

我与俄罗斯诸友人一样，一向只能称颂勃拉谟士为精力旺盛的音乐家；对于他的音乐到底不能赞美。现在听了他的演奏，觉得他的音乐并不贫弱。他不像现代一切音乐家，决不显弄表面的效果，以骇人观听；又不用新鲜而华丽的管弦乐技巧，以使人感动。他的音乐中全然没有无价值的、模仿的部分，全部是认真的、优秀的、一见而知为独创的表现。不过他所缺乏的，是最重要的一种要素——美。

对于格理克他也有这种的记述：

　　一个矮小的、羸弱的、两肩不均齐的、生髭须的中年男子，额上披着清楚的头发，从门中进来。这人的容貌上没有特点；但他的外貌使我一见就发生好感。

　　柴科夫斯基发见格理克的音乐非常类似他自己的音乐，故对于格理克一见就怀着好感。
　　柴科夫斯基少年时代曾经有一次指挥自己的作品，但其演奏于途中陷入混乱，终于失败。从这一次失败之后，他心中十分愤恨，二十年间不执指挥棒。他对于指挥全无兴味。作曲完成就放心，不再想指挥演奏。他尤其不喜欢指挥别人的作品。但到了晚年，他也曾有几次指挥自己的作品的演奏。他不是为了人们喝彩而感到愉快的人。
　　千八百九十三年八月，第六交响乐完成。同年十月七日，柴科夫斯基来到莫斯科。九日，到音乐院听演奏会。这一天晚上他同友人们一同在莫斯科旅馆中共餐。因次日欲赴彼得格勒指挥自己的《悲怆交响乐》，餐后就匆匆登程，与友人们约定十二月十二日在莫斯科开音乐会的时候再来。到了那一天，莫斯科的友人们都在等候他，可是不见他来。次日，就在报纸上看到他的死耗。柴科夫斯基罹了彼得格勒的流行霍乱而死了。

柴科夫斯基的作品极多，其重要者，有钢琴曲二十七首，弦乐六首，交响乐六首，组曲四首，音诗九首，进行曲四首，序乐二首，歌剧十一个，舞曲四首，小提琴曲四首，大提琴曲二首，及歌曲约百首。这等作品的重心点，是第六交响乐，即《悲怆交响乐》。这一曲是他的全部艺术生涯的结实。其旋律非常沉痛，乐器编制法非常圆熟，短音阶〔小音阶〕的应用非常有效，乐曲形式也比从来自由得多。

在柴科夫斯基的交响乐中，都可明了地看出其作曲时的境遇与心理：除了《第一交响乐》而外，《第二交响乐》是国民乐派倾向的表现；《第三交响乐》是折衷的，并且可以窥见其舒柏特爱好者的精神；《第四》是不幸的结婚后所作，却异常富于谐谑的分子；《第五》始加入主观的感情；《第六》是老年的沉郁的生涯的反映。